唐诗·宋词·元曲

唐诗·宋词·元曲

中国传统文化优秀读本

笠翁 ◎ 编

中国华侨出版社
北京

图书在版编目（CIP）数据

唐诗·宋词·元曲 / 笠翁编. —北京：中国华侨出版社，2018.1（2020.10重印）

ISBN 978-7-5113-6637-5

Ⅰ.①唐… Ⅱ.①笠… Ⅲ.①唐诗－诗集②宋词－选集③元曲－选集 Ⅳ.①I222

中国版本图书馆CIP数据核字（2017）第021272号

唐诗·宋词·元曲

| 编　　者：笠　翁 |
| 责任编辑：子　慕 |
| 封面设计：阳春白雪 |
| 文字编辑：元　柳 |
| 美术编辑：宇　枫 |
| 经　　销：新华书店 |
| 开　　本：720毫米×1020毫米　　1/16　　印张：24　　字数：399千字 |
| 印　　刷：北京德富泰印务有限公司 |
| 版　　次：2018年6月第1版　2020年10月第2次印刷 |
| 书　　号：ISBN 978-7-5113-6637-5 |
| 定　　价：45.00元 |

中国华侨出版社　北京市朝阳区西坝河东里77号楼底商5号　　邮编：100028

法律顾问：陈鹰律师事务所

发行部：（010）88866079　　　传　真：（010）88877396

网　址：www.oveaschin.com　　E-mail：oveaschin@sina.com

如发现印装质量问题，影响阅读，请与印刷厂联系调换。

前 言

有人说,中国人的每一种心境,似乎都被唐诗、宋词和元曲吟咏过了。这话说得并不为过。随手翻开一页,都会有一些词句扑面而来,触动我们内心深处最柔软的地方……

唐诗、宋词、元曲是中国文学史上的三座高峰,是中华文明灿烂的长卷中最为绚丽的华章,被奉为中华文化的传世经典而备受推崇,伟人英雄,歌以咏志;达官巨贾,诵以怡情;志者学人,习以修身。近代国学大师王国维说:"唐之诗,宋之词,元之曲,皆所谓一代文学也,而后世莫能及焉者也。"

唐代是我国古典诗歌发展的全盛时期,唐诗是唐代文学的最高标志,堪称中国文学发展史上的一朵奇葩,开创了中国诗歌发展的新纪元。唐诗的题材非常广泛,有的是从侧面反映当时社会的阶级状况和阶级矛盾,揭露封建社会的黑暗;有的是歌颂正义战争,抒发爱国思想;有的是描绘祖国河山的秀丽多娇,表达对生活的热爱。巍巍大唐气象融入诗歌的字里行间,幻化出人世间最绮丽的诗篇,或博大恢宏、雄壮高亢,或敦厚旖旎、清丽流畅。

词是中国古代诗歌的一种,始于梁代,形成于唐代而极盛于宋代,故名"宋词"。历代词人精心雕琢,创作出大量晶莹、灿烂、温润、磊落的词作,以至于成为中国古代文学皇冠上光辉夺目的巨钻。宋词与唐诗并称"双绝",其美其盛,千古流传,脍炙人口,睿智如妙笔丹青,深沉如风生海上,壮阔似天马行空,豪放足以使懦夫立志,婉约足以使石人动情。

元曲是中国古代诗歌最后的辉煌，被称为元代最佳之文学，语言自然明快，反映生活图景鲜明生动，长于刻画人物，表达情感，有着深厚的民间基础和市井气息。元曲具有很强的开放性和表现力、很大的自由度和很高的艺术性，完全可以与唐诗、宋词媲美。曲中漫及人生感怀，世事悟道，有塞北西风凛冽，也不乏江南小巷的绕指柔情，随口吟来，莫不令人销魂。

　　唐诗、宋词、元曲是古典文学的精髓，它们使一代代中国人陶醉其中。只有了解中国古典文学，才能更好地传承中华民族的优秀文化遗产。然而，由于市场上的许多版本已经不能满足广大读者越来越高的阅读需求，这就要求我们不断进行更新、补充和调整，并注入新的元素。为了让读者能在最短的时间内欣赏到尽可能多的唐诗、宋词、元曲精品，我们组织了众多爱好唐诗、宋词、元曲的学者精心摘选、编辑出版了本书。

　　本书秉承大众阅读的原则，在参考其他多种优秀选本的基础上，兼顾诗、词、曲的发展脉络及读者的审美需求，将唐诗、宋词、元曲辑录成一册，全面反映了唐诗、宋词、元曲的发展概貌。所选诗作既有出自大家之手、流传千古的名篇，亦有不见录于一般选本的遗珠，是目前唐诗、宋词、元曲合集选本中很是全面的作品之一，可永久珍藏。

　　同时，为了帮助读者更加深入、全面地理解这些诗词精华，我们还增设了注释、赏析辅助性栏目，对难解字句进行注音和解释，用通俗而不失文采的现代语言对每篇作品进行了细腻生动的赏析，力争为读者扫除阅读障碍，让读者在轻松阅读的同时，领略唐诗、宋词、元曲无穷的艺术魅力，获得高雅的艺术享受。

　　心中华彩，笔下珠玑，唐诗、宋词、元曲流光溢彩。一卷在手，含英咀华，引领读者跨越时空的距离，进入辉煌的古典文学殿堂，领略唐诗、宋词、元曲的无穷艺术魅力，进而启迪心智、陶冶情操，提升个人的文学素养和人生品位。相信本书定能助您徜徉经典，收获无限。

目 录

卷一 唐 诗

感遇（其一） ……………………… 2
感遇（其七） ……………………… 2
下终南山过斛斯山人宿置酒 …… 3
月下独酌 ………………………… 5
春思 ……………………………… 6
秋浦歌 …………………………… 7
沙丘城下寄杜甫 ………………… 8
望庐山瀑布 ……………………… 9
赠卫八处士 ……………………… 10
望岳 ……………………………… 11
佳人 ……………………………… 13
梦李白（其一） …………………… 14
梦李白（其二） …………………… 15
新安吏 …………………………… 16
石壕吏 …………………………… 17
潼关吏 …………………………… 18
新婚别 …………………………… 19
溪居 ……………………………… 21

望行人 …………………………… 22
石竹咏 …………………………… 23
塞下曲（其一） …………………… 24
塞下曲（其二） …………………… 24
关山月 …………………………… 26
长干行 …………………………… 26
列女操 …………………………… 28
游子吟 …………………………… 29
梦游天姥吟留别 ………………… 29
把酒问月 ………………………… 31
宣州谢朓楼饯别校书叔云 ……… 32
走马川行奉送封大夫出师西征 … 33
轮台歌奉送封大夫出师西征 …… 35
白雪歌送武判官归京 …………… 36
韦讽录事宅观曹将军画马图 …… 37
丹青引赠曹将军霸 ……………… 40
八月十五夜赠张功曹 …………… 42
谒衡岳庙遂宿岳寺题门楼 ……… 43
石鼓歌 …………………………… 45
渔翁 ……………………………… 48

1

篇目	页码	篇目	页码
长恨歌	48	山居秋暝	92
韩碑	52	归嵩山作	93
长安古意	54	终南山	95
燕歌行 并序	59	酬张少府	96
古从军行	60	过香积寺	98
洛阳女儿行	61	汉江临泛	98
老将行	62	使至塞上	100
桃源行	64	临洞庭上张丞相	101
蜀道难	66	与诸子登岘山	103
行路难	68	岁暮归南山	104
将进酒	69	过故人庄	105
兵车行	70	秦中寄远上人	106
丽人行	71	宿桐庐江寄广陵旧游	108
哀王孙	73	早寒有怀	109
经鲁祭孔子而叹之	74	留别王维	110
望月怀远	75	宴梅道士山房	111
送杜少府之任蜀州	77	秋日登吴公台上寺远眺	113
次北固山下	78	送李中丞归汉阳别业	114
赠孟浩然	80	送僧归日本	115
渡荆门送别	81	淮上喜会梁川故人	116
送友人	83	酬程近秋夜即事见赠	117
春望	84	阙题	118
月夜	85	江乡故人偶集客舍	119
天末怀李白	86	楚江怀古	120
旅夜书怀	87	灞上秋居	121
登岳阳楼	88	书边事	122
春日忆李白	89	除夜有怀	123
月夜忆舍弟	90	登金陵凤凰台	123
春夜喜雨	91	和贾至舍人早朝大明宫之作	125
江汉	92	蜀相	126

客至	127	江雪	157
野望	129	玉台体	159
闻官军收河南河北	130	问刘十九	160
登高	131	何满子	161
登楼	133	登乐游原	162
咏怀古迹（其一）	134	为有	163
咏怀古迹（其二）	135	寻隐者不遇	165
咏怀古迹（其三）	136	渡汉江	166
咏怀古迹（其四）	137	春怨	167
咏怀古迹（其五）	137	哥舒歌	168
锦瑟	139	听筝	169
隋宫	140	秋夜喜遇王处士	170
无题	142	逢雪宿芙蓉山主人	170
无题（其一）	142	送上人	171
无题（其二）	143	玉阶怨	172
无题（其三）	144	长干行（其一）	173
春雨	145	长干行（其二）	174
竹里馆	146	塞下曲（其一）	175
相思	147	塞下曲（其二）	175
鸟鸣涧	148	塞下曲（其三）	175
杂诗	148	塞下曲（其四）	176
送崔九	149	江南曲	178
终南望余雪	150	回乡偶书	179
宿建德江	151	桃花溪	180
春晓	152	九月九日忆山东兄弟	181
静夜思	152	少年行	182
独坐敬亭山	154	芙蓉楼送辛渐	183
怨情	154	闺怨	184
八阵图	155	春宫曲	185
登鹳雀楼	156	送孟浩然之广陵	186

峨眉山月歌	187	出塞	217
客中作	188	清平调（其一）	217
望天门山	188	清平调（其二）	217
早发白帝城	189	清平调（其三）	218
江南逢李龟年	190	古朗月行	219
赠花卿	191	出塞	220
宿府	192	金缕衣	222
逢入京使	193	蝉	223
滁州西涧	195	述怀	224
凉州词	195	于易水送人一绝	225
枫桥夜泊	197	正月十五夜	226
寒食	198	滕王阁	227
月夜	199	从军行	228
春怨	200	代悲白头翁	229
征人怨	201	古剑篇	231
宫词	202	经鲁祭孔子而叹之	232
夜上受降城闻笛	203	汾上惊秋	233
乌衣巷	204		
春词	205		
宫词	206	**卷二　宋词**	
秋夕	207		
将赴吴兴登乐游原	208	**北宋词**	
赠别二首（其一）	209	点绛唇	236
赠别二首（其二）	210	酒泉子	236
叹花	211	长相思	237
金谷园	212	踏莎行	238
山行	212	苏幕遮	238
夜雨寄北	213	渔家傲	239
秋夜曲	215	凤栖梧	240
渭城曲	215	定风波	241

雨霖铃	242	水龙吟 次韵章质夫杨花词	274
望海潮	244	定风波 南海归，赠王定国侍儿寓娘	275
迷仙引	245	水调歌头	276
八声甘州	246	念奴娇 赤壁怀古	277
安公子	247	西江月	278
鹤冲天	248	临江仙 夜归临皋	279
天仙子	249	定风波	280
千秋岁	251	卜算子 黄州定惠院寓居作	281
青门引	252	洞仙歌	282
醉垂鞭	254	江城子 密州出猎	283
浣溪沙	254	江城子 乙卯正月二十日夜记梦	284
清平乐	255	蝶恋花	285
山亭柳	257	永遇乐	286
蝶恋花	258	浣溪沙	287
破阵子	259	卜算子	287
离亭燕	260	减字木兰花 竞渡	288
木兰花	260	眼儿媚	289
贺圣朝	262	念奴娇	289
诉衷情	262	水调歌头 游览	290
踏莎行	264	清平乐	291
生查子	265	江城子	292
蝶恋花	266	鹊桥仙	292
渔家傲	267	千秋岁	293
卜算子	268	踏莎行	294
临江仙	268	浣溪沙	294
蝶恋花	269	行香子	295
清平乐	270	半死桐 思越人	296
鹧鸪天	272	杵声齐 古捣练子	296
阮郎归	272	芳心苦	297
卖花声	273	青玉案	298

摸鱼儿 东皋寓居	299	卜算子	318
相见欢	300	六州歌头	318
减字木兰花 题雄州驿	300	水调歌头 闻采石矶战胜	320
南柯子	301	念奴娇 过洞庭	321
燕山亭 北行见杏花	301	西江月	322
南歌子	302	临江仙 暮春	323
一剪梅	303	摸鱼儿	323
如梦令	304	水龙吟 登建康赏心亭	325
如梦令	304	菩萨蛮 书江西造口壁	326
凤凰台上忆吹箫	305	青玉案 元夕	326
清平乐	306	清平乐 村居	327
蝶恋花	307	水龙吟 过南剑双溪楼	328
鹧鸪天	307	西江月 夜行黄沙道中	329
醉花阴	308	贺新郎 别茂嘉十二弟	329
武陵春	309	丑奴儿 书博山道中壁	330
点绛唇	309	太常引 建康中秋为吕叔潜赋	331
永遇乐	310	破阵子 为陈同甫赋壮语以寄	332
声声慢	311	鹧鸪天	332
		西江月 遣兴	333

南宋词

		永遇乐 京口北固亭怀古	334
蝶恋花	312	南乡子 登京口北固亭有怀	335
满江红	313	卜算子	335
小重山	314	唐多令	336
鹧鸪天	314	点绛唇 丁未冬,过吴松作	337
霜天晓角 蛾眉亭	315	踏莎行	337
钗头凤	316	鹧鸪天	338
卜算子	316	念奴娇	339
昭君怨 赋松上鸥	317	齐天乐	340
好事近 七月十三日夜登万花川谷 望月作	317	扬州慢	341
		长亭怨慢	342

暗香 …………………………… 343

卷三 元曲

人月圆　卜居外家东园 …………… 346
喜春来　春宴 …………………… 346
骤雨打新荷 ……………………… 347
小桃红　采莲女 ………………… 348
赏花时　[套数]（节选） ………… 349
干荷叶 …………………………… 350
耍孩儿　庄家不识勾阑[套数] …… 350
一半儿　题情 …………………… 352
拨不断　大鱼 …………………… 353
小桃红　江岸水灯 ……………… 353
潘妃曲 …………………………… 354
一半儿 …………………………… 354
阳春曲　春景 …………………… 355
阳春曲　知几 …………………… 356
庆东原 …………………………… 356

庆东原 …………………………… 357
天净沙　春 ……………………… 358
天净沙　秋 ……………………… 358
黑漆弩 …………………………… 359
醉高歌　感怀 …………………… 359
凭阑人　寄征衣 ………………… 360
黑漆弩　村居遣兴 ……………… 361
金字经 …………………………… 361
金字经　樵隐 …………………… 362
四块玉　紫芝路 ………………… 362
寿阳曲　远浦帆归 ……………… 363
清江引　野兴 …………………… 363
四块玉　浔阳江 ………………… 364
拨不断 …………………………… 365
蟾宫曲　叹世 …………………… 365
天净沙　秋思 …………………… 366
夜行船　秋思[套数]（节选） …… 366
十二月过尧民歌　别情 ………… 368

卷一·唐诗

感遇（其一）

——张九龄

兰叶春葳蕤①，桂华秋皎洁。
欣欣此生意，自尔为佳节②。
谁知林栖者③，闻风坐相悦。
草木有本心④，何求美人折？

※注释

①葳（wēi）蕤（ruí）：枝叶茂盛披离的样子。②自尔：自然而然的。③林栖者：林中隐者。④本心：天性。

※赏析

春天是兰草繁茂的季节，秋天是桂花芬芳的时候，兰桂都是这样欣欣向荣，自然是各自的生机勃勃和清新雅洁象征了春秋佳节。

何料林中隐者，闻到了兰桂的芬芳而生爱慕之情，殊不知兰桂的美好完全是源自它们的本心本性，哪里是在为求人折赏呢？

此诗是张九龄受谗遭贬后所作《感遇》组诗十二首的第一首，诗人自比兰桂，抒发了孤芳自赏、不求人知的情怀。

感遇（其七）

——张九龄

江南有丹橘，经冬犹绿林。
岂伊地气暖①，自有岁寒心。
可以荐嘉客，奈何阻重深。

运命惟所遇,循环不可寻②。

徒言树桃李,此木岂无阴③?

※注释

①岂伊:难道是。②运命二句:意思是运命的好坏只在于遭遇的不同,周而复始、变幻莫测的自然之理,让人无法探究。③阴:同"荫"。

※赏析

江南生长着丹橘,它经历严冬却能葱翠依然,这并非是因为那里的气候温暖,而是橘树本身具有着耐寒的秉性。

丹橘佳美,可以用来招待嘉宾,无奈有重重阻隔,山高水深。在这个命运只在机遇、事理难以穷究的纷乱尘世里,世人只知道倾心于桃李的浮华艳媚,难道丹橘不是更有葱郁不凋的树荫吗?

诗人以丹橘自比,委婉含蓄地表达了对自己因为正直而遭贬逐的悲愤之情,期待朝廷重新起用的心意也是灼然可见。末尾"徒言树桃李,此木岂无阴"的反诘,深沉凝重,矛头直指玄宗后期任用奸人、排斥贤良的用人政策。

下终南山过斛斯山人宿置酒①

——李白

暮从碧山下,山月随人归。

却顾所来径②,苍苍横翠微③。

相携及田家,童稚开荆扉。

绿竹入幽径,青萝拂行衣。

欢言得所憩④,美酒聊共挥⑤。

长歌吟松风⑥,曲尽河星稀。

我醉君复乐,陶然共忘机⑦。

※注释

①斛（hú）斯山人：一位姓斛斯的隐士朋友。②却顾：回头望。③翠微：青翠幽深的山林。④所憩（qì）：留宿休息。⑤聊：姑且。⑥松风：指古乐府《风入松》。⑦忘机：忘记世间的庸俗心机。

※赏析

　　这是一首田园诗，是诗人在长安供奉翰林时所作，写的是诗人月夜拜访终南山上一名姓斛斯的隐士。全诗描写了暮色中山林景色的清新美丽及田家庭院的恬适安静，流露出诗人的赞慕之情。

　　第一句"暮从碧山下"中的"暮"字，引出了第二句的"山月"和第四句的"苍苍"；"下"字引出了第二句的"随人归"及第三句的"却顾"；"碧"字又引出了第四句的"翠微"。首句看似平常的五个字，却没有一个字是虚设的。"山月随人归"一句，将月写得脉脉含情。月尚能如此，人难道还不如月吗？接下来"却顾所来径"一句，写出了诗人对终南山的不舍之情。这里尽管没有正面描写日暮时的山林景色，但却情中有景。是什么让诗人如此迷恋，忍不住向身后回顾呢？不正是迷人的山色吗？第四句"苍苍横翠微"则正面描绘出苍茫暮色中美妙的山林景色。"翠微"指青翠遮掩映衬的山林幽深处；"苍苍"二字更加渲染了色彩的浓重；"横"字则有笼罩之意。以上四句，笔墨简练却神色兼备。

　　接下来，正在山间小路上漫步的诗人可能恰好碰见了斛斯山人，便"相携及田家"。由"相携"二字，可见二人关系之亲密。"童稚开荆扉"，是说孩童们打开柴门迎客。"绿竹入幽径，青萝拂行衣"，写出了田家庭院的清幽恬适，流露出诗人的欣赏、艳羡之情。

　　"欢言得所憩，美酒聊共挥"中的"得所憩"，除了是称赞山人的院落居室外，还表现了诗人遇见山人的欣喜。所以，诗人与山人开心畅谈、开怀畅饮。一个"挥"字，形象地描绘出诗人畅怀美酒的神情。"长歌吟松风，曲尽河星稀"两句，写诗人与山人酒醉情深，纵情高歌，一直唱到夜空星辰寥落，人间更深人静。句中的青松和青天，与上文的苍苍"翠微"遥相呼应。诗的末尾，从共饮美酒转至"我醉君复乐，陶然共忘机"，写酒醉之后，诗人高兴得将俗务机心都抛却了，心境变得淡泊、恬静、幽远。

月下独酌

——李 白

花间一壶酒，独酌无相亲。
举杯邀明月，对影成三人。
月既不解饮，影徒随我身。
暂伴月将影①，行乐须及春②。
我歌月徘徊，我舞影零乱。
醒时同交欢，醉后各分散。
永结无情游③，相期邈云汉④。

※注释
①将：和。②及：趁着。③无情：忘情。④云汉：天河、银河。

※赏析
　　这是《月下独酌》四首中的第一首，表现了李白借酒浇愁的孤独苦闷心理。当时，唐朝开始败落，李林甫及其同党排除异己，把持朝政。李白性格孤傲，又"非廊庙器"，自然遭到排挤。但他身为封建士大夫，既无法改变现状，也没有其他前途可言，只好用饮酒、赏月打发时光，排遣心中孤寂苦闷。于是，有了这首诗。
　　本诗分为三个部分。头四句是第一部分，描写了人、月、影相伴对饮的画面。花间月下，"独酌无相亲"的诗人十分寂寞，于是将明月和自己的影子拉来，三"人"对酌。从一人到三"人"，场面仿佛热闹起来，但其实更加凸显诗人的孤独。

第五句到第八句是第二部分。诗人由月、影引发议论,点明"行乐须及春"的主旨。"月既不解饮,影徒随我身":明月和影子毕竟不能喝酒,它们的陪伴其实是徒劳的。诗人只是暂借月、影为伴,在迷醉的春夜及时行乐。诗人的孤单寥落、苦中作乐跃然纸上。

最后六句是第三部分。诗人慢慢醉了,酒意大发,边歌边舞。歌时,月亮仿佛在徘徊聆听;舞时,影子似乎在摇摆共舞。但是,当诗人一醉不起,月亮与影子就马上各自分开。诗人想和"月""影"真诚地缔结"永结无情游,相期邈云汉"之约,但它们毕竟"皆是无情物",诗人的孤独苦闷溢于言表。

本诗用动写静,用热闹写孤寂,产生了强烈的艺术效果,既表现了诗人空有才华的寂寞,也表现了他孤傲不羁的性格。

春思

——李白

燕草如碧丝①,秦桑低绿枝②。
当君怀归日③,是妾断肠时④。
春风不相识,何事入罗帏?

※**注释**
①燕:指今冀北辽西一带,唐时是边防重地。②秦:今陕西。燕地寒冷,秦地较暖,故燕地的草木要迟生于秦地草木。③怀归日:思生归家之情的时候。④断肠:肝肠寸断。形容思念之久之苦。

※**赏析**
这是一首描写思妇心绪的诗,描写了秦地思妇整日思念在燕地戍边的丈夫,希望他早点回来的情景。

头两句通过秦燕两地的春季景物来起兴。"燕草如碧丝"是思妇想到的,"秦桑低绿枝"是她看到的。仲春之时,花繁叶茂,独在秦地的思妇看到春景,不禁想到在燕地戍边的丈夫,希望他早日归还。她猜想在燕地的丈夫此时看见碧丝一样的春草,应该也会和她想法一样。《楚辞·招隐士》中有"王孙游兮不归,春草生兮萋萋"的语句,这是见春草而思归的出处。诗人化用这个语句,显得浑然天成。同时,这两句中的"丝"与"思""枝"与"知"谐声双关。

中间两句接着上句写:燕草碧绿之时,丈夫也一定想着回家,宽慰两个离人的心灵。按照常理来讲,思妇应该高兴才对,而下句竟写了"断肠"。这种写法看似不合常理,但仔细品味后就会发现:寒冷的燕地春草萌生之时,丈夫才有归还之念;温暖的秦地桑柳滴绿之时,女主人公思念丈夫已久,几近"断肠"。这种对比的写法更加深刻地表现了思妇的情感。最后两句用吹动罗帏的春风来写思妇的心理,表现了她对丈夫忠贞不渝的情操。

秋浦歌

——李 白

白发三千丈,缘愁似个长。
不知明镜里,何处得秋霜?

※赏析

这是一首抒愤诗,作于李白晚年。

诗人仕途坎坷,长年受到官场排挤,得不到朝廷任用,壮志难酬。在他暮年时,一天他偶然望见镜子里头发斑白的自己,不禁悲从中来:生命已经消逝了一大半啊,自己那"寰区大定,海县清一"的理想却还未实现。

古人云,不平则鸣,李白对自己仕途屡遭挫折、时乖运蹇的遭际感到悲愤,故作此诗,以强烈的感情、浪漫主义的艺术手法,将自己心底的抑郁与不平全部宣泄了出来，具有极强的感染力。

沙丘城下寄杜甫

——李 白

我来竟何事？高卧沙丘城①。
城边有古树，日夕连秋声②。
鲁酒不可醉，齐歌空复情③。
思君若汶水④，浩荡寄南征。

※注释

①高卧：这里指闲居。《晋书·陶潜传》："尝言夏月虚闲，高卧北窗之下。清风飒至，自谓羲皇上人。"沙丘：坐落在大汶河南下支流分水口附近（大汶河呈东西流向）。沙丘城应为位于今山东肥城市汶阳镇东、大汶河南下支流洸河（今名洸府河）分水口对岸。②日夕：朝暮，从早到晚。③"鲁酒"两句：《庄子·胠箧》："鲁酒薄而邯郸围。此谓鲁酒之薄，不能醉人；齐歌之艳，听之无绪。皆因无共赏之人。"④汶水：鲁地的河流名，河的正流在现代叫大汶河，源出山东省莱芜市东北原山，向西南流经泰安市、徂徕山、汶上县，入运河。

※赏析

李白在离开长安后漫游梁宋时，遇到了比他小十多岁的另一位大诗人杜甫。当时杜甫尚未进入仕途，二人终日把臂同游，诗酒酬唱，甚为相契。

天宝五载（746年）秋，李白在鲁郡石门送别杜甫，杜甫回到长安，李白则回到汶水附近的沙丘城，从此以后，两人再也未曾见过面。李白与杜甫分别后，独自一人，倍感寂寞，因而写下这首寄怀诗。

诗劈头就说："我来竟何事？"颇有几分难言的恼恨和自责，造成了一种悬念。"高卧沙丘城"一方面描写了闲居乏味的生活，一方面也回答了上面的问题。前六句全是落墨在诗人一方，从不同角度，用不同笔法来写自身怅惘的情怀，周围苍凉、萧瑟的景色，抑郁的心境，没有出现一个"思"或"君"字。但看后两句以浩荡绵延的江水为喻，直接抒发思念之情，好比情感的闸门一旦打开，满腹情思便喷涌而出，方知前六句是蓄势待发，句句都是写"思君"之情，而且是一联强似一联，以致最后不能不直抒其情。诗人寄情于浩荡的流水，把抽象的思情化为具象，不仅点明了主旨，还形成了流水绵绵、相思不绝的意境。

望庐山瀑布

——李白

日照香炉生紫烟①，遥看瀑布挂前川②。
飞流直下三千尺③，疑是银河落九天④。

※**注释**

①香炉：指香炉峰。紫烟：指日光透过云雾，远望如紫色的烟云。②遥看：从远处看。挂：悬挂。前川：一作"长川"。川，河流，这里指瀑布。③直：笔直。三千尺：形容山高。这里是夸张的说法，不是实指。④疑：怀疑。银河：古人指银河系构成的带状星群。九天：一作"半天"。古人认为天有九重，九天是天的最高层，九重天，即天空最高处。此句极言瀑布落差之大。

※**赏析**

这首诗运思奇特，新奇而又真切，夸张而又自然，不愧是脍炙人口的千古名篇。

李白初游庐山，看到阳光照射下的香炉峰上紫烟袅袅升起，看到奔腾飞泻的庐山瀑布，诗人惊呆了，于是挥笔一就，写成此诗。

袅袅白烟在高耸的香炉峰周围冉冉升起，将整座山环绕其中，在红日的映照下幻化成紫色的云霞，这一神奇的景象为下文那庐山瀑布创造了不寻常的背景。

接着，诗人将视线移向从山壁上倾泻而下的瀑布，"遥看瀑布"四字点题;"挂"字化动为静,将奔腾流泻的瀑布在"遥看"时的情景刻画得惟妙惟肖。

全诗运用高度夸张的艺术手法写出了庐山瀑布飞流直下的雄壮气势,读者读之,宛在眼前。而将瀑布比作银河,实在是神来之笔:遥遥看着奔腾飞泻的瀑布,就仿佛从云端落下一般,自然让人联想到银河从天而降的景象。这一比喻看似在情理之外,细品却又是在情理之中。这一比喻,新颖奇特,而又清新自然,无怪乎常为后人所称道了。

赠卫八处士

——杜甫

人生不相见,动如参与商①。
今夕复何夕②,共此灯烛光。
少壮能几时,鬓发各已苍。
访旧半为鬼,惊呼热中肠③。
焉知二十载,重上君子堂。
昔别君未婚,儿女忽成行。
怡然敬父执④,问我来何方。
问答未及已,驱儿罗酒浆。
夜雨剪春韭,新炊间黄粱⑤。
主称会面难,一举累十觞⑥。
十觞亦不醉,感子故意长⑦。
明日隔山岳,世事两茫茫。

※注释

①动:动辄。参(shēn)与商:参星与商星。参星于西,商星于东,此起彼隐,永不相见。②今夕句:意谓今天是什么日子。③热中肠:形容情绪激动异常。④怡然:和悦的样子。父执:父亲的挚友。⑤间(jiàn):掺杂。

⑥累（lěi）：接连。觞（shāng）：酒杯。⑦子：指卫八处士。故意：对故交的情谊。

※赏析

乾元二年（759年）三月，诗人在探望洛阳旧居陆浑庄后，启程回华州。途经奉先时，探望了隐居在此的少年好友卫八处士。相会后不久，诗人写下这首寄情之作。两人相见时，正值安史之乱，诗的开篇四句隐藏着诗人对这个战乱时代的感受。接下来的四句，诗人先从容貌变化说起，继而发出感叹。在了解其他故人的情况，方知多半早已去世后，不免悲从中来。从"焉知二十载"到"感子故意长"，是对两人再聚，友人及家人对诗人热情招待的描写。"感子故意长"是总结前文，写出了诗人对往日与今朝的体会。最后两句写明日的分离，委婉地表达了再次别离给诗人带来的沉郁、忧伤之情。这两句既是对前文"人生不相见，动如参与商"的一种回应，同时又使全诗感情达到了高潮。

望 岳

——杜 甫

岱宗夫如何①，齐鲁青未了。
造化钟神秀②，阴阳割昏晓。
荡胸生层云，决眦入归鸟③。
会当凌绝顶④，一览众山小。

※注释

①岱宗：对泰山的尊称。②钟：赋予，集中。③决眦句：意指山高鸟小，远望飞鸟，几乎要睁裂眼眶。决：裂开。眦（zì）：眼眶。④会当：终当。

※赏析

本诗约作于开元二十四年（736年），是诗人现存诗中创作年代最早的一首。《望岳》共有三首，分别歌咏了东岳泰山、南岳衡山和西岳华山。

本诗是诗人第一次游历齐赵登泰山时所作。当时诗人站在五岳之尊的泰山之巅，心中涌现出无限感慨，于是挥笔写下了这首传世佳作。全诗朝气蓬勃，意蕴深远。

诗的前六句实写泰山之景。

前两句紧扣一个"望"字。第一句以设问的形式，写出了诗人初见泰山时的兴奋、惊叹和仰慕之情。第二句是以距离之远来烘托泰山之高。泰山南面鲁，北面齐，但是远在齐鲁两国国境之外就能望见，可见其高。"青未了"意思是说苍翠山色绵延无际。这句诗既写出了泰山周围的地理风貌，也突出了泰山山脉绵延的特点。

三、四句描绘诗人从近处看到的泰山，具体展现了泰山的秀丽之色和巍峨之态。"造化钟神秀"是说大自然好像对泰山情有独钟。一个"钟"字，将大自然拟人化，写得格外有情，好像大自然将灵秀之气全部赋予了泰山。"阴阳割昏晓"是写泰山极高，阳面和阴面判若晨昏。其中"割"字用得极妙，形象地刻画出泰山雄奇险峻的特点。

五、六句写诗人细望泰山所见之景。只见山中云雾弥漫，令人心怀激荡。由"归鸟投林"可知，当时已是傍晚，而诗人还在入神赏望。这两句从侧面体现出了泰山之美。

七、八句写诗人望泰山时的感受。"会当凌绝顶，一览众山小"两句诗，抒发了诗人不畏困难、敢于攀登绝顶的雄心壮志，表现出一种昂扬向上、积极进取的精神。这两句诗千百年来一直广为传诵，时至今日，依然具有普遍的激励意义。

全诗以"望"字统摄全篇，结构紧密，意境开阔，情景交融，形象鲜明，同时又不失雄浑的气势。

佳 人

——杜 甫

绝代有佳人,幽居在空谷。
自云良家子①,零落依草木。
关中昔丧乱②,兄弟遭杀戮。
官高何足论③,不得收骨肉。
世情恶衰歇④,万事随转烛⑤。
夫婿轻薄儿,新人美如玉。
合昏尚知时⑥,鸳鸯不独宿。
但见新人笑,那闻旧人哭。
在山泉水清,出山泉水浊⑦。
侍婢卖珠回⑧,牵萝补茅屋。
摘花不插发⑨,采柏动盈掬⑩。
天寒翠袖薄,日暮倚修竹。

※注释

①良家子:好人家的女儿。②丧乱:指安禄山攻陷长安之事。③官高句:意谓官高显赫又有什么用呢?④世情句:意谓世人总是厌恶衰落破败。歇:衰退。⑤万事句:意谓世上的事情好像随风抖动的蜡烛,变化无常。⑥合昏:夜合花,叶子朝舒夜合。人们常以此比喻夫妻恩爱。⑦在山两句:喻自己隐于山中贞节自守,不愿因进入世俗而污浊了自己。⑧卖珠:指因为生活贫困而变卖珠宝。⑨摘花句:意谓无心修饰打扮。⑩动:动辄。盈掬:一满把。

※赏析

这首诗作于乾元二年(759年)秋。这一年七月,杜甫辞去了华州司功参军一职,迫于生计,带着家眷来到边远的秦州,过起了负薪采橡栗的生活。

前两句通过写佳人的孤独寂寞说明佳人命运的悲惨,其中蕴藏着诗人对自身命运的感慨。第三句开始,是佳人自述:她出身显赫,但不幸遭遇战乱,兄弟被杀,连尸骨都无法收葬。"世情"以下八句进一步描写了佳人的悲惨命运:家势衰败后,她惨遭丈夫抛弃。这段自述把世态的炎凉、人情的冷暖深深刻画出来。"在山泉水清,出山泉水浊"两句出自《诗经·小雅》中的"相彼泉水,载清载浊"。接下来的四句是对佳人山中生活境况的描写:生活窘迫,但佳人依然"摘花不插发",可见她品格高雅。末两句写出了佳人天寒日暮之时心中的孤独、哀怨,勾勒出一幅鲜活的画面。

梦李白(其一)

——杜 甫

死别已吞声①,生别常恻恻②。
江南瘴疠地③,逐客无消息④。
故人入我梦,明我长相忆⑤。
恐非平生魂,路远不可测⑥。
魂来枫林青,魂返关塞黑⑦。
君今在罗网,何以有羽翼。
落月满屋梁,犹疑照颜色⑧。
水深波浪阔,无使蛟龙得。

※注释

①吞声:泣不成声。②恻(cè)恻:悲伤。③瘴(zhàng)疠(lì):瘴气瘟疫。④逐客:被流放之人。⑤明:表明。⑥恐非二句:其时多有关于李白的不祥传闻,杜甫因而怀疑李白已死。平生:生前。⑦魂来二句:意指李白魂魄来的时候要穿越南方千里枫林,返回时又须渡过阴沉灰暗的秦关。

⑧颜色：梦中李白的容貌。

※赏析

　　本诗以写生离死别的苦痛起首，继而对梦到李白这件事提出了种种猜想和疑问。作者设身处地地为友人着想，就连李白梦魂来去路上的艰辛也让他揪心不已。诗的末尾记述梦醒后因看到惨淡月色而回忆起梦中李白憔悴的面容，道出了他对李白的殷殷叮咛：梦魂归去的路上要经过条条江河，你可要当心凶浪蛟龙（喻指阴险小人），切勿被它们捕获了去！

梦李白（其二）

——杜甫

浮云终日行，游子久不至①。
三夜频梦君，情亲见君意。
告归常局促，苦道来不易。
江湖多风波，舟楫恐失坠②。
出门搔白首，若负平生志。
冠盖满京华③，斯人独憔悴④。
孰云网恢恢⑤，将老身反累⑥。
千秋万岁名，寂寞身后事。

※注释

①浮云两句：意谓浮云终日于空中飘走，而游子却久久不曾到来。游子：指李白。②恐失坠：恐怕船只翻覆。③冠盖：冠冕和车盖，此指达官贵人。④斯人：这个人，指李白。⑤恢恢：《老子》中有"天网恢恢，疏而不漏"句。这里是说谁说天理公平。⑥反累：反而无辜受到牵累。

※赏析

　　继写完前首记梦诗之后，诗人又一连三夜梦到李白，梦中的李白越过千山万水前来与他相见，见面后诉说着此行不易。望着他郁郁不得志的样子，诗人的内心受到了极大的触动，他不禁愤愤不平道："为什么许多碌碌无能之辈都是高冠华盖，而像李白这样一位才华横溢的人却坎坷憔悴？谁说天道公正，像李白这样临到老年而被囚禁放逐的遭遇又该怎么解释呢？"愤到极时，诗人也只能慨然作叹："李白的诗定然会光照千古，只是这身后的名声对那时已寂寞无知的他来讲又有何用处呢！"这深沉一叹，不但蕴含着杜甫对李白的高度评价和深切同情，也联系着他自己的无限心事。

新安吏

——杜 甫

客行新安道，喧呼闻点兵。借问新安吏："县小更无丁①？""府帖昨夜下，次选中男行②。""中男绝短小③，何以守王城？"肥男有母送，瘦男独伶俜④。白水暮东流，青山犹哭声。"莫自使眼枯，收汝泪纵横。眼枯即见骨，天地终无情！我军取相州，日夕望其平。岂意贼难料，归军星散营。就粮近故垒，练卒依旧京。掘壕不到水⑤，牧马役亦轻。况乃王师顺，抚养甚分明。送行勿泣血，仆射如父兄⑥。"

※注释

①更：岂。②次：依次。③中男：唐玄宗时期，定十八岁为"中男"。④伶俜（pīng）：形容孤独。⑤不到水：指掘壕很浅。⑥仆射（yè）：官名。此指郭子仪。如父兄：指极爱士卒。

※赏析

唐肃宗乾元元年（758年）冬，郭子仪和李光弼等九节度使在邺城包围了安庆绪叛军。但昏庸多疑的唐肃宗不善统率，又兼粮食不足，士气低落，后来史思明援军至，唐军大败。唐王朝为了补充兵力，大肆抽丁拉夫。杜甫目睹了这次惨败后人民罹难的痛苦情状，经过艺术提炼，写成组诗"三吏""三别"。《新安吏》是组诗的第一首。诗人通过对官吏大量抓捕中男服役这一眼见事实的描写，表达了诗人对人民的深重同情。但除此之外，诗中还反映出杜甫矛盾的心理。一方面，诗人对统治者大肆征丁感到愤怒，对人民表示同情；另一方面，诗人又劝说中男，鼓励他们参军作战。这种矛盾心理主要是由当时的社会现实决定的：安史之乱给人民带来的深重灾难，维护国家和平统一是摆在第一位的；统治者昏庸无能，将战争的灾难推向人民，强征丁壮，这也确实闻之令人激愤。

石壕吏

——杜 甫

暮投石壕村①，有吏夜捉人②。老翁逾墙走③，老妇出门看。吏呼一何怒④！妇啼一何苦⑤！听妇前致词⑥："三男邺城戍⑦。一男附书至⑧，二男新战死⑨。存者且偷生⑩，死者长已矣⑪！室中更无人⑫，惟有乳下孙⑬。有孙母未去⑭，出入无完裙⑮。老妪力虽衰⑯，请从吏夜归⑰，急应河阳役⑱，犹得备晨炊⑲。"夜久语声绝⑳，如闻泣幽咽㉑。天明登前途㉒，独与老翁别。

※注释

①暮：时间名词作状语，在傍晚。投：投宿。②吏：低级官员，这里指抓壮丁的差役。夜：时间名词作状语，在夜里。③逾（yú）：越过，翻过。走：跑，这里指逃跑。④一何：何其，多么。⑤啼：哭啼。⑥前致词：指老妇走上前去（对差役）说话。前，上前，向前。致，对……说。⑦邺（yè）城：即相州，在今河南安阳。戍（shù）：防守，这里指服役。⑧附书至：捎信回来。⑨新：最近，刚刚。⑩且：姑且，暂且。偷生：苟且活着。⑪长已矣：永远完了。已，停止，这里引申为完结。⑫室中：家中。更无人：再没有别的（男）人了。更，再。⑬乳下孙：正在吃奶的孙子。⑭去：离开，这里指改嫁。⑮完裙：完整的衣服。⑯老妪（yù）：老妇人。衰：弱。⑰请

从吏夜归：请让我和你晚上一起回去。⑱应：应征。河阳：今河南省洛阳市吉利区（原河南省孟县），当时唐王朝官兵与叛军在此对峙。⑲犹得：还能够。备：准备。晨炊：早饭。⑳夜久：夜深了。㉑闻：听。泣幽咽：有泪无声为"泣"，哭声哽塞低沉为"咽"。㉒登：踏上。前途：前行的路。

※赏析

　　这是一首反映官吏横暴、人民苦难深重的诗。邺城大败后，唐军四处抽丁补充兵力。杜甫根据亲眼所见写了一组诗，《石壕吏》是其中的一首。此诗讲述了诗人在经过石壕村时目睹的一个故事：诗人在日暮时分投宿到石壕村的一户人家里，正要入睡时，突然听到一阵喧哗，原来是官兵来抓人当兵。这家唯一的男丁——老翁，听到响动逾墙逃跑，家里只剩下一个年迈的妇人和她的儿媳、孙子。老妇为了保护母孙两个，请求官吏将她带走，去前线备炊。通过这目睹的一幕，诗人深刻地揭露了社会的黑暗，表达了对人民的强烈同情。

潼关吏

——杜　甫

士卒何草草①，筑城潼关道。
大城铁不如，小城万丈余。
借问潼关吏："修关还备胡？"
要我下马行，为我指山隅：
"连云列战格，飞鸟不能逾。
胡来但自守②，岂复忧西都。
丈人视要处，窄狭容单车。
艰难奋长戟，万古用一夫。"
"哀哉桃林战③，百万化为鱼。

请嘱防关将，慎勿学哥舒！④"

※注释

①草草：劳苦的样子。②胡：安史叛军。③桃林：桃林塞，指河南灵宝市以西至潼关一带的地方。④哥舒：指名将哥舒翰。

※赏析

乾元二年（759年）春，唐军在相州（治所在今河南安阳）大败，安史叛军乘势进逼洛阳。如果洛阳再次失陷，叛军必将西攻长安，那么作为长安和关中地区屏障的潼关势必有一场恶战。杜甫经过这里时，刚好看到了紧张的备战气氛。

"借问潼关吏：'修关还备胡？'""修关"的目的，其实杜甫很清楚，这里是故意发问。"还"暗暗引出三年前潼关失守一事，设置悬念。接下来通过关吏之口对潼关的守备状况进行讲解，反映了守关将士昂扬的斗志。但诗人并没有因此发出赞叹，因为他牢记着"前车之覆"，所以最后说道："请嘱防关将，慎勿学哥舒！"

此诗通过对话的形式，生动地刻画了守卫潼关的将士的形象，展现了将士们昂扬的斗志，以及显示了诗人对历史教训的痛心，抒发了其心中久久难以消磨的沉痛悲愤之感。

新婚别

——杜甫

兔丝附蓬麻①，引蔓故不长。嫁女与征夫，不如弃路旁。结发为君妻，席不暖君床。暮婚晨告别，无乃太匆忙②。君行虽不远，守边赴河阳③。妾身未分明④，何以拜姑嫜⑤？父母养我时，日夜令我藏⑥。生女有所归⑦，鸡狗亦得将⑧。君今往死地，沉痛迫中肠⑨。誓欲随君去，形势反苍黄⑩。勿为新婚念，努力事戎行⑪！妇人在军中，兵气恐不扬。自嗟贫家女，久致罗襦裳⑫。

罗襦不复施⑬，对君洗红妆⑭。仰视百鸟飞，大小必双翔⑮。人事多错迕⑯，与君永相望⑰。

※注释

①兔丝：即菟丝子，一种蔓生的草，依附在其他植物枝干上生长。比喻女子嫁给征夫，相处难久。②无乃：岂不是。③河阳：今河南孟州市，当时唐军与叛军在此对峙。④身：身份，指在新家中的名分地位。唐代习俗，嫁后三日，始上坟告庙，才算成婚。仅宿一夜，婚礼尚未完成，故身份不明。⑤姑嫜：婆婆、公公。⑥藏：躲藏，不随便见外人。⑦归：古代女子出嫁称"归"。⑧将：相随。这两句即俗语所说的"嫁鸡随鸡，嫁狗随狗"。⑨迫：煎熬、压抑。中肠：内心。⑩苍黄：仓皇。意思是多所不便，更麻烦。⑪事戎行：从军打仗。⑫久致：许久才制成。襦：短袄。裳：下衣。⑬不复施：不再穿。⑭洗红妆：洗去脂粉，不再打扮。⑮双翔：成双成对地一起飞翔。此句写出了女子的寂寞和对那些能够成双成对的鸟儿的羡慕。⑯错迕：差错，不如意。⑰永相望：永远盼望重聚。表示对丈夫的爱情始终不渝。

※赏析

《新婚别》是唐代诗人杜甫所写的新题乐府组诗"三别"之一，作于唐肃宗乾元二年（759年）。

本诗采用独白的形式描写了一对新婚夫妻的离别。因为是刚刚结婚，新娘难免羞涩，所以用比喻引起下文。头天结婚，丈夫第二天就要去战场作战，新娘内心虽然十分悲痛，但她知道，他们的生死与幸福同国家的命运是紧密相连的，要实现美好的爱情理想，必须做出牺牲。内心做了一番挣扎后，新娘忍痛鼓励丈夫参军，并坚定地表达了至死不渝的爱情誓言。

这首诗写出了当时人民面对战争的态度和复杂的心理，深刻地揭示了战争带给人民的巨大灾难。

溪居

——柳宗元

久为簪组束①，幸此南夷谪②。
闲依农圃邻③，偶似山林客④。
晓耕翻露草，夜榜响溪石⑤。
来往不逢人，长歌楚天碧⑥。

※注释

①簪组：古时官吏的冠饰，此指做官。束：束缚。②南夷：指当时南方少数民族地区。谪（zhé）：贬官。③农圃（pǔ）：农园菜圃。④偶似句：意思是有时自己就仿佛是个山林隐逸之士。⑤榜（bàng）：划船。⑥楚天：永州古属楚地。

※赏析

本诗是诗人被贬永州后所作的反映谪居生活的诗。元和五年（810年），柳宗元被贬永州，在零陵西南游览时，发现了曾为冉氏所居的冉溪，因爱其风景秀丽，便迁居此地，并改名为愚溪。这首诗就是他迁居愚溪后所作。

本诗表面上似乎写的是诗人溪居生活的悠闲自在，然而细看则多是愤激反语，字里行间隐含着深深的郁闷和怨愤。如开首两句，诗意突兀，耐人寻味。贬官本来是一件不如意的事情，诗人却以反意着笔，说自己久在官场身受拘束，为做官所"累"，而以这次被贬南荒之地为"幸"事。实际上，这只是诗人含着痛苦的笑。

诗的中间四句是写谪居生活。诗人说自己有时闲依农园，有时遨游山林，晨翻露草，夜泛清江，对天长歌，与人无争，对不幸遭遇无所萦怀，心胸旷达。然而，诗人这里是有意美化自己的谪居生活，其中"闲依""偶似"相对，看似有着强调闲适的意味。事实上，"闲依"包含着投闲置散的无聊,"偶似"则说明诗人并不真正具有隐士的淡泊、闲适。

末句"来往不逢人,长歌楚天碧",写诗人独来独往,碰不到别人,仰望碧空蓝天,放声歌唱。诗人看似自由自在,无拘无束,但毕竟也太孤独了。这两句恰恰透露出诗人是强作闲适。这首诗的韵味也就在这些地方。清沈德潜说,"愚溪诸咏,处连蹇困厄之境,发清夷淡泊之音,不怨而怨,怨而不怨,行间言外,时或遇之。"这段评论是极为精妙的。本诗和诗人另一首名诗《江雪》一样,含蓄深沉,意在言外。

望行人

——王建

自从江树秋,日日望江楼。
梦见离珠浦,书来在桂州。
不同鱼比目,终恨水分流。
久不开明镜,多应是白头。

※赏析

这是一首思妇怀念行人的诗。

首联点明时节已经是秋天了,思妇天天登楼眺望,盼望能看见行人归来的帆船。"自从"两字暗示出行人之前说定的归期已经到了,人却未如约归来。

思妇不知道行人为何逾期不归,只能在家中苦苦等候,望眼欲穿,心中不断地计算着行人的路程,这种忧思甚至形诸梦寐。梦见行人已经离开珠浦,可却得到书信说人还在桂州,由此可以想见思妇盼人之心切而得书之失望。

思念愈切、遗憾愈深而幽怨愈重,故逼出五、六句,慨叹夫妇间不能像比目鱼一般相聚在一起,恨见流水分开各自远去。

末尾两句为思妇的自我揣测之词。"久不开明镜",说明行人在外,既无悦己者,自然无心对镜妆容,与《诗经》中的"自伯之东,首如飞蓬"有异曲同工之妙,而"多应是白头"则体现出思妇忧伤之情。

石竹咏

——王绩

萋萋结绿枝①,晔晔垂朱英②。
常恐零露降,不得全其生。
叹息聊自思,此生岂我情。
昔我未生时,谁者令我萌。
弃置勿重陈,委化何足惊③。

※注释

①萋萋:草木茂盛的样子。②晔晔:美丽繁盛的样子。朱英:红花。③委化:随任自然的变化。

※赏析

石竹,又名洛阳花,是一种夏季开花的多年生草本植物。诗歌的前四句正面描写石竹,赞其正当全盛,丰姿优美,但又想到霜露降临,石竹便不免凋零。在一实一虚的对照中,寄寓了深深的忧患感。"叹息"四句由石竹的遭遇联想到人生,对生命、自我、人生进行追索思考,流露出彷徨和苦闷的情绪,不难看出诗人对隋末纷乱的社会现实的不满,诗意又逼进一层。结句却又一转,以委顺自然变化作收束,足见诗人的旷怀高致。

全诗托兴石竹而咏怀,语言质朴却有味,格调清雅而深沉,善于起承转合,非但理至,风味亦是深得陶诗的朴素自然特点,是初唐诗坛中的老到浑成之作。

塞下曲（其一）

——王昌龄

蝉鸣空桑林①，八月萧关道②。
出塞入塞寒，处处黄芦草。
从来幽并客③，皆共尘沙老。
莫学游侠儿④，矜夸紫骝好⑤。

※注释

①空桑林：叶子已然枯落的桑树林。②萧关：古时关中与塞北的交通要冲，在今宁夏固原东南。③幽并：幽州和并州，唐时皆属于边防之地。④游侠儿：指恃勇逞强、意气用事、常常惹是生非的人。⑤矜夸：骄傲自夸。紫骝（liú）：泛指骏马。

※赏析

阴历八月的边塞风物，桑叶凋落，秋风鸣蝉；萧关道上征人远戍，大漠荒寒，处处枯草。来自幽州和并州的边关将士都在边塞沙场上度过一生，诗人劝告青年人，莫学那些整日矜夸紫骝宝马如何名贵的游侠儿，空自夸耀却不能为国出力御敌。全诗表现出了一种积极的人生观和价值观。

塞下曲（其二）

——王昌龄

饮马渡秋水①，水寒风似刀。
平沙日未没，黯黯见临洮②。
昔日长城战，咸言意气高③。
黄尘足今古，白骨乱蓬蒿④。

※注释

①饮（yìn）马：给马喝水。②临洮（táo）：今甘肃岷县一带，是长城的起点。③咸：都。④蓬蒿：泛指野草。

※赏析

  这是一首以长城附近边疆为背景所作的乐府诗。诗人通过追忆开元二年（714年）唐将薛讷大破吐蕃的故事，展现了战争的悲烈严酷，流露出诗人强烈的反战思想。

  诗的前四句勾画了一幅晚秋塞外落日沙漠的景致，写尽塞外荒凉：即使江水寒冷、秋风凛冽，在给战马饮完水后，大军便急匆匆地横渡秋水奔赴遥远边疆。广袤的沙地隐隐露出没有完全消失的夕阳，蒙蒙暮色中依稀可见临洮。"水寒风似刀"一句，生动形象地展现出了秋季塞外的凄凉萧瑟。

  诗的后四句追溯以往长城发生的战事，展现了战后的惨烈景象：长城在古代是军事要地，这里战争频发，古往今来，有不少爱国将士在这里以身殉国。长城内外的滚滚黄沙上，掩埋在荒草丛中的列列白骨至今依稀可见，景象荒凉而悲壮。末句一个"乱"字，点明了将士们为国征战千里，最终却落得身死荒野，无人照管、掩埋、祭奠的凄惨下场。通过种种景象的展现，战争的残酷，不言自明。

  诗人用语精简，以反衬烘托的笔法写景抒情，将战争的凄惨严酷展现得淋漓尽致。全诗弥漫着凄凉的气氛，秋水、寒风、黄尘、白骨、荒草无不尽显萧瑟肃杀之气，很好地烘托出了全诗意旨。本诗抒发了诗人对出塞军兵的同情、赞扬和对牺牲战士的哀悼，表现了诗人强烈的反战思想，极具穿透力，读来苍凉悲壮。

关山月

——李白

明月出天山①,苍茫云海间。
长风几万里,吹度玉门关②。
汉下白登道③,胡窥青海湾④。
由来征战地⑤,不见有人还。
戍客望边邑⑥,思归多苦颜⑦。
高楼当此夜,叹息未应闲。

※注释

①天山:今甘肃祁连山,古时匈奴称天为祁连,故名天山。②玉门关:在今甘肃敦煌西,相传和田美玉经此传入中原,因此得名,古时为中原通西域的门户。③汉下句:指汉高祖刘邦亲率军与匈奴交战,被困白登山七日一事。④胡:指吐蕃。窥:窥伺。青海湾:即青海湖。唐军多与吐蕃交战于此。⑤由来:从来。⑥戍客:戍边的官兵。⑦苦颜:愁容。

※赏析

　　一轮明月升起在峻伟的天山,出没于苍茫云海之间。浩荡长风掠过几万里,吹度千古玉门雄关。历史上汉高祖用兵白登山征战匈奴,吐蕃觊觎青海河山,这里从古到今都是征战厮杀的地方,几乎看不到有人活着归还。戍边将士眼望着边地的城塞,思念起故乡,愁眉不展。他们家中的妻子在这个夜晚,也一定在闺楼上凭栏远眺,哀叹连连。

长干行

——李白

妾发初覆额①,折花门前剧②。
郎骑竹马来,绕床弄青梅③。

同居长干里，两小无嫌猜。
十四为君妇，羞颜未尝开。
低头向暗壁，千唤不一回。
十五始展眉④，愿同尘与灰。
常存抱柱信⑤，岂上望夫台⑥。
十六君远行，瞿塘滟滪堆⑦。
五月不可触，猿声天上哀。
门前旧行迹⑧，一一生绿苔。
苔深不能扫，落叶秋风早。
八月蝴蝶黄，双飞西园草。
感此伤妾心，坐愁红颜老。
早晚下三巴⑨，预将书报家。
相迎不道远⑩，直至长风沙⑪。

※注释

①初覆额：头发刚刚盖住额头。②剧：游戏。③弄青梅：指绕床追逐，投掷青梅嬉戏。④始展眉：意谓情感开始于眉宇间展露出来。⑤抱柱：《庄子·盗跖》载，尾生曾与一女子约会于桥下，女子不来，潮水至而尾生却不离开，抱梁柱溺死。此处喻坚贞。⑥岂上句：意谓何曾想到要到望夫台去期盼丈夫的归来。⑦瞿塘：即瞿塘峡，长江三峡之一，位于四川奉节县东。滟(yàn)滪(yù)堆：瞿塘峡入口处的大礁石。每逢水涨，滟滪堆便为水所淹没，常有船只触礁而沉。⑧旧行迹：指丈夫离家时在门口留下的足迹。⑨早晚：何时。三巴：指巴郡、巴东、巴西，均在今四川东部。⑩不道远：不说远，不辞劳苦。⑪长风沙：地名，距金陵七百里。

※赏析

本诗为描写"商人妇"婚姻生活的叙事诗。诗歌以爱情为内容，通过商妇的自白，缠绵婉转地表达了她对在外经商的丈夫的思念和挚爱，也表现了她对待感情的执着。本诗人物形象鲜明完整，感情缠绵细腻，语言直白动人，格调清新悠远，属乐府佳作。其中，"青梅竹马""两小无猜"成为描写男女幼时情意的佳话。

开头六句，商妇追忆了与夫君"青梅竹马，两小无猜"的儿时情景。"十四为君妇"四句生动表现了商妇少女成婚时的娇羞，再现了两人新婚时的甜蜜情形。"十五始展眉"四句描写了两人婚后感情美满、恩爱有加的情形。"十六君远行"四句写丈夫远行经商后，商妇为之担惊受怕的心情。下四句写商妇深刻的相思。末四句写商妇期待夫君早回。这里，商妇对夫君热烈的爱、对见面的期待、心中隐藏的浓烈感情，都被诗人生动地表现了出来。

列女操

——孟 郊

梧桐相待老[①]，鸳鸯会双死。
贞妇贵殉夫，舍生亦如此。
波澜誓不起[②]，妾心古井水。

※**注释**
①梧桐：梧为雄树，桐为雌树。②波澜誓不起：意谓心中不会再起波澜。

※**赏析**
　　梧桐相伴到老，鸳鸯不肯独活，夫君一亡，贞烈女子便会以身殉夫，即使存活于世，也是心如古井之水，不会再起波澜。礼法令人殉则可怜，深情使人贞则可敬。本诗比喻贴切，清明如话，颇有民歌风味，让人过目不忘。

游子吟

——孟 郊

慈母手中线，游子身上衣。
临行密密缝，意恐迟迟归。
谁言寸草心①，报得三春晖②！

※**注释**
①寸草心：小草的嫩心，比喻天下儿女之心。②三春晖：春日温暖的阳光，比喻母爱的温暖。

※**赏析**
　　母亲的细针密线织就了游子身上的征衣，游子将要离家的时候，母亲会将衣服缝补得更加结实，以确保它们能帮游子抵挡风寒；她其实更希望游子能早早归来，那样她才能真正地放下心来。游子就像春天里的小草，母亲就像那无微不至的春晖，作者说：短短的小草，如何能报答得了春晖带给它的温暖和恩情？全诗短短数语，但从古至今感动了千万读者，是描写亲情难得的佳作。

梦游天姥吟留别①

——李 白

海客谈瀛洲②，烟涛微茫信难求。
越人语天姥③，云霓明灭或可睹。
天姥连天向天横，势拔五岳掩赤城④。
天台四万八千丈，对此欲倒东南倾⑤。
我欲因之梦吴越⑥，一夜飞度镜湖月⑦。
湖月照我影，送我至剡溪⑧。

谢公宿处今尚在⑨,渌水荡漾清猿啼⑩。

脚著谢公屐⑪,身登青云梯。

半壁见海日⑫,空中闻天鸡⑬。

千岩万转路不定,迷花倚石忽已暝⑭。

熊咆龙吟殷岩泉⑮,栗深林兮惊层巅。

云青青兮欲雨,水澹澹兮生烟⑯。

列缺霹雳,丘峦崩摧。

洞天石扉,訇然中开⑰。

青冥浩荡不见底,日月照耀金银台⑱。

霓为衣兮风为马,云之君兮纷纷而来下⑲。

虎鼓瑟兮鸾回车⑳,仙之人兮列如麻㉑。

忽魂悸以魄动,恍惊起而长嗟。

惟觉时之枕席,失向来之烟霞。

世间行乐亦如此,古来万事东流水。

别君去兮何时还㉒,且放白鹿青崖间㉓,

须行即骑访名山。

安能摧眉折腰事权贵,使我不得开心颜!

※注释

①天姥(mǔ):山名,在今浙江新昌县东。②海客:来往海上的人。瀛洲:古以蓬莱、方丈、瀛洲为三座仙山。③越:指今浙江一带。天姥山唐时属越州。④拔:超越。掩:盖过。赤城:山名,在今浙江天台县北。⑤天台两句:意谓天台虽高,但比起天姥,却像是低倾向东南。⑥我欲句:意谓日思游天姥,入夜则开始了梦游吴越。⑦镜湖:在今浙江绍兴。⑧剡(shàn)溪:在浙江省嵊州市南,曹娥江上游。⑨谢公宿处:南朝谢灵运游天姥,曾在剡溪投宿。⑩渌(lù)水:清澈的水流。⑪谢公屐(jī):谢灵运为登山所特制的木屐。⑫半壁:半山腰。⑬天鸡:传说桃都山中有大树名桃都,上

有天鸡,日出照此木,天鸡则鸣,天下之鸡皆随之鸣。⑭暝:天黑,黄昏。⑮殷(yǐn):震动。⑯澹澹:水波荡漾闪动的样子。⑰列缺四句:意谓忽然间电闪雷鸣,山峰为之坍塌。仙洞石门,轰然大开。訇(hōng)然:即轰然。⑱金银台:神仙所居的金阙银台。⑲云之君:指神仙。⑳虎鼓瑟:老虎鼓瑟。鸾回车:鸾鸟拉车。㉑列如麻:言其众多。㉒别君句:李白作此诗时准备由东鲁下吴越,君指东鲁的友人。㉓白鹿:传说仙人常乘白鹿。

※赏析

这是一首记梦诗,是李白的代表作之一。诗以写作者寻求仙境而不能得起兴,继而写因听说吴越之地有天姥山,山高势险,云霞明灭,或可与仙境媲美,因而于梦中寻去,并由此揭开了梦游天姥的序幕。诗人将神话传说与对山水的真实体验融为一体,尽脱现实时间、空间的拘羁,任由想象驰骋,为我们展开了一幅幅瑰丽奇幻、异彩纷呈的画面;虽是描写梦境,却真切自然、毫不做作,在渲染离奇诡谲的气氛上尤其出色。诗的末尾部分抒发了作者梦醒后的感想,既有对"世间行乐亦如此,古来万事东流水"的慨叹,又有对"且放白鹿青崖间,须行即骑访名山"的向往。然而情感最强烈的当属那"安能摧眉折腰事权贵"的反诘,其中寄托了他对现实的强烈不满和反抗,抒发了他对自由生活的热爱之情。

把酒问月

——李 白

青天有月来几时?我今停杯一问之。
人攀明月不可得,月行却与人相随。
皎如飞镜临丹阙①,绿烟灭尽清辉发②。
但见宵从海上来③,宁知晓向云间没④?
白兔捣药秋复春⑤,嫦娥孤栖与谁邻⑥?
今人不见古时月,今月曾经照古人。

古人今人若流水，共看明月皆如此。

唯愿当歌对酒时⑦，月光长照金樽里⑧。

※注释

①丹阙：朱红色的宫门。②绿烟：指遮蔽月光的浓重的云雾。③但见：只看到。④宁知：怎知。没：隐没。⑤白兔捣药：古代神话传说。西晋傅玄《拟天问》："月中何有，白兔捣药。"⑥嫦娥：传说中后羿的妻子，她偷吃了后羿的仙药，成为仙人，奔入月中。见《淮南子·览冥训》。⑦当歌对酒时：在唱歌饮酒的时候。曹操《短歌行》："对酒当歌，人生几何？"⑧金樽：精美的酒具。

※赏析

这是一首咏月诗，诗集诗情与哲理于一体。

一、二句以倒装句式统摄全篇，以疑问句表达了对宇宙本源的困惑，极有气势。

月夜下，诗人把盏独酌，仰望着浩瀚的天空，不禁浮想联翩，由宇宙及人生，一连串的追问，一连串的喟叹，将我们带入一个哲意漾漾又诗意融融的奇妙世界里。在经过一番海阔天空的驰骋与遐想之后，诗人又回归自我，回到生活，得出人生苦短、行乐须及时的人生感悟。

诗人意绪多端，从酒到月，从月到酒；从空间感受到时间感受；由宇宙而人生，随兴而至，挥墨自如。既塑造了一个神秘、美好的月亮形象，又将一个孤独脱尘的诗人形象凸显了出来。

宣州谢朓楼饯别校书叔云

——李 白

弃我去者，昨日之日不可留。乱我心者，今日之日多烦忧。长风万里送秋雁，对此可以酣高楼。蓬莱文章建安骨①，中间小谢又清发②。俱怀逸兴壮思飞，欲上青天览明月③。抽刀断水水更流,举杯销愁愁更愁。人生在世不称意,明朝散发弄扁舟。

※**注释**

①蓬莱文章:蓬莱本是传说中的仙山,多藏宝典秘录。东汉时人称国家藏书处为蓬莱山,这里是用蓬莱文章代指汉代的文章。建安骨:曹操父子和建安七子作品风格苍健遒劲,被后人称为建安风骨。②小谢:这里指谢朓。他以山水风景诗见长,后人常将他和谢灵运并举,因他的时代在后,故称为"小谢"。清发:清新秀发。③览:同"揽"。

※**赏析**

　　诗一开头既不写楼,更不叙别,而是直接抒发郁积已久的强烈精神苦闷。紧接着做了转折,从苦闷中放眼万里秋空,遥望长风吹送鸿雁的壮美景色,激发出酣饮高楼的豪情逸兴。"送"字和"酣"字,点出了"饯别"的主题。"蓬莱"四句承接饯别,分写主客双方,"俱怀逸兴壮思飞,欲上青天览明月"。然后又是一个大转折,从青天揽月的幻想中跌入苦闷的深渊,感到理想与现实的矛盾不可调和,"抽刀断水水更流,举杯销愁愁更愁"正是在这种情况下出现的。在这种"不称意"的苦闷中,诗人决定归隐江湖。全诗直起直落,大开大阖,没有任何承转过渡的痕迹,表现出诗人因理想与现实的尖锐矛盾而产生的复杂感情。虽然诗人精神上是苦闷烦忧的,却没有放弃对美好理想的追求,诗中仍然贯注着豪迈雄放的气概。

走马川行奉送封大夫出师西征①

—— 岑 参

君不见走马川,雪海边,平沙莽莽黄入天。
轮台九月风夜吼②,一川碎石大如斗,随风满地石乱走。
匈奴草黄马正肥,金山西见烟尘飞③,汉家大将西出师。

将军金甲夜不脱,半夜军行戈相拨④,风头如刀面如割。
马毛带雪汗气蒸,五花连钱旋作冰⑤,幕中草檄砚水凝⑥。
虏骑闻之应胆慑⑦,料知短兵不敢接,车师西门伫献捷⑧。

※注释

①封大夫:即唐朝名将封常清。②轮台:在今新疆米泉区境。③金山:即新疆境内的阿尔泰山。烟尘飞:指敌人进犯。④拨:碰撞。⑤五花连钱:毛色斑驳的良马。旋作冰:指马出的汗立刻凝结成冰。⑥草檄:起草讨敌文书。⑦虏骑:敌骑。⑧车师:唐北庭都护府所在。

※赏析

岑参在担任安西北庭节度使判官时,为出兵西征的封常清写下了这首送行诗。本诗的笔触雄奇有力,描写边塞战斗生活的豪迈。

诗人开篇极笔描写了恶劣的环境,并用反衬的手法重点表现了边疆战士不畏困难、斗志昂扬的爱国情操。前三句没有一个"风"字,却恰切地抓住了风"色":白天,狂风怒吼,飞沙走石,不见天日。接着三句从暗写转到明写,行军从白天进入黑夜。虽看不见风"色",但能听见风声:狂风肆虐,一个"吼"字形象地突出了风势之大;石头被风吹得满地飞滚,一个"乱"字更是表现了风的狂躁。

下面,诗人通过虚写汉代军队与匈奴交战,来实写唐代军士对严寒的天气毫不畏惧,冒雪作战。草黄马壮之时,敌军开始进攻。"烟尘飞"是对报警的烽烟和敌军铁骑卷起的烟尘交织在一起的景象的描写,不仅渲染了战前的形势,也点明了唐军早有准备。通过典型的环境和细节描写,诗人描写了唐军的英勇:"夜不脱"写了将军的以身作则;"戈相拨"写大军夜晚疾行时的严整肃穆;"风头如刀面如割"则是描写边疆的寒冷,与前面对风的描写呼应,也是诗人对大军行进的感受。接下来的三句中,诗人对马汗成冰、砚水冻结进行了细致的描摹,极力渲染了寒冷的天气、艰苦的环境和紧张的战前气氛,充分描写出军士们充满豪情的战斗精神。

结尾三句,诗人断定敌人必定望风溃逃,预祝唐军凯旋。

本诗文字流畅,自然天成。

轮台歌奉送封大夫出师西征

——岑参

轮台城头夜吹角①,轮台城北旄头落②。
羽书昨夜过渠黎③,单于已在金山西。
戍楼西望烟尘黑④,汉兵屯在轮台北。
上将拥旄西出征⑤,平明吹笛大军行。
四边伐鼓雪海涌,三军大呼阴山动。
虏塞兵气连云屯⑥,战场白骨缠草根。
剑河风急雪片阔,沙口石冻马蹄脱⑦。
亚相勤王甘苦辛⑧,誓将报主静边尘。
古来青史谁不见,今见功名胜古人⑨。

※注释

①角:军中号角。②轮台:今新疆米泉区境。旄(máo)头落:指胡人败亡之兆。旄头:星宿名,旧时译为胡星。③羽书:紧急文书。渠黎:西域国名,亦作渠犁。④烟尘黑:指敌军迫近。⑤旄:旗杆上的饰物,指军旗。⑥虏塞:敌方要塞。屯:聚集。⑦剑河、沙口:均在今新疆境内。⑧亚相:封常清官御使大夫,位次于宰相。勤王:操劳王事。⑨今见句:意在赞美封常清功业胜过古人。

※赏析

本诗和《走马川行》是同一时间、同一事件、赠馈同一对象的作品。但本诗的手法和前诗不同,是直接描写战阵。

前六句写战前双方严阵以待的紧张形势。与《走马川行》先写自然环境不同,本诗直接描写战阵,表明军队已经进入战备。前两句两次用"轮台城"渲染当时的战斗气氛。而"夜吹角""旄头落"两词,在烘托我军同仇敌忾情绪的同时,也暗示了我军的必胜气势。气势渲染到一定程度,诗人却宕开一笔,点明局势紧张的因由。这种倒置的手法使开头更加奇崛。"单于已在金山西"与"汉兵屯在轮台北"句式相同,表现了两军对垒局势的紧张,也说明大战即将开始。

下面四句写白天出兵。诗人极笔描写了吹笛伐鼓的军队声势。至此,出师时的从容和开头的紧张对比强烈,更加突出军队的声势。

后四句描写艰苦的战斗。"虏塞兵气连云屯"说明对方军队人数众多。这里,诗人是通过描写对方兵力之强来衬托我方兵力更强,是以强写强。"战场白骨缠草根"说明战后必有大量的伤亡。以下两句又极写天气寒冷。"剑河""沙口"这些地名显露出浓重的杀气,是泛指。"风急雪片阔""石冻马蹄脱"则更加表现了边疆气候的特点。通过描写寒冷与牺牲,诗人歌颂了军士奋不顾身的精神。

结尾四句用歌颂收束全文,提前预测凯旋,照应题目。

白雪歌送武判官归京

——岑 参

北风卷地白草折,胡天八月即飞雪。

忽如一夜春风来,千树万树梨花开。

散入珠帘湿罗幕,狐裘不暖锦衾薄①。

将军角弓不得控,都护铁衣冷难着②。

瀚海阑干百丈冰③,愁云惨淡万里凝。

中军置酒饮归客④,胡琴琵琶与羌笛。

纷纷暮雪下辕门,风掣红旗冻不翻⑤。

轮台东门送君去,去时雪满天山路⑥。
山回路转不见君,雪上空留马行处。

※注释

①衾(qīn):被子。②着(zhuó):穿。③瀚海:大沙漠。阑干:纵横貌。④中军:此指中军帐内。⑤风掣(chè)句:意谓红旗已然冰冻,风吹时也不再飘动。⑥天山:在今新疆境内。

※赏析

西北边地,八月飞雪,雪降有如一夜春风忽起,吹得万树枝头梨花绽放。

边地的雪纷纷扬扬,雪花飘入珠帘,浸湿了罗幕,那份冰冻寒冷,让狐裘不暖,锦被嫌薄,将军拉不开擅长的强弓,都护难以穿上护身的铠甲。无垠瀚漠,纵横的是百丈坚冰,天色惨淡,凝结着万里愁云。

就是在这样的一天,作者的朋友武判官将要返京,大家为他在中军帐置酒饯行。在胡琴、琵琶与羌笛的合奏声中,他们依依惜别,难分难舍,直至傍晚雪势又盛。

作者于轮台东门送别武判官,他看到皑皑白雪早把山路覆盖,心中不禁为友人的前程担忧。当友人的身影终于消失在这雪暮的山回路转之中,他空望着雪地上友人远走的行迹,久久不肯离去……

韦讽录事宅观曹将军画马图①

——杜甫

国初已来画鞍马②,神妙独数江都王③。
将军得名三十载,人间又见真乘黄④。
曾貌先帝照夜白⑤,龙池十日飞霹雳⑥。
内府殷红马脑盘⑦,婕妤传诏才人索⑧。
盘赐将军拜舞归⑨,轻纨细绮相追飞⑩。

贵戚权门得笔迹，始觉屏障生光辉[11]。
昔日太宗拳毛䯄[12]，近时郭家狮子花[13]。
今之新图有二马，复令识者久叹嗟。
此皆骑战一敌万，缟素漠漠开风沙[14]。
其余七匹亦殊绝[15]，迥若寒空动烟雪[16]。
霜蹄蹴踏长楸间[17]，马官厮养森成列[18]。
可怜九马争神骏[19]，顾视清高气深稳[20]。
借问苦心爱者谁，后有韦讽前支遁[21]。
忆昔巡幸新丰宫[22]，翠华拂天来向东[23]。
腾骧磊落三万匹[24]，皆与此图筋骨同。
自从献宝朝河宗[25]，无复射蛟江水中[26]。
君不见金粟堆前松柏里[27]，龙媒去尽鸟呼风[28]。

※注释

①曹将军：曹霸，以善画马著名，玄宗时官左武卫将军。②国初已来：指唐开国以来。③江都王：唐太宗之侄李绪，以画马著名。④乘黄：传说中的神马。⑤貌：描绘。照夜白：玄宗所乘宝马。⑥飞霹雳：喻马腾跃之姿。⑦内府：皇家府库。马脑：玛瑙。⑧婕妤、才人：都是宫中妃嫔的称号。⑨拜舞：古代臣下朝见皇帝的礼节。⑩轻纨细绮：指赐精美织品。⑪屏障：屏风。⑫拳毛䯄（guā）：唐太宗六骏之一。⑬郭家：名将郭子仪家。狮子花：唐代宗赐郭子仪的御马。⑭缟素句：谓展开画绢只见风沙漠漠中有骏马在奔腾。缟素：白绢。⑮殊绝：与众不同。⑯迥若句：谓画中之马如寒空下烟和雪在飘舞。⑰霜蹄：马蹄。长楸（qiū）：古人常种楸树于道旁，这里指大道。⑱厮养：养马的役卒。⑲可怜：可爱。⑳清高：指马昂首时的神情。㉑支遁：东晋名僧，以爱马著称。㉒新丰宫：指华清宫。㉓翠华：皇帝仪仗中用翠鸟毛做装饰的旗帜，此指皇帝车驾。㉔腾骧（xiāng）：腾跃。磊落：纷多。㉕自从句：用河宗献宝之后周穆王归天典喻玄宗死。㉖无复

句：元封五年，汉武帝亲射蛟江中，获之。此句是说玄宗已死，不能再巡游了。㉗金粟堆：指玄宗陵寝，玄宗葬于今陕西蒲城县金粟山。㉘龙媒：指良马。鸟呼风：意谓良马去尽徒见林鸟于风中啼鸣。

※赏析

  本诗为诗人的咏画名作。全诗盛赞了曹霸将军画马技艺的高超和声名的隆盛，以及他的画作《九马图》的栩栩如生，美妙超绝。全诗也通过描写观画寓托诗人对世事盛衰兴亡的感慨。在经历了玄宗、肃宗、代宗三代帝王相继当政的不安定生活后，诗人难免生出世事变幻、人世沧桑、浮生如梦之感。于是，诗人在代宗广德二年作了本诗。当时，诗人的友人韦讽出任阆中录事参军，家藏曹霸画马图。曹将军，即曹霸，开元中名画家，常奉召画御马及功臣，官至左武卫将军。安史之乱后，他流落四川。诗人在本诗中借马喻人，明写马的筋骨气概，实则寄托诗人的情感和抱负。诗人通过对《九马图》大加赞赏，表达自己对先帝的无比忠诚。这正如浦起龙在《读杜心解》中所说："身历兴衰，感时抚事，惟其胸中有泪，是以言中有物。"

  本诗在结构和章法上都有独到绝妙之处。在章法上，诗人开篇所描写的意境奇妙高远，中间的叙述跌宕起伏，结尾处看似突兀，实则颇为含蓄。第一段的四句皆为称赞曹霸画技高超、无与伦比之语；第二段一共八句，叙述曹霸当年为皇帝画马后所得到的奖赏、荣誉及恩宠；接下来的十句为第三段，描写曹霸所绘《九马图》中每匹马的姿态；最后八句为第四段，与前文提到的"先帝"相照应，抒发今非昔比的感叹。在结构上，如杨伦在《杜诗镜铨》中提到的："尤须玩其结构之妙，将江都王衬出曹霸，又将支遁衬出韦讽，便增两人多少身分。本画九马，先从照夜白说来，详其宠赐之出；本结九马，却想到三万匹去，不胜龙媒之悲，前后波澜亦阔。中叙九马，先将拳毛、狮子二马拈出另叙，次及七马，然后将九马并说，妙在一气浑雄，不了着迹，真属画工之笔。"

  值得一提的是，诗人借描写《九马图》，对玄宗时代的一些人、事进行了追忆，从而暗示了世事难料、人世沧桑。全诗主要描写骏马，写得形象逼真，而从侧面表达出来的情感又感人至深，意味深远。

丹青引赠曹将军霸

——杜 甫

将军魏武之子孙①，于今为庶为清门②。
英雄割据虽已矣③，文采风流今尚存。
学书初学卫夫人④，但恨无过王右军⑤。
丹青不知老将至⑥，富贵于我如浮云。
开元之中常引见⑦，承恩数上南薰殿。
凌烟功臣少颜色⑧，将军下笔开生面。
良相头上进贤冠⑨，猛将腰间大羽箭。
褒公鄂公毛发动⑩，英姿飒爽来酣战。
先帝御马玉花骢⑪，画工如山貌不同⑫。
是日牵来赤墀下⑬，迥立阊阖生长风⑭。
诏谓将军拂绢素，意匠惨淡经营中⑮。
斯须九重真龙出⑯，一洗万古凡马空。
玉花却在御榻上⑰，榻上庭前屹相向⑱。
至尊含笑催赐金，圉人太仆皆惆怅⑲。
弟子韩幹早入室⑳，亦能画马穷殊相。
幹惟画肉不画骨，忍使骅骝气凋丧㉑。
将军画善盖有神，必逢佳士亦写真。
即今漂泊干戈际，屡貌寻常行路人㉒。
途穷反遭俗眼白，世上未有如公贫。
但看古来盛名下，终日坎壈缠其身㉓。

※注释

①魏武：指魏武帝曹操。②清门：寒门。③英雄割据：指魏、蜀、吴三足鼎立。④卫夫人：东晋著名书法家。⑤王右军：指曾任右军将军的王羲之。⑥丹青句：意谓曹霸一生沉浸于笔墨丹青中而不知老之将至。⑦引见：由内臣引领应诏朝帝。⑧凌烟功臣：贞观十七年二月，唐太宗命画功臣像于凌烟阁。开元时，玄宗曾命曹霸重画。少颜色：画的颜色因年久而暗淡。⑨进贤冠：唐代百官上朝时所戴的黑色礼冠。⑩褒公鄂公：指褒国公段志玄和鄂国公尉迟敬德。⑪玉花骢（cōng）：玄宗所乘骏马名。⑫画工句：意谓画工虽多，均不能得原马风神。⑬赤墀（chí）：皇宫内用红漆涂的台阶。⑭迥立：昂头屹立。阊（chāng）阖（hé）：本指天门，此代宫门。⑮意匠句：指曹霸苦心构思。⑯斯须：一会儿。真龙：神马。⑰玉花：指画中的玉花骢。却在：反在。⑱榻上句：意谓榻上马图和阶前真马两两相对，昂首屹立。⑲圉（yǔ）人：养马的马倌儿。太仆：掌管皇帝车马的官。惆怅：慨叹。⑳韩幹：玄宗时官太府寺丞，初以曹霸为师，后自成一派。入室：得师傅传授。㉑骅（huá）骝（liú）：骏马。㉒屡貌句：意谓曹霸罢官后，漂泊零落，甚至常常给路人画像为生。㉓坎壈（lǎn）：困顿。

※赏析

　　诗从曹霸的家世写起，称赞他风流文采一脉相承，潜心研习书画而不慕富贵；继而回顾他奉旨再绘凌烟功臣和摹写玄宗爱骑玉花骢诸事，酣畅淋漓地展现出画家的高超技艺和辉煌过去。然而时过境迁，一代大师晚年非常落拓，作者以悲凉的笔调，满含同情地描述了曹霸因战乱流落民间后的艰苦生活、窘困境遇，抒发了对其遭遇的愤愤不平之情。结尾两句作慰藉语，说古来负盛名者多穷困失意，既是慰人，也是慰己。

八月十五夜赠张功曹[①]

——韩愈

纤云四卷天无河,清风吹空月舒波。
沙平水息声影绝,一杯相属君当歌[②]。
君歌声酸辞且苦,不能听终泪如雨。
洞庭连天九疑高[③],蛟龙出没猩鼯号[④]。
十生九死到官所,幽居默默如藏逃[⑤]。
下床畏蛇食畏药,海气湿蛰熏腥臊[⑥]。
昨者州前捶大鼓[⑦],嗣皇继圣登夔皋[⑧]。
赦书一日行千里,罪从大辟皆除死[⑨]。
迁者追回流者还,涤瑕荡垢清朝班。
州家申名使家抑[⑩],坎轲只得移荆蛮[⑪]。
判司卑官不堪说[⑫],未免捶楚尘埃间[⑬]。
同时流辈多上道[⑭],天路幽险难追攀[⑮]。
君歌且休听我歌,我歌今与君殊科[⑯]:
一年明月今宵多,人生由命非由他,
有酒不饮奈明何。

※注释

①张功曹:张署,河间人。②属(zhǔ):劝酒。③九疑:即苍梧山,在今湖南宁远县境内。从此句起至"天路幽险"句,皆是张功曹歌。④猩:猩猩。鼯(wú):大飞鼠。⑤幽居句:意谓谪居荒僻之地,默默受苦有如罪犯藏逃。⑥下床两句:意谓下床常常怕蛇咬,吃饭时时怕中毒,近海地湿蛰伏着蛇虫,到处散发着腥臊之气。⑦州:指郴州衙署。⑧嗣皇:指唐宪宗。登夔皋:喻任用贤良。夔、皋是舜帝时的贤臣。⑨大辟:死刑。除死:免死。⑩州家句:意谓刺史已为我申报赦免,却被观察使阻拦。⑪坎

轲:坎坷。移荆蛮:指调往江陵任职。⑫判司:对诸曹参军的统称。⑬捶楚:鞭打。⑭上道:去往京城长安。⑮天路:指进身朝廷之路。⑯殊科:不为同类。

※赏析

诗从中秋月色写起,继而援引张署悲歌,述说了贬谪之地自然环境的险恶,谪居生活的凄苦,谈到了此次大赦二人遇到的不公待遇,表达了对于黯淡前路的畏怯之情。

诗人既已借友人之口一吐心中郁愤,便只再自作三句歌词完结全篇,一句赞今宵月光最好最多,一句说人生有命,难以自己掌握,一句道有酒且醉,不管明朝如何;看似旷达,实则寄慨遥深。

谒衡岳庙遂宿岳寺题门楼

——韩愈

五岳祭秩皆三公①,四方环镇嵩当中②。
火维地荒足妖怪③,天假神柄专其雄④。
喷云泄雾藏半腹⑤,虽有绝顶谁能穷⑥?
我来正逢秋雨节,阴气晦昧无清风。
潜心默祷若有应,岂非正直能感通⑦?
须臾静扫众峰出,仰见突兀撑青空。
紫盖连延接天柱⑧,石廪腾掷堆祝融⑨。
森然魄动下马拜,松柏一径趋灵宫⑩。
粉墙丹柱动光彩,鬼物图画填青红。
升阶伛偻荐脯酒⑪,欲以菲薄明其衷⑫。
庙令老人识神意⑬,睢盱侦伺能鞠躬⑭。
手持杯珓导我掷⑮,云此最吉余难同⑯。

窜逐蛮荒幸不死⑰，衣食才足甘长终⑱。
侯王将相望久绝，神纵欲福难为功⑲。
夜投佛寺上高阁，星月掩映云曈昽⑳。
猿鸣钟动不知曙，杲杲寒日生于东㉑。

※**注释**

①祭秩皆三公：祭祀都是按照祭奠三公的等级进行的。三公：泛指人臣的最高爵位。②嵩当中：泰山、衡山、华山、恒山各镇东、南、西、北四方，嵩山位于中心，故云。③火维句：衡山处于炎热荒僻的南方，古人以为其地多妖怪。维：隅落。④假：授予。柄：权力。⑤半腹：山腰。⑥穷：登顶。⑦正直：指岳神。⑧紫盖、天柱与下面的石廪、祝融都是山峰名。⑨腾掷：形容山势跌宕逶迤的样子。⑩一径：一路。趋：朝向。灵宫：指衡岳庙。⑪伛（yǔ）偻（lǚ）：曲身示敬。荐脯酒：进献肉和酒。荐：进献。⑫菲薄：指菲薄的祭品。明其衷：表明自己的敬意。⑬庙令：掌管寺庙的人。⑭睢（suī）盱（xū）：此处是凝视的意思。侦伺：窥察。能鞠躬：惯于鞠躬。⑮杯珓（jiào）：占卜用具。导我掷：教给我投掷的方法。⑯云此句：意谓老人说此卦象最吉，其他卦象难以与之相比。⑰窜逐蛮荒：指远谪阳山事。⑱衣食句：意谓衣食刚足温饱，但甘愿长此而终。⑲侯王两句：意谓侯王将相之望早已断绝，纵使神明想要赐福于我，也难奏效。⑳曈（tóng）昽：朦胧的样子。㉑杲（gǎo）杲：形容日色明亮。

※**赏析**

　　由郴州前往江陵赴任途中，作者有幸来到云雾缭绕、巍峨险峻的南岳脚下，他不禁联想起历代对于五岳的隆重祀典，想到关于衡山的悠久传说，越发感到它神秘莫测、令人景仰。

　　适逢秋雨季节，本没有希望看到壮丽的景色，然而经过作者一番"潜心默祷"，须臾之间云开雾散，奇峰秀峦突兀而出，这虽说是巧合，但作者却认为是神灵有知。

  为了向神灵表达敬意,他沿山而上,来到衡岳庙贡献祭品。庙令老人提出为他占卜,得"最吉"一卦。作者心想:前些时候被贬蛮荒之地未死已是幸运,而今只求衣食无忧,早已断绝侯王将相之望,纵然神明想要赐福怕也只会徒劳无功。

  作者夜宿佛寺,心怀坦荡地酣睡过去,连第二天清晨的寺钟猿鸣也不能将他吵醒,直至明亮的太阳从东方升起。

石鼓歌

——韩愈

张生手持石鼓文,劝我试作石鼓歌。
少陵无人谪仙死①,才薄将奈石鼓何。
周纲陵迟四海沸②,宣王愤起挥天戈③。
大开明堂受朝贺,诸侯剑佩鸣相磨④。
蒐于岐阳骋雄俊⑤,万里禽兽皆遮罗⑥。
镌功勒成告万世⑦,凿石作鼓隳嵯峨⑧。
从臣才艺咸第一,拣选撰刻留山阿。
雨淋日炙野火燎,鬼物守护烦㧙呵⑨。
公从何处得纸本,毫发尽备无差讹。
辞严义密读难晓,字体不类隶与蝌⑩。
年深岂免有缺画,快剑斫断生蛟鼍⑪。
鸾翔凤翥众仙下⑫,珊瑚碧树交枝柯⑬。
金绳铁索锁纽壮⑭,古鼎跃水龙腾梭⑮。
陋儒编诗不收入⑯,二雅褊迫无委蛇⑰。
孔子西行不到秦,掎摭星宿遗羲娥⑱。

嗟余好古生苦晚，对此涕泪双滂沱。
忆昔初蒙博士征⑲，其年始改称元和。
故人从军在右辅，为我度量掘臼科⑳。
濯冠沐浴告祭酒㉑，如此至宝存岂多？
毡包席裹可立致，十鼓只载数骆驼。
荐诸太庙比郜鼎㉒，光价岂止百倍过㉓？
圣恩若许留太学㉔，诸生讲解得切磋。
观经鸿都尚填咽㉕，坐见举国来奔波㉖。
剜苔剔藓露节角㉗，安置妥帖平不颇㉘。
大厦深檐与盖覆，经历久远期无佗㉙。
中朝大官老于事，讵肯感激徒媕婀㉚。
牧童敲火牛砺角㉛，谁复著手为摩挲㉜。
日销月铄就埋没，六年西顾空吟哦㉝。
羲之俗书趁姿媚㉞，数纸尚可博白鹅㉟。
继周八代争战罢，无人收拾理则那㊱？
方今太平日无事，柄任儒术崇丘轲㊲。
安能以此上论列㊳，愿借辩口如悬河。
石鼓之歌止于此，呜呼吾意其蹉跎㊴。

※**注释**

①少陵：杜甫。谪仙：李白。②周纲：周朝的朝纲。陵迟：衰败。③宣王：周宣王，周室中兴之主。挥天戈：喻宣王之开疆扩土、平定叛乱。④诸侯句：形容朝拜的诸侯众多，以致剑佩相磨而鸣响。剑佩：剑上的玉饰。⑤蒐（sōu）：打猎。岐阳：岐山之南。⑥遮罗：被网围拦捕。⑦镌功勒成：刻功业成就于石上。勒：刻。成：成就。⑧隳（huī）：毁坏。⑨扬通"挥"。呵：呵斥。⑩隶：隶书。蝌：指蝌蚪文，一种古文字。⑪快剑句：此句是写石鼓文已然残缺。斫（zhuó）：砍。蛟鼍（tuó）：蛟龙。⑫鸾翔句：

形容字体活泼灵动，有如鸾飞凤舞，天上众仙飘忽而下。翥（zhù）：飞。⑬珊瑚句：形容文字相互交错。⑭金绳铁索句：喻字体的苍劲勾连。⑮古鼎跃水：形容字体沉稳而有灵气。龙腾梭：古有龙化梭的传说。⑯诗：指《诗经》。⑰二雅：指《诗经》中的《大雅》《小雅》。褊（piǎn）迫：狭小。委蛇：迂远壮阔的样子。⑱孔子两句：意谓孔子因未到秦地，故采诗未收石鼓文，就像只取了星宿而遗漏了太阳和月亮。掎（jǐ）摭（zhí）：摘取。羲：羲和，指太阳。娥：嫦娥，指月亮。⑲忆昔句：指元和元年韩愈召为国子博士。⑳臼科：埋石鼓的坑穴。㉑濯（zhuó）：洗涤。㉒荐：进献。郜鼎：太庙中的神器。㉓光价：声价。㉔太学：国子监。㉕观经鸿都：到鸿都门观看、摹写经文。鸿都门：藏书之所。填咽（yè）：拥塞。㉖坐：即将。㉗节角：文字的棱角。㉘颇：歪斜。㉙无佗：不出其他问题。㉚讵（jù）肯：岂肯。媕（ān）娿（ē）：无主见，犹豫不决。㉛敲火：敲石取火。砺：磨。㉜摩挲：抚摸玩赏。㉝六年西顾：此诗是元和六年作。㉞羲之：东晋王羲之。㉟数纸句：王羲之爱鹅，曾书写《道德经》以换一山阴道士之鹅。㊱则那（nuó）：又奈何。㊲柄任儒术：尊儒之意。丘轲：指孔子与孟子。㊳论列：议论。㊴其蹉跎：意谓将只是白费心思而已。

※赏析

  我们仍旧能从这篇《石鼓歌》中领略石鼓文当日的风貌。诗中"辞严"八句便是对石鼓文形态气韵的极佳写真。但作者作此篇的目的并不在描画石鼓文上，而是在替石鼓千年来历尽雨打风吹水淹火烧而不为人知的身世痛惜叹惋，希望它们的珍贵价值有朝一日能被人们认识，能被完好地保存起来，为更多的人所研究琢磨。韩愈一生勤于治学，尤其喜欢钻研古代文献，他以如此激情为石鼓谱写下史诗般的赞歌，可见其对古文化的深爱之情。而这篇作品也因"体势恢宏，音韵铿訇"而为人所称道。

渔翁

——柳宗元

渔翁夜傍西岩宿①,晓汲清湘燃楚竹②。
烟销日出不见人,欸乃一声山水绿③。
回看天际下中流,岩上无心云相逐。

※注释
①西岩:在湖南零陵县西湘江外。②燃楚竹:指烧竹煮水。③欸(ǎi)乃:行船时的摇橹声。

※赏析
  渔翁夜晚泊舟在西山脚下,早上汲清湘之水,燃楚竹为薪。当雾散日出时,他的小舟已不见踪影,但青山绿水间却时而传来那清寥悠长的摇橹之声。此诗作于柳宗元被贬永州期间,写渔翁而意在自况,传寄出诗人萧然世外、悠游自适的洒脱情怀。结尾两句从渔翁角度写出:他驾小舟顺流而下,回望来处,只见西岩上白云浮动,好像在互相追逐。恬然意境,令人神远。

长恨歌

——白居易

汉皇重色思倾国①,御宇多年求不得②。
杨家有女初长成,养在深闺人未识。
天生丽质难自弃,一朝选在君王侧。
回眸一笑百媚生,六宫粉黛无颜色。
春寒赐浴华清池,温泉水滑洗凝脂。
侍儿扶起娇无力,始是新承恩泽时。
云鬓花颜金步摇,芙蓉帐暖度春宵。

春宵苦短日高起,从此君王不早朝。
承欢侍宴无闲暇,春从春游夜专夜。
后宫佳丽三千人,三千宠爱在一身。
金屋妆成娇侍夜,玉楼宴罢醉和春③。
姊妹弟兄皆列土④,可怜光彩生门户。
遂令天下父母心,不重生男重生女。
骊宫高处入青云,仙乐风飘处处闻。
缓歌慢舞凝丝竹⑤,尽日君王看不足。
渔阳鼙鼓动地来⑥,惊破霓裳羽衣曲。
九重城阙烟尘生,千乘万骑西南行。
翠华摇摇行复止⑦,西出都门百余里。
六军不发无奈何,宛转蛾眉马前死。
花钿委地无人收⑧,翠翘金雀玉搔头⑨。
君王掩面救不得,回看血泪相和流。
黄埃散漫风萧索,云栈萦纡登剑阁⑩。
峨嵋山下少人行,旌旗无光日色薄。
蜀江水碧蜀山青,圣主朝朝暮暮情。
行宫见月伤心色,夜雨闻铃肠断声。
天旋地转回龙驭⑪,到此踌躇不能去。
马嵬坡下泥土中,不见玉颜空死处。
君臣相顾尽沾衣,东望都门信马归⑫。
归来池苑皆依旧,太液芙蓉未央柳⑬。
芙蓉如面柳如眉,对此如何不泪垂?
春风桃李花开日,秋雨梧桐叶落时。
西宫南内多秋草,落叶满阶红不扫。

梨园弟子白发新，椒房阿监青娥老⑭。
夕殿萤飞思悄然，孤灯挑尽未成眠。
迟迟钟鼓初长夜，耿耿星河欲曙天。
鸳鸯瓦冷霜华重，翡翠衾寒谁与共。
悠悠生死别经年，魂魄不曾来入梦。
临邛道士鸿都客⑮，能以精诚致魂魄⑯。
为感君王辗转思，遂教方士殷勤觅⑰。
排空驭气奔如电，升天入地求之遍。
上穷碧落下黄泉，两处茫茫皆不见。
忽闻海上有仙山，山在虚无缥渺间。
楼阁玲珑五云起，其中绰约多仙子。
中有一人字太真⑱，雪肤花貌参差是。
金阙西厢叩玉扃⑲，转教小玉报双成⑳。
闻道汉家天子使，九华帐里梦魂惊。
揽衣推枕起徘徊，珠箔银屏迤逦开㉑。
云鬓半偏新睡觉㉒，花冠不整下堂来。
风吹仙袂飘飘举㉓，犹似霓裳羽衣舞。
玉容寂寞泪阑干㉔，梨花一枝春带雨。
含情凝睇谢君王㉕，一别音容两渺茫。
昭阳殿里恩爱绝，蓬莱宫中日月长。
回头下望人寰处，不见长安见尘雾。
惟将旧物表深情，钿合金钗寄将去。
钗留一股合一扇，钗擘黄金合分钿㉖。
但教心似金钿坚，天上人间会相见。
临别殷勤重寄词，词中有誓两心知。

七月七日长生殿，夜半无人私语时。
在天愿作比翼鸟，在地愿为连理枝。
天长地久有时尽，此恨绵绵无绝期。

※注释

①汉皇：指唐玄宗。②御宇：统御天下。③醉和春：醉意伴随着春意。④列土：分封领地。⑤凝丝竹：喻歌舞紧扣音乐声。⑥渔阳句：指安禄山在渔阳起兵叛乱。鼙（pí）鼓：中国古代军队中用的小鼓。⑦翠华：皇帝仪仗中用翠鸟羽毛作装饰的旗帜。⑧花钿（diàn）：花朵形首饰。⑨翠翘、金雀、玉搔头：均是杨妃所佩戴的钗簪。⑩云栈（zhàn）：高入云霄的栈道。剑阁：在今四川剑阁县东北大剑山、小剑山之间，为由陕入川的必经之路。⑪天旋句：指局势转变，玄宗还京。龙驭（yù）：皇帝的车驾。⑫信马归：任马驰骋而归。⑬太液：太液池。未央：未央宫。⑭椒房：后妃们住的地方。阿监：指宫中女官。⑮临邛（qióng）句：意谓来自蜀中，作客长安的道士。临邛：今四川邛崃市。鸿都：汉宫门名，此指长安。⑯致魂魄：将灵魂召来。⑰方士：有道术的人。⑱太真：杨贵妃为女道士时号太真。⑲扃（jiōng）：门户。⑳转教：指请侍女通报。小玉、双成：指太真侍女。㉑珠箔：珠帘。迤逦开：谓层层敞开。㉒新睡觉：刚睡醒。㉓袂（mèi）：衣袖。㉔阑干：形容泪水横流的样子。㉕凝睇（dì）：凝视。㉖擘（bāi）：分开。

※赏析

　　白居易的《长恨歌》是古典诗歌中的不朽之作，从它问世到现在十二个世纪的漫长岁月里，始终是传唱不衰，保持着极强的生命力。作者作此歌的初衷本是"惩尤物，窒乱阶，垂于将来"（《长恨歌传》），可以说是将《长恨歌》的主题定为了"耽色误国"，然而却在写作的过程当中为李、杨二人凄美的爱情故事所裹挟，不由自主地写出了这首千古绝唱。全诗将叙事、写景、抒情三者完美地结合在一起，将一幅幅浸透人间悲喜、饱含荣枯变化的画面展现在人们面前，动情讲述了一个朝代由盛而衰的历史，一位帝王由喜而悲的爱情，旷世的爱情与流传千古的佳句同样具有无穷魅力，超越了时空的阻隔和生命的极限，最终达到一种永恒的境界。

韩碑

——李商隐

元和天子神武姿，彼何人哉轩与羲①。
誓将上雪列圣耻②，坐法宫中朝四夷③。
淮西有贼五十载，封狼生貙貙生罴④。
不据山河据平地，长戈利矛日可麾。
帝得圣相相曰度，贼斫不死神扶持⑤。
腰悬相印作都统⑥，阴风惨淡天王旗⑦。
愬武古通作牙爪⑧，仪曹外郎载笔随⑨。
行军司马智且勇⑩，十四万众犹虎貔⑪。
入蔡缚贼献太庙⑫，功无与让恩不訾⑬。
帝曰汝度功第一，汝从事愈宜为辞⑭。
愈拜稽首蹈且舞⑮，金石刻画臣能为。
古者世称大手笔，此事不系于职司⑯。
当仁自古有不让，言讫屡颔天子颐⑰。
公退斋戒坐小阁⑱，濡染大笔何淋漓。
点窜尧典舜典字⑲，涂改清庙生民诗⑳。
文成破体书在纸㉑，清晨再拜铺丹墀㉒。
表曰臣愈昧死上㉓，咏神圣功书之碑。
碑高三丈字如斗，负以灵鳌蟠以螭㉔。
句奇语重喻者少㉕，谗之天子言其私。

长绳百尺拽碑倒,粗砂大石相磨治㉖。
公之斯文若元气,先时已入人肝脾。
汤盘孔鼎有述作,今无其器存其辞。
呜呼圣王及圣相,相与烜赫流淳熙㉗。
公之斯文不示后,曷与三五相攀追㉘?
愿书万本诵万遍,口角流沫右手胝㉙。
传之七十有二代,以为封禅玉检明堂基㉚。

※注释

①轩:轩辕氏。羲:伏羲氏。②列圣耻:唐王朝从安史之乱起便形成了外敌入侵、藩镇割据的局面,宪宗之前的几个皇帝曾因为吐蕃与地方军阀的叛乱而出奔。③法宫:皇帝处理政务的正殿。四夷:泛指四方边地。④淮西两句:意谓淮西等地被奸贼割据了五十多年,而这些武臣的残暴又是代代相承的。貙(chū)、罴(pí):都是凶猛的野兽。⑤帝得圣相两句:意谓唐宪宗得到贤明的宰相名叫裴度,贼寇们暗杀他不死是神明的辅助。⑥都统:军队的统帅。⑦天王旗:皇帝的旗帜。⑧愬(sù)、武、古、通:指裴度手下的大将李愬、韩公武、李道古、李文通。⑨仪曹外郎:礼部员外郎李宗闵。⑩行军司马:指韩愈,其时他担任军中顾问。⑪貔(pí):传说中的猛兽。⑫入蔡句:指元和十二年十月李愬夜袭蔡州,擒叛将吴元济,押解至长安一事。⑬恩不訾(zī):意谓皇上对他的恩遇也不可估量。訾:计量。⑭宜为辞:指诏命韩愈作《平淮西碑》。⑮稽(qǐ)首:叩头。⑯此事句:此事重大不能交给一般文官,须亲自执笔。⑰讫(qì):毕。颔:点头。颐:下巴。⑱公:指韩愈。⑲点窜:指修改字句。⑳清庙、生民:《诗经》篇名。㉑破体:行书的一种。㉒丹墀(chí):皇宫前的红色台阶。㉓昧死:冒死。㉔灵鳌(áo):负碑的大龟。螭(chī):无角龙。此指碑上所刻的螭形花纹。㉕喻:理解。㉖谗之三句:指李愬之妻入宫向宪宗言碑文不实,宪宗遂命磨去碑文,遣人重撰一事。㉗烜(xuǎn)赫:显

赫。㉘公之两句：意谓韩碑碑文若不能昭示后世，宪宗功业又如何与三皇五帝相承接。㉙胝（zhī）：茧。㉚玉检：封存封禅文书的器具。明堂：天子处理政务、召见诸侯的地方。

※赏析

　　本诗由宪宗决心削平藩镇开始写起，详尽叙述了裴度率军平定淮西的功绩，以及韩碑从撰碑、树碑到推碑的过程，热情赞颂了韩愈碑文的不朽价值。全诗叙议相兼，写得高古雄拔，直追韩愈之风。

长安古意

——卢照邻

长安大道连狭斜①，青牛白马七香车②。
玉辇纵横过主第③，金鞭络绎向侯家④。
龙衔宝盖承朝日⑤，凤吐流苏带晚霞⑥。
百尺游丝争绕树⑦，一群娇鸟共啼花。
游蜂戏蝶千门侧⑧，碧树银台万种色。
复道交窗作合欢⑨，双阙连甍垂凤翼⑩。
梁家画阁中天起⑪，汉帝金茎云外直⑫。
楼前相望不相知⑬，陌上相逢讵相识⑭？
借问吹箫向紫烟⑮，曾经学舞度芳年。
得成比目何辞死⑯，愿作鸳鸯不羡仙。
比目鸳鸯真可羡，双去双来君不见？
生憎帐额绣孤鸾⑰，好取门帘帖双燕⑱。
双燕双飞绕画梁，罗帷翠被郁金香⑲。
片片行云着蝉翼⑳，纤纤初月上鸦黄㉑。
鸦黄粉白车中出，含娇含态情非一。

妖童宝马铁连钱㉒，娼妇盘龙金屈膝㉓。
御史府中乌夜啼㉔，廷尉门前雀欲栖㉕。
隐隐朱城临玉道㉖，遥遥翠幰没金堤㉗。
挟弹飞鹰杜陵北㉘，探丸借客渭桥西㉙。
俱邀侠客芙蓉剑㉚，共宿娼家桃李蹊㉛。
娼家日暮紫罗裙，清歌一啭口氛氲㉜。
北堂夜夜人如月㉝，南陌朝朝骑似云㉞。
南陌北堂连北里㉟，五剧三条控三市㊱。
弱柳青槐拂地垂，佳气红尘暗天起㊲。
汉代金吾千骑来㊳，翡翠屠苏鹦鹉杯㊴。
罗襦宝带为君解㊵，燕歌赵舞为君开㊶。
别有豪华称将相，转日回天不相让㊷。
意气由来排灌夫㊸，专权判不容萧相㊹。
专权意气本豪雄，青虬紫燕坐春风㊺。
自言歌舞长千载，自谓骄奢凌五公㊻。
节物风光不相待㊼，桑田碧海须臾改㊽。
昔时金阶白玉堂㊾，即今惟见青松在。
寂寂寥寥扬子居㊿，年年岁岁一床书㉛。
独有南山桂花发，飞来飞去袭人裾㉜。

※注释

①狭斜：指小巷。②七香车：用多种香木制成的华美小车。③玉辇：本指皇帝所乘的车，这里泛指一般豪门贵族的车。主第：公主府第。第，房屋。帝王赐给臣下房屋有甲乙次第，故房屋称"第"。④络绎：往来不绝，前后相接。侯家：封建王侯之家。⑤龙衔宝盖：车上张着华美的伞状车盖，支柱上端雕作龙形，如衔车盖于口。宝盖，即

华盖。古时车上张有圆形伞盖，用以遮阳避雨。⑥凤吐流苏：车盖上的凤嘴端挂着流苏。流苏，以五彩羽毛或丝线制成的穗子。⑦游丝：春天虫类所吐的飘扬于空中的丝。⑧千门：指宫门。⑨复道：又称阁道，宫苑中用木材架设在空中的通道。交窗：有花格图案的木窗。合欢：马樱花，又称夜合花。这里指复道、交窗上的合欢花形图案。⑩阙：宫门前的望楼。甍：屋脊。垂凤翼：双阙上饰有金凤，做垂翅状。《太平御览》卷一七九引《阙中记》："建章宫圆阙临北道，凤在上，故号曰凤阙也。"⑪梁家：指东汉外戚梁冀家。梁冀为顺帝梁皇后兄，以豪奢著名，曾在洛阳大兴土木，建造第宅。⑫金茎：铜柱。汉武帝刘彻于建章宫内立铜柱，高二十丈，上置铜盘，名仙人掌，以承露水。⑬楼前句：写仕女如云，难以辨识。⑭讵：同"岂"。⑮吹箫：用春秋时萧史吹箫的故事。《列仙传·卷上·萧史》："萧史善吹箫，作凤鸣。秦穆公以女弄玉妻之，作凤楼，教弄玉吹箫，感凤来集……"向紫烟：指飞入天空。紫烟，指云气。⑯比目：鱼名。《尔雅·释地》："东方有比目鱼焉，不比不行，其名谓之鲽。"故古人用比目鱼、鸳鸯鸟比喻男女相伴相爱。⑰生憎：最恨。帐额：帐子前的横幅。孤鸾：象征独居。鸾，传说中凤凰一类的神鸟。⑱好取：愿将。双燕：象征自由幸福的爱情。⑲翠被：翡翠颜色的被子，或指以翡翠鸟羽毛为饰的被子。郁金香：一种名贵的香料，传说产自大秦国（中国古代对罗马帝国的称呼）。这里是指罗帐和被子都用郁金香熏过。⑳行云：形容发型蓬松美丽。蝉翼：古代妇女的一种发式，类似蝉翼的式样。㉑初月上鸦黄：额上用黄色涂成弯弯的月牙形，是当时女性面部化妆的一种样式。鸦黄，嫩黄色。㉒妖童：泛指浮华轻薄子弟。铁连钱：指马的毛色青而斑驳，有连环的钱状花纹。㉓娼妇：这里指上文所说的"鸦黄粉白"的豪贵之家的歌儿舞女。盘龙：钗名。晋·崔豹《古今注》："蟠龙钗，梁冀妻所制。"此指金屈膝上的雕纹。屈膝：铰链，用于屏风、窗、门、橱柜等物。这里是指车门上的铰链。㉔"御史"两句：写权贵骄纵恣肆，御史、廷尉都无权约束他们。御史，官名，司弹劾。㉕廷尉：官名，掌刑法。上句"乌夜啼"与此句"雀欲栖"均暗示执法官门庭冷落。《汉书·朱博传》："（御史）府中列柏树，常有野乌数千，栖宿其上，晨去暮来，号曰朝夕乌。"《史记·汲郑列传》："始翟公为廷尉，宾客阗门，及废，门外可设雀罗。"㉖朱城：宫城。玉道：指讲究漂亮的道路。㉗翠幰：妇女车上镶有翡翠的帷幕。金堤：坚固的河堤。㉘挟弹飞鹰：指打猎的场面。杜陵：在长安东南，汉宣帝陵墓所在地。㉙探丸借客：指行侠杀吏、助人报仇等蔑视法律的行为。《汉书·尹赏传》："长安间里少年，群辈杀吏，受贿报仇，相与探丸为弹，得赤丸者斫武吏，黑丸者斫文吏，白者主治丧。"又《汉书·朱云传》有"借客报仇"之语。借客，指助人。渭桥：在长安西北，秦始皇时所建，横跨渭水，故名。㉚芙蓉剑：古剑名，春秋时越国所铸。这里泛指宝剑。㉛娼家：妓女。桃李蹊：指娼家的住处。语出《史记·李将军列传》："桃李不言，下自成蹊。"此借用，一则桃李可喻美色，二则暗示这里是吸引游客纷至沓来的地方。蹊，小径。㉜啭：宛转歌唱。氤氲：香气浓郁。㉝北堂：指娼家。人如月：形容娼家女的美貌。㉞南陌：指娼家门外。骑似云：形容骑马的来客云集。㉟北里：即唐代长安平康里，是妓女聚居之处，因在城北，故称北里。㊱"五剧"句：长安街道纵横交错，四通八达，与市场相连接。五剧：交错的路。三条：通达的道路。控：引，连接。三市：许多市场。"五剧""三条""三市"都是用前人成语，其中数字均非实指。㊲佳气红尘：指车马杂沓的热闹景象。㊳金吾：即执金吾，汉代禁卫军官衔。唐代设左、右金吾卫，有金吾大将军。此泛指禁军军官。㊴"翡翠"句：写禁军军官在娼家饮酒。翡翠本为碧绿透明的美玉，这里形容美酒的颜色。屠苏：美酒名。鹦鹉杯：即海螺盏，用南洋出产的一种状如鹦鹉的海螺加工而成的酒杯。㊵罗襦：丝绸短衣。㊶燕歌赵舞：战国时燕、赵二国以"多佳人"著称，歌舞最盛。此借指美妙的歌舞。㊷转日回天：极言权势之大，可以左右皇帝的意志。"天"喻皇帝。㊸灌夫：字仲孺，汉武帝时期的一位将军，勇猛任侠，好使酒骂座，交结魏其侯窦婴，与丞相武安侯田蚡不和，终被田蚡陷害，诛族（见《史记·魏其武安侯列传》）。㊹萧相：指萧望之，字长倩，汉宣帝时为御史大夫、太子太傅。汉元帝即位，辅政，官至前将军，他曾自谓"备位将相"。后被排挤，饮鸩自尽。㊺青虬、紫燕：均指好马。屈原《九章·涉江》："驾青虬兮骖白螭。"虬，本指无角龙，这里借指良马。坐春风：在春风中骑马飞驰，极其得意。㊻凌：超过。五公：张汤、杜周、萧望之、冯奉世、史丹。皆汉代著名权贵。㊼节物风光：指节令、时序。㊽桑田碧海：即沧海桑田。喻指世事变化很大。《神仙传》卷五载，麻姑对王方平说："接待以来，见东海三为桑田。"㊾金阶白玉堂：形容宅第豪华。古乐府《相逢行》："黄金为君门，白玉为君堂。"㊿扬子：汉代扬雄，字子云，在长安时仕宦不得意，曾闭门著《太玄》《法言》。左思《咏史》诗："寂寂扬子宅，门无卿相与。寥寥空宇中，所讲在玄虚。"㉛一床书：指以诗书自娱的隐居生活。庾信《寒园即目》："隐士一床书。"淮南小山《招隐士》："桂树丛生兮山之幽，偃蹇连蜷兮枝相缭。"言避世隐居之意。㉜裾：衣襟。

※赏析

"古意"是一种托古意而讽今的诗题。这首诗以铺张扬厉的笔法，描绘了汉代长安形形色色的人物及其生活，大街小巷的热闹繁忙，帝都的壮丽辉煌，豪门贵族的骄奢淫逸，市井娼家的轻歌曼舞，上层社会的倾轧排挤一一呈现，其繁华浓艳的景象被渲染到了极致，亦反映了当时社会的腐败、堕落、黑暗。诚如闻一多先生所说："这不是一场美丽的热闹，但这癫狂中有战栗，堕落中有灵性。"篇末突然作反跌，以历史的无情来证明人世的无常和荣华富贵的短暂虚妄，赞扬汉代著名大学问家扬雄闭门读书、不慕荣利、远离尘俗、甘于淡泊、与芳树为伴的高贵品格，与前面的描写形成强烈的比照，具有很深的现实意义。诗篇规模宏大，辞采华艳富赡，采用了铺陈、夸张、对比、连珠等艺术手法，并隔句用韵，平仄协调，四语一转，形成缠绵往复的旋律和腾跃奔放的节奏。在七言歌行的发展史上具有划时代的意义，明代著名文艺批评家胡应麟在《诗薮》中评价说：“七言长体，极于此矣。”

燕歌行　并序

——高适

开元二十六年，客有从御史大夫张公出塞而还者，作《燕歌行》以示适。感征戍之事，因而和焉。

汉家烟尘在东北，汉将辞家破残贼①。
男儿本自重横行，天子非常赐颜色。
摐金伐鼓下榆关②，旌旗逶迤碣石间③。
校尉羽书飞瀚海④，单于猎火照狼山。
山川萧条极边土，胡骑凭陵杂风雨⑤。
战士军前半死生，美人帐下犹歌舞。
大漠穷秋塞草衰，孤城落日斗兵稀。
身当恩遇常轻敌，力尽关山未解围。
铁衣远戍辛勤久，玉箸应啼别离后⑥。
少妇城南欲断肠，征人蓟北空回首。
边庭飘摇那可度，绝域苍茫更何有？
杀气三时作阵云，寒声一夜传刁斗⑦。
相看白刃血纷纷，死节从来岂顾勋？
君不见沙场争战苦，至今犹忆李将军。

※注释

①残：凶残。②榆关：即今山海关。③碣石：古山名，在今河北省昌黎县西北。④羽书：紧急军书。瀚海：大沙漠。⑤凭陵：侵扰。⑥玉箸：形容眼泪像玉制的筷子。⑦刁斗：古代军中白天来烧饭，晚上用来敲击巡更的铜器。

※赏析

烽火起于东北边境,汉家大将告别家乡征讨敌寇。男儿生当纵横驰骋,再加上天子特别的激励和奖赏,所以汉将率领着大军,一路金鼓雷鸣。前方校尉快马传书,说匈奴单于正在狼山扬威耀武,战争因此而正式揭幕。在那偏远荒凉的边境上,战士们每每与狂风暴雨般袭来的匈奴铁骑拼死相搏,而汉将却沉迷在美人歌舞中。寒冷的边塞之秋来临了,能够作战的士兵越来越少,然而身受皇恩、大意轻敌的汉将却始终没能让敌人退去。可怜那些跟随他远征至此的战士,他们受尽艰苦,可怜战士们的妻子,她们望眼欲穿,肝肠寸断。短兵相接、血肉横飞,舍命拼杀的战士难道是为了功勋吗?让人伤感的是像飞将军李广一样的统帅已难寻觅。

古从军行

——李颀

白日登山望烽火,黄昏饮马傍交河①。
行人刁斗风沙暗②,公主琵琶幽怨多③。
野营万里无城郭,雨雪纷纷连大漠。
胡雁哀鸣夜夜飞,胡儿眼泪双双落。
闻道玉门犹被遮,应将性命逐轻车④。
年年战骨埋荒外,空见蒲桃入汉家⑤。

※注释

①交河:在今新疆吐鲁番市西北。②刁斗:古代军中白天来烧饭,晚上用来敲击巡更的铜器。③公主句:指汉武帝时将江都王之女远嫁乌孙一事。④闻道两句:意谓已然出了玉门关就没有归去的道路,只能追随将领一同出生入死。⑤蒲桃:即葡萄。

※赏析

　　在边塞，战士们白天登山守望烽火，黄昏又到交河边上让马儿喝水，那一路的风沙尘日，怕只有和亲的公主和经过那里的行人才有最深最真的体会。

　　边塞之地，渺无人烟，由军营四望，万里空旷，不见城镇；雨雪来时，纷纷洒洒连接着大漠。这样恶劣的环境，即便是生长在那里的人也常为之愁苦不堪。

　　威尊命贱，君王一声令下，将军踏上战车，士卒跟随在后，从此远征绝域，不得归路。若问年年战亡者的尸骨埋没在荒草之中到底换到了什么，换来的不过是一串串葡萄献入汉家宫廷。

　　诗文一句紧似一句，直到最后一句画龙点睛，旨在讽刺帝王好大喜功，穷兵黩武，视人民生命如草芥的行径。

洛阳女儿行

——王维

洛阳女儿对门居，才可容颜十五余①。
良人玉勒乘骢马②，侍女金盘脍鲤鱼③。
画阁朱楼尽相望，红桃绿柳垂檐向。
罗帷送上七香车，宝扇迎归九华帐④。
狂夫富贵在青春⑤，意气骄奢剧季伦⑥。
自怜碧玉亲教舞⑦，不惜珊瑚持与人⑧。
春窗曙灭九微火⑨，九微片片飞花琐⑩。
戏罢曾无理曲时，妆成只是熏香坐。
城中相识尽繁华，日夜经过赵李家。
谁怜越女颜如玉，贫贱江头自浣纱。

※注释

①才可：恰好。②良人：丈夫。勒：马嚼子。骢马：青白杂色的马。③脍（kuài）：鲤鱼片。④宝扇：古代贵族出行时的遮蔽用具。⑤狂夫：古代妻自称其夫的谦词。⑥剧：戏弄，轻视。季伦：晋石崇字季伦，以奢豪著称于世。⑦碧玉：此指洛阳女儿。⑧珊瑚：石崇曾以拥有珊瑚树大小多少与人斗富。⑨春窗句：意谓通宵欢娱，每每到清晨才熄灭灯火。九微：指珍贵的灯具。⑩花琐：指雕窗。

※赏析

刚嫁入对门的洛阳女儿看上去也就十五有余，她的夫家富有。谈到出行，她的丈夫总是骑着佩饰华丽的高头大马，后面跟有托着美味佳肴的侍女，她则是出乘七香车，入则宝扇迎。

丈夫年轻气盛，行为举止很像从前的富豪石崇，怜香惜玉的他会手把手地教洛阳女儿歌舞，意气用事的他喜欢与人斗富比阔，他在家会时通宵达旦地欢娱作乐，而当他不在家的时候，梳妆完毕的洛阳女儿便只能熏香闲坐，无所事事。至于夫家的交往，无不是豪门富户、公子王孙。

洛阳女儿早入豪门，尽享富贵奢华，然而在她的年纪，芳华绝代的西施姑娘却还在溪边浣纱，过着贫贱无闻的生活，人生的命运，有时竟是如此的不公。

老将行

——王维

少年十五二十时，步行夺得胡马骑。
射杀山中白额虎，肯数邺下黄须儿①？
一身转战三千里，一剑曾当百万师。
汉兵奋迅如霹雳，虏骑奔腾畏蒺藜②。
卫青不败由天幸③，李广无功缘数奇④。

自从弃置便衰朽，世事蹉跎成白首。
昔时飞雀无全目⑤，今日垂杨生左肘⑥。
路傍时卖故侯瓜⑦，门前学种先生柳⑧。
苍茫古木连穷巷⑨，寥落寒山对虚牖⑩。
誓令疏勒出飞泉⑪，不似颍川空使酒⑫。
贺兰山下阵如云⑬，羽檄交驰日夕闻⑭。
节使三河募年少⑮，诏书五道出将军⑯。
试拂铁衣如雪色，聊持宝剑动星文⑰。
愿得燕弓射大将⑱，耻令越甲鸣吾君⑲。
莫嫌旧日云中守⑳，犹堪一战立功勋。

※注释

①肯数：岂可只推。邺：曹操封魏王后都于邺。黄须儿：指曹操第二子曹彰，须黄而刚烈勇猛。②虏骑：指匈奴的骑兵。蒺藜：此指蒺藜，战地所用的障碍物。③卫青：汉代名将，屡败匈奴而建功。但卫青最初被封官是因为姐姐卫子夫受到汉武帝的宠爱而沾了光，故本句说他"由天幸"。④李广无功：李广屡立奇功，但一生却坎坷不遇，终未封侯，故曰"无功"。缘：因为。数奇：命运不好。⑤飞雀无全目：形容射艺之精，能使飞雀双目不全。⑥垂杨生左肘：指因为长时间不操弓箭而双肘僵硬。⑦故侯瓜：秦亡后，东陵侯召平曾在长安城东种瓜为生。⑧先生柳：晋陶渊明弃官归隐后，因门前有五株杨柳，自号"五柳先生"。⑨穷巷：深巷。⑩牖（yǒu）：窗户。⑪誓令句：东汉耿恭据守疏勒城，匈奴断其水源，耿恭于城中掘井而祈祷，后得水。⑫颍川空使酒：西汉颍阴人灌夫，为人刚直，好恃酒使气。⑬贺兰山：在今宁夏境内，唐代为战地。⑭羽檄：紧急军书。节使：持有朝廷符节的使臣。⑮三河：今河南一带。⑯诏书句：意谓诏令众将军分五路出兵。⑰星文：指剑上所嵌的七星文。⑱燕弓：燕地出产的劲弓。⑲耻令句：意谓以敌人甲兵惊动国君为耻。用春秋越国进犯齐

国，雍门子狄认为战事惊动国君是自己的耻辱事。⑳莫嫌句：汉魏尚为云中太守时，匈奴不敢犯境。他曾因所缴敌首差六级被削爵，后来汉文帝遣冯唐持符节赦其罪，复其官职。

※赏析

本诗塑造了一位昔日跃马疆场，后因年老而被废置的老将形象：他少年从军，骁勇善战，屡建奇功，却不曾得到朝廷尺土之封，老来还不得不靠躬耕叫卖为生。然而虽遭如此冷遇，他的那颗志在杀敌报国、平定边土的壮心却不曾改变。每当烽火起时，他便会拂甲按剑，希望能够重蹈沙场，再立功勋。全诗用典虽多，却熔裁合度，极显磅礴气势，将老将的博大胸襟和不灭豪情烘托刻绘得淋漓尽致，同时反映出其时朝廷对于有功之士的薄恩寡义、刻薄无情。

桃源行

——王 维

渔舟逐水爱山春①，两岸桃花夹古津②。
坐看红树不知远，行尽青溪忽值人。
山口潜行始隈隩③，山开旷望旋平陆。
遥看一处攒云树④，近入千家散花竹。
樵客初传汉姓名，居人未改秦衣服。
居人共住武陵源，还从物外起田园⑤。
月明松下房栊静⑥，日出云中鸡犬喧。
惊闻俗客争来集⑦，竞引还家问都邑⑧。
平明闾巷扫花开⑨，薄暮渔樵乘水入。
初因避地去人间，及至成仙遂不还⑩。
峡里谁知有人事，世中遥望空云山⑪。

不疑灵境难闻见⑫，尘心未尽思乡县。

出洞无论隔山水，辞家终拟长游衍⑬。

自谓经过旧不迷⑭，安知峰壑今来变。

当时只记入山深，青溪几度到云林。

春来遍是桃花水，不辨仙源何处寻。

※注释

①逐水：沿着溪水。②古津：古渡口。③隈（wēi）隩（yù）：曲窄幽深。④攒：聚集。⑤物外：世外。⑥房栊（lóng）：房舍。栊：窗户。⑦俗客：指误入桃花源的渔人。⑧竞：竞相。引：引领。⑨闾巷：里巷。⑩初因两句：意谓桃源之人最初是为了逃避战乱而来此地的，后来过惯了神仙般的生活就不再想回故乡了。⑪峡里两句：意谓桃花源中的人已不知俗世之事，而俗世中人也只能空自遥望云山而已。⑫灵境：仙境。⑬出洞两句：意谓渔人出洞后又觉得桃源值得逗留，不管山高水远，还是想辞家来此长住。游衍：流连不去。⑭自谓：自以为。

※赏析

当《桃花源记》中的情节被王维以诗的方式重新写来，更是别具一番风情——武陵渔人因为喜爱春天的山水，所以任小舟沿着两岸开满桃花的清溪一路漂流，在不知不觉中到达了清溪尽头的桃源洞口。他小心谨慎地穿过山洞，一片平旷的原野豁然眼前，他好奇于原野中一处云树朦胧的地方，走到近前才发现那里坐落着千家万户，掩映着茂盛的花竹。

樵夫报来的还是汉朝的姓名，居民们穿的依旧是秦时的衣裳，与之交谈，方才明了他们于世外建起美丽田园的因由。在这里居住，渔人真正感受到了月夜的恬静，日出的蓬勃，他喜欢看人们于清晨扫开满地的落花，看黄昏时分渔夫樵父乘舟归来，当然，他也十分繁忙，因为人们竞相将他请到家中问起俗世的短长。村人因避世乱而至此成仙，从此隔绝尘世，渔人虽然知道仙境难得，但却因为思念家乡而离去，然而他始终不能忘记桃源，于是又在一个春天殷勤寻来。这一次，自认为过路不忘的他迷茫在了山水之间，因为"春来遍是桃花水，不辨仙源何处寻"。

蜀道难

——李 白

噫吁嚱，危乎高哉，蜀道之难难于上青天。
蚕丛及鱼凫①，开国何茫然。
尔来四万八千岁，不与秦塞通人烟②。
西当太白有鸟道③，可以横绝峨嵋巅。
地崩山摧壮士死④，然后天梯石栈相钩连⑤。
上有六龙回日之高标⑥，下有冲波逆折之回川⑦。
黄鹤之飞尚不得过，猿猱欲度愁攀援⑧。
青泥何盘盘⑨，百步九折萦岩峦⑩。
扪参历井仰胁息⑪，以手抚膺坐长叹。
问君西游何时还，畏途巉岩不可攀⑫。
但见悲鸟号古木，雄飞雌从绕林间。
又闻子规啼夜月⑬，愁空山。
蜀道之难难于上青天，使人听此凋朱颜。
连峰去天不盈尺，枯松倒挂倚绝壁。
飞湍瀑流争喧豗⑭，砯崖转石万壑雷⑮。
其险也若此，嗟尔远道之人胡为乎来哉。
剑阁峥嵘而崔嵬，一夫当关，万夫莫开。
所守或匪亲，化为狼与豺⑯。
朝避猛虎，夕避长蛇。磨牙吮血，杀人如麻。
锦城虽云乐⑰，不如早还家。

蜀道之难难于上青天，侧身西望长咨嗟[18]。

※注释

①蚕丛、鱼凫：均为传说中的古蜀国国王。②秦塞：秦地。古蜀国本与中原不通，至秦惠王灭蜀，始与中原相通。③太白：秦岭峰名。鸟道：仅能容鸟飞过的道路，形容山路狭窄。④地崩句：相传秦惠王曾嫁五美女于蜀，蜀遣五壮士迎之，返回途中遇大蛇入洞穴中，五人牵住蛇尾而用力外拉，结果山崩，力士和美女都被压死，山也分成五岭。⑤石栈：于岩壁上凿石架木而成的通道。⑥上有句：谓有能挡住太阳神六龙车的高峰。六龙：相传太阳神所乘之车有六条龙来拉。高标：最高的山峰。⑦回川：萦回的川流。⑧猱（náo）：猕猴。⑨青泥：山名，在今陕西略阳县。盘盘：盘旋曲折。⑩萦岩峦：指峰岭迂回环抱。⑪参、井：均为星宿名。扪参历井是说蜀道之上伸手便可触及星辰。胁息：屏住呼吸。⑫巉（chán）岩：险峭的山岩。⑬子规：杜鹃。⑭喧豗（huī）：喧闹碰撞的声音。⑮砯（pīng）：水击岩石的声音。⑯所守两句：谓镇守这里的人若不可靠，一旦叛乱就会变成凶狠的豺狼。⑰锦城：即成都。⑱咨嗟：叹息。

※赏析

本诗是一首浪漫主义的代表作，最能体现李白豪放、奇丽的诗风，大概是唐玄宗天宝初年，李白第一次到长安时所写。本诗分为三个部分，分别按照从古至今、从秦入蜀的顺序来展示蜀地山水的特色，突出蜀道的险峻难行。

第一部分从开头到"然后天梯石栈相钩连"。诗人开篇咏叹，并用一系列神话故事和历史传说点明蜀道难的主题，奠定了全诗豪放的基调。第二部分从"上有六龙回日之高标"到"使人听此凋朱颜"。诗人先用神话传说引入主题，又用黄鹤难越、猿猱愁攀来巧妙衬托山的高险。第三部分从"连峰去天不盈尺"到结尾。先写山川的险峻，再由静而动地写飞流、山石等令人惊恐的场面。接着这种氛围，诗人挥笔指向要塞剑阁，从对剑阁险要的慨叹中，写到了对政治的分析。诗人反复咏叹的写法给人强烈的震撼，令人动容。

行路难

——李白

金樽清酒斗十千①，玉盘珍馐值万钱②。
停杯投箸不能食③，拔剑四顾心茫然。
欲渡黄河冰塞川，将登太行雪满山④。
闲来垂钓碧溪上⑤，忽复乘舟梦日边⑥。
行路难，行路难，多歧路，今安在。
长风破浪会有时⑦，直挂云帆济沧海。

※**注释**

①斗十千：一斗酒值十千钱。②珍馐（xiū）：名贵的菜肴。③箸：筷子。④太行：太行山。⑤闲来句：相传姜子牙未遇周文王前曾在溪边垂钓。⑥忽复句：相传伊尹受商汤聘用之前，曾梦乘舟过日月之边。⑦长风句：南朝宋宗悫曾言志说："愿乘长风破万里浪。"

※**赏析**

　　有金樽盛着的清洌佳酿，有玉盘盛着的珍贵菜肴，然而诗人举杯又住，欲食又停，撂下筷子，起身拔剑四顾，心绪茫然。世路艰难，诗人来到长安施展抱负，无奈欲渡黄河却有河冰相阻，欲登太行却看到白雪满山，起初的踌躇满志变成了如今的惆怅失意。他也曾神游在远古时代吕尚和伊尹先抑后扬的经历中，想要以前人事迹作为慰藉和自勉，但神游归来，现实却使他转而大声疾呼：行路难！歧路多！今后的道路又在哪里？

　　愤懑则愤懑矣，但诗人并没有失去信心，因为他坚信总有一天会乘风破浪、纵横江海。

将进酒

——李白

君不见黄河之水天上来,奔流到海不复回。
君不见高堂明镜悲白发,朝如青丝暮成雪。
人生得意须尽欢,莫使金樽空对月。
天生我材必有用,千金散尽还复来。
烹羊宰牛且为乐,会须一饮三百杯①。
岑夫子,丹丘生②,将进酒,杯莫停。
与君歌一曲,请君为我倾耳听。
钟鼓馔玉不足贵③,但愿长醉不复醒。
古来圣贤皆寂寞,唯有饮者留其名。
陈王昔时宴平乐④,斗酒十千恣欢谑⑤。
主人何为言少钱,径须沽取对君酌⑥。
五花马⑦,千金裘⑧,呼儿将出换美酒,与尔同销万古愁。

※**注释**

①会须:正应当。②岑夫子,丹丘生:指岑勋和元丹丘。二人都是李白的朋友。③钟鼓馔玉:泛指豪门的奢华生活。钟鼓:指富贵人家宴会时使用的乐器。馔玉:精美的饭食。④陈王:指曹操之子曹植,曹植曾被封为陈王。⑤恣(zì):尽情。⑥径:直接地。⑦五花马:毛色呈五种花纹的良马。⑧千金裘:价值千金的皮衣。

※**赏析**

  全诗融入了李白自长安放还以来胸中的诸多感慨,真实反映了他当时复杂而矛盾的思想感情,不但有对于时光易逝、人生苦短的慨叹,有对于人生应当及时行乐、放情言欢的强调,也有"天生我材必有用"的自我肯定,以及对于"古来圣贤皆寂寞"的悲愤。这种种情感与愁绪的宣泄都是围绕"酒"字展开,诗人在酒中找到了解脱苦闷的方法,满腔的激愤也终于在此畅饮时刻喷薄而出。从他这种无所节制、恣意纵情的豪饮当中,我们能够深深感受到他内心难以言表的无奈和痛苦,并且为他哀而不伤、悲而能壮的洒脱情怀所打动。

兵车行

——杜 甫

车辚辚①,马萧萧②,行人弓箭各在腰。
爷娘妻子走相送③,尘埃不见咸阳桥。
牵衣顿足拦道哭,哭声直上干云霄④。
道旁过者问行人,行人但云点行频⑤。
或从十五北防河⑥,便至四十西营田⑦。
去时里正与裹头⑧,归来头白还戍边。
边庭流血成海水,武皇开边意未已⑨。
君不闻汉家山东二百州,千村万落生荆杞⑩。
纵有健妇把锄犁,禾生陇亩无东西⑪。
况复秦兵耐苦战⑫,被驱不异犬与鸡。
长者虽有问,役夫敢申恨⑬?
且如今年冬,未休关西卒⑭。
县官急索租,租税从何出?
信知生男恶⑮,反是生女好。
生女犹得嫁比邻,生男埋没随百草。
君不见青海头⑯,古来白骨无人收。
新鬼烦冤旧鬼哭,天阴雨湿声啾啾。

※注释

①辚（lín）辚：车行时发出的咯咯的声音。②萧萧：形容马的嘶鸣声。③妻子：妻子和儿女。④干：犯，冲。⑤点行：按丁口册强制点征入伍。⑥北防河：黄河以北设防。⑦营田：即屯田，士兵们不作战时垦荒种田。⑧里正：即里长，管理户口、赋役等事。与裹头：替被征者裹头巾。因应征者年龄尚小，所以由里正替他裹头。⑨武皇：汉武帝，他在历史上以开疆扩土著称。此处喻唐玄宗。⑩荆杞：即荆棘。⑪无东西：指庄稼长得不成行列。⑫秦兵：来自秦地的兵士。⑬役夫：被征集的士兵。⑭未休句：指因连年交战，关西的士兵不能回家。⑮信知：真的明白。⑯青海：青海湖，唐和吐蕃多交战于此。

※赏析

诗从父母妻子送征人上路的一幕写起，极言送别场面的凄惨悲恸。就是因为诸多的壮年男子被强征入伍，千家万户因此而失去了家中的顶梁柱，农村中形成了"千村万落生荆杞"的局面，何况官府税赋日重。既然男儿的结局总是战死沙场、埋尸荒野，所以民间流传着"反是生女好"的歌谣。作者以对青海古战场凄惨景象的描写完结全篇，沉痛抒发了对朝廷穷兵黩武行为的愤慨，以及对广大人民所遭受苦难的同情。

丽人行

——杜 甫

三月三日天气新①，长安水边多丽人。
态浓意远淑且真②，肌理细腻骨肉匀③。
绣罗衣裳照暮春，蹙金孔雀银麒麟④。
头上何所有，翠微匎叶垂鬓唇⑤。
背后何所见，珠压腰衱稳称身⑥。
就中云幕椒房亲⑦，赐名大国虢与秦⑧。

紫驼之峰出翠釜⑨，水精之盘行素鳞⑩。
犀箸厌饫久未下⑪，鸾刀缕切空纷纶⑫。
黄门飞鞚不动尘⑬，御厨络绎送八珍⑭。
箫鼓哀吟感鬼神，宾从杂遝实要津⑮。
后来鞍马何逡巡⑯，当轩下马入锦茵⑰。
杨花雪落覆白蘋，青鸟飞去衔红巾⑱。
炙手可热势绝伦，慎莫近前丞相嗔⑲。

※注释

①三月三日：上巳节。古人常于这一天来到水边祭祀以求驱除不祥，后来逐渐变成春游欢宴的节日。②淑且真：优雅而自然。③骨肉匀：指体态匀称。④蹙（cù）：此指刺绣。⑤翠微：薄薄的翡翠片。匐（è）叶：妇女的发饰。⑥腰极（jié）：裙带。⑦云幕：画着云彩的帐幕。椒房亲：指杨贵妃的家族。⑧虢（guó）与秦：杨贵妃的两个姐姐被封为虢国夫人和秦国夫人。⑨紫驼之峰：驼峰上的肉。釜：锅。⑩水精之盘：水晶盘。素鳞：洁白的鱼。⑪犀箸：犀牛角做的筷子。厌饫（yù）：因饱而厌食。⑫鸾刀：带有铃铛的刀。缕切：切丝。空纷纶：指厨人们空忙了一番。⑬黄门：宦官的通称。鞚（kòng）：马缰绳。不动尘：喻马跑得轻快。⑭八珍：泛指各种珍贵菜肴。⑮杂遝（tà）：纷杂。要津：要职。⑯后来鞍马：指杨国忠。逡巡：形容左顾右盼，甚是得意的样子。⑰锦茵：锦绣地毯。⑱青鸟：传说中的神鸟，为西王母的使者。红巾：红帕。以上两句实是暗指虢国夫人与杨国忠之间的暧昧关系。⑲丞相：指杨国忠。嗔：发怒，生气。

※赏析

《丽人行》约作于天宝十二载（753年），诗的主旨是对杨贵妃兄弟姐妹们嚣张气焰的指斥和鞭笞。

诗开头从一般丽人写起，描写上巳日曲江水边踏青的丽人如云，体态娴雅、姿色优美、服饰华美，既是陪衬，又十分含蓄。继而笔锋一转，点出虢国夫人与秦国夫人，盛言其排场的盛大、宴游的豪奢及趋炎附势者之众，见出杨氏兄妹的骄宠之态。最后写杨国忠威势煊赫、意气骄恣，并暗示了其淫乱行为。结尾两句将主题点出，但依然不着议论，而是让读者自去批评。

全诗语极铺排，富丽华美中蕴含清刚之气。虽然不见讽刺的语言，但在惟妙惟肖的描摹中，隐含犀利的匕首，讥讽入木三分。

哀王孙

——杜 甫

长安城头头白乌①，夜飞延秋门上呼②。
又向人家啄大屋，屋底达官走避胡③。
金鞭断折九马死，骨肉不得同驰驱。
腰下宝玦青珊瑚④，可怜王孙泣路隅⑤。
问之不肯道姓名，但道困苦乞为奴。
已经百日窜荆棘，身上无有完肌肤。
高帝子孙尽隆准⑥，龙种自与常人殊。
豺狼在邑龙在野⑦，王孙善保千金躯。
不敢长语临交衢⑧，且为王孙立斯须⑨。
昨夜东风吹血腥，东来橐驼满旧都⑩。
朔方健儿好身手，昔何勇锐今何愚⑪。
窃闻天子已传位，圣德北服南单于⑫。
花门剺面请雪耻⑬，慎勿出口他人狙⑭。
哀哉王孙慎勿疏⑮，五陵佳气无时无⑯。

※注释

①头白乌：白脑袋的乌鸦，旧时以为乌鸦是不祥之物。②延秋门：唐宫苑西门，安史之乱唐玄宗即从此门逃走。③胡：指安禄山叛军。④玦（jué）：环形而有缺口的玉佩。⑤路隅：路边街角。⑥高帝：指汉高祖刘邦，此处是以汉喻唐。隆准：高鼻。此句是说王孙们自有皇族的特征。⑦豺狼句：指安禄山占据京城，玄宗出奔巴蜀。⑧长语：长谈。交衢（qú）：四通八达的道路。⑨斯须：一会儿。⑩橐（tuó）驼：骆驼。⑪朔方两句：指唐名将哥舒翰因遵从杨国忠的出战策略弃守为攻，麾下朔方军二十万为安禄山所败之事。⑫圣德句：指肃宗即位，与回纥结好之事。⑬花门：借指回纥。劙（lí）面：用刀割脸以示忠诚。⑭慎勿句：意谓慎防为贼人耳目所察。⑮疏：疏忽。⑯五陵：玄宗以前的唐室有五陵。佳气：指陵墓间郁郁葱葱之气。本句是说唐朝随时都有中兴之望。

※赏析

本诗是哀念战乱中王孙的纪事诗。安史之乱中，玄宗逃蜀，长安大乱。安禄山部属杀戮宗室皇族百余人，王孙们隐匿逃窜。诗人耳闻目睹这些悲惨情景，写诗反映了当时的史实，对王孙的不幸表示同情和悲伤，同时安慰他们各自保重，家国复兴指日可待，表现了诗人渴望国家安定统一的心愿。全诗用语古朴，气势恢宏。

经鲁祭孔子而叹之

——唐玄宗

夫子何为者①，栖栖一代中②。
地犹鄹氏邑③，宅即鲁王宫④。
叹凤嗟身否⑤，伤麟怨道穷⑥。
今看两楹奠⑦，当与梦时同。

※注释

①夫子：对孔子的尊称。何为者：为了什么。②栖栖：忙碌不安的样子。③鄹（zōu）：春秋鲁国地名，孔子家乡。④宅即句：相传汉鲁恭王刘余（景帝子）曾欲平孔子旧宅以广其宫，开工时闻金石丝竹之音，于是不敢再进行。⑤叹凤句：《论语·子罕》有"凤鸟不至，河不出图，吾已矣夫"之语，是孔子在叹息自己生不逢时。否（pǐ）：塞涩，不顺利。⑥伤麟：相传鲁哀公十四年，狩猎获麒麟，孔子闻之而叹曰：吾道穷矣。⑦两楹奠：孔子曾经梦见自己坐于两楹之间受人祭奠。两楹：指祭殿前的两根立柱。奠：致祭。

※赏析

诗为唐玄宗做太子时过鲁祭孔而作。诗中感叹孔子一生的栖遑不遇，"叹凤嗟身否，伤麟怨道穷"二句极写孔子一生对理想孜孜不倦地追求和现实中他所遭逢的诸多坎坷，让人联想起孔子"知其不可为而为之"的用世精神。结尾二句，意谓现在作者前来致祭，祭奠的礼制正和孔子生前的梦想相同，表达了玄宗对孔子的崇敬之情。

望月怀远

——张九龄

海上生明月，天涯共此时。
情人怨遥夜①，竟夕起相思②。
灭烛怜光满，披衣觉露滋③。
不堪盈手赠④，还寝梦佳期⑤。

※注释

①情人：有情之人。遥夜：长夜。②竟夕：整夜。③灭烛两句：意谓灭去蜡烛而见月光明亮；夜凉披衣，但觉夜露滋于衣上。④盈手赠：双手捧起来赠予你。⑤还寝：重新睡下。梦佳期：于梦中得到与你相会的佳期。

※赏析

　　这是一首月夜怀人之作，描写明月夜相思的情景，抒写诗人怀念亲友的深情，情深意永，细腻入微，历来被人传诵。需要说明的是，诗中的"相思""佳期"等指怀念人世间常有的感情，不能狭隘地理解为爱情。

　　诗的首联高华浑融，"海上生明月，天涯共此时"为千古佳句，意境雄浑豁达。第一句"一望无际的大海上升起一轮明月"，此是写景，第二句则是因景生情，"令人想起了远隔千山万水的亲朋好友，此时此刻他们也与我观赏着同一轮明月"。这两句诗与谢庄《月赋》中"美人迈兮音尘绝，隔千里兮共明月"的句子有异曲同工之妙，只是更显得自然流畅、不事雕琢，意境也就更加恢宏。第一句写"望月"，第二句写"怀远"，两句均紧扣诗题，但看上去却不着痕迹。

　　颔联直抒胸臆，表达诗人对远方友人的殷切思念。"情人"，可指多情的人、有怀远情思的人，此处是诗人自称；"遥夜"指长夜；"竟夕"意为通宵。诗人想念远方好友，竟至于通宵不眠，还因此埋怨起夜太漫长。本诗是一首五言律诗，律诗严格要求颔联和颈联的对仗。这一联是流水对，浑然天成，颇具美感。

　　颈联紧承颔联，详细描述了诗人难以入眠的情形，生动形象，很是传神。"怜"，意为爱怜、怜惜；"滋"，打湿之意。第五句写诗人在房间徘徊，熄灭蜡烛后见到地上铺满银色的月光，不禁生出爱怜之意；第六句写夜色深沉，诗人独自在庭院流连，感觉到露水打湿了披着的衣裳。本联对仗工整，细致入微。

　　尾联进一步表达了诗人对友人的深情厚谊。"不堪"，指不能；"盈手"，满手之意；"佳期"，指重聚之日。这两句诗意为：我无法手捧月光送给千里相隔的亲友，只盼望在梦中与你们相会。此处化用陆机《拟明月何皎皎》中"照之有余辉，揽之不盈手"一句的诗意，加以升华，表达出了缠绵不绝的情思。

　　全诗描写层层深入不紊，语言明快铿锵，意境清新，寄兴深远，细细品味,甚是动人。

送杜少府之任蜀州[1]

——王勃

城阙辅三秦[2],风烟望五津[3]。
与君离别意,同是宦游人[4]。
海内存知己,天涯若比邻。
无为在岐路[5],儿女共沾巾。

※**注释**

[1]少府:县尉。之任:赴任。[2]辅:环抱。三秦:项羽灭秦后,分秦之旧地为雍、塞、翟三国,统称"三秦"。[3]五津:指岷江的五大渡口,即白华津、万里津、江首津、涉头津、江南津,皆在蜀中。[4]宦游人:出外做官之人。[5]无为:不要。岐路:分岔路口,古人送行常至路的岔口而分手。"岐"同"歧"。

※**赏析**

　　这是王勃在长安送别一位到蜀地任县令的杜姓朋友时所作的抒情诗,为赠别名篇。

　　诗的首联写景,对仗工稳,气象壮阔,生动地写出了送别时的环境。当时诗人在长安做官,他要送好友杜少府赴蜀地任职。两人一同出长安城,来到分手之处,心中有千言万语,却无从说起。诗人只好借浏览周围的景致来克制自己的情绪。"城阙辅三秦",写长安的城垣、宫阙被广阔无边的三秦大地所"辅"(护卫),气势恢宏;"风烟望五津""五津"指岷江的五大渡口,泛指川西岷江流域,句意为自长安遥望蜀川,视线被茫茫的风烟所阻隔,什么都难以分辨。秦地和蜀地万里相隔,诗人用一个"望"字就将两地巧妙地联系起来,实在是妙笔。另外,"风烟"二字也暗示出路途遥远,行路艰难,表达了诗人对朋友的关切。颔联以散调承之,文情跌宕。"与君离别意"承首联写惜别之感,诗人欲言又止。"同是宦游人"是诗人的宽慰之词,指出了与朋友分别的必然性。正所谓千里搭长棚,天下无不散之筵席,朋友之间不管情谊多么深长,都不可能始终相聚,总有一天会因各种原因面临别离。而对诗人和杜少府来说,分别的原因就是"同是宦游人"。两人都是朝廷命官,都要遵守王命、忠于职守,命令一来,自然就要各奔东西。但是,不管距离多远、分开多久,朋友间的深情厚谊是不会有所改变的。颈联更进一步,奇峰突起。诗人一方面强调友谊的真诚与持久,另一方面也鼓励友人乐观地对待人生。这两句诗含义绵长,是全诗的核心,展现出诗人的宽广胸襟和远大志向,也使两人深厚的友情得以升华。人们称惺惺相惜的朋友为"知己",知己有时在身边,有时却在天南地北。然而不论空间的距离多远,时间过去了多久,知己间的情谊是不可动摇的。同时,决不能狭隘地认定"知己"仅此一人:天下之大,到处都有与自己志同道合之人,也时时可能跟他们成为朋友。怀着这样的认知送别友人就不会感到凄凉落寞,反而会产生一种奋发向上的心态,对前路充满信心。尾联紧接上联,诗人不仅点明"送"的主题,而且继续劝勉朋友:"无为在歧路,儿女共沾巾。""在歧路",点出题面"送"字。歧路者,岔路也,古人送行,常至大路分岔处分手,所以往往把临别称为"临歧"。诗人语重心长,力劝朋友在道别之时,千万莫像孩童,悲伤难忍,泪水涟涟,甚至拿出手帕来擦眼泪,而是要充满信心,乐观积极地走向新的生活。本诗格调高妙,难以超越,不愧为千古佳作。

次北固山下[①]

——王湾

客路青山下,行舟绿水前。
潮平两岸阔,风正一帆悬[②]。

海日生残夜,江春入旧年。
乡书何处达,归雁洛阳边③。

※**注释**

①次:停泊。北固山:在今江苏镇江市北,三面临水。②风正:风顺。③归雁句:古人相信大雁能传书,所以作者希望大雁能把家书带回故乡(作者故乡在洛阳)。

※**赏析**

本诗是诗人旅途思乡之作。诗人以准确精练的字词描写冬末春初他在北固山下远眺时所见到的壮丽之景,抒发了深深的思乡之情。全诗写景鲜明,风格壮美。诗题中的"次"是停歇的意思,此处指船停泊。"北固山"在今江苏镇江市北,三面临江,地势险固。

诗以对偶句开篇,自然工巧,令人耳目一新。诗人乘舟,沿着"客路"在"绿水"中前行,两边皆是茫茫青山。本联先写"客路",后写"行舟",已在字里行间流露出诗人身在江南、怀念家乡的羁旅之思,同时也与尾联的"乡书""归雁"遥相呼应。

颔联写诗人江上行船,情景恢宏阔大。春潮暴涨,江水茫茫,诗人远远望去,江面似乎已经齐岸,极大地拓宽了行舟上面的人们的视野。"潮平两岸阔"一句颇有气势,下句"风正一帆悬"则更显精彩。"正"字兼有"顺""和"二意。诗人以"风正"代"风顺",暗示了"风顺"是无法保证"一帆悬"的,只有既是顺风,又是和风之时,帆才能够"悬"。

颈联写拂晓行船的情景。"日生残夜""春入旧年",都暗示了时光流逝,而且是匆匆忙忙、迫不及待,不禁令身在"客路"的诗人乡思满怀。诗人将"日"与"春"视为美好的新生事物,同时用"生"字和"入"字加以修饰,以拟人的手法使它们拥有了人的意念和思想。表面上看,诗人无意说理,但却通过描写这时序、节令,流露出一种自然的理趣:"海日"在"残夜"初升,驱走了漫天黑暗;江边已经露出"春意",必将赶走严冬。该联不仅写景逼真,而且揭示了人生哲理,充满了乐观向上的情绪,缔造出不容忽视的艺术效果,因此历来为人所称道。

尾联紧承上联而来,遥应首联,写诗人的淡淡乡思。海日东升,春意萌动,诗人泛舟绿水之上,继续向青山之外驶去。这时,一群北归的大雁掠过晴空。诗人想起了"雁足传书"的故事,于是产生了"托雁传书"的想法。

全诗用笔自然、情感真切,是难得的佳作。

赠孟浩然

——李 白

吾爱孟夫子[①],风流天下闻[②]。
红颜弃轩冕,白首卧松云[③]。
醉月频中圣[④],迷花不事君。
高山安可仰[⑤],徒此揖清芬[⑥]。

※注释

①夫子:对孟浩然的尊称。②风流:风雅潇洒。③红颜两句:言孟浩然少壮时便放弃仕途,老来更是隐居山林。红颜:年轻少壮。轩冕:古代官吏出行时的车轿伞盖。④频中圣:频频酒醉。⑤高山句:引《诗经》中的"高山仰止,景行行止",表达对孟浩然的崇敬之情。⑥徒此:唯有在此。揖清芬:向孟浩然的高风雅致深施一礼。

※赏析

本诗是李白游襄阳访孟浩然后所作。李白与孟浩然的友谊是诗坛上的一段佳话。风流潇洒的诗人性格,邈然超世的隐者之心,是两位诗人成为知交的根本原因,而这首诗就是他们二人友谊的见证。全诗推崇孟浩然风雅潇洒的品格。首联点题,抒发了对孟浩然的钦慕之情;二、三两联描绘了孟浩然摒弃官职,白首归隐,醉月中酒,迷花不仕的高雅形象;尾联直接抒情，把孟氏的高雅比为高山巍峨峻拔，令人仰止。李白通过描写孟浩然不慕名利自甘淡泊的清高品格，表达了真挚的崇敬之情，也流露出自身对隐逸生活的向往。

首联点题，开门见山地表达了李白对孟浩然的钦敬仰慕之情。一个"爱"字为全诗奠定了基调，提纲挈领，总摄全诗。孟浩然比李白长十二岁，襟怀磊落，生性潇洒，诗才出众，李白仰慕不已，故以"夫子"相称。

中间两联集中笔墨刻画了这位儒雅悠闲的"孟夫子"形象。颔联的"红颜"对"白首"，概括了孟浩然漫长的人生旅程；"轩冕"对"松云"，分别象征着仕途与隐遁、富贵与淡泊。孟浩然宁弃仕途而取隐逸，弃达官之车马华服而取隐士之松风白云，可见其高风亮节。

颔联纵写孟浩然的生平，而颈联则横写他的隐居生活：皓月当空，他把酒临风，醉卧花丛之中，流连忘返。颔联用由反而正的写法，即由弃而取；颈联则自正及反，由隐居写到不事君。正反纵横，笔法灵活。

尾联直接抒情，充分展示了孟浩然自甘淡泊、不慕名利的品格。孟浩然是李白仰望的高山，但这座山太巍峨了，因而李白有了"安可仰"的感叹，只能在此向孟浩然纯洁芳馨的品格拜揖。以"高山"喻对方，使对方的形象更加生动。

全诗语言自然古朴，诗情如行云流水般舒卷自如，表现出李白的率真个性。同时，诗歌采用抒情—描写—抒情的方式，以一种舒展唱叹的语调，表达了李白深切的敬慕之情。

渡荆门送别[①]

——李 白

渡远荆门外，来从楚国游[②]。
山随平野尽，江入大荒流[③]。

月下飞天镜，云生结海楼④。

仍怜故乡水，万里送行舟。

※注释

①荆门：荆门山，在今湖北宜都西北，古时为楚蜀交界。②从：向。③大荒：广阔的田野。④海楼：海市蜃楼。

※赏析

　　本诗是诗人出蜀东下所写的告别故乡的抒怀诗。开元十四年（726年），诗人满怀"仗剑去国，辞亲远游"的情怀离开蜀地东下。本诗就是在旅途中写的。从诗的内容上看，本诗应该是诗人在船里吟诵的，他与送行的人应该是同舟共发。本诗描写了诗人路过荆门时所见的两岸的瑰丽景色，表现了诗人壮阔的胸襟和奋发进取的精神。诗题中的荆门是山名，在今湖北宜都市西北，在长江南岸，与北岸虎牙山相对。

　　首联两句说明了诗人远游的目的地——楚国。诗人从水路走，乘船过巴渝，经三峡，一路奔向荆门之外。他主要是想去楚国故地的湖北、湖南游历。当时，诗人坐在船上，一路上兴致勃勃地观赏着大江两岸高耸入云的崇山峻岭。

　　颔联写随着船的前行，诗人眼中景色的变化。当船行驶到荆门一带的时候，两岸的崇山峻岭突然不见了，取而代之的是一马平川的旷野平原。诗人一眼望去，江水奔涌，天地辽阔，诗人的视域顿时由狭窄变得开阔起来，心情也随之变得更加畅快。"江入大荒流"中的"入"字用得既贴切又极有分量。随着滚滚奔腾的江水，看着溅起的朵朵浪花，听着"哗哗"的流水声，诗人顿时焕发了青春的朝气。这两句的笔力可以和杜甫的"星垂平野阔，月涌大江流"相比，甚至可以看成是李白泛舟游历，杜甫停船细观。

　　接着，诗人采用移步换景的手法，不再写山势与流水了，而写到了从不同角度观察到的长江的近景和远景。夜晚，江面好像从天上飞下来的一面镜子，可以从中看到月亮的影子。白天，云彩瑰丽、变幻无穷，生成海市蜃楼一样的奇异景色。诗人用云彩结成的海市蜃楼反衬天空的辽远、江堤的广阔，用水中的月亮衬托水面的平静，对比效果突出。

尾联写乡情。面对荆门附近的风光和流过家乡的江水，诗人突然开始思念家乡。但诗人不说自己思乡，而是用"故乡水流经万里为他送行"的别致写法，表达了自己的思乡之情。

全诗结构层次分明，波澜起伏；意象瑰丽，风格宏伟，意境高远。尤其是第二联两句诗，更是写得大气非凡，体现了诗人开阔的胸襟，历来为人称颂。

送友人

——李 白

青山横北郭①，白水绕东城。
此地一为别，孤蓬万里征②。
浮云游子意，落日故人情。
挥手自兹去③，萧萧班马鸣④。

※注释

①郭：外城。②蓬：蓬草枯后断根，随风飞扬，古人常以之喻征人。③兹：此。④班马：离群之马。

※赏析

这首诗是天宝末年李白在安徽宣城送别友人而作。

首联点出送别的地方，以"青山"对"白水""北郭"对"东城"，十分工丽整齐，写景中已经蕴含了惜别之意。

颔联是慨叹此地一别后，友人就要像蓬草那样随风飞转，无处归依，到万里之外去了，表达了对朋友漂泊生涯的深切关怀。

颈联从景抒发离别深情，"浮云"来去不定，好比游子之意；

"落日"徐徐而下,依恋不舍,有如故人之情。夕阳西下,这山明水秀的景色更令人难舍难分。此联景中有情,情景交融,扣人心弦。

"萧萧班马鸣"一句出自《诗经·小雅·车攻》:"萧萧马鸣。"尾联两句写二人挥手作别,但诗人没有直接言明内心的感受,而是借马儿不愿离群而不停地相向嘶鸣,仿佛有无限深情,来衬托两人间的种种离情别绪。

这首诗写得新颖别致,自然美与人情美交融在一起,情感深挚悲壮,却不失豪迈洒脱之本色,有回肠荡气之致。

春望

——杜甫

国破山河在①,城春草木深②。
感时花溅泪,恨别鸟惊心。
烽火连三月③,家书抵万金④。
白头搔更短⑤,浑欲不胜簪⑥。

※注释
①在:依旧。②草木深:指草木丛生。③烽火:战火。连三月:三月不断,指整个春天。④抵:值,相当。⑤白头:白发。⑥浑:简直。不胜簪:插不上发簪。

※赏析
大乱之年,山河依然如故,国家却已是残破不堪,春来,被叛军焚掠过后的长安城杂草丛生、乱树幽深,一派凄凉景象。虽然也能见到春花,听到鸟鸣,但这一点美好的东西更是让作者感慨今昔巨变,他因见春花而泪洒花上,闻鸟鸣而动魄惊心。

连月不灭的烽火,让家国支离破碎,让人们颠沛流离,家书一封是万金难换的,作者已然因国事而忧恨重重,又因惦念家人安危而寝食难安,陷入了无尽的愁烦与焦急当中。焦愁的他不停地搔弄着自己的白发,以至于白发短而又短,近来,连发簪也难以插牢。

月夜

——杜 甫

今夜鄜州月①,闺中只独看②。
遥怜小儿女③,未解忆长安④。
香雾云鬟湿⑤,清辉玉臂寒。
何时倚虚幌⑥,双照泪痕干⑦。

※注释

①鄜(fū)州:今陕西富县。②闺中:指妻子。③小儿女:尚不懂事的子女。④解:懂得。忆长安:思念身在长安的父亲。肃宗至德元年(756年),叛军攻陷潼关,杜甫携家眷逃至鄜州,闻肃宗在灵武即位,于是前往效力,途中为叛军所俘,被解回长安。⑤香雾:月夜的雾气。⑥虚幌:薄纱帐。⑦双照:指月光同时照着身处异地的夫妻二人。

※赏析

天宝十五载(756年)六月,安禄山叛军攻入潼关后,玄宗去了蜀地,杜甫携妻小来到鄜州(今陕西富县)。同年七月,肃宗在灵武(今属宁夏)即位。杜甫于八月间只身前去投奔,不料途中被叛军掳至沦陷后的长安。在这样悲苦的境遇中,杜甫于一个月明之夜,思念远方的亲人,写了这首诗。

这首诗的开头十分独特,诗人欲写思念妻子的心情,却不从长安这边说起,而是借助想象,先写妻子在明月之下思念自己。首联中一个"独"字,写尽了妻子的孤单、寂寞和忧愁。

颔联上承首联,写年幼的儿女陪着母亲看月亮,却不解母亲的思念之情。试想,诗人的心中浮现出这样的画面时,该是多么思念自己的儿女啊！"遥怜小儿女"一句，从表面上看，与首联中的"独看"似乎有些矛盾，其实不然。妻子在明月之下思念夫君，而儿女尚小，不能理解母亲的心事和苦衷。儿女的"不解忆"正反衬出妻子的"忆"。此外，以前诗人尚能与妻子同看鄜州之月，妻子有了悲苦自己也可为她分忧，但如今，妻子"独看"鄜州之月而"忆长安"，天真的小儿女除了增加她的负担外，又能对她有何帮助呢？因而说"怜"，这一字真彻地写出了诗人内心的深情，含蕴深广，余味无穷。

颈联写的也是诗人想象中的画面：妻子思念丈夫，夜不能寐。雾气沾湿了云鬟，月光浸凉了玉臂。在这样凄冷的月夜中，她望月的时间越长，就越思念自己的丈夫；月色越好，她心中的苦闷就越多。想到这里，诗人能不深切思念自己的妻子吗？

尾联，诗人盼望自己能够早日与妻子相聚，携手共诉离愁别绪，将战乱所带来的痛苦忘掉。"双照"与"独看"相呼应，"泪痕干"，诗人与妻子相对泪流满面的情景与妻子独自望月思念诗人的情景形成对比，从侧面表达了诗人盼望团圆的愿望及痛恨战乱的心情。

由上所述可见，这首诗与同类题材的诗篇相比，在表现技巧上更胜一筹。这就是它成为千古名篇的主要原因。

天末怀李白

——杜 甫

凉风起天末[①]，君子意如何。
鸿雁几时到[②]，江湖秋水多[③]。
文章憎命达[④]，魑魅喜人过[⑤]。
应共冤魂语[⑥]，投诗赠汨罗[⑦]。

※ 注释

①天末：天边。②鸿雁：指书信。③秋水多：指路途艰难多险。④文章句：意谓文采出众的人总是命途多舛。⑤魑魅句：意谓鬼怪精灵则是喜人之过。实指李白受谗蒙冤流放之事。⑥冤魂：指屈原。⑦汨罗：汨罗江，屈原投水处，今湖南湘阴。

※ 赏析

　　诗人因为天边刮来凉风而怀想李白，他满含深情地向风中寄语：不知道你现在的心情是什么样的啊？他盼望着朋友的一纸书信，因为在凄凉肃杀的季节里，江湖的水处处有风波险阻，朋友的安危牵动着诗人的心。李白的不平遭遇引起了诗人内心深处的共鸣，他要安慰李白，流传后世的文章不出自命运显达者之手，世上的邪恶奸佞总在盯着人的过失。满腹的冤屈可以写成诗文投到汨罗江中，向那含冤而死，但是高洁一世的屈原诉说衷肠。

旅夜书怀

——杜　甫

　　细草微风岸，危樯独夜舟①。
　　星垂平野阔，月涌大江流。
　　名岂文章著，官应老病休②。
　　飘飘何所似，天地一沙鸥。

※ 注释

①危樯（qiáng）：高耸的船桅。独夜舟：夜晚独自行舟。②老病休：因年老多病而离职。

※ 赏析

　　微风吹拂着江岸细草，诗人的孤舟停泊在岸边。星光闪烁，天幕低垂向平野尽头；江水粼粼，拥着月光流向远方。诗人眼观壮阔景象，俯思人生得失，以往坎坷的遭遇，眼下凄凉的境况，让他时而发出"名声岂止是因为我文章作得好"的悲问，时而又转向"年老多病也就应该辞官退休"的沉吟。平静下来，他知道明天依然是孤独漂泊，不禁自问自答地叹道：我这样飘然一身像个什么？不过像广阔天地间的一只沙鸥罢了。诗文蕴含着杜甫才不见用、志不得展的孤愤，还有他老病无靠、转徙漂泊的悲哀。

登岳阳楼

——杜 甫

昔闻洞庭水，今上岳阳楼。
吴楚东南坼①，乾坤日夜浮。
亲朋无一字，老病有孤舟。
戎马关山北②，凭轩涕泗流③。

※注释

①坼（chè）：分裂。②戎马：指战事。关山北：指北方边境。③凭轩：倚着窗户。涕泗：眼泪鼻涕。

※赏析

从前只听说过洞庭湖水气象非凡，如今登上了岳阳楼观看，杜甫不由得被深深地震撼了。他为我们这样形容所看到的景象：浩瀚的洞庭湖水，在东南方分开了吴地与楚地的疆界，它洋洋于天地间，吞吐日月，整个宇宙好像日夜飘浮。

洞庭湖的宏奇伟丽，并不能舒展杜甫"亲朋无一字，老病有孤舟"的悲怀，但那一日，让他真正为之凭窗而流泪的，是那北方关塞仍然不休的战事，以及风雨飘摇的山河。

春日忆李白

——杜 甫

白也诗无敌,飘然思不群。清新庾开府①,俊逸鲍参军②。
渭北春天树③,江东日暮云④。何时一樽酒,重与细论文⑤。

※注释

①庾开府:指庾信。在北周官至骠骑大将军、开府仪同三司(司马、司徒、司空),世称庾开府。②鲍参军:指鲍照。南朝宋时任荆州前军参军,世称鲍参军。③渭北:渭水北岸,借指长安一带,当时杜甫在此地。④江东:指今江苏省南部和浙江省北部一带,当时李白在此地。⑤论文:即论诗。六朝以来,通称诗为文。

※赏析

杜甫和李白可谓唐代的双子星座,他们因诗文而结识。天宝五载(746),李白因为触犯权贵而被罢官,前往江东一带漫游,杜甫客居长安,怀念这位令他敬重的诗友,写下这首诗。

杜甫本身就是一个大诗人,因此他更能欣赏到李白飘逸不凡、冠绝当代的诗才,故全诗主要从这方面来落笔。开头四句,一气贯注,高度评价了李白的诗歌天下无敌,其诗的清新、俊逸有如南北朝时的著名诗人庾信、鲍照。这样忆其人而忆及其诗,赞诗亦即忆人。第三联两句写两人各自所在地的景色,自然见出深重的离情别恨。诗人对李白的人和诗都十分倾慕怀念,故末联为热切的盼望:什么时候才能再次欢聚,像过去那样把酒论诗啊!全诗在问句中结束,令人读完后,心中犹自回荡着作者绵绵的思念之情。

月夜忆舍弟

——杜 甫

戍鼓断人行①,边秋一雁声②。
露从今夜白,月是故乡明。
有弟皆分散,无家问死生。
寄书长不达③,况乃未休兵④。

※注释

①戍鼓:戍楼上的更鼓。断人行:指更鼓响后人们便不能再随意行走。②边秋:边地之秋。③长:老是,一直。④况乃:何况是。

※赏析

此诗作于乾元二年(759年)秋,这时安史之乱尚未平息,杜甫身在秦州,而他的几个弟弟分散在正处于战乱之中的山东、河南一带,音信不通,只能望秋月而思念手足。

全诗层次井然,首尾照应。离乱未平,道路为之阻隔,弟兄分散生死不明,无家而寄书不达,未休兵故断人行,概括了安史之乱中人民饱经忧患丧乱的普遍遭遇,一句一转,句句连贯一气。

诗人信笔挥洒,若不经意,实则是结构严密,环环相扣,句句不离忆字,闻戍鼓而忆,听雁声而相忆,见寒露而忆,望明月而相忆,国难家仇一齐从笔端流出,故显得凄楚哀感,沉郁顿挫。

"露从今夜白",在写景的同时点明时令;"月是故乡明"写的并非是客观实景,而是融入了诗人的主观感情,深刻地表现了他对故乡的感怀。王彦辅评价说:"子美善用故事及常语,多倒其句而用之,盖如此则语峻而体健。如'露从今夜白,月是故乡明'之类是也。"意思是,这两句不过是说今夜白露,故乡明月,然而只是将词序这么一倒置,寻常语立即变得出乎寻常了。

春夜喜雨

——杜 甫

好雨知时节①，当春乃发生。
随风潜入夜，润物细无声②。
野径云俱黑③，江船火独明。
晓看红湿处④，花重锦官城⑤。

※**注释**

①好雨：指春雨，及时的雨。②润物：滋润万物。③野径：田野间的小路。④红湿处：指被雨水润湿的花枝。⑤花重：花因沾着雨水，显得饱满沉重的样子。锦官城：故址在今成都市南，亦称锦城。三国蜀汉管理织锦之官驻此，故名。后人又用作成都的别称。

※**赏析**

春天是万物萌芽生长的时节，正需雨水的滋润，故有"春雨贵如油"之说。杜甫这首诗就是写一场春雨及时降临的情景，一个"喜"字贯穿全篇。

在诗人笔下，应时节而下的春雨被拟人化，它多么的善解人意啊，当春而生，却又不至于雨骤风狂损害万物，而是默默随风入夜，绵绵润物无声。诗人在雨夜喜悦而望，见天地俱黑，江船一灯独明，在这样极度的反差中正见出春雨的绵长可喜。不禁想象明日清晨景象，整个锦官城一片花海，红湿欲滴，是多么令人惊喜啊。

"好"字赞美春雨"知时节"，简直像人一样知情识趣，堪称及时雨。在苍茫的夜晚，春雨随风而至，悄无声息。诗人惊喜于这场春雨，彻夜难眠，也因此而能体察细致，敏锐地捕捉到了春雨无声的场景。"潜"字拟人化，描摹了春雨来时悄无声息的情态；"润"字准确而生动地刻画出了春雨滋润万物、静默无声的特点。

全诗对春雨的描绘精细入微，极为传神，不仅贴切地摹画出春风化雨的形象，而且生动传达出春雨润泽万物的精神。

江汉

——杜 甫

江汉思归客，乾坤一腐儒。
片云天共远，永夜月同孤。
落日心犹壮，秋风病欲苏。
古来存老马，不必取长途。

※赏析

  大历三年（768年）秋，杜甫滞留在长江、汉水之间的湖北公安，故诗题为《江汉》。其时诗人已五十六岁，年老多病，又漂泊无定，但他却并不悲观，写下这首年老不衰、壮怀犹在的诗。

  首句即点明流落江汉的窘境，北归无望，徒然思归。"乾坤一腐儒"可说是诗人对自己最为贴切的概括：乾坤何其大，一腐儒何其小！"腐儒"两字包含了自嘲和自负之意，汉高祖刘邦说过为天下安用腐儒，以为腐儒空廓无所用，杜甫一生漂泊流徙，沉沦下僚，故以此自概，充满了自嘲和无奈。但他虽然身在草野，却心忧社稷百姓，朗朗乾坤之下，这样的腐儒能有几人呢？自己身在异乡，与天边的浮云共远，与永夜的明月同孤，将自身的情感和身外的景物融为一片。

  然而诗人并没有因此感伤下去，而是用雄豪的语气表现出自己身虽老病而壮心不已的情怀，有着很强的感染力，历来为人所称道。

山居秋暝[1]

——王 维

空山新雨后，天气晚来秋。
明月松间照，清泉石上流。
竹喧归浣女，莲动下渔舟。

随意春芳歇②,王孙自可留③。

※注释
①秋暝:秋天的傍晚。②随意春芳歇:意谓春花要凋谢就凋谢吧。③王孙自可留:王孙可以在此居住。《楚辞·招隐士》有"王孙游兮不归,春草生兮萋萋"和"王孙兮归来,山中兮不可久留"句,意思是说,这里即使不是春天也非常美丽,王孙们可以留下。本诗反用其意,抒发的是作者愿居山林而不愿返回喧嚣市朝的情怀。

※赏析
空山新雨过后,秋凉渐渐透出,山林中一派爽洁之气。如水的月光倾泻松间,清清的泉水流淌于石上。竹林间响起阵阵喧闹声,那是年轻的女子们浣纱归来;池塘中荷叶摇动,那是渔舟在顺水行走。这有如世外桃源一样的地方要到尘世之外才能得到,《楚辞·招隐士》中说:王孙兮归来,山中兮不可久留。隐居山中的诗人却说:这里即使不是春天也非常美丽,王孙们可以留下。

归嵩山作

——王维

清川带长薄①,车马去闲闲②。
流水如有意,暮禽相与还③。
荒城临古渡,落日满秋山。
迢递嵩高下④,归来且闭关⑤。

※注释
①薄:草木茂密的地方。②闲闲:从容的样子。③暮禽:日暮的归鸟。相与还:结伴而还。④迢递:遥远的样子。⑤闭关:闭门谢客。关:门。

※赏析

  本诗为诗人辞官归隐回嵩山途中所作，写出了诗人辞官归隐途中的所见所感。全诗清新淡远，描写了嵩山下江野清冷萧条的暮色，抒发了诗人淡泊的情怀，也流露出诗人淡淡的感伤情绪。整首诗景的展开很有层次，前六句可以说是一句一景，一景一画，每句中都有一个主导的意象：清川、车马、流水、暮禽、荒城、落日，把整个画面生动地展现在读者面前。嵩山，即嵩高山，古时称中岳，因居五岳之中山势又高，因此被称为嵩高，位于河南省登封市北。

  首联写诗人归隐出发时的情景：清澈的河川环绕着一片长长的水草丰茂的沼泽地，诗人乘坐的车马从容不迫、缓缓前行。

  颔联写水与鸟，其实是托物寄情，移情及物。诗人将"流水"和"暮禽"都拟人化了，写自己归山悠然自得之情，如流水归隐之心不改，如禽鸟至暮知还。"流水如有意"承"清川""暮禽相与还"承"长薄"，这两句又由"车马去闲闲"直接发展而来，承接自然。

  颈联寓情于景，写荒城古渡，落日秋山。寥寥十字，四组景物：荒城、古渡、落日、秋山，构成一幅色彩鲜明的图画：荒凉的城池临靠着古老的渡口，落日的余晖洒满了萧飒的秋山。这是诗人归隐途中所见秋景，黯淡凄凉，正反映了诗人感情上的变化。

  尾联写山之高，点明诗人的归隐地，并表明诗人归隐的宗旨。"迢递"是形容山高远的样子；"嵩高"，即嵩山，交代归隐的地点，照应诗题；"闭关"，不仅指关门，而且暗含闭门谢客之意，表明诗人要与世隔绝，不再过问世事的宗旨。

  全诗层次整齐，情景并举，于景中寄寓深情。在诗人笔下，既有归山途中的美丽景色，也有隐约可见的诗人感情的细微变化：从安详从容，到凄凉悲苦，再到恬淡安适。诗人既表现了对辞官归隐的向往，也表现了对现实的愤激不平与无可奈何。

终南山

——王维

太乙近天都①,连山到海隅②。
白云回望合,青霭入看无③。
分野中峰变④,阴晴众壑殊⑤。
欲投人处宿,隔水问樵夫。

※注释

①太乙:终南山主峰,也是终南山别名。天都:京都长安。②连山:连绵不断的山势。到海隅(yú):延伸到海角。③霭(ǎi):雾气。④分野:大地按星辰位置划分的范围。中峰:指太乙峰。⑤众壑:万千山谷。殊:不同。

※赏析

　　这是一首咏叹终南山宏伟壮观的五言律诗。寥寥四十字,便将偌大一座终南山传神地刻画出来,足见诗人创作功底之深厚。本诗是山水诗名篇。诗人从不同角度描绘终南山的雄伟壮丽,笔墨豪雄中又有细腻,壮美中又有妩媚。全诗气势磅礴,境界阔大。终南山,在今陕西省西安市长安区南。

　　首联以夸张的语言写远景,极言山之高远,勾画出终南山的总轮廓。终南虽高,去天甚遥,诗人却说它"近天都",是夸张,也有道理:诗人在远处遥望终南山,终南山的主峰"太乙"在诗人的视野里的确与天连接,这显然是一种视觉上的真实。同时,终南山西起甘肃天水,东止河南陕县,远未到海隅,诗人却说它"接海隅",固然也是夸张,然而从长安遥望终南山,西不见头,东不见尾,确实有"接海隅"之势,虽夸张而愈见真实。

　　颔联写近景,写的是诗人身在山中的所见。诗人身在终南山中,朝前看,白云弥漫,看不见路,也看不见其他景物,仿佛再走几步,就可以浮游于白云之间；然而继续前进，白云依然可望而不可即；回头看，两边的白云又合拢成茫茫云海。诗人走出茫茫云海，前面又是蒙蒙青霭，仿佛继续前进，就可以摸着那青霭了；然而走了进去，却看不见了；回头看，那青霭又合拢来，蒙蒙漫漫。这两句，诗人用细致的笔法铺叙云气变幻，移步变形，极富含蕴。

颈联进一步写诗人从山北遥望所见的景象：山之南北辽阔和岩石沟壑的形态。诗人立足"中峰"，纵目四望，收全景于眼底，见南北辽阔，千岩万壑，千姿百态。

末联写，诗人为了入山穷胜，想投宿山中人家，便有了"隔水问樵夫"句。诗人既到"中峰"，这里的"水"可能是指深沟大涧。这两句中，人物的出现使全诗更加生意盎然。

总的看来，这首诗的主要特点和优点在于以个别显示一般，以不全求全，从而使诗歌产生了"以少总多""意余于象"的艺术效果。

酬张少府[①]

——王维

晚年惟好静，万事不关心。
自顾无长策[②]，空知返旧林[③]。
松风吹解带[④]，山月照弹琴。
君问穷通理[⑤]，渔歌入浦深。

※注释

①酬：以诗酬答。②自顾：自念。长策：超人的本领。③空：徒然。④解带：解带敞怀。⑤穷通理：困顿与发达的道理。

※赏析

本诗为诗人晚年之作，描写诗人晚年安静闲适的生活，表现诗人超然物外的情绪。这首诗的基调和诗人晚年获罪被贬职，因此情绪消沉有关，也是诗人受佛教思想影响所致。诗题中的张少府生平不详。少府，官名，县尉。

诗的开头四句全是写情，曲折地表达了诗人无法实现抱负的苦闷之情。诗人开篇便说自己老了，只喜欢清静，不关心任何事情了。表面上看起来是对什么事都漠不关心了，但仔细品味之后不难发现诗人也是无可奈何。他此时虽然在朝为官，但对朝政已经不再抱有幻想，于是开始过起了半隐居的生活，"晚年惟好静，万事不关心"，正是他晚年生活的真实写照。"自顾无长策"，则体现了他曾经的矛盾和痛苦。诗人表面上说自己没有才德，实际上是满腹牢骚。当理想无法实现、痛苦不得化解时，诗人唯一的出路就是离开是非之地、归隐田园。"空知返旧林"，看似得到解脱，实际上只是无奈之举。由此可以看出，在诗人宁静淡泊的外表之下隐藏着失落和愤慨。

既然如此，诗人接下来为何还表现出对闲暇生活的满足和肯定呢？联系上文我们可以体会到，"松风吹解带，山月照弹琴"的归隐生活实际上只是诗人在苦闷之中追求精神解脱的一种表现。这种表现既体现出诗人某种程度上的宁静闲适，又通过与官场生活的对比来表现诗人对黑暗官场的否定和批判。挣脱政治的束缚，诗人于山中明月下弹琴自娱，说他不敢直面现实也好，自我放逐也好，但总胜于助纣为虐、同流合污。诗句通过描写诗人隐居生活中的两个细节，将松风、山月赋予人情，勾勒出一幅情景交融、意境和谐的画面，极大地增强了诗的感染力，体现了诗人极高的写作技巧。

最后两句点题，以问答的形式作结，既照应了题目中的"酬"字，又妙在以不答作答，含蓄不尽，余韵悠然。多少幽趣，都回荡在那阵阵的渔歌声中。

过香积寺①

——王 维

不知香积寺，数里入云峰。
古木无人径②，深山何处钟。
泉声咽危石③，日色冷青松④。
薄暮空潭曲⑤，安禅制毒龙⑥。

※注释

①香积寺：长安城外寺名，故址在今陕西西安市长安区南。②无人径：人迹罕至的林间小径。③咽危石：形容山石嶙峋，泉水于其间不能畅快流淌。④冷青松：谓夕阳西下，青松的颜色也因之暗淡下来。⑤薄暮：黄昏。⑥安禅：安然进入禅境。毒龙：喻机心妄念。

※赏析

作者曾闻香积寺之名，却不知其究竟在山中何处，此诗写他偶然路过其处时向山中探访寺院的情景。山行数里，深入云峰，古木森森，小路幽静。山林深处传来悠远的钟声，泉流呜咽在嶙峋的山石下，日光因为照在青松之上而显得清冷。日暮时分，作者来到一方清澈无物的水潭旁，不由得联想起西方高僧以佛法制服水中毒龙的传说。诗文通篇未写寺院风光，然而所咏寺外幽景，正体现着香积寺不同寻常的氛围，"薄暮空潭曲，安禅制毒龙"一联隐含修禅可净除邪恶之意，将禅寺宗旨延展开来。

汉江临泛

——王 维

楚塞三湘接①，荆门九派通②。
江流天地外，山色有无中。

郡邑浮前浦③，波澜动远空。
襄阳好风日④，留醉与山翁⑤。

※注释

①楚塞：指古楚国边界。三湘：漓湘、潇湘、蒸湘称三湘。②荆门：即荆门山。九派：长江的许多支流。九是多的意思。③郡邑：此指襄阳城。浦：江面。④风日：风光。⑤山翁：指晋人山简，竹林七贤山涛之子。曾任征南将军，镇守襄阳，好饮酒，每饮必醉。

※赏析

"临泛"就是登高望远的意思。这首诗主要写泛游汉水的见闻，咏叹汉水的浩渺。

诗人先从大处落墨，以雄健的笔力描绘出汉水横卧楚塞而接"三湘"、与长江"九派"相通的雄浑壮阔的气势。不仅写出了荆门南接三湘、北通九派的重要地位，更将笔触延展到了千里之外。有了这样的开篇，后两联方显得不弱。

泛舟江上，纵目眺望，只见"江流天地外，山色有无中"，汉江之水面宽广仿佛都流到天地之外了；两岸青山迷蒙，烘托出江势的浩瀚空阔，气韵生动。前句极言汉水的邈远，后句以苍茫山色烘托江水的浩瀚空阔。王世祯说这两句"是诗家俊语，却入画三昧"。画面疏密有致，气韵生动。

接着，诗人视线从远处收回，转向眼前江面近景。"浮"字写沿江郡邑仿佛在水面浮动，"动"字写出波涛汹涌如同摇动远方天空。明明是水波在动荡起伏，却给人以前方的城郭在水面上浮动和整个天空都在动荡的错觉。这种"浮动"的错觉，足见水势之磅礴。面对襄阳这样的壮丽风光，诗人沉醉其中，想要留下来。

全诗仿佛一幅色彩淡雅、格调清新、意境优美的山水画，雄健而不失从容，写出了汉江的千古奇观，气魄宏大，意境开阔，给人以美的享受，堪称王维融画入诗的力作。

使至塞上

——王维

单车欲问边①,属国过居延②。
征蓬出汉塞③,归雁入胡天。
大漠孤烟直④,长河落日圆⑤。
萧关逢候骑⑥,都护在燕然⑦。

※注释

①问边:到边塞去察看,指慰问守卫边疆的官兵。②属国:典属国的简称。汉代称负责外交事务的官员为典属国,这里诗人用来指自己的身份。居延:地名,汉代称居延泽,唐代称居延海,在今内蒙古额济纳旗北境。又西汉张掖郡有居延县(《汉书·地理志》),故城在今社员济纳旗东南。又东汉凉州刺史部有张掖居延属国,辖境在居延泽一带。③征蓬:随风飘飞的蓬草,此处为诗人自喻。④烟:烽烟,报警时点的烟火。⑤长河:黄河。⑥萧关:古关名,故址在今宁夏固原东南。候骑:负责侦察、通信的骑兵。王维出使河西并不经过萧关,此处大概是用何逊诗"候骑出萧关,追兵赴马邑"之意,非实写。⑦都护:官名。唐朝在西北置安西、安北等六大都护府,每府派大都护一人,副都护二人,负责辖区一切事务。燕然:古山名,即今蒙古国杭爱山,这里代指前线。此两句意谓在途中遇到候骑,得知主帅破敌后尚在前线未归。

※赏析

这首诗作于诗人赴边途中,其景象描写得雄奇壮丽,尤为后人所称道。

开元二十五年(737年)河西节度副大使崔希逸战胜吐蕃,唐玄宗命王维以监察御史的身份出塞慰藉,察访军情。唐玄宗此举实际上是要将王维排挤出朝廷。王维驾着车走向茫茫大漠，去慰问戍边的将士，大漠雄奇的景色给诗人留下了深刻的印象，故留下此传世名篇。

由"归雁"可知，王维此次出使边塞是在春天。蓬草成熟后就会枝叶干枯，根也离开了大地，随风飘卷，所以称为"征蓬"。诗人被排挤出朝廷，心中自然抑郁悲愤，故有"征蓬""归雁"的自比，寓悲凉之情于壮美之景中，意境浑融。

五、六两句分别描述了两个画面，境界阔大，气象雄浑。一个画面是大漠孤烟。大漠之中，莽莽黄沙广阔无垠。极目远眺，天尽头一缕孤烟正缓缓升腾，为这片荒漠增添了一点生气。另一个画面是长河落日。这是一个特写镜头。"圆"字准确描述了河上落日的特点，使整个画面更显雄奇瑰丽。

诗歌语言平白易懂，用字凝练准确，其颈联的"直"与"圆"两字被《红楼梦》誉为"有情有理"。

临洞庭上张丞相

——孟浩然

八月湖水平①，涵虚混太清②。
气蒸云梦泽③，波撼岳阳城。
欲济无舟楫④，端居耻圣明⑤。
坐观垂钓者，徒有羡鱼情⑥。

※**注释**

①湖水平：湖水涨得饱满。②涵虚：水气浩渺的样子。太清：天空。③云梦泽：古大泽名，包括今湖南湖北两省的部分。④济：渡。舟楫：船只。⑤端居：闲居。耻圣明：有愧于此圣朝明世。⑥坐观两句：这两句是作者将"临渊羡鱼，不如退而结网"的古语另翻新意。

※赏析

这首诗从大处落笔，通过浩瀚的湖水、蒸腾的水汽、澎湃的波涛等景色，表现洞庭湖的水天一色、汪洋壮阔。全诗气势磅礴，格调雄浑。诗题中的张丞相指张九龄。

这是一首干谒诗。所谓"干谒"，即是向达官贵人呈献诗文，以求引荐录用。玄宗开元二十一年（733年），孟浩然西游长安，将本诗献予当时的丞相张九龄，以求录用。全诗颂对方，而不过分；乞录用，而不自贬，不亢不卑，十分得体。

诗的前两联写洞庭湖波澜壮阔、气势雄伟的景象，象征开元的清明政治。首联写洞庭湖的汪洋浩瀚，水天相接，容纳百川。颔联写洞庭湖的水汽和烟波，烟波浩渺，润泽万物。而"波撼"两字放在"岳阳城"上，衬托出湖水的澎湃有力。在湖波的激荡下，湖滨的岳阳城也变得不安起来。诗人笔下的洞庭湖不仅广阔，而且充满活力。

后两联触景生情，抒发诗人进身无路，闲居无聊的苦衷，表达出诗人急于出仕的决心。颈联是诗人向张丞相表明心事，说明自己欲仕无门：诗人面对浩渺湖水，想到自己还是在野之身，无人引荐，正如渡湖人没有船只一样。在这个"圣明"的太平盛世，诗人闲居无事，碌碌无为，感到非常羞耻，立志要做出一番事业来。之后，诗人在尾联发出呼吁。"垂钓者"暗指当朝执政的人物，其实是指张丞相。尾联的意思是：张大人，我非常钦佩您能出来主持国政，可惜我只是一介平民，不能追随您左右，为您效劳，只能在此徒然地表达对您的钦慕之情。诗人巧妙运用"临渊羡鱼，不如退而结网"的古语，另翻新意，表达倾慕之情；而且，"垂钓"正好同"湖水"照应，不露痕迹。但只要仔细品味，读者很容易就能体会出诗人希望得到引荐的心情。

全诗写景气象宏大，波澜壮阔；抒情不露痕迹，实乃妙作。

与诸子登岘山①

——孟浩然

人事有代谢②，往来成古今。
江山留胜迹③，我辈复登临。
水落鱼梁浅④，天寒梦泽深⑤。
羊公碑尚在，读罢泪沾襟。

※注释

①岘山：又名岘首山，在今湖北襄阳区南。②代谢：交替，变换。③胜迹：名胜古迹。④鱼梁：鱼梁洲，位于襄阳。⑤梦泽：即云梦泽。

※赏析

  这是一首吊古伤今、览古抒怀的诗。据《晋书·羊祜传》记载，羊祜镇守荆襄时，常到此山置酒言咏，他曾对同游者喟然叹说："自有宇宙，便有此山，由来贤达胜士，登此远望如我与卿者多矣，皆湮灭无闻，使人悲伤！"羊祜生前政绩斐然，死后，襄阳百姓在岘山为他建碑立庙。诗人求仕不遇，心情苦闷。他登上岘首山，看到羊公碑，想到羊祜当年说过的"登此山者多矣，皆湮灭无闻"的话，对照自己空有抱负不得施展的处境，触景生情，泪下沾襟，悼古伤今，感慨颇多，便写下本诗。全诗情景交融，抒写了诗人有志难申的悲愤和哀伤。诗题中的岘山在今湖北襄樊。

  首联，诗人凭空落笔，似不着题，却点出一个平凡的真理，引出感慨：人间事物总是在不停变化，朝代的更替，家族的兴衰，人的生老病死、悲欢离合；寒来暑往，春去秋来，时光流逝，便分古今。

  颔联紧承上联。"江山留胜迹"承"古""我辈复登临"承"今"。诗人的伤感情绪便是来自今日的登临。

  颈联写诗人登山之所见。诗人登山远望，水落石出，草木凋零，一片萧瑟。由于"水落"，鱼梁洲更多地呈露出水面，故称"浅"；辽阔的水泽之地，一望无际，故称"深"。诗人抓住了当时当地特有的景物，既表现出时序，又烘托了自身伤感的心情。

尾联抒发感慨。一个"尚"字，包含了非常复杂的内容。诗人想到四百多年前的羊祜：他为国效力，为民谋福，所以名垂千古，与山俱传；而自己至今仍为"布衣"，无所作为，死后难免湮没无闻。这二者鲜明的对比，令人伤感，诗人不禁潸然泪下。

从内容上看，本诗的前两联是"说理"，后两联又转为"写景"，描写形象生动，暗含了诗人深厚的感情。因而，本诗依然是"诗人之诗"而非"哲人之诗"。从语言上看，本诗语言通俗易懂，感情真挚，语淡意浓，富有情趣。

岁暮归南山

——孟浩然

北阙休上书①，南山归敝庐②。
不才明主弃，多病故人疏③。
白发催年老，青阳逼岁除④。
永怀愁不寐⑤，松月夜窗虚。

※注释
①北阙：指朝廷奏事处。②敝庐：破旧的居所。③故人疏：老朋友因之而疏远。④青阳：春天。⑤永怀：郁于胸怀而不去。

※赏析
仕途失意以后，孟浩然只好重新归隐南山。他在诗文中心情沉重地说："我的才学不够，所以受到圣明君主的弃置；因为身体多有疾病，亲朋好友也都渐渐地和我疏远了。"

头上有了白发，就更觉得年老的速度在加快；春天回归人间的时候，就意味着这一年即将走到终点。老大无成的诗人用"催"和"逼"形容时光的流逝，足见他心中的不甘和无奈。

愁绪满怀，诗人夜不能寐，窗间松影月光虚迷一片，衬托着他惆怅落寞的心情。

过故人庄

——孟浩然

故人具鸡黍①，邀我至田家。
绿树村边合②，青山郭外斜。
开轩面场圃③，把酒话桑麻。
待到重阳日④，还来就菊花⑤。

※注释
①具：准备。鸡黍：农家丰盛的饭菜。黍（shǔ）：黄米饭。②合：环绕。③轩：窗户。场圃：打谷场和菜圃。④重阳日：阴历九月初九重阳节，古人有登高饮菊花酒的习俗。⑤就：赴。

※赏析
本诗为田园诗名篇，写诗人应友人之邀来到田家小饮的生活情景，既描绘出了一幅闲适恬静的乡村图画，又表现出诗人情趣的高雅和朋友间友情的淳朴。全诗朴实无华，清新隽永，自然流畅。

首联，诗人平铺直叙，用极其朴素的文字，写了友人的热情相邀。友人以"鸡黍"相邀，既显田家之风味，又见待客之简朴。这种不讲虚礼和排场的招待，往往更容易打开彼此心扉。这个开头，不甚着力，奠定了全诗平静自然的基调。

颔联写乡村的自然风光。诗人先画近景，"合"字足见树木之多；再绘远景，"斜"字足见青山之远。诗人走进村里，顾盼之间全是清新的美景：绿树层层环抱的村庄坐落平畴而又遥接青山，清淡幽静。此处只写绿树青山，却能让人看见更广阔的天地。

颈联写朋友间的开怀畅饮。"场圃""话桑麻"流露出浓浓的乡土气息。正是因为处于"故人庄"这样的环境中,所以宾主打开轩窗,临窗举杯,"把酒话桑麻"。"开轩"也似乎是不经意写入诗的,但有了颔联两句对村庄外景的描绘做铺垫,也就毫不突兀。诗人与友人坐在屋里,饮酒交谈,打开轩窗,轩窗前的一片打谷场和菜圃映入眼帘,令人心旷神怡。绿树、青山、村舍、菜圃、桑麻,一幅优美宁静的田园图出现在读者面前。本联只写把酒闲话,却能反映出自然环境与诗人心情的契合,表现出人的惬意。

尾联,诗人因为被这种农家生活深深吸引,真率地表示待到重阳日,还来赏菊痛饮。淡淡两句,故人款待的热情,诗人做客的欢愉,两人相处的融洽,跃然纸上。诗人写重阳再来,自然流露出了对村庄和故人的恋恋不舍,从侧面烘托出乡村生活的美好。

一个普通的农庄,一次并不十分丰盛的招待,在诗人的笔下竟被渲染得如此诗情画意。本诗描写的都是眼前的景物,使用的是近乎直白的语言,叙述的层次也完全是顺其自然,表达的情感也是淡淡的,却达到了形式与内容的高度一致。全诗恬淡亲切而不肤浅枯燥,平淡之中见深情。

秦中寄远上人[①]

——孟浩然

一丘常欲卧[②],三径苦无资[③]。
北土非吾愿[④],东林怀我师[⑤]。
黄金燃桂尽[⑥],壮志逐年衰。
日夕凉风至,闻蝉但益悲[⑦]。

※注释
①秦中:指京都长安。远上人:名远的僧人。上人:对僧人的尊称。②丘:小山。③三径:指隐居的家园。王莽专权时,蒋诩辞官回乡,在院中开辟了三条小径,只与友人求仲、羊仲往来。④北土:指京都长安,此处代求

仕做官。⑤东林：指远上人所在的寺庙。⑥燃桂：谓烧柴像烧桂枝一样贵，喻长安的生活费高昂。⑦但：只。益：愈加。

※赏析

　　本诗是孟浩然滞留长安寄给远上人的诗。从这首诗的内容看，当为孟浩然在长安落第之后的作品。诗中充满了失意、悲哀与追求归隐的情绪，是一首坦率的抒情诗。诗题中的秦中在这里指京城长安一带。上人是对僧人的称呼。

　　首联从正面写"所欲"。诗人的所欲，本为隐逸；但诗中不用隐逸而用"一丘""三径"的典故。"一丘"颇具山野形象，"三径"自有园林风光。诗人用形象表明隐逸思想，是颇为自然的。然而"苦无资"三字却又和"所欲"发生了矛盾，透露出诗人穷困潦倒的景况。

　　颔联"北土非吾愿"从反面写"不欲"。"北土"指"秦中"，亦即京城长安，是士子追求功名之地。此句表明了诗人不愿做官的思想。因而，诗人身在长安，不禁怀念起庐山东林寺的高僧来了。"东林怀我师"是虚写，诗人用一个"怀"字，表明了对"我师"的尊敬与爱戴，暗示诗人追求隐逸的思想，并紧扣诗题中的"寄远上人"。这两句诗正反相对，以"北土"对"东林"，以"非吾愿"对"怀我师"，可谓珠联璧合、相得益彰，也更能表达诗人的所思所想。

　　颈联描绘了诗人滞留长安时的处境和遭遇。"黄金燃桂尽"，表明他花完了旅费，已经陷入穷困潦倒的局面；"壮志逐年衰"，则体现出他心灰意懒的情绪。这两句对偶自然流畅，读来朗朗上口。

　　尾联写"凉风""蝉鸣"。诗人描写这些秋天的景物，恰好扣住题目的"感秋"。秋风萧瑟，蝉鸣声声，令人容易心生伤感。况且当时诗人身在长安，旅资耗尽，做官无门，面对这样的景色，怎能不"益悲"呢？

　　许多诗人在写诗的时候，往往借物抒情，很少直接抒情。因为感情过于抽象，难于直接抒发。本诗却一反常法，诗人通过"苦无资""非吾愿""怀我师""益悲"等满怀感情的语句直写心中的忧郁和愁绪。这种白描的手法使感情表达更为直接，令人感到一种扑面而来的悲伤，也因此更能打动人心。

宿桐庐江寄广陵旧游

——孟浩然

山暝听猿愁①，沧江急夜流。
风鸣两岸叶，月照一孤舟。
建德非吾土②，维扬忆旧游③。
还将两行泪，遥寄海西头。

※注释

①暝：昏暗。②建德：今属浙江，在桐江上游。《唐书·地理志》中记载：睦州，隋新定郡，武德四年改为睦州。万岁登封二年，移治建德。③维扬：即扬州。

※赏析

　　桐庐江，即桐江，在今浙江桐庐县境内。其风景十分优美，南朝梁文学家吴均曾在《与朱元思书》中称赞说："自富阳至桐庐，一百许里，奇山异水，天下独绝。"然而对奔波无定、身在旅途的孟浩然而言，却是听得深山猿啼声声哀，见得沧江奔流浪逐浪，风吹得两岸树叶飒飒响，月照得江中孤舟一影单，景象是多么的凄清萧瑟啊！原因只在于"建德非吾土"，景物在不同的人眼里会产生不同的主观感受。他乡虽好终不及故土，异乡是如此的孤寂寥落，难免怀念扬州的老朋友，而许多不如意横梗在心头眉间，不由得两行热泪直下。而这湍急的江流，请把自己的热泪带给大海西头的友人吧。

　　孟浩然在四十岁去长安应举落第后，为排遣心中的苦闷而出游吴越，故这期间所写的诗中难免罩上一层忧郁愁闷的情绪。本诗的前半写景，后半写情，诗人结合自己的感情将景物描绘得如此清寂凄怆，蕴含了自己深深的孤独感和失意后情绪的动荡不安。景与情完美地融合在一起，写景越真切，其情越深沉，显得浑成自然，韵味悠长。

早寒有怀

——孟浩然

木落雁南度①，北风江上寒。
我家襄水曲②，遥隔楚云端③。
乡泪客中尽，归帆天际看④。
迷津欲有问⑤，平海夕漫漫⑥。

※注释

①木落：树叶飘落。汉武帝《秋风辞》："秋风起兮白云飞，草木黄落兮雁南归。"②襄水：指汉水流经襄阳的一段，位置在湖北襄阳城西北，北为檀溪，南为襄水。孟浩然为襄阳人，在襄水之北。③"遥隔"句：孟浩然当时正在吴越一带漫游，襄阳属于古楚之地，两地相隔较远。④天际：天边。南齐谢朓《之宣城郡出新林浦向板桥》："天际识归舟。"⑤迷津：找不到渡口。津，渡口。《论语·微子》记孔子使子路向长沮、桀溺问津，两人不说津口所在，反而说天下滔滔，没有谁能改变，而舍此适彼，实为徒劳，不如避世隐居。意思是讥讽孔子看似为知津者，实际上为迷津者。后世遂以迷津为茫然不知所之。这里是慨叹诗人自己彷徨失意，如同迷津的意思。⑥平海：平阔的江面。唐诗中常以"海"指大江或宽阔的江面。

※赏析

孟浩然在长安求仕未成，沮丧地离开长安，孤身一人到长江中下游一带漫游。江上早寒，萧瑟的秋色秋声，触发了诗人客中思归的感情。当树叶摇落，鸿雁南飞，江上北风呼啸，天气寒冷，天地一派深秋景象时，自然勾起了乡愁。而家在遥远的古楚之地，两地隔绝。想着家人在盼望天际归舟的时节，诗人的思乡泪越发难禁。而前途茫茫，欲归不得,诗人内心正如眼前黄昏的江水一样迷惘,彷徨不知所之。

　　孟浩然一生虽为隐士,但始终有报国之心,渴望出仕做官;既羡慕田园生活,又想在政治上有所作为,这首诗就眼前情景层递展开,并越转越深,流露出诗人远离故土,思想矛盾的复杂感情。

　　物事的移换,季节的更迭,最容易勾起游子的思乡之情。诗人的心绪就投射在早秋的景物上,一切都显得那样的寒冷,那样的迷茫,而他自己在一叶孤舟上远望天际,显得是那样的孤单。诗人捕捉了摇落的木叶、南飞的大雁、寒冷的北风这些秋天典型的景物,点出题目中的"早寒"。处身在这样的环境中,自然引起悲哀的情绪。

　　诗中的颔联、颈联都是自然成对,"襄水曲"和"楚云端"就地成对,都是指襄阳的地理位置,十分自然;而"乡泪"和"归帆"相对,以情对景,扣合自然,充分表达了作者的感情。最后以景作结。

　　全诗情景交融,语言含蓄自然,思归的哀情和前路茫茫的愁绪都寄寓在迷茫的黄昏江景中了。

留别王维

——孟浩然

寂寂竟何待①,朝朝空自归。
欲寻芳草去②,惜与故人违③。
当路谁相假④,知音世所稀。
只应守寂寞⑤,还掩故园扉⑥。

※**注释**

①寂寂:冷落索寞的样子。西晋左思《咏史》:"寂寂扬子居,门无卿相舆。"②寻芳草:指寻找隐居的去处。古人常以芳草白云喻隐居。③故人:老友,这里指王维。违:分离。④当路:当权者。《孟子·公孙丑》上:"夫子当路于齐。"假:提携,帮助。⑤守寂寞:即守默处常,清静无为。

《庄子·天道》："夫虚静恬淡，寂寞无为者，万物之本也。"⑥扉：门。

※赏析

孟浩然在长安落第后，滞留在长安无所为而打算还归襄阳，临行前给在朝中内阁任职的至交好友王维留赠了此诗。王维当时闲居长安，有《送孟六归襄阳》（孟浩然排行第六）诗。

诗人由落第而思归，由思归而惜别，从而在感情上产生了矛盾。开首两句就有一种空茫不知何去何从的况味，说自己还在京城等待什么呢，天天空自来回无功。"寂寂"两字既表现了门庭冷落的景象，又表现了作者茫然的心情。"朝朝"奔波，可见诗人求仕心切，一个"空"字则表明知音既少，朝廷又不能用，也就没必要在长安流连了。

想通了自身的处境之后，诗人意识到自己将要还乡归隐与芳草为伴，而这也意味着要与故人分离了，一个"惜"字，表明了他去意已决，故更见得对故人王维深深的依恋不舍之情。

"当路谁相假，知音世所稀"是名句，承接上文说明了自己打算归去的原因。这是诗人对世态炎凉、知音难遇的社会现实的切身体会，语气沉痛，充满了怨愤之情、辛酸之泪。一个"谁"字，反诘得颇为有力，具有一种强烈的愤懑感情。

有了这样的认识后，诗人才觉得自己"只应"甘守寂寞，返回故园。"只应"表明在作者看来归隐是唯一的道路，其中的含义耐人寻味。

整首诗没有华丽的辞藻，没有优美的画面，语言极为平实，对偶也不求工整，但却将诗人落第后欲去不忍，最后又不得不去的矛盾心理和极复杂的情感自然而然流露出来，是个中人说给个中人的个中语，细嚼味无穷。

宴梅道士山房

——孟浩然

林卧愁春尽①，搴帷览物华②。

忽逢青鸟使③,邀入赤松家④。
金灶初开火⑤,仙桃正发花⑥。
童颜若可驻⑦,何惜醉流霞⑧。

※注释

①林卧:林中闲卧。②搴帷:撩起帐帷。搴(qiān),掀、揭。物华:美好的自然景物。③青鸟使:传说中的神鸟,西王母的使者。《汉武故事》记七月七日中午,武帝在承华殿见有青鸟西来,便问东方朔。东方朔回答说:"西王母黄昏必降临。"至时西王母果然前来,有两只如同鸾的青鸟侠侍在她身边。后遂以青鸟为仙人或道士的使者。此处喻道士遣人前来。④赤松家:指梅道士之家。赤松,赤松子,传说中的仙人。⑤金灶:道家的炼金丹的炉灶。初开火:清明前三日为寒食,习俗禁火冷食,清明方举火。⑥仙桃:《汉武内传》记载:"王母仙桃三千年一开花,三千年一生实。"此处指道士山房旁的桃花。⑦驻:驻留。⑧流霞:传说中的仙酒,饮之可以长生。流霞为红色流云,流霞酒的颜色当红如霞彩。王充《论衡·道虚》:"(项)曼都曰:'口饥欲食,仙人辄饮我以流霞一杯,每饮一杯,数月不饥。'"此处代指梅道士之酒。

※赏析

　　唐代统治者将道教的始祖"老子"认作先祖,宣布道教在儒家和佛教之上,确定了有唐一代尊奉道教的国策,因而有唐一代道教大为兴盛。唐玄宗不仅自己炼药崖山,立坛宫中,亲受法箓,还通过一系列行政措施,提高道教的社会地位。他封庄子为南华真人,文子为通玄真人,列子为冲虚真人,庚桑子为洞灵真人,四子所著之书皆号真经。立玄学博士,依明经列举。玄宗亲自策试道举。当时公主、妃嫔和百官妻女多人道为女真,朝臣如贺知章之流都主动弃官乞为道士。

　　这样,从唐初到开元、天宝年间,由于统治者的大力扶植,道教空前兴盛起来,道教典籍日益增加,道教宫观遍布全国,入道人数不断增加，道士参与政事也司空见惯。道教作为一种宗教信仰，构成了大唐文明的重要内容之一，渗透唐代文化生活的各个方面。唐代文人或自己学道炼丹，或与道士酬唱往来，写下不少含有道教思想的诗歌。

诗人隐居山林"愁春尽"，而想要"览物华"，却忽然逢梅道士派人前来相邀。道士山房中炼丹灶生起了火，仙桃树正花开灼灼。对此良辰美景，宾主尽欢，何惜一醉呢？道士山房晚来的春景使诗人从愁中振奋，而朋友那如春意般温暖的友情更是让人沉醉，篇末的"童颜若可驻，何惜醉流霞"已经是喜气洋洋、意兴正酣了。

全诗叙宴饮于道士山房，脉络自是清畅，尤妙在巧用金灶、仙桃、驻颜、流霞等道家术语和青鸟、赤松子等仙家典故，切合主人身份，字里字外颇有一股出尘脱俗的超逸之气。我们从中仿佛可见诗人和道士的飘然出尘、随心所欲的生活态度，这是何等的逍遥自在。

秋日登吴公台上寺远眺[①]

——刘长卿

古台摇落后[②]，秋入望乡心。
野寺来人少，云峰隔水深。
夕阳依旧垒[③]，寒磬满空林。
惆怅南朝事[④]，长江独自今。

※**注释**

①吴公台：扬州府城北，刘宋沈庆所筑弩台，陈将吴明彻增筑，故名。②摇落：零落。③旧垒：指吴公台。④南朝：指在金陵（今南京）建都的宋、齐、梁、陈四朝。

※**赏析**

本诗是诗人旅居扬州，秋日登吴公台写下的悼古咏怀诗。

首联写诗人观吴公台引发的感慨，即景生情。古台在风雨的多年侵袭下已有颓圮的倾向，丛生的草木也在秋日纷纷凋零，这样的景象使身在他乡的诗人不由得怀念起故乡。颔联写古迹所在之地已非往昔般繁华喧闹，成为少有游人、封闭于野地间的残台。上句，诗人写近在眼前的古台，后句，诗人将视线拉远，遥望那远远的山峦。颈联，诗人以夕阳衬旧垒，以寒磬衬空林，将旧日辉煌的场所如今的凄凉景象展现得淋漓尽致。尾联写江山依旧，人物不同。古台依旧，青山依旧，钟磬依旧，而那时的英豪早已不在，唯有秋日夕阳里滚滚的长江水不停歇地奔涌。"独自今"三字，悲凉慷慨，道出诗的神韵。有人认为，最后两句有"大江东去，浪淘尽，千古风流人物"之气韵。

全诗抚今追昔，写景寄情，感情深沉。诗中，诗人所闻所见的秋声、古台、野寺、夕阳、故垒、寒磬、空林都和诗人一样满怀惆怅，而独有长江水依然滚滚东流，把历史的烟云淘尽。诗的神韵尽在不言中。

送李中丞归汉阳别业[①]

——刘长卿

流落征南将，曾驱十万师。
罢归无旧业[②]，老去恋明时[③]。
独立三边静[④]，轻生一剑知[⑤]。
茫茫江汉上，日暮欲何之[⑥]。

※ **注释**

①中丞：御史中丞。别业：别墅。②罢归：罢官而归。无旧业：意谓家乡没有产业。③明时：清明的时代。④三边：幽、并、凉三州，此处泛指边疆地带。⑤轻生：不畏死亡。⑥何之：去向何处。

※ **赏析**

这是一首送别诗。从诗意上看，李中丞是一位曾经为国家立下赫赫战功的将军，他曾经率领十万之众南征，为报效国家不惜殒身损命，也曾独镇北上,使得三边安定无事。然而就是这样一位功勋卓著的老将军,一朝得罪权奸,便遭到罢免,从此孤身飘零于江湖,并无家产旧业以为养老之资,茫茫然不知该往何处。本诗回顾了李将军当年的雄风,热情地讴歌了他英勇无畏、舍身为国的英雄气概,对将军晚年罢官漂泊的遭遇寄予了无限同情和关切,蕴含着对朝廷小人当道、功臣无所归依的深深愤慨和不平。

送僧归日本

——钱起

上国随缘住①,来途若梦行。
浮天沧海远②,去世法舟轻③。
水月通禅寂,鱼龙听梵声。
惟怜一灯影,万里眼中明。

※注释

①上国:此指大唐。②浮天:形容船只远去海上,如浮于天际。③去世:脱离尘世。法舟:指日本僧人所乘之舟。

※赏析

这是一首写给来大唐旅行、学习的日本僧人的送别诗。诗虽然是写送别,却都是以佛语说出,融浸着丝丝禅意。比如说僧人前来大唐是因"缘"而来,归去时则是乘"法舟"而去。其中的"轻"字,还隐隐蕴含了已然得道的意味,因为"身轻"与"心轻",是佛家修炼的一大境界。诗中更是对僧人乘舟海上的情景做了大胆的想象,说他于水月之间参禅,又为海中鱼龙传道,可谓饱含颂扬之情。末联中的"一灯影",既指舟灯,又指禅灯,既表达作者对友人的关切,又由禅语点化而来,一语双关,深见作者苦心。

淮上喜会梁川故人

——韦应物

江汉曾为客①,相逢每醉还。
浮云一别后,流水十年间。
欢笑情如旧,萧疏鬓已斑②。
何因不归去,淮上有秋山。

※注释

①江汉:即汉江。②萧疏:稀疏。斑:斑白。

※赏析

本诗写了诗人与久别十年的梁州故人,不意之间在淮上(今江苏淮阴一带)重逢的喜悦,抒发了人世沧桑、青春不再的感慨。诗题虽写"喜会"故人,但诗歌中表现的却是"此日相逢思旧日,一杯成喜亦成悲"的悲喜交集的复杂情绪。诗如行云流水,韵致悠远。

首联,诗人回忆了与故人曾经共饮的美好时光,以及两人之间的情谊。诗人回忆往日每每出游宴饮必定扶醉而归的场景,心中一定是充满甜蜜和慰藉的。然而把过去的美好与相别后的时光对比,诗人不由得黯然,生发出岁月不饶人的感慨。

颔联直接抒写阔别十年的感慨。"浮云"原本就无定感,飘浮在空中,没有方向。"流水"不为世人情感停留,常常在诗中作为无情的象征。诗中"浮云""流水"不是写实,都是虚拟的景物,借以抒发诗人的主观感情,表现一别十年的感伤。"一别"与"十年"形成鲜明对照,也有一种世事沧桑感。此句选用了常见的意象,以流水对的方式,表现出了人生无定、时光飞驰、岁月蹉跎。此联境界空灵,意蕴悠长。

颈联点题,写了相逢时刻的"欢笑"。久别重逢,的确令人欣喜。诗人和故人还是像往日一样开怀畅饮,把酒言欢,然而这欣喜,只能说是暂时的，里面包含着无尽的辛酸，所以诗人又写道："萧疏鬓已斑。"十年里四海为家，两人都已经鬓发斑斑，青春不再。诗人描绘了两人的衰老之态，不言悲而悲情表露无遗，无数悲伤、感叹尽在不言之中。该联一喜一悲，笔法多样；一正一反，对比强烈。

末联笔锋一转，诗人反诘，为什么还不归去呢？答案是"淮上有秋山"。秋色中，满山红树，令人流连忘返。这个答案表达了诗人携友同游的愿望，似乎回答了"何因不归去"的问题，但又好像什么都没回答。

酬程近秋夜即事见赠

——韩翃

长簟迎风早[①]，空城澹月华[②]。
星河秋一雁，砧杵夜千家[③]。
节候看应晚[④]，心期卧已赊[⑤]。
向来吟秀句[⑥]，不觉已鸣鸦[⑦]。

※注释

①簟（diàn）：竹席。②澹（dàn）：荡漾。月华：月光。③砧（zhēn）杵：捣衣用具。古代妇女多在秋夜捣衣，好把捣得平服的棉衣寄给远方亲人。④看：估量。⑤"心期"句：意谓因心心相印而酬赠，连睡眠也迟了。赊：迟。⑥秀句：指程近《秋夜即事》的诗句。⑦鸣鸦：指天开始亮起来时乌鸦的聒噪。

※赏析

本诗为写给友人程近的酬赠之作，按程近《秋夜即事》的诗题和诗。首联和颔联写景，描写了秋夜空旷寂寥的景色，有声有色，具有一种清淡之美；颈联和尾联抒写诗人对友人钦敬之情，表达和友人心心相通的友谊。诗歌并无深意，但描景秀逸，调韵清新，意境隽永，自然亲切，是一首颇具特色的唱和诗。

诗的前四句紧扣秋夜。"长簟迎风早,空城澹月华,星河秋一雁,砧杵夜千家":长竹最早遇到西风,空城荡漾明月光华,一只秋雁掠过银河,砧声夜响万户千家。诗人通过描写"风吹长竹""天高月淡""星河飞雁""千家夜砧"等一系列景致,将澄净疏朗、空旷寂寥、独具特色的秋景生动传神地展现出来。颔联"星河秋一雁,砧杵夜千家"对仗工整,自然秀逸,为唐诗中的名句。

后四句紧扣"秋夜即事"的题意。"节候看应晚,心期卧已赊,向来吟秀句,不觉已鸣鸦":节气看来该是晚秋,只想和诗难以下榻,一直吟诵您的佳句,不觉天亮鸦声嘈杂。颈联承上而来,按照这季节气候来看,应是已经到了更深夜阑时候,诗人却因心期赋诗而不得入眠。尾联结构颇为严密,写诗人吟咏赠诗,不觉已鸦噪天曙,可见程诗之美。诗人巧妙地描绘秋夜和诗,写自己为了酬答吟诗而夜不成眠的情形。诗人这样写,不仅表明了自己与友人情谊的深厚,同时也想直抒胸臆,赞美友人,让友人欣喜。

阙题

——刘眘虚

道由白云尽[①],春与青溪长。
时有落花至,远随流水香。
闲门向山路,深柳读书堂。
幽映每白日,清辉照衣裳。

※注释
①"道由"句:指山路起自于白云尽处。

※赏析
本诗原本有题名后不知何故失落了,因而唐代殷璠在《河岳英灵集》中收录这首诗时只得以"阙题"来命名。阙题,即缺题,"阙"同"缺",

指题目原缺。诗歌描写了深山中的一栋别墅及周围幽深静寂的环境。首联的"道由白云尽"指出通往隐舍的路是由云深尽头蜿蜒而出,可见地势之高峻。诗以此开头,便省略了关于爬山的大段文字,避免了情节的拖沓,同时也暗示诗人正走在通往别墅的路上,离别墅已经很近了。颔联紧接上文,进一步勾勒青溪和春色,透露了诗人的喜悦之情。颈联粗略介绍隐舍。诗人沿途观景而来,终于得以见到隐舍。由门是往山路方向而设可见,隐舍主人极爱深山之隐蔽清幽,故而隐舍的门就成了"闲门"。诗人缓步前行,推开院门,便发现藏匿在院内柳影丛中的读书堂。原来这位主人是在山中一心一意钻研学问的读书人。尾联只就别墅之光影描写。虽然是发生在白天的事,却因隐舍置身深山老林,所以只偶有清幽光芒片片洒落在诗人衣上。全诗至此戛然而止,似意犹未尽,又留下思索的空间,更添韵味。

江乡故人偶集客舍

——戴叔伦

天秋月又满,城阙夜千重①。
还作江南会②,翻疑梦里逢③。
风枝惊暗鹊,露草泣寒虫④。
羁旅长堪醉⑤,相留畏晓钟。

※注释

①城阙:指京城长安的宫城。千重:形容宫城的千重门户。②江南会:指其时与江南故人会集于客舍。③翻:反而。④寒虫:秋虫。⑤羁(jī)旅:客居他乡。

※赏析

"他乡遇故人"是古人认为人生的四大喜事之一,何况是偶遇,其惊喜和兴奋可想而知,怪不得诗人说是"翻疑梦里逢"。欣喜之余,彼此叙起异乡作客的孤凄,心中又不由得沉重起来,"风枝"二句,正是烘托羁旅之人此时心境的惝恍与不安。诗人欲与友人们一醉方休,一则慰藉因漫长羁旅而销得憔悴不堪的心,二则尽享这可遇而不可求的相聚之夜。无奈把酒夜谈固然惬意,但终会因晓钟鸣响而告结束,友人们也会就此作别。想到此处,诗人虽然更劝友人们再尽一觞,心中却暗念着晓钟不要鸣响……

楚江怀古

——马戴

露气寒光集,微阳下楚丘①。

猿啼洞庭树,人在木兰舟②。

广泽生明月③,苍山夹乱流。

云中君不见,竟夕自悲秋。

※ **注释**

①微阳:微弱的日光。楚丘:指湘江两岸的山丘。②木兰舟:木兰树所制的小舟。③广泽:广阔的水泽。

※ **赏析**

楚江,这里指湘江。宣宗大中初年,马戴因直言获罪,由山西太原幕府掌书记贬为龙阳县(今湖南汉寿)尉。他自江北来江南,行于洞庭湖畔,凄迷的景物引起他怀古的幽情,写下了《楚江怀古》三首,这是第一首。

诗的前六句泛咏洞庭的景致。首联用"微阳下楚丘"点明是薄暮时分,凄清的秋暮之景已经隐约透露出悲凉落寞的情怀。颔联上句说猿啼,下句点出人来。上句静中有动,下句动中有静,两句一写听觉,一写视觉;一写物,一写人。颈联就山水两方面写夜景,用阔大宁谧的背景反衬出诗人内心的孤单与彷徨,"夹"字尤见凝练。

凄迷的景物引起了诗人怀古的幽情,故尾联写悼念屈原,隐含着自身不遇的感伤，而以悲愁作结。

从这首诗可以看到，清微婉约的风格，在内容上是由感情的细腻低回所决定的，在艺术表现上则是清超而不质实，深微而不粗放，词华淡远而不艳抹浓妆，含蓄蕴藉而不直露明显。马戴的这首《楚江怀古》，可说是晚唐诗歌园地里一枝具有独特芬芳和色彩的素馨花。

灞上秋居

——马 戴

灞原风雨定，晚见雁行频。
落叶他乡树，寒灯独夜人。
空园白露滴，孤壁野僧邻。
寄卧郊扉久[1]，何年致此身[2]？

※注释

①郊扉：郊居。②致此身：指为国出力。

※赏析

灞上，在今陕西省西安市东，因地处灞水之西的高原上而得名。这首诗写客居灞上见秋伤怀，有不胜寥落之感。

诗中着意描绘孤独，起首便写灞上秋风秋雨过后，在傍晚见到大雁频频飞过。连番风雨让雁群耽误了不少行程，好不容易等到风住雨停，又得赶在天黑之前找到一处可供栖息之地。而一见雁群，就难免惹起离人怀乡之情。

"落叶他乡树，寒灯独夜人"，在他乡见树木落叶归根的情景，怎么不会有所感触呢？而一盏寒灯下，一个孤寂的身影，一个"寒"字，一个"独"字，写尽凄凉孤独的况味。

颈联写秋夜寂静，卧听空园露滴，孤居与野僧为邻，更进一步表现了其冷寂悲苦。夜阑人静，只听见露珠滴落的响声，以动衬静，更显寂静，也更见凄苦。

尾联诗人一吐积郁：寄居多时，何时才能为国家效力呢？道出了他怀才不遇的苦境和进身希望的渺茫。

全诗写景朴实无华，写情真切感人，有着很强的艺术感染力。

书边事

——张 乔

调角断清秋①，征人倚戍楼②。
春风对青冢③，白日落梁州④。
大漠无兵阻，穷边有客游⑤。
蕃情似此水，长愿向南流。

※注释

①调角：吹角。断：停止。②戍楼：防地的城楼。③青冢（zhǒng）：指昭君墓。④梁州：指凉州。唐时凉州为边塞之地。⑤穷边：绝远的边地。

※赏析

唐代边疆在连年战争后，一度出现和平安定的局面。此诗正是作者此时游历边塞的所见所闻。

前半首写清秋边疆吹角声断绝，登戍楼而凭眺：近望见昭君墓秋来青草依然，远望则白日西沉，凉州一派和平景象。五、六句乃写因为大漠兵销，行人游客可以出塞壮游，反复渲染和平景象。尾联抒写所感，愿蕃人归化，如水向南流。全诗由一闻一见，生发出所望所感，层层扩大递进，渴望民族和平，意气风发昂扬，境界高阔深远。俞陛云在《诗境浅说》中说："此诗高视阔步而出，一气直书，而仍顿挫，亦高格之一也。"

除夜有怀

——崔涂

迢递三巴路①，羁危万里身②。
乱山残雪夜，孤烛异乡人。
渐与骨肉远，转于僮仆亲。
那堪正飘泊，明日岁华新③。

※注释

①迢递：遥远。三巴：指巴郡、巴东、巴西，都在今四川东部。②羁危：指羁旅生活困难。③岁华新：又是新的一年。

※赏析

崔涂曾经因避乱入巴蜀，此诗抒写他在除夕之夜分外深沉的羁旅之愁。

一、二两句起句点地，次句点人，写出远离家乡、长期漂泊在外的感受，气象阔大。

中间四句围绕"孤独"来写，先写凄清的除夕夜景：乱山残雪映照寒夜，异乡人在孤烛之下，想到孤身在外，漂泊已久，与骨肉亲人渐渐疏远，转而同童仆亲近了。说尽客居异乡的苦情、苦境，十分悲警感人。

最后两句点出时逢除夕，一年又过去了，更不堪漂泊，只有将希望寄托在新的一年上。

全诗用语自然真切，好像是在说家常本色话，而将年华流逝的苦涩与离愁乡思抒发得淋漓尽致，确是怀乡诗中的上乘之作。

登金陵凤凰台①

——李白

凤凰台上凤凰游，凤去台空江自流。
吴宫花草埋幽径②，晋代衣冠成古丘③。

三山半落青天外④,二水中分白鹭洲⑤。
总为浮云能蔽日,长安不见使人愁。

※注释

①金陵:今江苏南京。凤凰台:凤凰台在金陵凤凰山上,相传南朝刘宋年间有凤凰集于此山,乃筑台,山和台也由此而得名。②吴宫:三国时吴国王宫。③衣冠:指名门世族。古丘:指坟墓。④三山:山名,在南京西南长江边上。⑤二水:秦淮河经南京后入长江,被横于其间的白鹭洲分为二支。

※赏析

　　李白很少写律诗,而《登金陵凤凰台》却是唐代律诗中广为传诵的杰作。天宝三载,李白离开朝廷后,曾多次造访金陵,并写下诗文。这首诗约作于天宝四年到十四年之间。相传,诗人崔颢登黄鹤楼时,写下了著名的《登黄鹤楼》。李白来到此地,触景生情,便要提笔作诗,但看到墙上崔颢的诗作之后,遂罢笔。不久,他又登临南京凤凰台,写下这首诗,与崔颢之诗相竞。金陵,今江苏省南京市。凤凰台,故址在今南京凤凰山上,南朝宋文帝所建。

　　本诗首联写凤凰台的传说,十四字中连用三个"凤"字,却无重复之嫌,而且音节流转流畅明快。"凤凰台"在金陵凤凰山上,相传南朝刘宋永嘉年间有凤凰集于此山,乃筑台,山和台也由此得名。古时,凤凰是吉祥的象征。当年凤凰来游象征着王朝的兴盛;如今凤去台空,六朝的繁华也一去不复返了,只有悠悠长江水仍独自空流。

　　颔联承"凤去台空",诗人进一步发挥写吴宫、晋都。三国时的吴和后来的东晋,都建都于金陵。诗人观眼前金陵景象,感慨万分,说吴国昔日繁华的宫廷已经荒芜,东晋的一代风流人物也早已进入坟墓。那一时的显赫,最终又留下了什么呢?

　　颈联由怀古转到写景,对仗工整,气象壮丽。诗人没有沉浸在对历史的凭吊中,而把目光又投向大自然,投向那"三山""一水"。"三山"在金陵西南长江边上，三峰并列，南北相连。白鹭洲把长江分割成两道。诗人将三山在空中半隐半现、江水被沙洲分流两端的景象描写得恰到好处。这两句诗气象壮丽，对仗工整。

尾联写诗人由六朝帝都金陵联想到了唐都长安，登高远望，视线却为浮云所蔽。此联寄寓深意：长安是朝廷之所在，日是帝王的象征。这两句诗暗示皇帝被奸邪包围，而自己报国无门，心情沉痛。"不见长安"暗点诗题的"登"字，诗人触境生愁，意寓言外。

本诗与崔诗相比，正如方回《瀛奎律髓》所说："格律气势，未易甲乙。"但本诗抒发了诗人忧国伤时的怀抱，意旨更为深远。

和贾至舍人早朝大明宫之作

——王维

绛帻鸡人报晓筹①，尚衣方进翠云裘②。
九天阊阖开宫殿，万国衣冠拜冕旒③。
日色才临仙掌动④，香烟欲傍衮龙浮⑤。
朝罢须裁五色诏，佩声归向凤池头。

※注释

①绛帻：用红布包头似鸡冠状。鸡人：古代宫中，于天将亮时，有头戴红巾的卫士，于朱雀门外高声喊叫，好像鸡鸣，以警百官，故名鸡人。晓筹：即更筹，夜间计时的竹签。②尚衣：官名。隋唐有尚衣局，掌管皇帝的衣服。翠云裘：饰有绿色云纹的皮衣。③衣冠：指文武百官。冕旒：古代帝王、诸侯及卿大夫的礼冠。旒，冠前后悬垂的玉串，天子之冕十二旒。这里指皇帝。④仙掌：即障扇，宫中的一种仪仗，用以蔽日障风。⑤香烟：这里是和贾至原诗"衣冠身惹御炉香"意。衮龙：指皇帝的龙袍。浮：指袍上锦绣光泽的闪动。

※**赏析**

　　这首诗与岑参所写同题，是描写朝拜庄严华贵的唱和诗。全诗写了早朝的整个经过，分早朝前、早朝中、早朝后三个层次，利用细节描写和场景渲染，描绘出大明宫早朝庄严肃穆的氛围与皇帝的威仪。"九天阊阖开宫殿，万国衣冠拜冕旒"一联，大笔勾勒出早朝的景象：宫殿中九重天门逶迤打开，深邃伟丽，万国的使节纷纷拜倒朝见天子，威武庄严。突出了大唐帝国的威仪，气象非凡。颈联从细处落墨，用仙掌挡日、香烟缭绕营造出皇庭特有的雍容华贵的氛围。结尾归结到贾至任中书舍人起草诏书的职责，是"朝罢"之后。

　　这首和诗只和其意而不和韵，用语堂皇，造句雍容伟丽，格调和谐。明代胡震亨《唐音癸签》说"盛唐人和诗不和韵"，于此可窥一斑。

蜀相①

——杜甫

丞相祠堂何处寻，锦官城外柏森森②。
映阶碧草自春色，隔叶黄鹂空好音。
三顾频烦天下计③，两朝开济老臣心④。
出师未捷身先死⑤，长使英雄泪满襟。

※**注释**

①蜀相：指三国时蜀国丞相诸葛亮。②锦官城：指成都。③三顾：指刘备三顾茅庐一事。频烦：同"频繁"。④两朝：指先主刘备、后主刘禅两朝。开济：开创基业，匡危济难。⑤出师句：蜀建兴十二年（234年），诸葛亮出师伐魏，因积劳成疾病逝于五丈原。

※**赏析**

　　诗题《蜀相》指三国时蜀国丞相诸葛亮。东汉建安二十六年（221年），刘备在蜀称帝，国号为汉（后人称蜀汉），以诸葛亮为丞相。　这首诗是上元元年（760年）春，杜甫刚刚弃官来到蜀地，游武侯祠时所作。诗人通过描写蜀相诸葛亮一生的功绩，表达了自己对诸葛亮的敬仰、惋惜之情，并赞扬了诸葛亮鞠躬尽瘁、死而后已的精神。这首诗集游览与咏史于一身，意味颇深。

全诗在内容上分为写景和叙事两部分，每部分各四句话。

前四句是第一部分，着力描写武侯祠堂的景色。首联两句一问一答，构成设问句式。自问自答之中，点明了祠堂的位置及四周的风貌：在相距几里地之远的锦官城外，翠柏郁郁葱葱，排列成林。第二联的两句话分别与首联中的"堂"与"柏"相应，一个"自"和一个"空"字，凸显出了祠堂荒凉的景象。同时这两句话也写出了祠堂无人凭吊的悲哀。

后四句叙事，是全诗的第二部分。诗人用"天下计""老臣心"分别写出了诸葛亮的雄才大略和鞠躬尽瘁、死而后已的报国忠诚。"出师"两句则流露出诗人对诸葛亮未能实现夙愿的惋惜之情。此时的杜甫正仕途失意，虽有报效国家、拯救百姓的宏愿，无奈生不逢时，怀才不遇，一身才华终无用武之地。所以第二部分的四句话虽然字面上在写诸葛亮，实际上诗人已经把自己和诸葛亮联系起来。尾联两句既是诗人对英雄丰功伟绩的渴望，同时又是对自己壮志难酬的哀叹。

全诗以景开篇，在叙事中抒情结尾，寓情于景，情景一体，渲染出一种慷慨凄凉的氛围。

客至

——杜甫

舍南舍北皆春水[①]，但见群鸥日日来。
花径不曾缘客扫[②]，蓬门今始为君开。
盘飧市远无兼味[③]，樽酒家贫只旧醅[④]。
肯与邻翁相对饮[⑤]，隔篱呼取尽余杯[⑥]。

※**注释**

①舍：居舍。②缘客扫：因为有客要来而打扫。③盘飧（sūn）：饭食。兼味：两种以上的味道。④醅（pēi）：没有过滤过的米酒。⑤肯：能否。⑥余杯：余下来的酒。

※**赏析**

  本诗是一首叙事诗，字里行间充满了浓厚的生活气息，读来能让人从中感觉到诗人的至情至性和淳朴好客的品格。诗人曾为本诗自注："喜崔明府相过"，这说明"客至"中的"客"，是指崔明府。崔明府的具体情况不详。另有一说，因杜甫的母亲姓崔，所以有人认为，"客"可能是他的母姓亲戚。

  在第一联中，前句只用一个"皆"字，就把春天江水涨溢的景象形象地描画了出来。后句通过描写"群鸥""日日"到来，既写明了诗人生活环境之幽静，又给诗人的生活染上了一层隐逸的色彩。"群鸥"，古时常作为水边隐士的伴侣出现在文学作品中。"但见"，只看见之意，与群鸥相连，传达出另外一层意思：只见群鸥，却看不到其他的访客，生活也不免有些单调了。这两句以户外景色为着眼点，交代了时令、地点，刻画了诗人生活的环境。诗人在写景中，融入情感，描绘出了悠闲、安逸的江村生活。

  第二联中的地点发生转移，由户外转到了庭院之中，这是因为有客而至。这一联中的两句话互相衬托，借互文的修辞手法，揭示出隐藏其中的另一层意思：庭院小路还未曾因为迎客而打扫过，今天因为你的到来才打扫；用蓬草编成的门还未曾打开，今天因为你的到来，才第一次打开。语句不但构思巧妙，而且很好地表现出了诗人对客人到来的喜悦和招待客人的诚意。同时诗人以谈话的方式来写，增强了生活气息。

  在第三联中，读者仿佛看到了诗人热情待客的画面。诗人一边频频劝饮，一边因酒菜欠丰盛而说一些歉疚的话：离街市太远，买东西不方便，只能略备一些简单的菜肴；好酒买不起，只能用家中的陈酿来招待你。这些话,听起来平常,平常之中却给人一种亲切的感觉。这段对待客场景的实写,正是诗人所着力刻画的,从中体现出宾主之间的深情厚谊。

最后一句写诗人邀邻共饮。此处写法与陶渊明的"过门更相呼,有酒斟酌之"有异曲同工之妙。不需要事先邀请,随意来饮,体现出质朴的人际关系带来的自然之乐。这处细节描写,不但使诗的气氛达到了高潮,还取得了峰回路转、别开境界的艺术效果。

野望

——杜 甫

西山白雪三城戍①,南浦清江万里桥②。
海内风尘诸弟隔③,天涯涕泪一身遥。
惟将迟暮供多病④,未有涓埃答圣朝⑤。
跨马出郊时极目⑥,不堪人事日萧条。

※**注释**

①西山:在成都西,主峰终年积雪。三城:在松维等州之界。②清江:指锦江。万里桥:在成都城南。③风尘:比喻战乱。④迟暮:指年老。⑤涓埃:细流与微尘,比喻微小。⑥极目:极目远望。

※**赏析**

本诗作于上元二年(761年),诗人居住在成都浣花草堂期间。全诗主要表达了诗人感伤时局、怀念诸弟的思想感情。全诗意境壮阔深广,基调沉郁悲凉。

首联写诗人跃马出郊时所见之景,以及诗人由野望之景触发的家国和个人的情思。颔联由战乱引出诗人怀念诸弟、自伤流落之情,真情实感令人为之动容。其中"风尘"指安史之乱造成的战乱局面。正是由于这"风尘",诗人与诸弟远隔天涯而不能相见。想到此,诗人不禁"涕泪"满面。颈联由"天涯""一身"引出诗人残年"多病"的凄惨状况,以及

"未有涓埃答圣朝"的愧疚之意。当时诗人已年过半百，故言已入"迟暮"之年。想到自身的状况，诗人不禁叹息着说："我现在只好将暮年交付与多病之身了，可惜没有一丝一毫的功劳可以报答圣朝啊！"悲哀无奈之情，溢于言表。颔联和颈联分别用了对偶的句式，写出了诗人忧家、忧国的心情和渴望报效朝廷的忠心。尾联点出"野望"的方式，并抒发了诗人深沉的忧思。当时西山三城重兵防戍，蜀地百姓的赋役负担尤为繁重。面对这种情况，忧国忧民的诗人产生了民不堪命、国势日衰的担忧。正是由于诗人"跨马出郊""极目"远望，才看到了近处的"南浦清江万里桥"，同时也看到了远处的"西山白雪三城戍"。而"三城戍"又使诗人想到了如今的战乱烽火，"万里桥"则使诗人萌生了出蜀的念头。结语二句既点明了诗人忧家、忧国的原因，同时也深化了全诗的主题。

综观全诗，诗人从草堂"跨马"，外出郊游，本是为了遣愁解闷，但所见之景却引发了他对弟兄离别、自身飘零和国家局势的种种反思。片刻间，怀念同胞、伤感疾病、报效国家、担忧时局等情感，一下子涌上了诗人的心头，使他愁肠百结，忧心万分。从这首诗中，我们也可以更深刻地体会到杜甫终生不渝的"忧国忧民"之情。

闻官军收河南河北

——杜甫

剑外忽传收蓟北①，初闻涕泪满衣裳。
却看妻子愁何在，漫卷诗书喜欲狂②。
白日放歌须纵酒③，青春作伴好还乡④。
即从巴峡穿巫峡，便下襄阳向洛阳。

※注释

①剑外：剑门关外。此指蜀地。蓟北：指今河北北部地区，是安史叛军的根据地。②漫卷：胡乱卷起。③放歌：放声歌唱。④青春：指春光正好。

※**赏析**

本诗是诗人寓居梓州时听说官军收复河南河北狂喜而作,诗人通过描写自身的神态、动作和心理,鲜明真切地表达了他无限喜悦兴奋的心情。

全诗通篇表现一"喜"字,抒写了诗人忽闻叛乱已平的捷报,急于奔回老家的喜悦情景。起句来势迅猛,恰切地表现了捷报的突然。次句直写诗人闻知喜讯后喜极而泣的场面。"初闻"紧承"忽传"。"涕泪满衣裳"以形传神,再现了诗人"初闻"捷报的刹那所迸发出的感情波涛,逼真地表现了诗人喜极而悲、百感交集的心情。颔联以转作承,落脚于"喜欲狂",用"却看妻子""漫卷诗书"两个连续动作,表现诗人惊喜的情感洪流所涌起的更高洪峰。当诗人"涕泪满衣裳"之时,自然想到多年来同甘共苦的妻子儿女。在颈联中,诗人就"喜欲狂"做进一步抒写,并设想自己回乡的情景。"青春"指春季,春天已经来临,诗人在鸟语花香中与妻子儿女"作伴",正好"还乡"。回乡有期,又怎能不"喜欲狂"!尾联写诗人狂想展翼而飞,身在梓州,弹指之间,心已回到故乡。诗人惊喜的感情洪流于洪峰迭起之后卷起连天高潮,全诗至此结束。

登高

——杜 甫

风急天高猿啸哀,渚清沙白鸟飞回①。
无边落木萧萧下,不尽长江滚滚来。
万里悲秋常作客,百年多病独登台②。
艰难苦恨繁霜鬓③,潦倒新停浊酒杯④。

※**注释**

①渚:水中的小洲。回:回旋。②百年:一生。③繁霜鬓:两鬓白发日增。④潦倒句:这时杜甫正困顿多病而戒酒。

※赏析

  这首诗是杜甫于大历二年（767年）秋寄寓夔州时所作。诗人描绘了自己登高时所见的秋江之景，借此抒发了自己独自在外漂泊，孤苦无依的愁苦之情。本诗被称为"古今七言律诗之冠"。

  首联围绕夔州的特定环境，写登高所见景象。夔州向以猿多著称，峡口更以风大闻名。秋日天高气爽，这里却猎猎多风。诗人登上高处，峡中不断传来"猿啸"之声，使人不禁想到"空谷传响，哀转久绝"之语。颔联集中描写了夔州秋天凄清肃杀、空旷辽阔的景色。诗人仰望苍茫无边、萧萧而下的木叶；俯视奔流不息、滚滚而来的江水，借景抒情，表达了自己凄苦的情怀。"无边"与"不尽""萧萧"与"滚滚"不仅对仗工整，而且放大了落叶、江水的阵势，将枯叶飘落时窸窣的声音，江水奔流时波涛汹涌的情状描写得惟妙惟肖。首联和颔联描写秋景却未着一个"秋"字，直到颈联，诗人才通过"万里悲秋常作客"一句，明确点出了"秋"字。诗人"独登台"，目睹眼前苍凉萧索的秋景，不禁联想到自己漂泊异乡，年老多病，孤独无助的凄惨处境，于是顿生无限悲愁。最后，诗人将这深深的悲愁"归罪于"秋，认为是这秋景使自己如此悲伤，于是说"万里悲秋"。"常作客"说明诗人常年在外漂泊，居无定所。"百年"在这里指人到暮年。首联、颔联、颈联给人一种飞扬震动的感觉，而尾联突然以软冷收之。诗人这种写法，更使人感到一种深深的悲凉、凄惨之情。

  纵观全诗，前四句为写景，后四句为抒情。首联就像一幅工笔画一样，将眼前的具体景物从形、声、色、态等各方面进行描绘；颔联则像一幅写意画，将秋天肃杀的气氛渲染得淋漓尽致；颈联从时间、空间两方面进行叙述，写出了诗人漂泊在外、病苦迟暮的悲伤；尾联写诗人疾病逐日加重，终日困顿潦倒，而造成这一切的"罪魁祸首"却是艰难纷乱的世事。通过这两句，诗人将自己忧国忧民的情怀表露了出来。

登楼

——杜 甫

花近高楼伤客心,万方多难此登临。
锦江春色来天地①,玉垒浮云变古今②。
北极朝廷终不改,西山寇盗莫相侵③。
可怜后主还祠庙④,日暮聊为梁甫吟⑤。

※注释

①锦江:在今四川成都市南。②玉垒:山名,在今四川灌县西北。③西山寇盗:指吐蕃。④可怜句:意谓后主刘禅庸碌,但依靠诸葛亮的辅佐,故至今还有祠庙。⑤梁甫吟:乐府篇名,相传诸葛亮南阳隐居时好为此歌。

※赏析

代宗广德二年(764年)春,已是诗人客居成都第五个年头。上年正月,官军收复河南河北,平定安史之乱;十月便有吐蕃叛乱,攻陷长安,代宗奔陕州;虽然郭子仪随后复京师,乘舆反正;年底吐蕃又破松、维、堡等州(在今四川北部),继而再陷剑南、西山诸州。国难当头,战乱不断,诗人感慨万千,便写下本诗。

本诗写诗人登楼远眺,想到国家多难,兵戈遍地;想到古今变化如浮云,世事无常,不禁伤心悲愤。首联点出题眼,起势不凡。"万方多难"为全篇之题眼,也是全诗写景抒情的出发点。当此万方多难之际,诗人满怀愁思,登上高楼,虽是繁花触目,却叫人更加伤心。在此联中,诗人以繁花反衬伤心,以乐景写哀情。颔联紧承"登临",写登楼所见之景。上句从空间角度开阔视野,下句就时间角度驰骋遐思,天高地迥,古往今来,形成阔大悠远、囊括宇宙的境界,饱含着诗人对祖国山河的赞美和对民族历史的追怀。这两句即景抒情,思接千载,宏丽奇幻,境界阔大。颈联正面叙写"万方多难"的时局,也是诗人登临所想。上句"终不改"，反承第四句的"变古今"，是从去岁吐蕃陷京、代宗旋即复辟一事，明言大唐帝国气运久远；下句针对吐蕃的觊觎，诗人寄语相告：莫再徒劳无益地前来侵扰！尾联，诗人就登楼之所见、所想，发表感慨，用语委婉而讽刺深切。这里，诗人完全是借眼前古迹，慨叹刘禅任用小人而亡国，对唐代宗宠信宦官程元振、鱼朝恩以致酿成万方多难盗寇相侵的局面予以尖锐而深刻的讽刺。结句，诗人自伤寂寞，言当此万方多难之际，自己只能像躬耕陇亩时的诸葛亮"好为《梁甫吟》"一样，登楼吟诗。本诗抒写了诗人对国家灾难的深重忧思和自己报国无门的无限感伤，悲怆感人。

咏怀古迹（其一）

——杜甫

支离东北风尘际①，飘泊西南天地间。
三峡楼台淹日月②，五溪衣服共云山③。
羯胡事主终无赖④，词客哀时且未还⑤。
庾信平生最萧瑟⑥，暮年诗赋动江关。

※注释

①支离：流离。东北：从蜀地讲，关中是东北。风尘际：战尘四起的年代。②淹：滞留。日月：岁月。③五溪衣服：泛指夔州地区少数民族的服装。共云山：是说自己与当地夷人一同居住。④羯胡：指安禄山。⑤词客：南北朝时羁滞于北国而不得南归的诗人庾信，作者用来比喻自己。⑥萧瑟：庾信平生常作凄凉悲楚的诗，故云。

※赏析

杜甫非常推崇庾信的诗文，一方面是出于艺术上的欣赏，一方面是因为身世相近——晚年都因国难而漂泊异乡。诗文中说，因为关中的战乱而流落西南蜀地，在三峡夷人居住的地方，已经滞留很长时间了。由于羯胡安禄山的狡猾反复，使得自己遭受了和庾信一样的羁滞命运。

末二句赞扬庾信生平虽然坎坷悲凉,然而文风却因此而大变,暮年诗赋震动江关。这实际上又写入了作者自己的影子。

咏怀古迹(其二)

——杜甫

摇落深知宋玉悲①,风流儒雅亦吾师。
怅望千秋一洒泪,萧条异代不同时。
江山故宅空文藻②,云雨荒台岂梦思③?
最是楚宫俱泯灭,舟人指点到今疑。

※注释

①摇落句:宋玉《九辩》有,"悲哉秋之为气也,萧瑟兮草木摇落而变衰"。②空文藻:空留下来文采。③云雨句:宋玉曾作《高唐赋》,述楚王游高唐时曾于梦中见一妇人,自称是巫山之女,楚王因而幸之。神女离去时而告辞说:"妾在巫山之阳,高丘之岨,旦为行云,暮为行雨,朝朝暮暮,阳台之下。"

※赏析

诗人看到秋天里草木摇落衰败,想起宋玉当日面对相同情景写下的悲歌,他感叹宋玉风流儒雅堪为人师,并由其一生遭遇联系到自己的身世,发出了时代不同但萧条失意却并无差别的慨叹。宋玉在《高唐赋》中叙写了巫山神女与楚王梦中相会的故事讥刺君王淫惑,然而他的华丽的文章却被后人看作是描写荒淫梦境的代表,人们至今还在楚宫遗址猜测着故事发生的地点。杜甫因此而深为宋玉不平,故而发出了"云雨荒台岂梦思"的反问。

咏怀古迹（其三）

——杜 甫

群山万壑赴荆门①，生长明妃尚有村②。
一去紫台连朔漠③，独留青冢向黄昏④。
画图省识春风面⑤，环佩空归月夜魂⑥。
千载琵琶作胡语，分明怨恨曲中论。

※注释

①荆门：荆门山，在湖北宜都市西北。②明妃：即王昭君。昭君村在归州东北。尚有村：尚有她生长的村庄。③紫台：指汉宫名。朔漠：指匈奴所居之地。④青冢：即昭君墓。传说每到深秋时节，北方草木皆枯，唯独昭君墓上小草青青依旧。⑤画图句：意谓汉元帝对着图画岂能得知昭君美丽的容颜。画图：指画工毛延寿因昭君不肯行贿于他而故意丑化她的事。省（xǐng）识：认识。⑥环佩：指代昭君。月夜魂：指昭君生不得归汉，只有死后的灵魂从月夜归来。

※赏析

　　谁说昭君生长的地方，不需用如此雄奇的笔力来描绘？这位去国和亲的一代名妃身上，不正凝聚着天地山川的灵慧秀美？然而昭君的美丽却只因一张故意作难的画像就被弃置一旁，致使她一朝远嫁匈奴，身后唯留下青草覆盖的坟冢面向着大漠黄昏，生她养她的故乡也只空等来女儿返归的游魂。悠悠千载，世间依旧流传着昭君因为思念故乡而时时弹起的琵琶曲，而琵琶声声里，分明寄寓着她生前无限的忧思怨恨。

咏怀古迹（其四）

——杜甫

蜀主征吴幸三峡①，崩年亦在永安宫②。
翠华想象空山里③，玉殿虚无野寺中。
古庙杉松巢水鹤，岁时伏腊走村翁④。
武侯祠屋常邻近⑤，一体君臣祭祀同。

※注释

①蜀主：指刘备。②崩：皇帝死曰崩。永安宫：即白帝城。③翠华：皇帝仪仗中用翠鸟羽毛做装饰的旗帜。④伏腊：伏天腊月。此指每逢节气常有村民前往祭奠。⑤武侯：诸葛亮曾封武乡侯。

※赏析

　　这首诗是咏蜀先主庙之作，推崇刘备与诸葛亮的君臣关系。杜甫生逢乱世，身世飘零，对因历史沧桑而残败的古迹难免会感慨万端。

　　刘备当年死于白帝城的永安行宫，而今只能在空山里想象当年的仪仗，玉殿虚无缥缈、古庙松杉栖鹤，一片苍凉荒芜，自是让人感慨无限；但刘备和诸葛亮君臣一体的关系，深为后人所推崇，连村野老翁也对他们祭祀，可见其遗迹之流泽。整首诗看似咏刘备，直到尾联才道出自己对君臣之间如鱼得水的默契关系的崇敬之情，抑扬反复，虚实相生，寓有杜甫对自身遭际的感慨。

咏怀古迹（其五）

——杜甫

诸葛大名垂宇宙，宗臣遗像肃清高①。
三分割据纡筹策②，万古云霄一羽毛③。

伯仲之间见伊吕④,指挥若定失萧曹⑤。
运移汉祚终难复⑥,志决身歼军务劳⑦。

※注释

①宗臣:世所崇仰的重臣。肃清高:因其人品纯洁高尚而肃然起敬。②纡(yū):指曲折周密地安排部署。③羽毛:指鸾凤。④伊吕:指商代伊尹和周代吕尚,二人都是辅佐贤主开国的名相。⑤失萧曹:使高祖刘邦的谋臣萧何、曹参也为之逊色。⑥运移汉祚(zuò):意谓气运要倾覆汉朝。祚,帝位。⑦身歼:身死。

※赏析

杜甫一生不甘于以文士自居,怀着"致君尧舜上,再使风俗淳"的大志,立志要辅佐君王、报国济世,却仕途偃蹇,始终不得一展才干。而诸葛亮先辅助刘备开创帝业,又辅助刘禅鞠躬尽瘁死而后已,杜甫自然对他仰慕非常,希望同时代也能有这样一位伟大的人物来匡扶社稷,于是在夔州(今重庆奉节)进谒武侯祠而追怀诸葛亮时,怀着崇敬和惋惜之情写下了这首诗。

全诗以议论为主,称颂诸葛亮的英才秀出,惋惜其志不成。先总说诸葛亮美名流传在天地间,带出卧龙遗像。上下四方为"宇",古往今来为"宙""垂宇宙",对于诸葛亮"名满寰宇,万世不朽"的功业,首句即给了读者具体形象之感,如异峰突起,笔力雄放。次句中,"宗臣"二字,总领全诗。

诸葛亮辅佐刘备三分天下居其一,建立了盖世功业,与伊尹、吕尚、萧何、曹参等历代名相相比,毫不逊色。"纡"字突出了诸葛亮屈居一隅,纵有经世怀抱也只能施展一部分;而三分天下的功业,也只不过是"鸾凤一羽"罢了。诗人盛赞诸葛亮的人品与伊尹、吕尚不相上下,他从容镇定的指挥才能连萧何、曹参也为之黯然失色,对武侯可谓推崇备至,同时也表现了作者不以成败论英雄的高人之见。

最后，诗人叹息汉室气数已尽，诸葛亮终究未能如愿以偿恢复汉家大业，但其鞠躬尽瘁、死而后已的忠贞品德辉映着千秋万世。

诗议而不空，句句含情，层层深入，一唱三叹，意味悠长。

锦瑟

——李商隐

锦瑟无端五十弦[1]，一弦一柱思华年。
庄生晓梦迷蝴蝶[2]，望帝春心托杜鹃[3]。
沧海月明珠有泪[4]，蓝田日暖玉生烟[5]。
此情可待成追忆，只是当时已惘然。

※注释

[1]锦瑟：装饰华美的瑟。[2]庄生句：庄子曾经梦见自己化成蝴蝶翩翩起舞。[3]望帝句：相传蜀望帝杜宇死后其魂化为子规，即杜鹃鸟，鸣声凄厉哀怨，啼血方止。[4]沧海句：传说南海外鲛人，泣泪而成珠。[5]蓝田：山名，在今陕西，产美玉。

※赏析

这首诗是李商隐的代表作，极负盛名，爱诗者无不喜吟乐道；然而，它又是最难懂的一首诗。对于本诗的主题，自宋元以来，众说纷纭，莫衷一是，有"爱情""悼亡""音乐"等。诗题"锦瑟"，用了起句的头两个字。旧说中有一种观点，认为这是一首咏物诗。但近来注解家似乎都主张：这首诗与瑟事无关，实是一篇借瑟以隐题的"无题"之作。从诗意来揣摩，认为本诗是诗人自伤身世之作的说法还是占主流。

首联两句，诗人以锦瑟起兴，引起对"华年"的追忆，有无限伤感之意。次句中的"一弦一柱"指一音一节，其关键在于"思华年"三字。一个"思"字，为全诗奠定了基调。

颔联中，诗人连用庄周和杜宇的典故，托故事言己情。"庄生晓梦"

隐约包含着美好之意，却又是缥缈的梦境。在《寰宇记》中，子规就是杜鹃。这些与锦瑟又有什么关系呢？可能是锦瑟之妙音怨曲，引起了诗人无限的情思：往事如梦幻一般，所遭遇的不幸，无处倾诉，只好如望帝托杜鹃诉说春心。

颈联中，诗人连用传说，融情于其中，创造出了一种难以言说的完美境界。相传，珍珠是由南海鲛人（神话中的人鱼）的眼泪变成的。鲛人泣泪，颗颗成珠，是海中的奇情异景。月本天上明珠，珠似水中明月。由此皎月落于沧海之间，明珠泣于眼波之际，月、珠、泪，三位一体，在诗人笔下，构成了一个清怨的妙境。而传说盛产美玉的蓝田，经过旭日照射，会升腾起"玉气"（古人认为玉中藏有精气）。但玉气妙在只能远观，近看就消散无踪。因此，"玉生烟"是形容一种可望不可即的处境。"珠泪""玉烟"相互映衬，体现了诗人一种难以言表的惆怅心境。

尾联拢束全篇，明白提出"此情"二字，与首联中的"思华年"相呼应。诗人用两句话表达了几层曲折，而几层曲折又只是为了说明"此情"。"此情"到底为何情，耐人寻味。

全诗巧妙运用比喻和象征，情意含蓄，感慨深长，为难得的诗中上品。

隋宫

——李商隐

紫泉宫殿锁烟霞①，欲取芜城作帝家②。
玉玺不缘归日角③，锦帆应是到天涯。
于今腐草无萤火④，终古垂杨有暮鸦⑤。
地下若逢陈后主⑥，岂宜重问后庭花⑦。

※注释
①紫泉：即紫泉宫，此代指长安隋宫。②芜城：指江都，旧名广陵，即今江苏扬州市。③日角：旧说额头中央部分隆起如日，为帝王之相。④于今

句：隋炀帝曾于长安、洛阳等地征集萤火虫，夜游时放出观赏。腐草：古人认为萤火虫是腐草变的。⑤垂杨：隋炀帝开凿运河，沿堤植柳两千里，后称"隋柳"。⑥陈后主：南朝陈的第五个皇帝，荒淫误国，后陈为隋所灭，故世常以陈后主代亡国之君。⑦后庭花：《玉树后庭花》，为陈后主所作，后被视作亡国之音。

※赏析

　　本诗为咏史名篇。诗人通过描写隋宫表现了隋炀帝的奢淫腐败，揭露了他祸国殃民不惜消耗天下财力以供其一己私欲的暴君面目，并借以警诫唐朝统治者。

　　首联点明本诗题旨，写长安宫殿上空已经被一片烟霞笼罩了，隋炀帝却丝毫不理会这些，只一味贪图享受。诗人把长安的宫殿与"烟霞"联系起来，旨在表现它的巍峨壮丽、高耸入云。但就是这样壮丽的宫殿，却被隋炀帝视而不见，只能空锁于烟霞之中。颔联别具一格，诗人不写江都帝家之事，而是做了一种假想：如果不是因为皇帝玉玺落到了李渊的手中，隋炀帝是不会满足于游江都的，他很可能会游遍天下吧！在这一联中，诗人深刻地表现了隋炀帝的骄奢淫逸，并对他导致亡国却至死不悟非常愤慨。接着，在颈联中，诗人列举了隋炀帝两个逸游的事实。"于今无"和"终古有"相互照应，形成对比，暗示萤火虫是"当日有"，而暮鸦"昔时无"，渲染了亡国后凄凉的气氛。两相对比，最终的目的却是表现其中一个方面，让人们从这一方面去想象另一方面，融酣畅淋漓和含蓄蕴藉于一体。尾联化用隋炀帝与陈叔宝梦中相遇的典故，用假设反诘的语气，揭示了荒淫亡国的主题。陈叔宝是历史上有名的荒淫亡国的君主，《后庭花》为他所制的反映宫廷淫靡生活的舞曲，后人称其为"亡国之音"。诗人在这里提到它，其用意在于：隋炀帝目睹了陈叔宝荒淫亡国的事实，却不吸取教训，如果他在泉下见到陈叔宝，怎么好意思再要求听《后庭花》呢？只问不答，余味无穷。

无题

——李商隐

昨夜星辰昨夜风,画楼西畔桂堂东。
身无彩凤双飞翼,心有灵犀一点通①。
隔座送钩春酒暖②,分曹射覆蜡灯红③。
嗟余听鼓应官去④,走马兰台类转蓬⑤。

※注释

①灵犀:旧说犀牛角中有白纹如线,直通两端。②送钩:古时的一种游戏,将钩暗中传递,藏于一人手中,未猜中者罚酒。③分曹:分组。射覆:将东西放在器物下面让人猜。④鼓:更鼓。应官:办理官差。⑤兰台:即秘书省。

※赏析

关于昨夜的记忆,最亲切的感触是闪烁的星光,温馨的和风,而在画楼西、桂堂东,作者又遭遇了最动人的邂逅。那份两情相悦的默契,让你相信即便没有彩凤的双翼,心灵间的灵犀也能冲破重重阻隔,清楚而完满地传递表达各自的心意。

昨天晚上的欢宴,隔座送钩,分组射覆,因为有了她的存在而更觉春意融融,酒格外暖心,灯红得迷人。

在清寥的今夜回忆醉人的昨夜,作者想到她是否正身处新一轮的笑语欢歌。在不知不觉中,上差的鼓声已经敲响,他又不得不走马兰台,孤单渺小得就好像是随风飘转的飞蓬。

无题(其一)

——李商隐

来是空言去绝踪,月斜楼上五更钟。

梦为远别啼难唤，书被催成墨未浓。
蜡照半笼金翡翠①，麝熏微度绣芙蓉②。
刘郎已恨蓬山远③，更隔蓬山一万重。

※注释

①笼：笼罩。金翡翠：用金线绣成翡翠鸟图案的被子。②麝熏：用麝香熏染。③刘郎句：相传东汉刘晨、阮肇入山采药，路遇两位美丽的仙女，邀他们结为眷属。半年后，刘、阮想要回家中探望，二女并没有阻拦，他们到家时才发现人间已经过了七代。等到他们再回去找两位仙女，却再也寻不到了。蓬山：指仙境。

※赏析

说好了不久就会回去，但走后便无觅影踪。月儿低斜的五更时分，小楼上，睡梦中，他看到她因别离而悲泣，呼唤她却不答应。恍然惊起后，他急忙下榻写了书信给她。

在灯下想象她于烛光半笼的锦被旁静坐的样子，想象她在麝香初沁的芙蓉帐思念自己的情形，心中不禁生出无限愧疚怜惜之情，他因而悔恨当初的离开，无奈于相聚的重重阻隔，正如诗中所说："刘郎已恨蓬山远，更隔蓬山一万重。"

无题（其二）

——李商隐

飒飒东风细雨来，芙蓉塘外有轻雷。
金蟾啮锁烧香入①，玉虎牵丝汲井回②。
贾氏窥帘韩掾少③，宓妃留枕魏王才④。
春心莫共花争发，一寸相思一寸灰。

※注释

①金蟾：古人认为蟾蜍善闭气，故用以饰锁。②玉虎：井上的辘轳。丝：井绳。③贾氏句：晋韩寿英俊，司空贾充招他为僚属时，其女于窗中窥见韩寿，于是喜欢上了他。④宓妃：指洛神。留枕：相传曹植将过洛水时，忽见一美丽女子飘然而来，颇似自己故去的嫂嫂甄氏。甄氏赠以在家时所用玉枕以慰思念，曹植因之而作《洛神赋》。

※赏析

诗写一位女子追求爱情失败后的痛苦。东风细雨，塘外轻雷，这般景象正如女主人公此时的心境，抑郁沉闷，怛恻不安。世间的事情，不论如何困难，都有办法可以达成心愿，比如香炉紧锁但香烟可以进入，比如井水虽深但长绳可以汲之；唯独爱情常常难以左右，它有时是贾女与韩寿水到渠成的缘分，有时是曹植爱慕甄氏一样的徒增遗憾。爱情让她苦受煎熬，她所以自诫道：爱人的心还是不要和春花争荣竞艳了吧，寸寸相思到头来都是化为灰烬。

无题（其三）

——李商隐

相见时难别亦难，东风无力百花残。
春蚕到死丝方尽，蜡炬成灰泪始干。
晓镜但愁云鬓改①，夜吟应觉月光寒。
蓬山此去无多路②，青鸟殷勤为探看③。

※注释

①云鬓：形容女子如云朵一样的头发。②蓬山：蓬莱。③青鸟：传说中的神鸟，是西王母的使者。

※赏析

因为相见本就不易，所以分别就更让人感到依依不舍、苦在心头，那份缠绵悱恻,有如身处暮春无力的东风中、面对着凋残的百花。而当情思如春蚕之丝到死方尽,别泪如蜡炬之泪成灰方干,那么有情人在早晨愁看镜中渐染霜色的鬓发时,在清寒的月光下独吟诗篇时,那落寞的心境与浓重的思念又是何其难挨!诗的尾联作宽慰之语,意谓幸好你我相隔不算遥远,希望今后能时常探望对方;以美好的期盼和愿望来解释现实中不能长相厮守的遗憾。

春雨

——李商隐

怅卧新春白袷衣①,白门寥落意多违②。
红楼隔雨相望冷,珠箔飘灯独自归③。
远路应悲春晼晚④,残宵犹得梦依稀。
玉珰缄札何由达⑤,万里云罗一雁飞。

※**注释**

①袷(jiá)衣:即夹衣。②白门:指江苏南京。意多违:许多事都与愿望相违。③珠箔:珠帘。④晼(wǎn):太阳落山的样子。⑤玉珰(dāng):玉耳饰。缄札:指密封的书信。

※**赏析**

"怅卧新春白袷衣,白门寥落意多违",本诗开篇点明时令,即新春。新春之夜,惆怅的主人公穿着"白袷衣"深切思念着远方的情人。"白门"是他以前经常和情人约会的地方,热闹非凡,而现在却因情人的不在而变得寥落冷清。"红楼"是情人以前住过的地方,但最后一次寻访时他却没有勇气走进去。因为没有了情人的红楼空荡而凄清。他就只能在红楼门前呆呆地站着,不知道过了多久,才猛然回过神来。"远路应悲春晼晚,残宵犹得梦依稀",情人恐怕也在为春之将暮而伤感吧!但是,如今我们远隔千山万水,只能在依稀的梦中相见了。这两句将主人公的思念之切、心境之哀表现得淋漓尽致。"玉珰缄札何由达,万里云罗一雁飞",思考过后,他拿出"玉珰"和"缄札",把它们托付给冲破万里云霄的鸿雁,相信它一定能把自己的心意传达到。在这里,诗人创造性地借助自然景物,把"锦书难托"的抽象预感形象化,将怅惘的情绪与广阔的云天融为一体,真实感人。

竹里馆[①]

——王 维

独坐幽篁里[②],弹琴复长啸。
深林人不知,明月来相照。

※注释

①竹里馆:辋川别墅胜景之一。②幽篁:幽深的竹林。

※赏析

在本诗中,诗人描写了在山林弹琴歌啸的闲适生活情趣,表现了清幽宁静、高雅绝俗的境界。整首诗仅二十个字,却是既有清幽之景又有孤独之情,既有弹琴长啸之声又有深林月光之色,既有独坐之静又有弹啸之动,既有实写(前两句),又有虚写(后两句)。

诗的前两句,写诗人独坐于幽静繁茂的竹林中,边弹琴边对天长啸。曲高必然和寡,因此诗人在后面两句写道:"深林人不知,明月来相照。"说的是,自己独居于深林中没有人陪伴,但也并不感觉孤寂,因为那轮明月还在时刻照耀着自己。此处,诗人运用了拟人的修辞手法,将遍洒清辉的明月当作心灵相通的知心朋友。

本诗虽然用字很简单,对人物和景色的描写也很平淡,如果把这四句诗分开来看,没有任何新奇之处。诗人写景只用了"幽篁""深林""明月"三个词,这是此类诗中的常用词,且"幽篁"和"深林"是指同一事物;描写人物也只用了"独坐""弹琴""长啸"三个词,这在其他的诗词中使用频率也非常高。然而其妙处在于四句话连起来后，能呈现出一种极富诗意的美好景致，产生别样的艺术效果：月夜幽林之中，空明澄静，诗人坐在竹林中抚琴长啸，物我两忘，怡然自得。这里，心灵澄静的诗人与明月以及月下的清幽竹林融为了一体，成为自然景色中的一部分。诗人从整体上营造了一种境界、一种艺术美，使本诗产生了别样的艺术魅力，为后人长久传诵。本诗对景物和人物的描写看似信手拈来，实则匠心独运。

相思

——王维

红豆生南国，春来发几枝？
愿君多采撷[1]，此物最相思。

※注释

[1]撷（xié）：摘。

※赏析

本诗另题为《江上赠李龟年》，可以看出是诗人思念友人，借咏物寄托相思之情之作。

"南国"是红豆的产地，也是友人的所在地。首句"红豆生南国"因物而起兴，语句简单却形象饱满。紧接着，"春来发几枝"一句轻声发问，承接自然。诗人用问句的形式，使诗的语气变得亲切自然。在这里，诗人只问红豆不问友人，其实恰恰是借询问生长在南国的红豆来问候身在南国的友人。这一句借物传情，语浅情深，语淡情浓，耐人寻味。接下来一句，诗人寄语他人多多采摘红豆，仍然是言在此处而意在彼处。这一句表面看来，诗人只是劝友人多多采摘红豆，其实诗人是以红豆借指自己的思念，暗示自己对友人深厚的情谊；同时，这一句还隐含着诗人对友人殷殷的期盼：友人采摘红豆的时候，应该也会思念自己吧！诗人以这样含蓄隽永的方式表露内心的情怀,使诗情曲折而动人,语意深沉而绝妙。末句"此物最相思"点明题意,"相思"和第一句的"红豆"相照应,不但切合"相思子"之名,且又与相思之情相关联,具一语双关之妙。

鸟鸣涧

——王维

人闲桂花落①,夜静春山空②。
月出惊山鸟③,时鸣春涧中。

※注释

①闲:安静、悠闲,含有人声寂静的意思。②空:空寂、空空荡荡。这里形容山中寂静无声,好像空无所有。③月出:月亮出来。惊:惊动,惊扰。

※赏析

王维写了不少富有禅意的诗,而这首诗意境尤高,臻于"无我之境"。由于心境的"闲",作为主体的人消失了,却感受到了四周最细微的变化,唯有在极静之中,方能得自然真意。

杂诗

——王维

君自故乡来,应知故乡事。
来日绮窗前①,寒梅著花未②?

※注释

①来日:指动身前来的那天。绮窗:雕饰精美的窗子。②著花:开花。

※赏析

游子居异乡,遇故乡来人,有多少可问之事啊,却只问家园窗前那株寒梅开花了没有?真是"于细微处见精神",因为一些细琐的生活小事或某一特殊的景物,最能引发思乡的感情。以家常絮语向人询问寒梅,问的是近况,更可见他对故乡以往的每一细微变化都是密切留意,了然于心的。诗以白描记言的手法,写眷念窗前"寒梅著花未",寓巧于朴,简洁而形象地刻画了主人公思乡的情感,亲切有味。

送崔九

——裴 迪

归山深浅去,须尽丘壑美。
莫学武陵人^①,暂游桃源里。

※注释
①武陵人:指陶渊明《桃花源记》中的武陵渔人。

※赏析
  这是一首劝勉诗,写送友人归山,旨在劝勉友人崔九既然要隐居,就应该坚定不移,常驻山林;不要三心二意,入山复出,不甘久隐。本诗语言虽浅白,含意却颇为深远。崔九,即崔兴宗,曾为右补阙,为王维的妻弟。

  诗的前两句"归山深浅去,须尽丘壑美",是说友人此次回归山里后,无论山峰低谷,皆要前去,看尽山林美景。这自然是劝导友人不要再眷恋尘世的生活,将对山水的情感上升到一种和尘世生活对立的高度,这与他们对当时社会现状的厌烦及不满有关。诗的后两句"莫学武陵人,暂游桃源里",是劝勉友人归隐山林。既然友人已在山水间发现生活的乐趣,就别再从那个境界回到现实中了。这既体现了诗人对归隐生活的肯定,也体现了他对社会现状的不满。那么,诗人为何要让友人留在那个"不知有汉,无论魏晋"的桃源仙境呢?裴迪大约生活在唐玄宗和唐肃宗在位时期,当时,唐玄宗重用口蜜腹剑的李林甫,专宠杨贵妃,导致政治非常黑暗,处于社会下层的知识分子不能入朝做官,而像裴迪、崔兴宗这种出身寒微的读书人更是毫无出路。因此他们甘愿归隐山林,过那种与世隔绝的生活。全诗简单明了,通俗易懂,却又立意很深;文字清丽优美,把诗人的心声表达得形象生动,不失为一首好诗。

终南望余雪

——祖咏

终南阴岭秀[①],积雪浮云端。
林表明霁色[②],城中增暮寒。

※ **注释**

①终南:终南山,今陕西省西安市南。阴岭:向阴的山岭。②林表:树林的外表。霁色:雪后的阳光。

※ **赏析**

  这是一首眺望终南积雪的小诗。诗虽短,却朴茂奇崛,剪刻蕴藉。本诗是诗人在长安应进士试的诗作,按要求应试诗为五言六韵十二句,但他只作了四句便交卷。旁人问其原因,他回答说:"意尽。"

  首句写终南山峰高谷深,林木流翠。开篇应题,也突出"积雪"的特色。远眺终南山,其山岭秀色,尽收眼底,但诗人仅以一个"秀"字概过,着重写出山上"积雪"。第三句接着描写雪景。一个"明"字,写尽雪景之意。"林表"二字是上承"终南阴岭"写的,"林"自然是在终南山的高处。仅有终南山高处的树林表面才能"明霁色",说明太阳已经落下半边。夕阳的余晖照射过来,将树林表面都照红了,自然也将"浮于云端"的余雪照亮了。尾句的一个"暮"字,也随之跃然纸上了。前三句都是写"望"中所见;末句写"望"中所感。一个"增"字,真实而贴切地写出了当时的气候特点及人的感受,景足意尽,神完韵远。

宿建德江

——孟浩然

移舟泊烟渚,日暮客愁新。
野旷天低树,江清月近人。

※赏析

这是一首刻画秋江暮色,抒写羁旅之思的小诗,写出了诗人漂泊东南的感受。全诗情景相生,淡中有味,含而不露,风韵天成,为五绝中的写景名篇。诗人以拟人的手法,描绘了旷野天低、江清月近的清新景色,抒写了淡淡的羁旅客愁。建德江,在今浙江上游建德市,在新安江、兰溪合流处。

首句写羁旅夜泊,回应主题,为下句抒情作好铺垫:诗人将船停靠在江中的一个小洲旁,而这小洲被迷蒙的烟雾重重笼罩。这烟雾就像诗人的满心愁绪一样。次句抒情,别有味道:"日暮"承接上文,续写新愁。因为日落黄昏,所以要泊船停宿;也因为日落黄昏,江面上才水烟蒙蒙。本来诗人停船靠岸,想要静静地休息一夜,谁知在这众鸟归林、牛羊下山的黄昏时刻,羁旅之愁蓦然而生。

后二句远眺近观,写诗人日暮所见。日暮时刻,旷野无垠,一片苍茫。诗人放眼望去,天地相接,远处的天空比近处的树木还要低。夜渐临近,高挂在天上的明月,映在澄清的江水中,与船中的诗人是如此接近。在暮色苍茫的秋江上,诗人举目远眺,天空开阔,气氛孤寂。诗人低头俯视脚下静静的江水,天上孤寂的明月似乎也看透了他的心事,抚慰他寂寞的心灵。这种化静为动的写法,赋予本无生命的明月以无限的情感,既生动形象,又亲切近人。这两句虽是写景,也无愁字,但"秋"色逼人,回应"日暮客愁新"。诗人巧妙地将他的新愁与孤寂清冷的秋色融为一体,创造出一种凄清、宁静、优美的意境。正是在这种别具一格的描绘中,诗人将自身的羁旅之愁表现得淋漓尽致。

全诗虽然以景结篇,但意犹未尽。诗人曾带着多年的准备与满腔的希望入京求仕,却被弃置,而今只能怀着一腔忧愤南寻吴越。身处异乡、孑然一身的诗人,面对茫茫四野、悠悠江水、孤舟明月,那羁旅的劳顿,对故乡的思念,仕途的失意……千愁万绪纷至沓来,便有了这首千古绝唱。

春晓

——孟浩然

春眠不觉晓,处处闻啼鸟。
夜来风雨声,花落知多少。

※**赏析**

这是一首仅仅二十字的惜春小诗,是诗人隐居在鹿门山时所作。本诗抒发了诗人晨起所感,处处表现了诗人爱春、惜春的心情,意境优美深远。春眠初醒,闻啼鸟而喜春,又忆及夜间风雨,担心吹落春花……初读似觉平淡无奇,再读便觉诗中另有天地。诗人抓住春晨生活的一个片段,以自己一觉醒来后瞬间的所听、所感为切入点,用极少的笔墨描绘了一幅清新明媚的春之晨景。

本诗在时间的跨越上,以及情感的细微变化上,都非常富有情趣,读来令人回味无穷。全诗语言明白晓畅,读起来朗朗上口,同时不失优美的韵致,情景交融,意味隽永,超凡脱俗,为五言绝句中之上上作,千百年来一直为人们所喜爱和传诵。

静夜思

——李 白

床前明月光,疑是地上霜。
举头望明月,低头思故乡。

※赏析

这首小诗用简单平实的叙述来抒发远客的思乡之情，虽然没有新颖神奇的想象、华美艳丽的辞藻，但却情真意切，耐人回味，成为传诵千载的佳作。

客居他乡的人，应该都会有这样的感觉：白天一切都还好说，可到了夜深人静的时候，心头就会不可抑制地泛起阵阵思乡之情，尤其是在月白如霜的秋夜！"床前明月光，疑是地上霜"，写清秋的夜晚，月白霜清。此处用霜色来形容月光，是古典诗歌中的常见写法。"疑是地上霜"不是模拟形象的状物之辞，而是叙述之辞，是诗人在秋夜这种特殊环境里产生的一刹那错觉。怎么会有这样的错觉产生呢？可以想见，这四句诗展现的是诗人客居他乡，深夜无法入眠、小梦乍回的情景。此刻，庭院是空寂的，从窗外透进的月光射到床前，不可避免地带上了一层秋夜寒意。诗人睡眼惺忪地望去，在恍惚中，好像看见地上铺了一层白色的浓霜；再稍稍定神细瞧，周围的环境告诉他，这不是霜而是皎洁的月光。月光引领着他又抬头望去，一轮明月挂于窗前，秋夜的天空真是明净非凡！此刻，诗人清醒过来了。一个"霜"字表达出了三层含义：一是突出了月光的明亮、皎洁，二是又暗示了天气的寒冷，三是烘托出了诗人当时的孤独寂寞之感。

秋夜的月格外明亮，同时倍显清冷，特别容易勾起孤独远客的旅思情怀。所以诗人"举头望明月"，遐想无限，想起家乡的亲人，想到家乡的一切。在冥想中，头又渐渐低了下去，沉浸在沉思中。结句"低头思故乡"中的"思"字写出了诗人对故乡亲朋好友、山水草木的思念。

诗人的内心由"疑"到"举头"，由"举头"到"低头"的这一串动作，为读者展现了一幅形象逼真的月夜思乡图，使人们从中领会到李白绝句的"自然"和"无意于工而无不工"。

独坐敬亭山

——李 白

众鸟高飞尽①,孤云独去闲②。
相看两不厌③,只有敬亭山。

※注释
①尽:没有了。②孤云:陶渊明《咏贫士诗》中有"孤云独无依"的句子。独去闲:独去,独自去;闲,形容云彩飘来飘去,悠闲自在的样子。孤单的云彩飘来飘去。③厌:满足。

※赏析
　　此诗作于天宝十二年(753年)李白秋游宣城之时。李白一生七游宣城,这次游历距他被迫于天宝三年离开长安已有十年。由于仕途不顺,现实黑暗,李白寄情于山水,这首诗正是他内心孤寂的真实写照。诗人独自坐于敬亭山中,由于内心孤寂,景物也都染上了一层寂寥的色彩。鸟儿飞尽,云儿去尽,一切都离诗人而去。只有眼前这敬亭山安然不动,似乎只有它愿意与诗人做伴。这首诗于恬静之中,流露出诗人历尽人事后心底的孤寂落寞。这首诗将情与景高度融合,创造出一片"寂静"之境,十分传神。

怨情

——李 白

美人卷珠帘,深坐颦蛾眉①。
但见泪痕湿,不知心恨谁。

※注释
①深坐:久久呆坐。颦(pín):皱。

※ 赏析

　　这是一首写弃妇怨情的诗。诗中描写美人卷珠帘，夜半皱眉落泪的情景，含蓄地表达了她盼望爱人归来不得而哀伤怨恨之情。在中国古典文化中，达到一定高度和境界的作品，无论是诗歌还是绘画，都讲究气韵生动，讲究"意境"和"留白"。这首描写弃妇闺怨的诗歌，虽然只有短短四句，寥寥二十个字，却真正做到了充分留白，意蕴无穷；同时在刻画女性神态上也是真切细微，气韵生动，层次分明，引人入胜。

　　前两句描写美人等待盼望时的动作和神态。美人卷起珠帘，盼望着爱人早点归来。她静静地坐着，等啊等，一直等到双眉紧蹙，也没有见到爱人出现。一个"深"字，不仅点明了等待时间之长，而且还暗含有门庭深邃之意。后两句生动形象地描写了美人不见心上人的幽怨神情：她殷切期盼的心上人始终没有出现，不禁潸然泪下，泪流满面。全诗最后一句以问句结尾，写法巧妙。明明是怨恨情人不来，却偏要说"不知心恨谁"，这样写不仅做到了充分留白，而且这样收束全篇也使得诗歌读起来更加含蓄隽永，韵味无穷。

八阵图[①]

——杜甫

功盖三分国，名成八阵图。
江流石不转[②]，遗恨失吞吴。

※ 注释

①八阵图：昔时诸葛亮曾布"八阵图"，垒石为阵，由"天、地、风、云、龙、虎、鸟、蛇"八阵组成，用来操练军队或作战。②石不转：指水涨时八阵图之石岿然不动。

※ 赏析

　　本诗为咏怀诸葛亮的吊古之作，作于大历元年（766年），抒发了诗人对诸葛亮卓绝功绩的敬佩之情以及对他未能实现统一大业的遗憾之情。

  第一、二句，诗人以工整的对仗，着力颂扬了诸葛亮的伟大功绩，尤其是他的军事才能和成就。前一句总写，高度赞扬了诸葛亮在三足鼎立局势形成中所起的作用。第二句分写，指出诸葛亮自创的八阵图在他的既有功绩上又添了闪亮的一笔。第三、四句，诗人直抒胸臆，发出感慨。前半句是对八阵图特征的描写。根据相关记载，八阵图遗址由细石堆积而成，有五尺高，六十围，纵横交错，星罗棋布，共排列六十四堆，始终保持不变。无论是夏天受到大水冲击之时，还是冬天万物失态之际，八阵图的石堆都稳如泰山，成为一处带有传奇色彩的历史遗迹。这个特征被诗人用五个字就带了出来，语言十分简洁、凝练。末句诗人由此联想到刘备吞吴失败，累及诸葛亮联吴抗曹统一中国的宏图大业，不由得发出叹惜之声。

登鹳雀楼[①]

——王之涣

  白日依山尽，黄河入海流。
  欲穷千里目，更上一层楼。

※ **注释**

①鹳雀楼：在现山西永济。楼有三层，面对中条山，下临黄河。常有鹳雀停留其上，因称鹳雀楼。

※ **赏析**

  这首诗写诗人在登高望远中表现出来的不凡的胸襟抱负。诗句朴实简练，言浅意深，反映了盛唐时期人们昂扬向上的进取精神。鹳雀楼，唐代河中府西南城上的一座楼，因楼上常栖鹳雀，故名，在今山西省永济市蒲州镇。

  本诗前两句侧重写"所见"。首句写远景，重点写山，写得景色恢宏、气象万千：诗人登楼遥望一轮落日向着楼前一望无际、连绵起伏的群山西沉，在视野的尽头冉冉而没。次句写近景，重点写水，写得景象壮观、气势磅礴：诗人目送流经楼前下方的黄河呼啸奔腾、滚滚南来，就像一条金色的丝带，飞舞在崇山峻岭之间，又在远处折而东向，流向大海。本诗后两句侧重写"所想"。"欲穷千里目"，写诗人一种无止境探求的愿望，还想看得更远，看到目力所能达到的最远处，而唯一的办法就是站得更高些，"更上一层楼"。"千里""一层"，都是虚数，是诗人想象中纵横两方面的空间。"欲穷""更上"中又包含了多少希望，多少憧憬。这两句诗是千古传诵的名句，既别翻新意，出人意表，又与前两句诗承接得十分自然紧密，表现了诗人向上进取的精神、旷达开阔的情怀，也道出了站得高才看得远的哲理。

江雪

——柳宗元

千山鸟飞绝，万径人踪灭。
孤舟蓑笠翁①，独钓寒江雪。

※注释
①蓑笠翁：披蓑衣、戴斗笠的渔翁。

※赏析

这首五言绝句，是柳宗元的代表作品之一，约作于谪居永州（今湖南零陵）期间。柳宗元被贬永州，政治的失意使他的精神上受到了很大打击。于是，他就借描写山水景物，借歌咏隐居在山水之间的逸士，来寄托自己清高而孤傲的情寂悲凉之情。全诗虽然只有二十字，但画面感极强，且情景交融，浑然一体。

本诗的构思十分精巧，诗人综合使用了对比、衬托的写作手法：以千山万径的辽阔衬托孤舟渔翁的微小；以鸟绝人无的寂灭对比渔翁垂钓的情趣；以画面的静谧、清冷衬托人物内心思绪的翻涌。

本诗的特点，首先是营造了冷峻、凄寒的艺术氛围。单纯就诗的字词来看，第三句"孤舟蓑笠翁"好像是诗人描写的重点，占了整个画面的主要位置：一个披蓑戴笠的老渔翁独坐于小舟上垂钓。第三、四句中的"孤""独"两字显示出老翁的远离凡尘，及其超凡脱俗、清高孤傲的个性特点。诗人所要表达的主题在此已经显示出来，然而诗人还觉得意兴不够，便又为渔翁用心营造了一个辽阔无垠、万物无声的艺术境界：远处山峰高耸，万条小路纵横，只是山间没有一只飞鸟，路上没有一个行人。大雪带来的寒冷造就了一个白茫茫的清冷世界。这一背景清晰地衬托出老渔翁孤单、渺小的身影。在这一时刻，他的内心会是多么孤寂、凄冷啊！此处，诗人运用烘托和渲染的写作手法，着重描写老渔翁垂钓之时的天气情况及周边景致，轻描淡写，寥寥数语就营造出冷峻、凄寒的抒情氛围。

　　本诗的第二个特点是，生动地表现了诗人被贬永州后不甘屈从而又深感孤寂的内心状态。在"永贞革新"失败之后，柳宗元接连遭到贬谪，但仍保持着一种坚贞不屈的精神状态。他所作的《永州八记》，专门描写偏远穷困地区的风景，借文章表达思想，寄托情怀。在柳宗元的诗文中，不论是一棵草还是一株树，都反映出他极其孤寂、凄苦、落寞的心情，充分体现了他超凡脱俗、清高孤傲的个性。本诗中的老渔翁，独处凄寒、清冷的境界而依然故我，进入杳无人烟的环境仍泰然自若。他的风度、气概，以及坚贞不变的心态，难道不令人敬慕吗？

　　结构清晰、构思巧妙，是本诗的另一个特点。诗的题目为"江雪"，然而诗人落笔处并未点题。他先描写了千山万径的寂静和凄冷。随后，诗人突转笔锋，描写了正在孤船中垂钓的披蓑戴笠的渔翁形象。直至诗的结尾诗人才写出"寒江雪"三个字，正面点破题目。茫茫的天际，白雪覆盖的大地，这种辽远的景象十分吸引人。读到最后，倒过头来再读整首诗，读者心中就会不禁生发出一种豁然开阔明亮的感觉。

玉台体

——权德舆

昨夜裙带解,今朝蟢子飞①。
铅华不可弃②,莫是藁砧归③?

※注释

①蟢(xǐ)子:长脚蜘蛛,也作喜子。②铅华:用来化妆的铅粉。③莫是:莫不是。藁(gǎo)砧(zhēn):古代女子称丈夫的隐语。

※赏析

本诗写女子盼望夫君归来的心理,运用双关隐语,生动地表现了女子的真挚情意,富有江南民歌风味。玉台体,指艳情诗体。权德舆这首诗,写明是效仿"玉台体",描写的是妇人思念丈夫之情,感情诚挚、朴素、蕴藉,可以说是通俗而不庸俗,快乐而不淫佚。

人们在寂寥烦闷的时候,经常会左顾右盼,寻找好运的征兆。尤其是春闺独自守空房时,更容易出现这样的心绪与举动。在我国古代,妇女束腰系裙的带子,有的是丝束,有的是帛缕,有的是绣缕,一不注意,就会使绾结松开。而从古代以来,绾结松开一直被视为夫妻好合的征兆。见到"裙带解",痴情的女主人公便立刻将这个偶然的现象和自己思念丈夫之情联系到一起——难道是丈夫要归来了?她欢喜不已,晚上都未能安睡,第二天早上,她又看见房屋顶上捕捉蚊子的蟢子在飞来飞去。所谓"蟢"者,即"喜"也。"今朝蟢子飞"也是一个好的征兆。吉兆接连出现,这应该不会是偶然吧?最后两句"铅华不可弃,莫是藁砧归",是说惊喜不已的女主人公不禁默想道:"我还是应该用心梳妆打扮一下,可能夫君外出就要回来了!"

本诗的语言朴素自然,却将女主人公的感情刻画得非常细腻。比如"裙带解""蟢子飞"这些不会引起大多数人留意的小事,却激起了女主人公内心深处无法平复的波澜。另外，本诗写得委婉蕴藉，耐人寻味。丈夫外出后，女主人公的境况、心情怎么样，诗人都没有进行说明，然而通过"铅华不可弃"的内心独白就可推知一二。

问刘十九

——白居易

绿蚁新醅酒[①]，红泥小火炉。
晚来天欲雪，能饮一杯无。

※注释

①绿蚁：指浮在新酿的没有过滤的米酒上的绿色泡沫。蚁同蚁。醅（pēi）：没有过滤的酒。

※赏析

这是一首劝酒诗，诗人以此邀友人刘十九（即刘轲，河南登封县人，白居易的朋友）来饮酒叙谈。酒能醉人，本诗却比酒还醇浓。"绿蚁新醅酒，红泥小火炉"这二句选取了富有代表性的新酒和火炉，将一幅整席待客、温馨恬静的画面呈现出来：新酿的美酒犹未滤清，尚且浮着微绿色的酒渣；小巧又朴素的泥炉里，嫣红的炉火烧得正旺。面对这些描述，读诗之人怎能不酒虫大动，忍不住想要同挚友欢饮一番呢？而此时此刻又恰好"晚来天欲雪"。想到夜雪若是洒下，寒气弥漫开来的情形，就更勾起了读诗之人喝上几杯的愿望。加上暮色低沉，大家已经闲了下来，守在火炉边小酌一番，不是正适合这雪前的黄昏吗？于是就在这时，诗人不失时机地发出了"能饮一杯无"的询问，又或者说是邀请，将希望与友人共饮的愿望表达得令人心醉。有如此诱人的美酒、红火，更有友人如此深厚的情谊，包括刘十九在内的所有读者，都会为之心驰神往吧！

诗人并未在开门见山地写到了酒之后马上切入主题，而是十分含蓄地、一层层地渲染着，直到最后才以"能饮一杯无"这样一个问句发出了邀请。我们不妨想象一下，刘十九接到这首小诗之后，一定会立刻赶到诗人家中，同诗人围炉饮酒，"忘形到尔汝"。这时天空真的下起雪来，两个人就着炉火的温暖，赏雪、欢饮、畅谈……这些温馨的场面并未在诗中出现，但联想起来却十分自然。这便是诗人层层渲染而又凝练含蓄的写作手法所达到的艺术魅力。诗人通过近乎口语般质朴不加修饰的语言，将雪夜邀请友人饮酒这一场景所蕴含的浓厚的生活气息展现无遗，并且赋予了作品极强的艺术感染力，使之耐人寻味，堪称佳作。

何满子

——张祜

故国三千里，深宫二十年。
一声《何满子》，双泪落君前。

※赏析

本诗写幽闭深宫的宫女的痛苦和怨恨，句句用数字，两两对比，突出表现宫女遭遇的悲惨，揭露封建后宫制度的残酷，唱出了千万宫女的普遍心声。《何满子》，唐代教坊舞曲名，曲调婉转悲凉。

这是一首短小精致的宫怨诗。与一般短小的宫怨诗相比，这首诗有其特殊之处。大多数以绝句体裁写成的宫怨诗，在表达方式上讲究婉转含蓄，内容上通常也只写宫人悲惨生活的一个片段，留下更多的空间让读者去想象。而这首诗则与众不同，它不但对宫人的生活画面进行了全景展示，而且直叙其事，直写其情，将宫人寂寥凄凉的人生遭际直截了当呈现出来，引人慨叹。

"故国三千里，深宫二十年"两句，诗人以加一倍、进一层的表现手法，把宫女不幸的境遇，深重的苦痛、怨恨集中描写了出来。首句着眼于空间，点明宫女离家之远；次句落笔于时间，点明宫女入宫之久。宫女在宫中生活，既饱受思念亲人之苦，又没有被宠幸的幸福可言，这对正值芳龄的青春少女而言，本身就是难以忍受的酷刑，更不用说"故国三千里，深宫二十年"了。在这里，诗人仅用十个字就写出了宫人远离故乡、幽闭深宫的不幸遭遇。这两句诗语言简洁凝练，极具感染力，看似轻描淡写，实则举重若轻。

"一声《何满子》，双泪落君前"两句诗不藏不掖，直接描写宫女在君前挥泪的怨恨之情，写出一个失去幸福自由的女子的真实情感。久积成怨之下，一声悲歌，两泪齐落，正是女主人公心中深埋的怨情直接抒发的结果。这两句诗以强烈取胜，不以含蓄见长。一般宫怨诗多写宫女失宠或不得幸的哀怨，而本诗却一反其俗，写在君前挥泪怨恨，还一个被夺去幸福自由的女性的本来面目。事直说，情直抒，这也是本诗的独到之所在。

全诗只用了"落"字一个动词，其他全部以名词组成，因而显得简括凝练，强烈有力。而每句诗中又都嵌入了一个数字，将事件表达得清晰而明确。

登乐游原

——李商隐

向晚意不适①，驱车登古原②。
夕阳无限好，只是近黄昏。

※**注释**
①意不适：心情不舒畅。②古原：即乐游原，是长安附近的名胜，登原后能眺望整个长安城。

※**赏析**
　　这是一首登高望远，即景抒情的诗。诗中描写了诗人傍晚驱车前往乐游原观赏夕阳的情景，并在"夕阳无限好，只是近黄昏"的喟叹中，吐露了诗人感怀自身处境、忧虑国事兴衰的心境。

乐游原，本名"乐游苑"。在汉代时，汉宣帝的皇后许氏难产而死,葬于此地,于是汉宣帝在这里设立了庙苑。因为"苑""原"谐音,遂传为"乐游原"。在乐游原上可以眺望长安城,中晚唐之际,长安的平民百姓们喜欢来这里游玩,仕宦才子们也喜欢来这里吟诗作赋。诗人另有一首七言绝句《乐游原》:"万树鸣蝉隔断虹,乐游原上有西风。羲和自趁虞泉宿,不放斜阳更向东。"也是登临古原,触景萦怀,抒写情志之作。看来,乐游原是诗人素所深喜、不时来赏之地。

  这首小诗开篇点题,"向晚意不适,驱车登古原"两句交代了登乐游原的原因是"向晚意不适"。"向晚"说的是天快黑的时候,"意不适"三字,为全诗奠定感情基调。诗人心中抑郁,为排遣愁怀,因此才驾着车子登上古原。"古原"即乐游原。

  后面两句写登上古原触景生情,为整首诗的意义所在。诗人来到乐游原,放眼望去,锦绣山河一览无余,夕阳下的景色美不胜收,禁不住发出了"夕阳无限好"的感叹,表达出对眼前大好河山的热爱。然而,诗人在精神得到享受的同时也感受到了西山日暮的沉郁苍凉。于是诗人笔锋一转,借"只是"一词,表达出自己心中深深的哀伤之情。万千感慨都凝聚到了"只是近黄昏"五个字上。最后两句口吻看似平常,实则寄寓了诗人无限情思,发人深省。诗人透过当时大唐的表面繁荣,预见到了严重的社会危机。同时,这两句诗也可以理解为:人生到了垂暮之年,表现出老者对往昔峥嵘岁月的无限怀恋,吐露出"劝君惜取少年时"的意味。

  在唐代诗人留在乐游原的近百首绝句中,本诗是最为出色的一首,世代为人们传诵。

为有

——李商隐

  为有云屏无限娇[①],凤城寒尽怕春宵[②]。
  无端嫁得金龟婿[③],辜负香衾事早朝[④]。

※注释

①云屏:云母屏风。②凤城:京城。③金龟:唐武则天时,三品以上的官员可以佩带金龟。此处喻丈夫位居高职。④衾:被子。

※赏析

春风送暖,京城寒尽之时,春宵苦短。诗的开头用"为有"二字把怨苦的缘由提示出来,次句用一"怕"而非"苦"字来形容人的心情,造成一种引人追询的悬念。

三、四句通过少妇之口说出"怕春宵"的原因:冬寒已尽,衾枕香暖,本应日晏方起,金龟婿却不得不早起上朝。

金龟最初指黄金铸的龟纽官印,汉代为皇太子、列侯、丞相、大将军等所用,后泛指高官之印。据《新唐书·舆服志》载:唐初,内外官五品以上,皆佩鱼符、鱼袋,以"明贵贱,应召命"。鱼符以不同的材质制成。武后天授元年(690年)改内外官所佩鱼符为龟符,鱼袋为龟袋。并规定三品以上龟袋用金饰,四品用银饰,五品用铜饰。可见,金龟既可指用金制成的龟符,还可指以金作饰的龟袋,是唐代官员随身佩戴的一种辨别身份、区分官位高低的饰物。佩戴者皆是亲王或三品以上官员。后世遂以"金龟"作为高官或身处高位的代名词,而"金龟婿"则代指身份高贵的女婿。

"无端"两字犹言"好没来由",传神写出少妇的怨嗔口吻,辗转解释了所以"怕"的缘由。"为有""无端"四字委婉尽情,极富感染力,是全诗的神韵所在,有"无限娇"的妻子,十分可爱,没来由地嫁了辜负香衾事早朝的金龟婿,却又可恨。一种绮思妙笔的痴情,同"悔教夫婿觅封侯"之意相似。

寻隐者不遇

——贾岛

松下问童子,言师采药去。
只在此山中,云深不知处。

※赏析

　　这是一首问答诗,诗人采用了寓问于答的手法,将诗人进山寻访隐者不遇的心情起落描摹得淋漓尽致。其言繁,其笔简,情深意切,白描无华。

　　这首诗最大的特点就在于精练。贾岛是苦吟派诗人,以炼字闻名。他不仅着眼于锤字炼句,在谋篇构思方面也同样狠下苦功。在本诗中,他把三轮问答精简于四句诗中,短短二十字,意蕴无穷。首先,在一、二句之间,诗人省略了一句自己的问话。"松下问童子",必有所问,只是问题被诗人隐去了。但从童子所答"师采药去"四字推出,诗人见松下童子所问的是"师往何处去"。之后,在二、三句之间,诗人依旧延续隐去问题的手法,省略了"采药在何处"这一问句,只保留了童子的回答"只在此山中"。这一隐一答如同画中大片的留白,给人以想象的空间。末句则再次拓展了想象的空间,把人带到更为空灵的境界中:远山云雾缭绕,如同仙境,在其中采药的隐者如同神仙,来去无踪。

　　然而,这首诗的成功,不仅在于简练。单言繁简,还不足以说明它的妙处。诗贵善于抒情。这首诗的最大抒情特色在于平淡中见深沉。一般访友,问知友人不在,也就扫兴而走了。但这首诗中,诗人一问之后并不罢休,又二问三问。这三番问答,逐层深入,表达感情有起有伏。"松下问童子"时,心情轻快,满怀希望,"言师采药去",答非所想,坠入失望;"只在此山中",失望之中又萌生了一线希望;及至最后一答:"云深不知处",就惘然若失,无可奈何了。

　　诗除了要通过艺术形象来抒发感情之外,还讲求画面感。表面上看,本诗好像没有一点色彩,全为白描,而且是淡淡着墨,不是浓重泼洒。实际上,诗中的形象很自然,色彩明亮,浓淡适宜。繁茂的青松,飘浮的白云,这松和云,青和白,形象及色彩正好与云山深处的隐士身份相吻合。而且,没见到隐者之前先看到美丽的画面,挺立的青松中蕴含着蓬勃的生机;之后见到飘浮不定的白云,使人不禁产生"秋水伊人"无处找寻的联想。从诗中形象的交替变化,色彩的先后差异中也反映出诗人感情的转换。本诗中的隐士以采集药物、济世救人为生,因此诗人对他十分敬慕。诗中的白云显出他的高尚脱俗,青松显出他的傲骨,既是写景,又是比兴。只有这样,诗人敬慕而未能遇到,便更显出其惆怅之情了。

渡汉江

——宋之问

岭外音书绝[①],经冬复立春。
近乡情更怯,不敢问来人[②]。

※**注释**

①岭外:岭南。②来人:从家乡来的人。

※**赏析**

这首诗是诗人由贬所泷州逃归洛阳,途经汉江(指襄阳附近的汉水)时所作。

这首诗的前两句追叙诗人贬居岭南的情况。诗人被贬斥到蛮荒之地,本来就很悲惨,更何况和家人又音信隔绝,彼此不知生死。在这样的情形下,诗人熬过漫长的岁月,历经寒冬,迎来新春,心情更加凄苦。在本诗中,诗人未平行列出空间的阻隔,音信的断绝,时间的悠远这三层意思,而是逐层递进、逐步展现,这就增强和深化了游子贬居蛮荒时的愁苦、烦闷,以及对故乡和亲人的思念之情。"绝""复"两字,看似未着力,却可见诗人的用心。诗人居于贬所之时那种与尘世隔离的孤独,丧失所有精神安慰的困苦，还有度日如年的煎熬，皆清晰可感。乍读起来，这两句平平叙起，似乎无惊人之处，却在无形中为下两句出色的抒情做好了铺垫。后两句着重言情，细腻生动，真切感人。一位远离家乡的游子，踏上归途，当然心情欢悦，而且这种欢悦会随着家乡的临近而越来越强烈。通过"情更怯"和"不敢问"，读者能强烈地感受到诗人当时竭力压制的迫切愿望及因此带来的巨大的精神痛苦。这种抒发情感的方式，既真实，而又富有情趣，耐人寻味。

春怨

——金昌绪

打起黄莺儿，莫教枝上啼。
啼时惊妾梦，不得到辽西[①]。

※**注释**

①辽西：辽河以西，此代边地。

※**赏析**

这是一首闺怨诗，为脍炙人口、广为传诵的五绝名篇之一。本诗构思新奇，取材单纯而含蕴丰富，意象生动，语言活泼，具有民歌色彩。它通篇词意连属，句句相承，环环相扣，四句诗形成了一个不可分割的整体，达到了"就一意圆净成章"的效果。

首句突兀而起，令人疑惑。黄莺本是讨人欢喜的鸟，而诗中的女主角为什么却要"打起黄莺儿"呢？人们读了这一句无法知道本诗要表达什么意思，不禁会产生疑惑，于是就会急着从下句找答案。次句果然对第一句做出了解释，原来"打起黄莺儿"的目的是"莫教枝上啼"，明确了是黄莺的啼叫声打扰了女主人公。然而鸟儿的啼鸣和花儿的芳香本来皆是春天的美妙事物，尤其黄莺的啼声又特别清脆动听，人们不禁还要追问：为什么她不让莺啼呢？于是又要在下句中寻找答案。果然，第三句诗又给出了解释,之所以"莫教啼",是因为"啼时惊妾梦"。可是,她为何这么在意她的梦呢?接二连三的疑惑最终归向最后一句,答案也昭然若揭:原来,女主人公的这个梦不是一般的梦,而是去辽西的梦。她唯恐梦中"不得到辽西"。至此,读者才看出,本诗原来运用的是逐层倒叙的写作手法。本来是女主人公怕吵醒好梦而不让莺儿啼鸣,为了不让莺儿啼鸣而要打莺儿,但诗人却倒着写,最终才给出答案。然而,这最终的答案依然蕴含着未表之意。诗人还给读者留下了一串疑问:一名闺中少女为何要做到辽西的梦呢?她有何亲眷在辽西?她为何想要背井离乡,远赴辽西?本诗的题目为《春怨》,诗中人究竟怨的是什么呢?莫非怨的仅是黄莺,仅怨莺啼惊扰了她的好梦吗?以上这些,不用一一道破,却又仿佛不言自明,任凭读者浮想联翩。如此一来,此首小诗就不只在诗内见婉曲,更在诗外见深意了。它也就不仅仅是一首抒发儿女之情的诗,而是具有深刻的社会时代内容,表现了当时兵役制度下广大民众所忍受的巨大痛苦。

哥舒歌

——西鄙人

北斗七星高,哥舒夜带刀。
至今窥牧马①,不敢过临洮②。

※ **注释**
①窥:窥伺。②临洮(táo):今甘肃岷县,唐时常与吐蕃交战于此。

※ **赏析**
　　哥舒翰于天宝年间任安西节度使,屡破吐蕃兵,控地数千里,本篇就是当时流行于西部边境的一首歌颂哥舒翰赫赫战功的诗歌。这首诗可以说是五言诗与民歌的结合体,既有诗的和谐音韵,又不失民歌自然流畅、朴实淳厚的风格;尽管年代相去久远,如今读来,亦能感受西域民众对于哥舒翰将军的无限仰慕之情。

听筝

——李 端

鸣筝金粟柱①,素手玉房前②。
欲得周郎顾③,时时误拂弦。

※注释

①金粟柱:指筝的弦轴细而精美。金粟,指柱上装饰如金星一样的花纹。柱,枕弦定音之物。②玉房:指玉制的筝枕。房,即筝上架弦的枕。③欲得周郎顾:三国东吴名将周瑜精通音律,每逢他人奏曲有误,他必能辨知,并且一定要回头看一看,故吴中有歌谣云:"曲有误,周郎顾。"

※赏析

"金粟柱",言筝之华美精致;"素手",言弹筝女子双手之纤细洁白。精美的华筝,一双白净的纤纤玉手在弹奏,暗示出弹筝女子的外秀。

而全诗最精彩之处在三、四句。按照一般写法,接下去应该描写女子高超的技艺,或者表现筝声强烈的感染力,但出人意料的是,三、四句笔锋一转,改为描写女子为了引起知音者的注意,故意错拨筝弦。

三国周瑜精通音律,即使是在酒醉后,也能轻易辨知他人奏曲的缺误,转头去看那个演奏有误的人。此诗巧借曲误周郎顾的故事,写女子意在邀心目中知音的顾盼。"欲得周郎顾",意味着坐在一旁的"周郎"开始时并没有看这位弹筝者,大概是已经沉醉于美妙的筝声中了。对一般演奏者来说,这应该是最值得骄傲的时刻,但这位女子却完全不这么想,因为她的心思都放在了听筝者——"周郎"身上。于是她故意不时地错拨一两个音,以引得"周郎"不时回顾。"误拂弦"这一个生动、细微的情节,点活了弹筝女子慧黠的性格和丰富的情感。

诗中摹状脱化无痕,以弹筝女子故意弹奏错误来引人注意,写出一种儿女情态,实在是别开生面,耐人寻味。

秋夜喜遇王处士

——王绩

北场芸藿罢①,东皋刈黍归②。
相逢秋月满,更值夜萤飞。

※注释
①芸(yún)藿(huò):芸通"耘"。芸藿,即锄豆。②刈(yì)黍(shǔ):收割黍子。黍子即黄米。

※赏析
　　王绩在隋末曾做过秘书省正字、六合县丞,入唐后做过太乐丞,后来弃官归隐东皋。这首诗反映了他归隐生活的一个侧面:在秋夜晚归途中,他与同样隐居的王处士不期而遇,心中不胜欣喜。
　　前两句随意平淡地叙述了参加"芸藿""刈黍"一类农事活动归来,透露出诗人对田园生活的欣然自适。三、四两句描绘了与好友秋夜喜遇的情景。虽然没有从正面描写两人相遇的场面,也没有一笔正面写"喜"字,但我们从秋天的满月、点点飞舞的萤火虫这样富有流动变幻意象的山村良夜美景中,可以想象出两位老友不期而遇的会心和得意妄言的情景。
　　这首诗以情寓景,用富于田园生活气息的场景来映衬心境,语调随意而平淡,节奏舒缓从容,不经意间点染出丰富隽永的诗情和意境。

逢雪宿芙蓉山主人

——刘长卿

日暮苍山远①,天寒白屋贫②。
柴门闻犬吠③,风雪夜归人④。

※注释

①苍山：青黑色的山。②白屋：贫家的住所。房顶用白茅覆盖，或木材不加油漆叫白屋。③吠：狗叫。④夜归：夜晚归来。

※赏析

这是一首如画的小诗，诗人为我们描绘出一幅寒山夜宿图。

在一个寂静的冬夜里，诗人正赶着路，准备去前方的芙蓉山借宿。"日暮"点明时间正是傍晚，"苍山远"则暗示了路途跋涉的艰辛，以及诗人急于投宿的心情。"白屋贫"点明投宿的地点。

安顿下来后，于万籁俱寂中，诗人忽闻一片犬吠之声，原来是主人冒着风雪归来了。从用字来看，"柴门"紧承"白屋"，"风雪"遥承"天寒"，"夜"则对应"日暮"。从整体上来看，虽然下半首另外开辟了一个诗境，但又紧扣上半首，并没有上下脱节之感。

此诗共四句，每一句独立成画，但又彼此相属，联成整体，构成一片苍凉悠远之境。本诗用凝练的笔调将旅夜投宿、宿后所闻一一勾勒，诗中有画，画外见情。在诗人为我们描绘的画面之中，我们可以感受到山居的荒凉、冬夜的凄寂以及旅人的孤独。

送上人

——刘长卿

孤云将野鹤①，岂向人间住。
莫买沃洲山②，时人已知处③。

※注释

①孤云、野鹤：都用来比喻方外上人。将：与共。②沃洲山：在浙江新昌县东，上有支遁岭、放鹤峰、养马坡，相传为晋代名僧支遁放鹤、养马之地。③时人：指时俗之人。

※**赏析**

"上人"是对僧人的敬称,诗中指灵澈和尚。

诗人认为灵澈上人有如孤云野鹤般闲散自在和超尘脱俗,岂会在凡俗的人间居住呢?人世间已无净土,可见诗人对人生是何等失望。

南朝宋人刘义庆《世说新语·排调》:"支道林因人就深公买印山,深公答曰:'未闻巢由买山而隐。'"后世即"买山"喻指贤士的归隐。三、四句的意思是,沃洲山是时人熟知的名山福地,已经深染俗尘,上人要买地隐居修行,当去凡俗莫识的清静之地。诗人曾经宦海沉浮,几度遭诬被贬,写此诗为上人送行,自己也大有远离尘世隐居之意。

"孤云将野鹤"一句极好,既切合上人清高出尘的身份,又以"将"字点题,见出送别之意。

玉阶怨

—— 李 白

玉阶生白露,夜久侵罗袜。
却下水精帘①,玲珑望秋月。

※**注释**

①水精:水晶。

※**赏析**

《玉阶怨》,见郭茂倩《乐府诗集》,属《相和歌辞·楚调曲》,与《婕妤怨》《长信怨》等曲,从古代所存歌词看,都是专写"宫怨"的乐曲。

本诗表达了一位贵妇人因想念丈夫而产生的哀怨情绪。全诗极力突出主人公的一个"怨"字,而这"怨"的背后,是她对丈夫的一往情深,"怨"正道出了她对丈夫的深切思念和浓厚的感情。

开篇两句写贵妇人站在门外,注视着远方的路。夜色已深,露水渐重,即使露水已经将罗袜浸湿，但她依然伫立着，好像她思念的丈夫正从远处走来。这两句通过含蓄的语言，写出了贵妇人焦急的神态。

后两句表现贵妇人因想念丈夫而产生的缱绻情怀。"却下水精帘，玲珑望秋月"，迟迟不见丈夫归来，那皎洁的明月，似乎更增加了她的愁思，旧欢新愁一同涌上心头，使她备受煎熬。"却下"二字，是虚字却极传神，历来为诗家推崇。这种转折，似断实连；好像要一笔宕开，忘却愁怨，实际却更添愁绪，字少情重，直入幽微。"却下"，好像是无意下帘，其实饱含幽怨。本来夜、怨都深，无可奈何而入室。入室之后，又怕隔窗的明月照入室内，更显孤独，因此下帘。下帘之后，这凄清无眠的夜晚却更难度过，无可奈何之下，又去隔帘望月。这等忧思徘徊，恰如李清照的"寻寻觅觅、冷冷清清、凄凄惨惨戚戚"，如此微妙的思绪通过"却下"二字生动传神地表现出来。"却"字贯穿下文，可以理解为："却下水精帘""却去望秋月"。这两个动作之间，愁思转折反复，意蕴悠长。中国古代诗歌讲究"空谷传音"，就是如此。"玲珑"二字，看似漫不经心，实则功力深厚。用月之玲珑，衬托人之哀怨，对面着笔，远胜正面直叙。

纵观全诗，不见一"怨"字，但"怨"意却贯穿始终，哀怨溢于言表，但这种"怨"都是由"爱"引出，正是由于贵妇人对丈夫的一往情深，才使"爱""怨"缠绵，感人至深。

长干行（其一）

—— 崔颢

君家何处住，妾住在横塘。
停船暂借问，或恐是同乡。

长干行（其二）

——崔颢

家临九江水，来去九江侧。
同是长干人，生小不相识。

※赏析

《长干曲》是南朝乐府中"杂曲古辞"的旧题。这是组诗《长干行》四首的第一、二首。这两首诗恰如民歌中的对唱，前者是女青年天真无邪的问，后者是男青年厚实淳朴的答。一问一答，以白描手法，朴素自然的语言，刻画了一对经历相仿的男女，表达出同乡青年萍水相逢、"他乡遇故知"的喜悦之情。这两首诗虽然继承了前代民歌的遗风，但既不艳丽柔媚，又非浪漫热烈，却以素朴真率见长，写得干净健康，状人形态惟妙惟肖，生动自然，为抒情诗中的上乘之作。

第一首写女主人公的问。住在横塘的女主人公，背井离乡，水宿风行，孤零无伴，没有一个可与共语之人，在泛舟时忽闻乡音，自然倍感亲切，于是停舟相问。诗人运用了倒叙手法，省掉许多叙事环节，单刀直入，开篇就让女主人公出口问人。一个"君"字指出对方是男性。女子又不待对方答复，就急于自报"妾住在横塘"，从她娇憨的语气中自然地反衬出她的年轻和天真无邪。次句借女主人公之口点明了说话者的性别与居处，又用"停舟"二字，表明是水上的偶然遇合。而从她闻乡音而急于"停舟"相问的举止看，她的内心非常孤寂。寥寥二十字，诗人仅用问的口吻，就把女主人公的音容笑貌写得活灵活现。

第二首写男主人公的答唱。"家临九江水"是对第一首中"君家何处住"的答复；"来去九江侧"说明自己也是风行水宿之人。这里初步点醒了两人的共同点。"同是长干人"中的一个"同"字把双方的共同点又加深了一层。末句诗人笔意一转，未说今日之幸而相识，却追惜往日之未曾相识。寥寥五字，流露出相见恨晚之情。

全诗具有浓郁的民歌风味,清脆洗练,玲珑剔透,语言朴素自然,极富魅力。

塞下曲(其一)

——卢纶

鹫翎金仆姑①,燕尾绣蝥弧②。
独立扬新令③,千营共一呼。

※**注释**
①鹫(jiù)翎:指用雕的羽毛做的箭羽。②蝥(máo)弧:旗名。③扬新令:挥旗下达新的命令。

塞下曲(其二)

——卢纶

林暗草惊风,将军夜引弓。
平明寻白羽,没在石棱中。

塞下曲(其三)

——卢纶

月黑雁飞高,单于夜遁逃①。
欲将轻骑逐,大雪满弓刀。

※**注释**
①单(chán)于:本指匈奴的首领,此指入侵者。

塞下曲（其四）

——卢纶

野幕敞琼筵①，羌戎贺劳旋②。
醉和金甲舞，雷鼓动山川③。

※注释

①野幕：设在野外的营帐。琼筵：丰盛精美的宴席。②羌戎：古时对西北少数民族的通称。③雷：通"擂"。

※赏析

塞下曲，乐府旧题，多写边地军事生活。这里收录了卢纶《塞下曲》组诗六首的前四首。诗人通过描写下令出征、将军骑射、月夜追击和庆祝凯旋等几个片段，连缀出边塞征战生活的全景，表现了守边军士的英勇威武。整组诗歌气势磅礴，摄人心魄，人物、情节、场面俱全，形象生动传神，风格雄浑豪迈。

第一首写营前将军发号施令的阵势。前两句通过详细描写士兵的箭羽、旗帜，来展现戍边将士军容威武，并为将军的出场做好铺垫；后两句写将军发布新令，士兵们一呼百应、呼声震天，来突出戍边将士军纪严明。诗人抓住壮烈的出征场面，字里行间充满豪迈的英雄气概，淋漓尽致地反映出众将士必胜的信念和乐观的精神。全诗读来令人热血沸腾。

相比第一首来说，第二首更为出名。本诗取材于汉代名将李广将军的事迹。据《史记·李将军列传》载，李广任右北平太守时，"广出猎，见草中石，以为虎而射之。中石没镞，视之石也。因复更射之，终不能复入石矣"。这首诗就再现了当时的场景。诗人抓住"射石"这一绝妙典故，写出了李广将军的非凡武功。首句"林暗草惊风"，写将军在林中射猎。当时，天色已晚，阴风习习，密林野草簌簌而动。这一句不仅交代了射猎的时间地点，而且渲染出一种异常紧张的气氛。右北平地区常有猛虎出没，深山老林正是猛虎的藏身之地，黄昏又恰是猛虎活动之时。诗人用一个"惊"字，让人自然联想到山中有虎，同时又暗示了将军敏锐的警惕性，为下文"引弓"做好铺垫。次句紧承上句，但是诗人并未写将军"射"，而只写将军"引弓"，言有尽而意无穷，给读者留下无限的想象空间。同时，这一句又写出了将军临险的从容与镇定，在"惊"之后，旋即搭箭开弓，动作敏捷有力、不慌不忙。这一句使将军的形象愈加鲜明，气势不凡。后二句笔锋急转，写将军"中石没镞"的奇迹。诗人将描述时间拉到翌日清晨，搜寻猎物，发现中箭者并非猛虎，而是蹲石。将军的箭竟然入石三分，"没在石棱中"！射虎急转直下成为射石，将军之功可见一斑，全诗的戏剧性也昭然若揭。

第三首写将军雪夜准备率兵追敌的壮举。前两句"月黑雁飞高，单于夜遁逃"，写的是敌军仓皇溃逃的情景。诗由写景开始，"月黑"，则茫无所见，点出这是一个漆黑的夜晚；"雁飞高"，则无迹可寻，表明四处寂静无声。这样的景，显然并非诗人眼中之景，而是意中之景。正是趁着这样一个天昏地黑、万籁俱寂的夜晚，敌军偷偷溜走了。寥寥五字，既交代了时间，又烘托了战前的紧张气氛。"夜遁逃"三字，暗示敌军已全线溃散。但他们趁夜逃跑的举动，还是被戍边将士发现了。"欲将轻骑逐，大雪满弓刀"，写我军准备出击追敌的场面。诗人以寥寥数字，描绘出一幅骑兵列队欲出，而大雪刹那间覆盖了弓刀的画面，有力地烘托出当时扣人心弦的紧张气氛，表现了众将士不畏艰苦，奋不顾身，连夜追击逃敌的英雄气概。但敌军是否被追回，诗中并未点明，而是给读者留下想象的余地，神龙见首不见尾，让人觉得意犹未尽。

第四首写将士们得胜庆功的场面。"野幕敞琼筵，羌戎贺劳旋"二句，苍凉而雄壮。将士们在野地营帐中，陈设筵席，连"羌戎"都光临庆功宴，恭贺将士凯旋。这二句不仅描绘出将士们获胜后热烈而又欢快的庆贺场面，又侧面反映了盛唐时期民族和睦的景象。后二句续写宴席之欢腾，将军醉酒，穿着金甲狂舞，而四周鼓声雷动，热烈欢腾的场面可想而知。

全诗语言凝练,气氛活跃,耐人寻味。诗人大胆剪裁,巧妙构思,抓住典型环境与典型场景,才会写出如此精彩的佳作。

江南曲

——李 益

嫁得瞿塘贾,朝朝误妾期。
早知潮有信,嫁与弄潮儿。

※赏析

江南曲,乐府民歌旧题,《相和歌辞·相和曲》名,《江南弄》七曲之一。这是一首闺怨诗。在唐代,有两类以闺怨为题材的诗:思念远征的丈夫;嗔怨作为商人的丈夫。这种文学现象是有特定历史原因及社会背景的。唐代疆土辽阔,边境不宁,大量将士被派去戍守边疆;另外,唐代商业发达,长期在外经商的人日益增多。这两类人的妻子难免要独守空闺,寂寞度日。于是对应这种社会现象,出现了很多反映这类问题的文学作品。

经商的丈夫长年在外,行踪无定,独守空房的妻子寂寞孤独。极度苦闷中,她竟突发奇想:潮水总是准时起落,不会延误时间,当初还不如嫁给弄潮人。这既是无奈之语,也是情至之言,虽是"荒唐之想",却又至情至理,正是妻子由盼生怨、由怨生悔的生动心理过程。诗人有意模仿民歌,以商妇的口吻,内心独白的方式表现了她候夫"未有期"的不幸命运和独守空闺的凄苦生活。

诗的前两句是白描,以商妇平淡朴实的口吻讲出了可悲可叹的事实,道破丈夫外出经商,自己独守空闺的孤寂。读者在这平实之中却得到了一种心灵的震撼。这是因为,事情本身就具有动人的感染力,表现手段越平实,读者越能清楚地看到事情真相。

后两句，诗人笔锋急转，语出惊人，以过人的想象力曲折而传神地表达了商妇的怨情。夫婿无信，而潮水有信，早知如此，应当嫁给能如潮守信的弄潮之人。这两句诗，看似轻薄荒唐，实则情真意切。其实，潮有信，弄潮之人未必有信，商妇宁愿"嫁与弄潮儿"，既是望夫不止的痴情语、天真语，也是苦语、无奈语。语言平实，不事雕饰，空闺苦，怨夫情，跃然纸上。从"早知"二字，可见商妇并非妄想他就，而是望夫不至之痴情痴语。

全诗运笔自然，逻辑严密。商妇由夫婿"朝朝"失信，而想到潮水"朝朝"有信，进而生发出所嫁非人的悔恨，细腻地展现了商妇的内心矛盾。

回乡偶书

——贺知章

少小离家老大回，乡音无改鬓毛衰①。
儿童相见不相识，笑问客从何处来？

※**注释**

①衰（cuī）：稀少。

※**赏析**

唐天宝三载（744年），贺知章辞掉朝廷官位，返归故乡越州永兴（今浙江萧山）。当时，他已经八十六岁，离开故乡已经有五十余年了。诗人少年离家考取功名时充满远大抱负，雄姿英发，但再次返乡时却已鬓发斑白，人生暮年。看到故乡物是人非，诗人心头不禁涌出万般慨叹，因此写下本诗，表达了年华易逝、尘世沧桑的慨叹。本诗是难得的感怀佳作。《回乡偶书》中的"偶"字，不仅是说作本诗的偶然，还吐露出本诗的诗情源于生活、发于内心。

在前两句的描写中，诗人身处故乡熟悉而又陌生的环境中，一路走来，心情复杂，难以平静：当初离开故乡时，青春年少，风姿勃发；今朝返乡，鬓毛已斑白稀疏，不由得感慨万千。第一句，诗人以"少小离家"和"老大回"的对比，总括出自己几十年客居他乡的情况，暗露自己因"老大"而伤感的情绪。第二句，诗人用"鬓毛衰"承接上句，具体描写自己的衰老之态，并用未变的"乡音"衬托已变的"鬓毛"，暗含"我未忘故乡，故乡是否还记得我"的疑问，为下面两句写儿童因不认识而发问埋下了伏笔。

诗的后面两句，诗人由描写充满慨叹的自我画像，转为描写富有戏剧性的儿童含笑发问的场面。"笑问客从何处来"一句，在儿童看来，仅是简单的一问，语尽则意尽；在诗人心中，却是一个沉重的打击，引出了他不尽的慨叹。诗人年老体衰及反主为宾的哀伤，全都蕴含在这看似平常的一句问话中了。整首诗就在这"有问无答"处悄悄结束。而诗句之外的含义却像空谷余音，哀伤婉转，久久萦绕不去。

就整首诗来看，前两句还算平淡，后两句，诗人却急转笔锋，另辟新境，写得十分巧妙：虽然抒写哀伤之情，却借助欢乐的场景来展现；虽然为了写自己，却通过写儿童来体现。而且，诗中所写的儿童发问的场景又非常富有生活趣味。就算读者不被诗人多年客居他乡、如今年老体衰的感伤所感染，也必定会被这一别有情趣的生活场景所感动。

桃花溪

——张 旭

隐隐飞桥隔野烟，石矶西畔问渔船①。
桃花尽日随流水，洞在清溪何处边？

※**注释**
①矶（jī）：水边突出的岩石。

※**赏析**
这是一首描写景物的诗，是借陶渊明《桃花源记》的意境而作的。

本诗从远处入笔,描写山谷幽深,云雾缭绕,恍若仙境。首句写远景:横跨山溪上的长桥在云烟中忽隐忽现,似有似无,恍若在虚空里飞腾。在这里,桥的静和烟的动相得益彰:野烟将桥的静化为动,使桥看上去缥缈虚无;桥将野烟的动转为静,让烟宛如垂挂的轻纱帷幔。隔着这"帷幔"看桥,别有一番朦胧之美。随后,诗人的写作视角移到近处,描写桃花溪水,渔船轻摇,询问渔人,寻觅桃源。第二、三句写近景。近处,如岛如屿的岩石突出水面,溪水上飘零着朵朵桃花。碧波之上,小舟轻泛,空灵现于朦胧之中。诗人站在古老的石矶之旁,看着溪上漂流不尽的桃花瓣及渔船遐想,自然地想到那"林尽水源",恍恍惚惚之间,仿佛将眼前的渔人当成当年曾走进桃花源里的武陵渔人。因此,那"问"字就顺口说出。这一"问"字,使诗人自己也进入了画面中,令读者在这一山水画里,不仅见到了山水的秀美风光,还见到了人物的情态。"问渔船"三个字,生动地展现出诗人一心向往的情态。诗人问得很有趣:"桃花尽日随流水,洞在清溪何处边?"他仿佛真的以为这随水漂流的桃花瓣是从桃花源中流过来的,因此由桃花联想到进入桃花源的洞。诗至此戛然而止,但尾句的问题却又引人无限遐思。诗人的笔墨精巧轻快,从远及近,从实到虚,接连变化角度来展示景物。同时,诗人又不进行繁复、细腻的描绘,只是轻描淡写,勾勒轮廓,融情于景,让诗成为一幅写意画作,悠远蕴藉。

九月九日忆山东兄弟

——王维

独在异乡为异客,每逢佳节倍思亲。
遥知兄弟登高处,遍插茱萸少一人①。

※注释

①茱萸(yú):落叶小乔木,开小黄花,有浓香,古人每逢重阳佩插它以辟邪。

※ 赏析

这首诗是王维十七岁旅居长安时所作。九月九日重阳节本是亲人团聚的佳节，但诗人为考取功名，旅居长安，孤身独处，难免在这一日生起思亲之情，于是写下这首诗。

在本应合家团圆的"佳节"，诗人却独处异乡，非常思念家人，其悲凉寂寥的生活可见一斑。本诗第一句点题，一个"独"字点出了诗人的寂寞。"异乡为异客"只是说客居他乡，然而两个"异"字所形成的艺术效果，却较之一般的述说客居他乡要更加强烈。诗人"孤独无依"和"遇逢佳节"的处境，为下面做了充足的铺垫，使那句流传千古的名句"每逢佳节倍思亲"水到渠成。三、四两句是说，今日，身在遥远故乡的兄弟们带着茱萸登高之时，却发现少了一个兄弟。在这里，诗人觉得遗憾的似乎并不是自己不能回家过节，反而是兄弟们不能团聚在一起；诗人自己独自客居他乡的处境似乎并不值得倾诉，反而是兄弟们的遗憾之感更需要安慰。这种转换角度的曲笔写法看似有悖常理，却收到了比平铺直叙更生动的效果。

少年行

——王维

新丰美酒斗十千①，咸阳游侠多少年②。
相逢意气为君饮③，系马高楼垂柳边④。

※ 注释

①新丰：古县名，汉置，治所在今陕西省临潼（tóng）县东北。新丰镇古时产美酒，谓之新丰酒。斗（dǒu）十千：一斗酒值十千钱（钱是古代的一种货币），形容酒的名贵。斗是古代的盛酒器，后来成为容量单位。②咸阳：秦朝的都城，故址在今陕西咸阳市东北二十里，此借指唐都长安。游侠：游历四方的侠客。③意气：指两人之间感情投合。④系（xì）马：拴马。

※赏析

　　这是一首描写少年游侠日常生活的诗。

　　在古都咸阳，游侠儿横穿于市，相逢马背，意气相投便以酒相邀，直饮到酩酊大醉。诗人通过对游侠儿高楼纵饮这一典型场景的描写，将游侠儿的风流与不羁完美地展现了出来，并表达了诗人对游侠儿这种富于浪漫气息的生活的向往。

　　一、二句将"新丰美酒"与"咸阳游侠"对举，让二者形成了"快马须健儿，健儿须快马"那样密不可分、相得益彰的关系，一张一弛，清爽流利。

　　第三句将酒与游侠儿联结起来。对普通人来说，萍水相逢即是过客；而对少年侠士们来说，相逢片刻也可以一见如故，还要为对方干上一杯。但末句并未承接前文详写宴饮场景，只写到酒楼前就戛然而止。写"马"，是为了映衬侠少的豪迈英武。"高楼"与"垂柳"，相映成趣，华美、喧闹而不失飘逸，描述出一种富有浪漫气息的生活情调，为此突出侠少的精神风貌。此处运用了虚处传神的艺术手法，因为侧面虚写比正面实写所涵盖的内容要丰富得多。

　　短短二十个字，游侠儿的形象便跃然纸上，这全赖诗人的选材和用笔。诗人选取的是游侠儿生活中的一个场景——高楼纵饮，既散发着浓郁的生活气息，又弥漫着浓厚的浪漫色彩，寓真实于理想化之中，丝毫不给人以虚假之感。作者用笔精到，全诗不事雕饰，只几笔便将游侠儿的身姿神态勾勒了出来。

芙蓉楼送辛渐[1]

——王昌龄

寒雨连江夜入吴，平明送客楚山孤[2]。
洛阳亲友如相问，一片冰心在玉壶。

※**注释**

①芙蓉楼：旧址在今江苏镇江市。辛渐：王昌龄的朋友。②平明：清晨。

※**赏析**

　　本诗大约是在开元二十九年（741年）以后，王昌龄在江宁（今南京市）任县丞时所写，是诗人为朋友辛渐所写的送别诗。芙蓉楼，在唐代润州城上西北，故址在今江苏镇江市。

　　第一句从昨夜之雨写起，为送别营造了清冷的氛围。蒙蒙的细雨笼罩着江宁，交织成一片没有边际的网。夜晚的雨增添了清寒的秋意，也渲染出离别的感伤气氛。第二句里的"平明"点出送友人的时间；"楚山孤"三个字，不仅写明了友人的去处，而且暗中表达了诗人送友人时的心情。第三、四句，诗人写的是自己，却仍与送别之意相吻合。上句一个"孤"字如同感情的引线，自然而然牵出了诗人后两句的临别叮咛之词："洛阳亲友如相问，一片冰心在玉壶。"诗人从清透无瑕的玉壶中捧出一颗晶莹纯洁的冰心，就比任何相思的言辞都更能表达他对亲友的深情。此外，诗人在这里也是用玉壶、冰心自喻，以表现自己高洁的品格和坚贞的信念。全诗情景交融，浑然融为一体，蕴含着无穷的韵味。

闺怨

——王昌龄

闺中少妇不知愁，春日凝妆上翠楼①。
忽见陌头杨柳色②，悔教夫婿觅封侯。

※**注释**

①凝妆：盛装。②陌头：道边。

※**赏析**

　　诗以"闺怨"为题，起笔却写道"闺中少妇不知愁"。难道闺中少妇果真不知道发愁吗？当然不是。诗人这样写更突出强调了由"不知愁"

到"悔"的幽怨、离愁和遗憾。当时正处于大唐盛世,远征他乡、建立战功、封侯封爵是绝大多数有志男儿的毕生追求。这位闺中少妇想必也是希望自己的夫君能有朝一日"建功封侯",所以"不知愁"也是合情理的。

紧接下来的第二句勾勒出这位少妇在阳光明媚的日子里"凝妆"登楼远眺的画面。春日清晨,闺中少妇精心梳妆打扮后,却不能随便出门,只能独自一人在自家的高楼远望。这两句既表现了她的"不知愁",又为下句的"悔"做了铺垫。

第三句是全诗的诗眼之所在。少妇所见不过寻常之杨柳,何以谓之"忽见"?其实诗句的关键在于少妇见到杨柳后忽然触发的心理变化和联想。在古代人的心中,杨柳不只代表着"春色",同时也是友人分别时互相赠送的礼物。很早以前,古人就有折柳相送的习俗。因为那迷蒙的杨花柳絮与人的离情有着某种内在的相似之处,所以少妇看见春风吹拂下的杨柳,必然会联想起许多事情,而眼前这美妙的春光却没有人和她一起欣赏……也许她还会想到,丈夫驻守的边关,不知道是黄沙漫天,还是与家乡一样杨柳依依呢?

在这一系列的联想之后,少妇心里那积聚已久的哀怨、离情及缺憾感就突然变得强烈,并一发不可收拾。于是,"悔教夫婿觅封侯"就成了少妇自然流露出的情感。"忽见"二字说明,杨柳色仅是引起少妇情绪变化的一个媒介,只是外部原因。如果没有少妇平日感情的积聚,她的希望和无可奈何,她的幽怨和哀愁,杨柳是不可能这样强烈地触发其"悔"的情感的。因此说,少妇的情绪变化看起来很突然,实际上却并不突然,而且是合情合理的。

春宫曲

——王昌龄

昨夜风开露井桃,未央前殿月轮高。
平阳歌舞新承宠,帘外春寒赐锦袍。

※赏析

　　失宠者在春夜暖风中独自徘徊，悲凉无限；得宠者在料峭春晨收得锦袍之赐，感受主上无限关怀。二者的境遇都以气候衬出，以暖衬冷，以冷衬暖，诗人借此强烈对比，来替历代失宠者抒发心中怨意。

送孟浩然之广陵

——李　白

故人西辞黄鹤楼，烟花三月下扬州。
孤帆远影碧空尽，惟见长江天际流。

※赏析

　　唐玄宗开元十八年春，李白正游历于汉口一带，恰逢落第而归的孟浩然要东游吴越，李白为之送行。而两位风流潇洒的伟大诗人之间的离别，无疑是一种诗意的离别。李白作为一位浪漫诗人，在写下本诗时自然充满浓郁的畅想。本诗为送别诗的经典名篇。诗人把对友人无限眷恋、难舍难分的惜别深情，借孤帆渐渐在碧空消失，唯见长江水在天际流的场景，含蓄生动地表现出来，情景交融，余味不尽，给人无限的美感享受。广陵，今江苏扬州市。

　　首句点明送别的地点——黄鹤楼。唐代黄鹤楼处于武昌西黄鹤矶上，踞山临江，得形势之要，登楼八面来风，凭栏可极目千里，素有"天下江山第一楼"的美誉。登临送客，诗人自然诗兴大发，文思泉涌。友人要走了，还是在曾经共游的胜地分手，诗人心中的惋惜、不舍之情自是不用言说。

　　次句写明送别的时间——阳春三月和友人的去处——扬州。诗人在"三月"前加上"烟花"二字，将送别的环境描绘得诗意十足，不仅再现了那暮春时节、繁华之地的迷人景色，而且也透露了开元盛世的时代气氛。"下扬州"之扬州，更是当时最繁华的都会。在这春光明媚的时节，老朋友要去那繁华的大都市扬州，诗人不禁心生羡慕。

但最妙的还是后两句以景写离情，表现了老朋友离去之后诗人的惆怅。诗人伫立江边，目送孤帆远去。直到帆影消失在碧空尽头，翘首凝望的诗人才注意到"惟见长江天际流"，足可见他目送时间之长。这两句实写的是眼前景象，可是谁又能说这是单纯地写景呢？诗人对老朋友的一片深情，还有无限的向往之情，不正像这浩浩东去的一江春水吗？

寓离情于写景中，以景物写出离愁，是本诗的最大特色。诗人将当时的所见、所闻、所感巧妙地融合在一起，将对友人的依依不舍之情表现得淋漓尽致。全诗文字绮丽，意境优美，为千古丽句。

峨眉山月歌

——李 白

峨眉山月半轮秋，影入平羌江水流①。
夜发清溪向三峡②，思君不见下渝州③。

※注释
①平羌：江名，即今青衣江，在峨眉山东北。源自四川芦山，流经乐山汇入岷江。②清溪：指清溪驿，在四川犍（qián）为峨眉山附近。③渝州：今重庆一带。

※赏析
这首诗是李白早年初离蜀地的作品，节奏明快，语言浅近。

在一个秋天的夜里，一轮弯弯的月牙儿挂在天空，年轻的李白乘着轻舟，从峨眉到平羌江到清溪到三峡，一路顺江而下。去国离乡，不免别恨依依，在这一路上，故乡月儿也渐渐远离自己而去，这真令人神伤。这是一首七言绝句，短短的二十八个字却勾勒出一幅千里长江行的图景，空间和时间跨度极大，真可谓是思接千里，由此可见作者功力。诗人在状写江行之时，还不忘将自己对故乡与亲友的思念之情杂糅进去，景与情相生。

客中作

——李白

兰陵美酒郁金香，玉碗盛来琥珀光。

但使主人能醉客，不知何处是他乡。

※**赏析**

这是李白客居他乡时的作品，描写的是他客居生活的一个片段。

天宝初年，李白结束长安之行后，移居东鲁。这首诗作于东鲁兰陵，而诗人以兰陵为"客中"，可见此诗作于开元年间。

开元时期是大唐的鼎盛时期，这一时期社会安定繁荣，人们的精神面貌非常昂扬。李白虽客居他乡，却全无客愁。喝着兰陵美酒，诗人竟不知自己是在他乡了。本诗将李白的洒脱不羁淋漓尽致地展现了出来。

古来以客居他乡为主题的诗不在少数，但大都写得低沉忧伤，李白这首《客中作》却写出了另外一种情致：由身在客中，发展到乐而不觉其为他乡，格调激昂。

望天门山

——李白

天门中断楚江开①，碧水东流至此回②。

两岸青山相对出，孤帆一片日边来。

※**注释**

①中断：指东西两山之间被水隔开。楚江：即长江。开：开掘；开通。②回：转变方向，改变方向。

※**赏析**

这是一首写景诗，场面阔大，气势壮阔。

诗人乘着舟，沿着长江，向天门山驶去，一路上景色奇丽。楚江仿佛有着巨大的生命力,冲破一切阻碍往前奔腾,将天门山冲撞开去。但天门山对水又有反作用,使这条奔腾的巨龙受阻返回。坐在舟船上前行,两岸的青山仿佛相对而出。

诗人感觉敏锐,用笔入神,能迅速地将景物带给他的感觉瞬间抓住,以饱满的激情将它们状写下来。因诗人情感弥满,其笔下之景物也显得格外雄奇壮丽,影像鲜明清晰。

早发白帝城

——李 白

朝辞白帝彩云间①,千里江陵一日还。
两岸猿声啼不住,轻舟已过万重山。

※**注释**

①白帝:白帝城,在今重庆奉节。

※**赏析**

永王李璘与唐肃宗争夺帝位失败后,唐肃宗乾元二年(759年),李白因为曾入李璘幕府无辜受累,以"从逆"之名被判流放夜郎。夜郎在现在的贵州遵义附近。那时李白已经五十八岁。

乾元二年(759年),正值全国大旱,肃宗按照古来"天人合一"的理论,认为是百姓怨气冲天,上天生气不肯降雨。另外,为了庆祝新立皇太子,肃宗下了一道大赦令,全国的罪犯都减刑。当时李白还在巫峡里艰难前行,行至白帝城时,忽然收到朝廷的赦书,惊喜交加之下,随即乘舟东下江陵,途中他以轻松愉快的心情吟成这首千古绝唱,题一名"早发白帝城"。

这首诗以舟行迅捷来表现重获自由后的欢快心情。

首句写白帝城高出彩云之间,有居高顺流而下之意。正因为白帝城地势高入云霄,船在水中走得快,下面几句描写舟行的迅捷、行期的短暂、耳边不停啼叫的猿声、眼前的万重山影，才有了着落。

二句写舟行迅速，千里江陵竟然短短一日内就到达了。"千里"和"一日"，空间之远与时间之短形成了悬殊对比。

三、四句以山影猿声烘托行舟飞进。第三句写沿江景物一闪而过，来不及细看，只听得两岸的猿声不绝于耳。猿啼声肯定不止一处，山影也不止一处，而由于小舟行驶速度太快，使得啼声和山影在耳目之间"浑然一片"。清代桂馥对此称赞道："妙在第三句，能使通首精神飞越。"一个"轻"字，不仅写出行舟轻盈飞动之感，而且细腻传达出诗人轻松愉快的心情。

江南逢李龟年

——杜甫

岐王宅里寻常见①，崔九堂前几度闻②。
正是江南好风景，落花时节又逢君。

※注释
①岐王：睿宗第四子李范，封岐王。②崔九：殿中监崔涤，玄宗宠臣。

※赏析

代宗大历五年（770年）暮春时节，在阔别四十多年后，杜甫与友人李龟年在潭州（今湖南长沙）偶然重逢。此时二人境遇相似，都居无定所，四处漂泊。相同的境遇、凄凉的晚年生活、过往生活的巨大反差，让诗人感慨良多，就此写下本诗。

李龟年是盛唐时期著名的音乐家，长于歌唱，也会作曲，并熟知地方音乐。他在音乐上才华卓绝，所以受到了唐玄宗的垂青。但安史之乱后，李龟年被迫流落江湘。

第一、二句，是诗人对当年与李龟年交往情景的回忆。"岐王"，即唐玄宗的弟弟、唐睿宗（李旦）的儿子李范，因好学爱才扬名，雅善音律。"崔九"，名涤，是中书令崔湜的弟弟，经常出入皇宫，是唐玄宗的宠臣，曾任秘书监。"岐王宅里""崔九堂前"是开元盛世时期两个有名的文艺名流会集的地方。当年诗人常常出入其间，结交李龟年这样的有才之人。而今，这已经成为可望而不可即的梦境，诗人只能在回忆中寻找当年的美好时光。在这追忆当中，流露出诗人对开元盛世的深深眷恋和怀念。第三、四句，诗人停止追忆，回到现在。正是江南风景秀美的大好时节，置身其中，原本应该流连美景，但诗人现在看到的却是凋零的落花和颠沛流离的白发人。哀景衬出悲情。"落花时节"里，身世之感，时代之痛，显现其中。"正是"和"又"，一转一跌，隐藏着诗人的深深慨叹。全诗未用一个伤感之字，但感伤之情却在叙述当中如涓涓细水，一点点流出，耐人寻味。

赠花卿

——杜 甫

锦城丝管日纷纷①，半入江风半入云。
此曲只应天上有②，人间能得几回闻③。

※注释
①锦城：即锦官城，此指成都。丝管：弦乐器和管乐器，这里泛指音乐。纷纷：形容乐曲轻柔悠扬。②天上：双关语，虚指天宫，实指皇宫。③几回闻：听到几回。意思是说人间很少听到。

※赏析
　　花卿，即花敬定，是当时成都尹崔光远的部将，曾在肃宗上元二年（761）平定梓州刺史段子璋的叛乱。但他居功自傲，骄恣不法，又目无朝廷，僭用天子音乐。须知在我国古代，对礼仪制度有着极为严格的规定，即使是音乐，也有森严的等级界限。杜甫在成都时，曾与花敬定有过交往，故赠诗予以委婉的讽劝。

虽然是讽刺规劝,但这首赠诗不见一句劝语,而是巧用一语双关的手法。从字面上看,只不过是在赞扬乐曲的美妙动听。

"纷纷",形容既多且乱的样子,通常是用来形容那些可以触碰的具体事物,此处却用来摹绘抽象的乐曲,化无形为有形,形象地展现了弦管杂错而又和谐的音乐效果。"日纷纷",可见每日都有排场很大的音乐演奏,渲染出豪奢柔靡的气氛。

"半入江风半入云"一句,叠用两个"半入",将抽象的乐曲化为形象的画面,令人感觉到音乐的轻盈美妙,不由得心驰神往。

后二句由闻乐而转入遐思,借天上的仙乐将乐曲的美妙赞誉到了极致。然而,既然乐曲本为"天上"所有,则"人间"不唯不敢作,而且不能闻,但如今"人间"却得闻,且"日纷纷",这种矛盾的对立让人自然思得其言外之意,讽刺之旨便巧妙地蕴藏在这种矛盾的对立中。自始至终,诗人都没有对花卿做任何明言指摘,却是绵里藏针,柔中有刚,可谓忠言而不逆耳。

宿府

——杜 甫

清秋幕府井梧寒[①],独宿江城蜡炬残。
永夜角声悲自语[②],中天月色好谁看?
风尘荏苒音书绝[③],关塞萧条行路难。
已忍伶俜十年事[④],强移栖息一枝安[⑤]。

※注释

①幕府:将军的府署。井梧:井边的梧桐树。②永夜:长夜。角声:军中号角声。③风尘荏苒:指于漂泊中度过时光。荏苒,指时间推移。④伶俜(pīng):孤单。⑤一枝安:指求得暂时的安定。

※ **赏析**

　　唐代宗广德二年（764年），严武为剑南西川节度使镇蜀，杜甫在成都草堂因生活窘迫，入其幕府为检校工部员外郎。他不习惯幕府"当面输心背面笑"的习气，觉得难以忍受，却又因生活所迫而无可奈何，心情极为苦闷。当他孤独一人在幕府值夜班时，感慨万千，遂写下这首诗。

　　诗的前四句主要是写景。首联采用了倒装的手法，按顺序，第二句应在第一句之前。未写"独宿"而先写"独宿"的氛围、感受和心情，意在笔先，起势峻耸。"独宿"二字乃全诗之眼，夜不能寐的苦衷已然见于言外。

　　深夜独宿，所见之景皆为寒冷的井梧、烧残的蜡烛、凄冷的月色，所听为悲凉的号角声，再加上一个"悲"字和月色虽好谁看之语，诗人心中的忧郁、愁苦、孤独、凄凉都尽在不言中了。

　　"永夜角声"即意味着战乱未息，惹起诗人许多感慨，其中心便是"风尘荏苒音书绝"。后四句写战乱未息，处世艰难，思家之情有增无减，"宿府"时的心情非常复杂，只能用"伶俜十年事"加以概括，给读者留下了想象的空间。在穷愁无聊之际，诗人只好自己安慰自己得过且过。

　　全诗用语朴素，表达了作者悲凉深沉的情感。

逢入京使

——岑参

故园东望路漫漫，双袖龙钟泪不干①。
马上相逢无纸笔，凭君传语报平安。

※ **注释**

①龙钟：湿漉漉的样子。

※赏析

　　这是一首边塞诗。本诗约写于天宝八载（749年），诗人此时三十四岁，前半生功名不如意，无奈之下，出塞任职。诗人第一次远赴西域，辞别了居住在长安的妻子，踏上了漫漫征途。可以想见，远离京都和家园的诗人，他的心情是无限凄凉的。西出阳关后，也不知走了多少天，诗人又遇上了和自己反向而行、去往长安的人。两个人互叙寒温后，诗人得知对方要返京述职，不免更加感伤。但同时，诗人又想安慰家人，报个平安，于是想请去往长安的人给家里捎个信。本诗就描写了这一情景。这样朴素的人之常情，被诗人用朴实无华的叙述式语气道出，更觉得真切感人。入京使，即入京城长安的官使。

　　首句写眼前实景。"故园"指的是诗人在长安的家园。"东望"点明家园的位置，也说明诗人在走马西行。诗人辞家远征，回望故园，自觉长路漫漫，平沙莽莽，真不知家在何处。"漫漫"二字，让人有一种茫茫然的感觉。

　　次句带有夸张的意味，强调诗人对亲人的思念之情。"龙钟"本来意思是说淋漓沾湿，在这里是说诗人涕泗横流，万分悲伤。"龙钟"与"泪不干"用得非常形象，将诗人对亲人的无限思念表现得淋漓尽致。有道是"男儿有泪不轻弹，只是未到伤心处"，诗人此时止不住流泪，都是因为他太伤心了。这些描写虽然有些夸张，但显然是诗人真情实感的流露。

　　三、四句写诗人以匆匆的口气，让京使捎口信：走马相逢，没有纸笔，我也顾不上写信了，就请你给我捎个平安的口信到家里吧！诗人此行抱着"功名只向马上取"的雄心，因而此刻，他的复杂心情可想而知：他一方面对家乡亲人无限眷念，另一方面又渴望建功立业、鹏程万里。

　　这首诗的好处就在于不假雕琢，信口而成，真挚自然。诗人善于把许多人心头所想、口里要说的话，用艺术手法加以提炼和概括，使之具有典型的意义。诗歌在平易之中显出丰富的韵味，自能深入人心，历久不忘。

滁州西涧①

——韦应物

独怜幽草涧边生,上有黄鹂深树鸣。
春潮带雨晚来急,野渡无人舟自横。

※注释

①滁州:今安徽滁县。西涧:西面的山间溪流。

※赏析

  这是一首山水名篇,也是韦应物的代表作之一。德宗建中年间,韦应物出任滁州刺史,不久又罢官改任。本诗大约写于此时。滁州,其治所在今天的安徽滁县,位于淮河之南,长江之北,是一座山城。西涧,在滁州西门外,俗名上马河,在北宋欧阳修于仁宗庆历年间守滁州时已"无所谓西涧者",即淤塞无水了。

  纵观全诗,诗人通过描写涧边幽草、深树莺啼、带雨春潮、野渡横舟等有声有色的自然景色,表现了滁州西涧优美淡远的风光。全诗紧扣诗题,写西涧的优美、幽静。首句写涧边,二句写涧上,三句写涧潮,四句写涧渡。虽然全篇只有一个"涧"字,但句句不离涧水,将"西涧"之景描绘得真切动人。

凉州词

——王翰

葡萄美酒夜光杯,欲饮琵琶马上催。
醉卧沙场君莫笑,古来征战几人回。

※赏析

  本诗是描绘边塞生活的名曲之一。全诗描写了广袤边塞来之不易的一次盛宴，勾画出戍边将士尽情畅饮、欢快愉悦的场面，表现了将士们视死如归的英雄气概，也抒发了诗人痛恨战争的愤慨之情。诗人自身的旷达豪迈在本诗中表现得淋漓尽致。凉州曲：唐乐府名，属《近代曲辞》。凉州即今甘肃省武威县。

  首句，诗人用饱蘸激情的笔触，铿锵激越的音调，绚丽优美的词语，将一个五光十色、酒香四溢的盛大酒宴场景活灵活现地描写出来。耀眼炫目的酒杯，飘香四溢的酒气，此等景象多么使人惊喜，令人兴奋。这一句为全诗的抒情渲染了气氛，定下了基调。第二句用"欲饮"两字，将热闹的豪饮场景进一步展现出来。"马上"二字，往往使人联想到"出发"，事实上，来自西域的乐器琵琶本来就是胡人骑在马上弹奏的。"琵琶马上催"一句，意欲勾勒出盛宴中欢快轻松的画面：正在大家"欲饮"未得之时，乐队奏起了琵琶，昭示宴会的开始。那短促有力的音律仿若劝酒令，敦促将士们开怀畅饮，使已经热烈的气氛瞬间达到了高潮。

  三、四句描写了盛宴上将士们互相斟酌劝饮，尽情尽致，乐而忘忧的场面。耳听着阵阵欢快、激越的琵琶声，将士们兴致高昂，开怀畅饮，不一会便有阵阵醉意袭来。不胜酒力的人想要撂杯，却听到他人高呼："我们早已将死生之念抛于脑后，即便是醉卧沙场，也请在座各位莫要笑话，醉不醉就随它去吧！"这三、四两句正是席间的劝酒之词，借由"醉卧沙场"表现出来的不仅是豪爽旷达的感情，还有着视死如归的勇气。

  诗中征人们所饮的酒，为西域特产的葡萄美酒；所用的杯，是西胡人用白玉精制而成，如"光明夜照"般璀璨夺目，因此叫作"夜光杯"；所奏的乐器，是胡人的琵琶；此外"沙场""征战"等词语，都体现出浓厚的地方特色和军营生活的韵味。

枫桥夜泊

—— 张 继

月落乌啼霜满天,江枫渔火对愁眠。

姑苏城外寒山寺①,夜半钟声到客船。

※注释

①姑苏:苏州。寒山寺:传高僧寒山居此而得名。

※赏析

　　这是一首记叙诗人夜泊枫桥时所看到的景象和自身感受的诗。一个秋天的夜晚,诗人泊舟苏州城外的枫桥。江南水乡秋夜幽美的景色,吸引着这位怀着旅愁的客子。平凡的桥,平凡的树,平凡的水,平凡的寺,平凡的钟,使他领略到了一种难言的诗意美。经过诗人的再创造,一幅情味隽永的江南水乡夜景图呈现出来,成为流芳千古的名作。霜天凄清,残月朦胧,乌啼悲凉,疏钟远送,游子愁对渔舟,独伴渔火,这些诗中景象渲染了清冷孤寂的气氛,刻画了幽深的意境。诗人运思细密,短短四句诗中包蕴了六景一事。一动一静,一明一暗,江边岸上,景物的搭配与人物的心情达到了高度默契,千百年来脍炙人口。

　　首句,诗人写了午夜时分三个密切关联的景象:月落(所见)、乌啼(所闻)、霜满天(所感)。残月西沉,令人压抑;乌啼凄哀,催人泪下;霜华满天,寒气逼人。诗人开篇连用比兴,三管齐下,创设出一番清冷凄凉的意境,为后面抒发愁绪做好铺陈。"霜满天",并不符合实际的自然景观,却完全切合诗人的感受:深夜侵肌砭骨的寒意,从四面八方围向诗人夜泊的小舟,使他感到身外的茫茫夜气中正弥漫着满天霜华。

　　次句,诗人接着描绘"枫桥"附近的景象和自身的感受。朦胧夜色中,江边的树只能看到一个模糊的轮廓,之所以称"江枫",也许只是因枫桥这个地名而引起的推想。透过雾气茫茫的江面,可以看到点点"渔火",特别引人注目。"江枫"与"渔火",一静一动,一暗一明,一江边,一江上,景物配搭颇具用心。"愁眠",当指满怀旅愁的诗人。一个"对"字,包含了"伴"的意蕴。孤子的诗人面对霜夜江枫渔火,缕缕轻愁,挥之不去。

前两句共十四字,写了六种景象,后两句却只写了一件事:卧闻山寺夜钟。在如此凄凉、静谧的暗夜中,突然传来一阵钟声,听觉冲击力特别强烈。这"夜半钟声"就不但衬托出了夜的静谧,而且揭示了夜的深永和清寥。诗人卧听钟声时的种种难以言表的感受也就尽在不言中了。枫桥的诗意美,有了这占刹钟声,显得更加丰富,动人遐想。

寒食

——韩翃

春城无处不飞花,寒食东风御柳斜。
日暮汉宫传蜡烛,轻烟散入五侯家。

※**赏析**

相传韩翃的知制诰官职便是凭借本诗获得:韩翃早年并不得意,称病在家。一天半夜,他的好友韦贺上门道喜:"韩员外已拜官为驾部郎中知制诰。"韩翃非常吃惊,认为朋友一定是弄错了。原来,德宗曾十分赏识本诗,为此特赐多年失意的诗人以"驾部郎中知制诰"的显职。由于当时江淮刺史也叫韩翃,德宗特御笔亲书本诗,并批道"与此韩翃",成为流传一时的佳话。

前两句描写寒食时节长安的迷人风光。"春城"指春日里的都城长安,这两个字高度凝练而华美。"无处不飞花",是诗人抓住的典型画面。春意浓郁,笼罩全城,诗人不说"处处飞花",因为那只流于一般性的概括,而说是"无处不飞花",这双重否定的句式极大加强了肯定的语气,有效地烘托出全城皆已沉浸于浓郁春意之中的盛况。"飞花"即花瓣随风纷纷飘落。不说"落花"而说"飞花",明写花而暗写风。一个"飞"

字，蕴意深远。第二句专写皇城风光，这里，诗人并未直接写到游春盛况，而是剪取无限风光中风拂"御柳"这一个典型镜头。一个"斜"字也是间接地写风。

后两句从侧面写出了寒食节禁火的独特风俗。寒食节普天之下一律禁火，唯有得到皇帝许可，才能例外。除了皇宫，近侍宠臣的家庭也可得到这份恩典，"日暮"两句写的就是这种情况。诗人写赐火时用一"传"字，不但状出动态，而且意味着挨个赐予，可见封建等级之森严。"轻烟散入"四个字，生动描绘出一幅中官走马传烛图，仿佛使人嗅到了烛烟的气味，恍如身临其境。同时，这两句诗也自然而然地使人联想到中唐以后宦官专权的政治弊端，有如汉末之世。诗人以"汉"代唐，显然暗寓讽喻之情，让人体会到更多的言外之意。

月夜

——刘方平

更深月色半人家，北斗阑干南斗斜①。
今夜偏知春气暖，虫声新透绿窗纱。

※**注释**
①阑干：横斜。

※**赏析**
本诗为诗人春夜感怀之作，描写了蕴含勃勃生机的早春月夜景色，春虫鸣啼，春气宜人。诗人以对物候细微变化的敏锐感受，表现了初春月夜气候转暖的舒适氛围，抒写了喜悦而怅惘的复杂心理。

唐诗用春与月作题的较多，有的吟咏春天之景而抒怀，有的遥望明月而触发情思。本诗描写春景，不仅没有从杨柳桃花之类的事物落笔，反而借着夜幕把这些看似最有春日景色特点的事物遮蔽起来。描写月色，也不细致描写光影、感慨圆缺，而仅是在夜色中调入一半月色。如此一来，夜色不会太深，月色也不会太亮，形成一种迷蒙而和谐的景致。

诗的前两句描绘月夜的静谧，颇具画意。第一句中的"更深"两个字，给下面的景色描写奠定了基调，也给整首诗笼罩上一种独特的气氛。"月色半人家"为"更深"两个字的具体表现。夜半更深，朦胧的斜月映照着家家户户，庭院一半沉浸在月光下，另一半笼罩在夜影中。这明暗的对比越发衬出了月夜的静谧，空庭的阒寂。天上，北斗星和南斗星都已横斜。这不仅进一步从视觉上点出了"更深"，而且把读者的视野由"人家"引向寥廓天宇。这两句共同营造出春夜的宁静和肃穆，意境深远。首句中，月光半照暗含月已西斜，与下句星斗横斜相互衬托，构成了两句间的内在联系。

后两句写虫声，独辟蹊径，匠心独运。夜半更深，正是一天中气温最低的时刻，然而就在这夜寒、人静之际，清脆、欢快的虫鸣声悄然响起。它标志着生命的萌动、万物的复苏，所以它在敏感的诗人心中所引起的，便是春回大地的美好联想。从虫介之微而知春之暖，说明诗人有着深厚的乡村生活的经验。一个"新"字，既是说清新，又含有欣悦之意，饱含了诗人对乡村生活的深情。

春怨

——刘方平

纱窗日落渐黄昏，金屋无人见泪痕①。
寂寞空庭春欲晚，梨花满地不开门。

※注释
①金屋：汉武帝少时曾言愿筑金屋藏其妹阿娇。这里指妃嫔所居之华丽宫室。

※赏析
诗的第二句暗用"金屋藏娇"典，点出了这是一首宫怨诗。女主人公虽

然得住金屋，却冷冷清清，无人关怀问候；随着日影移动，天近黄昏，她的新泪痕盖过了旧泪痕。眼看着春天就要过去了，她寂寞的庭院里落满了凋零的梨花，诗中写"梨花满地不开门"，含蓄而深刻地烘托出女主人公心境的无限凄凉。

征人怨

——柳中庸

岁岁金河复玉关①，朝朝马策与刀环。
三春白雪归青冢，万里黄河绕黑山②。

※注释
①金河：即黑河，在今内蒙古呼和浩特市。玉关：玉门关。②黑山：在今内蒙古呼和浩特市东南。

※赏析
边塞诗是唐诗的重要组成部分，具有思想深刻、想象力丰富、艺术感染力强等特点。边塞诗题材开阔，内容丰富，主要包括以下几种题材：描述边疆风光；记述边疆兵士的艰苦生活；展现边疆兵士杀敌报国、戍守边疆的宏大抱负；抒写边疆战士的思乡之情；等等。本诗是流传广泛的边塞诗，主要写单于都护府的征人久戍不归、思乡情切所生的怨情。

前两句中使用了两个叠词，"岁岁""朝朝"写出了戍边时间之长、征战的频繁。首句"金河复玉关"写出了辗转征战的地域之多，"马策与刀环"说明几乎每日都有征战，以致达到马不卸鞍、人不解甲的境地，把征战生活的单调与无奈表现得淋漓尽致。战士在边疆日复一日、年复一年地征战，转战于不同的战场，奔波劳顿。

第三句写得颇为凄凉，"三春白雪"原本应该是很美好的事物，然而终归青冢。"青冢"是西汉时与匈奴和亲的王昭君的坟墓，在今呼和浩特市境内，远离中原，僻远荒凉。传说塞外草白，唯独昭君墓上草色发青，故称青冢。诗人用"归"字,写出了归宿感:征人也许再也不能回到故乡,只会终归坟墓,如王昭君一样长留塞外。

第四句的笔力足有千钧。黄河之水绵长,不停奔涌;暮春时节,征人们想到中原,而眼前的却是黑山。诗人就以"绕"字消除距离,描述了征人们想象黄河之水绕过黑山又继续向前流淌的内心画面。最后一句虽是虚写,但其中的黑山与上句的白雪形成鲜明对照。在古诗中,有些作为地名的颜色名词虽不指颜色,却与诗中其他词语辉映,造成一种色彩丰富、对比强烈的感觉。本诗中最后两句就是典型。其中的"白雪""青冢""黄河""黑山"像浓重的色块,颜色明晰而深重,所占空间广大,造成一种感觉冲击,很有艺术感染力。

宫词

——顾况

玉楼天半起笙歌,风送宫嫔笑语和。
月殿影开闻夜漏,水精帘卷近秋河①。

※**注释**
①秋河:秋夜的银河。

※**赏析**
这是一首宫怨诗,虽然"宫怨"这一题材在唐诗中颇为常见,但是这首诗在顾况的作品中是独具一格的。本诗和别的宫怨诗不一样的地方,是运用了对比的修辞手法:本诗前半部分写受宠者笙歌笑语,及时享受欢乐;后半部分写失宠者独听更漏之声,愁望银河,突出表现了失意宫妃的幽怨痛苦之情。悲喜相照,形成强烈对比,无须过多笔墨描绘,"怨"的主题就呈现出来。这首诗用极其简洁、凝练的语言,形象、逼真的描写,美丽、清新的艺术形象,将宫女嫔妃中两种完全不一样的遭遇、境况鲜明地展示了出来,并精巧地将幽怨之情寄托于凄凉、寂寞、冷清的生活里。

本诗的前面两句"玉楼天半起笙歌,风送宫嫔笑语和",极力描绘了受到皇帝恩宠的宫妃的欢快、愉悦:高高的玉楼之上响起了悠扬、欢快的笙歌,轻柔的夜风又将宫妃的欢笑声、嬉闹声吹送过来,这两句着重渲染了气氛的热闹和欢腾。诗的后面两句"月殿影开闻夜漏,水精帘卷近秋河",则描写了无法获得皇帝恩宠的宫妃的孤寂、凄凉:深深的宫院中冷冷清清,十分静谧。漫漫长夜,仅能听到时断时续的更漏之声,让人难以安然入眠,她只好轻轻卷起水晶珠帘,愁苦万分地遥望着秋日的银河,默默发呆,幽幽叹息,暗暗伤怀。这两句诗极力渲染了氛围的凄凉、冷清。诗的前后两部分:欢乐喧腾与孤独清冷,热闹与死寂形成强烈对比,失意宫妃的幽怨之情表露无遗。

整首诗结构严谨,层次明晰,构思巧妙,笔墨细致、精巧,单纯通过客观描写来抒发失意宫妃的内心情感,显得更加委婉曲折,深沉蕴藉,意味深长。

夜上受降城闻笛[①]

——李益

回乐峰前沙似雪[②],受降城外月如霜。
不知何处吹芦管[③],一夜征人尽望乡。

※ **注释**

①受降城:唐代修筑有西、中、东三座受降城,以防突厥入侵。此指西受降城。②回乐峰:灵州回乐县附近的烽火台,在今宁夏灵武县一带。③芦管:芦笛。

※ **赏析**

这是一首抒写戍边将士乡情的诗作。本诗通过描写受降城凄凉的夜色和幽怨的芦笛声,强烈地抒发了戍边塞外的征人对故乡的思念之情,真切感人。诗题中的受降城,是灵州治所回乐县的别称。在唐代,这里是防御突厥、吐蕃的前线。

前面两句，描写诗人登城的时候所看到的月下之景。第一句写远景：回乐城东面几十里的丘陵上，高耸着一排烽火台。丘陵下面为一大片沙地。在月光的照耀下，沙子如同积雪一样泛着寒光。第二句写近景：高城外面，天上地下皆是洁白、凄清的月光，就像秋天的寒霜那样让人感觉到寒意。这霜一样的月光与雪一样的沙地，正是引起征人思乡之情的典型环境。而恰恰是在这凄清宁静的夜晚，夜风吹送来了哀婉、悲凉的芦笛之声。这悲乐更加唤醒了征人遥望故乡、思念故乡之情。第三句"不知何处吹芦管"中的"不知"二字，写出了征人怅惘的心情；第四句"一夜征人尽望乡"中的"尽"字，又抒写了他们毫无例外的无限思乡之愁。

从整首诗来看，前面两句是写色，第三句是写声，尾句抒发心中之感，是写情。前面三句皆是为尾句的直接抒情进行的烘托、铺陈。开头，诗人从视觉角度抒写了淡淡的思乡之情，进而从听觉角度将淡淡的思念酝酿成澎湃的感情波涛。前面三句已蓄足气势，通常尾句就会直接抒发情感。而诗人却另辟蹊径，让蓄满的情感在结尾处打了一个回旋，以想象中的征人遥望故乡的镜头进行表现，令人觉得语尽而意未尽。诗歌在戛然停止之处依然"诗情一荡"。

乌衣巷

——刘禹锡

朱雀桥边野草花，乌衣巷口夕阳斜①。
旧时王谢堂前燕，飞入寻常百姓家。

※注释
①斜：发"霞"音。

※赏析
这是一首怀古诗，为《金陵五题》中的第二首，是刘禹锡最得意的

怀古名篇之一。诗人抓住燕子自王、谢堂前飞入寻常人家的细节，描写了乌衣巷的巨大变化；并感事伤怀，抒发了深沉的今昔沧桑之感。

　　前两句以桥名、巷名为对，妙语天成。朱雀桥横跨在金陵秦淮河上，是由市中心通往乌衣巷的必经之路。朱雀桥同河南岸的乌衣巷，不仅地点相邻，而且都是历史上的名地。从字面上看，朱雀桥又和乌衣巷是天成的工整对仗。第一句中引人注意的是桥边杂生的"野草花"。"草花"之前加上一个"野"字，这就使景色增加了荒凉、偏僻之感。第二句中，诗人描绘"夕阳"又加上了一个"斜"字，突出了日落西山的暗淡情景。繁荣时代的乌衣巷口，应当是车马喧腾、人声鼎沸的；而今，诗人却用一点落日余晖，令乌衣巷全部笼罩在空寂、暗淡、悲凉的气氛之中。诗的后面两句，诗人忽然把笔墨转向乌衣巷上空正要回巢的飞燕，让人们顺着燕子飞翔的方向去了解，现在乌衣巷里住的已经是寻常的老百姓了。诗人还特别提到，这些飞进普通老百姓家中的燕子，就是曾在豪门世族高堂上栖居过的那些燕子。"旧时"两字，赋予燕子以历史见证人的身份。"寻常"二字，又特别强调了今日的居民是多么不同于往昔。从这两句中，我们可以清晰地听到诗人对这一变化发出的沧海桑田的无限感慨。整首诗含蓄蕴藉，意味深长。诗中意象别具匠心，感慨与议论藏而不言。

春词

——刘禹锡

新妆宜面下朱楼①，深锁春光一院愁。
行到中庭数花朵，蜻蜓飞上玉搔头②。

※**注释**

①宜面：指妆与面色搭配得恰到好处。②玉搔头：玉簪。

※**赏析**

　　这是一首宫怨诗，但这首宫怨诗与其他同类诗迥然不同，描写一位宫女扮好新装却无人赏识，无人为伴，只能百无聊赖查数花朵解闷，引得蜻蜓飞上头来的别致场景。

第一句先写一个精心梳妆、仪容得体的年轻宫女的一系列动作，并通过这些动作写出了她由期待转为失望的心情。第二句承上启下，写宫女下得楼来，见春光明媚，柳丝长，桃花红，确实是良辰美景；然而庭院深深，院门紧锁，这样美好的春光却无人共赏，于是宫女反而更生寂寞。第三句写百无聊赖的她，只能用数花来消磨大好春光，排解心中的愁绪。她也不知道究竟有几枝花，就拿手指在枝头轻轻点着。此句含蓄地写出了宫女深藏寂寞的悲哀。这时，一只蜻蜓忽然飞上了宫女头上的玉搔头。也许宫女的容颜太美丽，使蜻蜓以为这是院中最美的花朵。最后一句写只有蜻蜓欣赏宫女的美，更加突出了宫女的寂寞和无人赏识，哀情更深。

宫词

——白居易

泪尽罗巾梦不成，夜深前殿按歌声①。
红颜未老恩先断，斜倚熏笼坐到明②。

※**注释**
①按歌声：打着拍子歌唱。②熏笼：香炉上的罩笼。

※**赏析**
夜深了，然而前面的宫殿中依然笙歌阵阵，歌声传入她的耳中，让她无法入眠。她独自在居处偷偷哭泣，因为自己悲凉的处境，因为红颜未老但皇上的恩宠已经断绝。这一夜，她彻夜不寐，斜倚熏笼，坐到天明……

秋夕

——杜牧

银烛秋光冷画屏,轻罗小扇扑流萤①。
天阶夜色凉如水②,卧看牵牛织女星。

※注释
①轻罗小扇:轻巧的丝质小团扇。②天阶:皇宫里的石阶。

※赏析

这是一首宫怨诗,描写秋夜一位宫女无聊地用小扇扑萤和深夜不眠卧看天上星星的情景,含蓄地表现了幽闭深宫的寂寞孤独和难以诉说的满怀心事。本诗意境凄凉。秋夕,指秋夜。诗题一作《七夕》。

前两句,诗人以冷峻轻灵的笔触描绘出了一幅深宫生活的图景:在秋风清冷的夜晚,烛光微弱,画屏幽冷,一个孤独的宫女正用小扇扑打着流萤。首句中一个"冷"字,既点明已到寒秋时节,又写出了女主人公内心的孤独凄切,奠定了全诗的感情基调。女主人公生活在一个令人窒息的环境中,气氛低沉,没有亲朋好友,自然也没有爱的包围以及生活的乐趣。诗中的三个意象含义深远:"银烛",指白蜡烛,以其清冷之色衬托出宫女的孤寂;"小扇",因秋天到来,天气渐寒而被弃置不用,所以在古诗中常用来比喻被冷落的女子;"流萤",古人有"腐草化萤"之说,而萤火虫总是生于荒僻之地,宫女居住之地竟然有流萤,可见她居所的偏僻,被冷落的境况。

后两句,诗人继续描写宫女的孤独生活和凄凉心境。"天阶夜色凉如水"一句,比喻君王薄幸。"夜凉如水"说明秋夜寒冷,也暗指君王冷落这个宫女很久了,可是她依旧坐在冰冷的石阶上,仰望牵牛织女星,也许是牵牛织女的故事触动了她的心事,使她想起自己不幸的身世和凄惨的现实。在这里,望星也暗指宫女在期盼着君王的驾临。牵牛星、织女星的意象也值得注意：两星同时象征爱情与离别，不过那离别是能够令人心存希望的离别。这位宫女被冷落许久，也许早就失去了受到宠幸的希望，但她始终热切地等待着，因为这种期待是她生存的唯一意义。诗人在此不动声色地写出了深宫怨女在孤寂的岁月中无尽的痛苦与哀伤。其中"坐看"两字，最能表现宫女怅然若失的复杂心情。

全诗用典含蓄，蕴藉丰富，耐人寻味。

将赴吴兴登乐游原

——杜 牧

清时有味是无能，闲爱孤云静爱僧。

欲把一麾江海去①，乐游原上望昭陵。

※注释

①一麾：州太守的旌麾。

※赏析

宣宗大中四年（850年），杜牧由京官外放为湖州刺史，行前登乐游原遣兴，写下这首诗。

前二句说清明太平的时候，没有才能的人，也是有兴味意趣的；自认无能，无事可为，所以爱孤云之闲，爱僧人之清净。实际上"清时""无能"为反话、愤激语。因为当时朝中党争正烈，宦官擅权专政，藩镇纷纷割据，周边蛮夷入侵，何来太平清明？诗人有经国济世的抱负和才干，却被投闲置散，遂乞请外放，并非"无能"而甘处闲散。

后两句写自己将一麾而去，而登乐游原望昭陵，追忆贞观盛世的政治清明，就不能不联想当前国家衰败的局势以及自己被闲置的处境，既有对当今政治衰败无能的悲愤，也有对自己有志难申的感慨，沉郁含蓄，言有尽而意无穷。

赠别二首（其一）

——杜 牧

娉娉袅袅十三余①，豆蔻梢头二月初。
春风十里扬州路，卷上珠帘总不如。

※注释
①娉娉（pīng）袅袅（niǎo）：柔美的样子。

※赏析

　　杜牧放浪形骸、不拘小节，与青楼女子多有往来酬唱。大和九年（835年），诗人调任监察御史，离开扬州赴长安，同相好的歌女分别时作下《赠别二首》，此其一。这首着重写歌女之美丽，引起依依惜别之情。

　　首句描摹少女正当妙龄，身姿体态轻盈美好。七个字给读者留下了鲜明生动的印象。综观全诗，正面描述歌女之美的只有这一句，还是避实就虚的写法，其造句真可谓空灵入妙。

　　第二句以花喻人，写她娇小秀美。"豆蔻"产于南方。南方人往往摘其含苞待放者，名之为"含胎花"，常用来比喻处女。而"二月初"的"豆蔻"正是这种"含胎花"，以之比喻"十三余"的小歌女，贴切极了。花在"梢头"，微风轻拂，便随风轻舞，尤为可爱。所以"豆蔻梢头"又暗中呼应了"娉娉袅袅"四字，比喻新颖独到。

　　三、四两句，以"总不如"竭力称赞，扬州十里路上珠帘卷出，有无数佳丽，却总不如伊人之独俏，大有众星拱月的效果，又有《诗经》中"有女如云，匪我思存"的遗意。

　　诗以优美贴切的比喻和空灵清妙的手法描摹少女的美丽，赞扬她是扬州歌女中第一美艳，给读者留下鲜明生动的印象。

赠别二首（其二）

——杜 牧

多情却似总无情①，唯觉樽前笑不成②。
蜡烛有心还惜别，替人垂泪到天明。

※**注释**

①"多情"句：意谓多情者满腔情绪，一时无法表达，只能无言相对，看上去倒好像是彼此之间无情。②樽：酒杯。

※**赏析**

《赠别二首》（其一）重在刻画对方的美丽，这一首着重写惜别心绪。

明明情意绵绵，"却似"无情，是谓以前欢聚何等多情，而今一去难返，反而显得像是无情，离别之苦痛于此可以想见，在离筵之上凄然相对，想要强颜欢笑却终究笑不成。

"总"字加强了语气，带有浓厚的感情色彩——诗人本身太多情，又对这位女子爱得太深，以至觉得无论用什么方式，都无法彻底表现出内心的多情。第二句写离别的悲苦，诗人却不肯直言其悲，偏要从"笑"入手。想笑是因为"多情"，"笑不成"则是因为太多情，这种描写看似矛盾，却把诗人内心的真实感受刻画得淋漓尽致。

末尾两句不言人之有情，而从反面着手，借蜡烛喻情寄意。蜡烛本是无情无感之物，却曰其"有心惜别""替人垂泪"，这是诗人因为以感伤之眼观物，物自然就带上了感伤的色彩，奇想旖旎，更体现出其一往情深、难分难舍的情怀。

此诗全篇不见"悲""愁"等字，却将离别时的感情写得坦率真挚，语言清爽俊逸、含蓄蕴藉。

叹花

—— 杜 牧

自是寻春去校迟①，不须惆怅怨芳时。
狂风落尽深红色②，绿叶成阴子满枝③。

※注释

①校：即"较"，比较。②深红色：借指鲜花。③子满枝：双关语。既是说花落结子，也暗指当年的妙龄少女如今已结婚生子。

※赏析

　　关于此诗，有一个传说故事。杜牧游湖州，识一民间女子，年十余岁。杜牧与其母相约过十年来娶，后十四年，杜牧始出为湖州刺史，女子已嫁人三年，生二子。杜牧感叹其事，故作此诗。这个传说不一定可靠，但此诗以叹花来寄托男女之情，是大致可以肯定的。它表现的是诗人在浪漫生活不如意时的一种惆怅懊丧之情。

　　全诗围绕"叹"字着笔。前两句是自叹自解，抒写自己寻春赏花去迟了，以至于春尽花谢，错失了美好的时机。首句的"春"犹下句的"芳"，指花。而开头一个"自"字富有感情色彩，把诗人那种自怨自艾、懊悔莫及的心情充分表达出来了。第二句写自解，表示对春暮花谢不用惆怅，也不必怨嗟。诗人明明在惆怅怨嗟，却偏说"不须惆怅"，明明是痛惜懊丧已极，却偏要自宽自慰，这在写法上是腾挪跌宕，在语意上是翻进一层，越发显出诗人惆怅失意之深，同时也流露出一种无可奈何、懊恼至极的情绪。后两句写自然界的风风雨雨使鲜花凋零，红芳褪尽，绿叶成荫，结子满枝，果实累累，春天已经过去了。似乎只是纯客观地写花树的自然变化，其实蕴含着诗人深深惋惜的感情。

　　此诗主要用"比"的手法。通篇叙事赋物，即以比情抒怀，用自然界的花开花谢，"绿树成阴子满枝"，暗喻少女的妙龄已过，结婚生子。

但这种比喻不是直露、生硬的,而是若即若离、婉曲含蓄的,即使不知道与此诗有关的故事,只把它当作别无寄托的咏物诗,也是出色的。隐喻手法的成功运用,又使此诗显得构思新颖巧妙,语意深曲蕴藉,耐人寻味。

金谷园

——杜 牧

繁华事散逐香尘[①],流水无情草自春。
日暮东风怨啼鸟,落花犹似坠楼人[②]。

※注释

①香尘:石崇为教练家中舞妓步法,以沉香屑铺象牙床上,让她们践踏,无迹者赐以珍珠。②坠楼人:指石崇爱妾绿珠,曾为石崇坠楼而死。

※赏析

金谷园故址在今河南洛阳西北,为西晋富豪石崇的别墅,其繁华豪奢,极一时之盛。唐时园已荒废,成为供人凭吊的古迹。杜牧经过金谷园遗址而兴吊古情思。

面对荒园,诗人脑海中浮现出金谷园昔日的繁华,而今却已随着香尘消散无踪,然人事虽非,流水照样潺湲,春草依然碧绿,风景无殊;三、四两句即景生情,听到啼鸟声声似在哀怨,看到落花满地,想起当年坠楼自尽的石崇爱妾绿珠,一个"犹"字渗透了追念、怜惜之情。

全诗句句写景,却又在景中寓情,四句蝉联而下,浑然一体。

山行

——杜 牧

远上寒山石径斜[①],白云生处有人家。
停车坐爱枫林晚[②],霜叶红于二月花[③]。

※注释

①寒山：指深秋时候的山。斜：音同"霞"，意思是伸向。②坐：因为。③霜叶：指被霜打过的枫叶。

※赏析

诗篇绘出了一幅色彩绚烂、风格明丽的山林秋色图。

首句中，"寒"字点明是深秋季节；"远"字表现了山路的绵长；"斜"字展示了山势高而缓，照应句首的"远"字。而且，正是因为此山坡度不大，故可乘车游赏，方引出下文。有白云缭绕，说明此山很高，而且营造出一种超然世外的清幽感，留下了许多想象的空间。但它又不会使人产生丝毫死寂的恐惧感，因为"有人家"三个字使这座深山充满了生气。"霜叶红于二月花"是全诗的中心句。"红于"，说明霜叶胜于春花，不仅仅是色彩更艳丽，而且更经得起风霜的考验。

远上秋山的石铺小路，在望的"白云生处有人家"，衬之以胜于春花的枫叶，景中蕴含了诗人对人生的热爱和对美的欣赏。

夜雨寄北

——李商隐

君问归期未有期，巴山夜雨涨秋池①。
何当共剪西窗烛，却话巴山夜雨时。

※注释

①巴山：巴蜀东部的山。

※赏析

这是一首抒情诗。诗题又作《夜雨寄内》，"内"就是"内人"，也就是妻子。但有人考证，以为本诗是大中五年（851年）七月至九月间，诗人入东川节度使柳中郢梓州幕府时所作。当时其妻王氏已殁（王氏殁于大中五年夏秋间）。因此本诗应是寄给长安友人。今传李诗各本均作《夜雨寄北》,"北"就是北方的人,可以指妻子,也可以指朋友。从诗的内容看,按"寄内"理解,似乎更合适一些。其实,诗人入梓幕,与其妻仙逝,均在大中五年夏秋之际,即使王氏仙逝居先,诗人诗作在后,当时交通阻塞、信息不灵,也是完全可能的。即使是诗人得到了妻子去世的消息,本诗作追忆解,也未尝不可。

前两句,诗人以问答和对眼前环境的描写,阐发了孤寂的情怀和对妻子深深的怀念之情。首句一问一答,将无法摆脱的矛盾陈列出来,起伏有致,极富表现力。羁旅之愁与不得归之苦,两相对立,已跃然纸上,为全篇营造出悲怆沉痛的氛围,奠定了哀伤的基调。次句"巴山夜雨涨秋池",看似写眼前景,实际包含了无尽的相思情。诗人将心中那绵绵羁旅愁、无尽相思苦与夜雨交织在一起,将归期而未有期的沉痛情绪渲染得更加充分。诗人独自一人寄居在他乡,夜雨淅淅沥沥,此情此景本身就惹人伤感。再加上涨满秋池这一精细而又富于实感的景象,让人感觉诗人内心无法摆脱的愁思,似乎也弥漫于巴山蜀水之间了。

后两句,诗人从眼前景生发开去,驰骋想象,另辟新境,写出了团聚时的幸福景象。"共剪西窗烛"化用杜甫《羌村三首》中"夜阑更秉烛,相对如梦寐"的诗意。前句着"何当"二字,意思是说"什么时候才能够",与开篇的"未有期"相呼应,诗人心中热切的盼望与难以料定的惆怅融合在一起,更见浓情。来日相聚时,同在西屋的窗下窃窃私语,情深意长,彻夜不眠,以至蜡烛结出了蕊花。两个人一起剪去蕊花,仍有叙不完的离情,言不尽的喜悦。于是,诗人想象中的乐,自然更反衬出今夜的苦;而诗人今夜的苦又成了剪烛夜话的谈资,增添了重聚时的乐。

这首诗是诗人即兴而作,表现出其内心刹那间的情感变化。全诗语浅情深,曲折而含蓄,在遣词造句上无一丝矫揉造作之气,充分体现了李商隐诗的另一面:质朴自然而又"寄托深而措辞婉"的艺术风格。

秋夜曲

——王 维

桂魄初生秋露微①，轻罗已薄未更衣。
银筝夜久殷勤弄，心怯空房不忍归。

※注释
①桂魄：月亮的别称，相传月中有桂树，故名。

※赏析

本诗是一首婉转含蓄的闺怨诗，语言委婉，情感细腻，着意描写寒意萧瑟的秋夜，女子深夜弹筝怕回空房的情景，抒写了女主人公的寂寞哀怨之情。《秋夜曲》，属乐府《杂曲歌辞》。

纵观全诗，前三句实际上在不断地为读者制造疑问，第一句"桂魄初生秋露微"，秋月已经升起，到了入夜之时，主人公为何还不回房？第二句"轻罗已薄未更衣"的疑问前文已经交代；第三句"银筝夜久殷勤弄"，弹筝已经很久，主人公为何还不回房？三个疑问，层层推进，其实只有一个答案："心怯空房不忍归。"此种心境，引用蘅塘退士的一句话概括，至为精当："貌似热闹，心实凄凉。"

本诗并非王维的代表作，但全诗语言清丽淡雅、宁静致远，在浅吟低唱中给人以美的享受，的确担得起苏轼对王维诗作的评价："诗中有画。"

渭城曲

——王 维

渭城朝雨浥轻尘①，客舍青青柳色新。
劝君更尽一杯酒，西出阳关无故人②。

※注释

①浥：润湿。②阳关：在今甘肃敦煌西南，与玉门关一南一北，均为通西域的要隘。

※赏析

  这是一首送别友人的名作，写诗人送别友人出使安西的情景，表现了诗人家乡的风光美好、人情淳朴和诗人对故人的深厚情谊，抒写了诗人与故人惜别的怅惘感伤之情。本诗流传很广，被谱入乐曲《阳关三叠》，成为千古绝唱。题一作《渭城曲》。安西，是唐中央政府为统辖西域地区而在龟兹城设立的安西都护府的简称，治所在今新疆库车县境。唐代时，从长安往西去，都要在渭城这里送别。渭城即秦都咸阳故城，在长安西北，渭水北岸。

  诗的开头两句交代了诗人和友人分别的时间、地点和环境氛围：清晨，渭城旅舍；自东向西延伸、一望无际的驿道；驿道两旁、旅舍四周的柳树……这一切本是平淡无奇的景观，在这首诗中出现却令人顿觉风光如画、抒情意味极浓。寻其缘由，大概是因为"朝雨"在这里起了非常关键的作用。这场雨很小，仅仅能打湿尘土。此处西去的大路，往日车马飞奔，总是尘烟四起，今天却因这场"朝雨"显得干净、清新。三、四两句语意连贯，将一个最普通的送别场面写得非常感人。临别在即，千言万语却无从说起，无言的沉默只能令人更加伤感，因此本诗人"劝君更尽一杯酒，西出阳关无故人（再干了这杯吧，出了阳关，可就再难见到老朋友了）"，企图打破这种沉默，也表达了他对朋友的深情厚谊。这"一杯酒"融入了诗人的全部感情，不仅有依依惜别的不舍，也有对友人即将面临处境的担忧，更有希望友人一路珍重的美好祝愿。

  总之，本诗语短情长，风流蕴藉，诚挚的惜别之情更使它适合于许多饯行宴席，因此后来被编入乐府，成为传唱不衰的名曲。

出塞

——王之涣

黄河远上白云间，一片孤城万仞山。
羌笛何须怨杨柳①，春风不度玉门关。

※注释
①杨柳：指乐府横吹曲《折杨柳》。

※赏析
　　前二句尺幅万里，极写塞外山河气势，将群山之苍茫迥拔，黄河之绵长逶迤，由东至西，由低至高，逆笔绘出，其间更加孤城一座，俯视四野，雄浑苍凉之气浮于纸面。后二句借埋怨呜咽羌笛无须再奏凄怆《杨柳》，陈述千载难解玉关之情，尽寓世世征人悲苦，代代胡汉恩怨，读罢让人悱恻伤怀。

清平调（其一）

——李白

云想衣裳花想容，春风拂槛露华浓①。
若非群玉山头见，会向瑶台月下逢②。

※注释
①槛：栏杆。②会：应是。瑶台：与前面的群玉山都是传说中西王母的居处。

清平调（其二）

——李白

一枝红艳露凝香，云雨巫山枉断肠①。

借问汉宫谁得似，可怜飞燕倚新妆②。

※注释

①云雨巫山：用巫山神女会楚王典。此处是指有杨贵妃在侧，即便是巫山神女也无法吸引君王的视线。②倚：倚仗。

清平调（其三）

——李白

名花倾国两相欢，常得君王带笑看。
解释春风无限恨①，沉香亭北倚阑干。

※注释

①解释：消释。

※赏析

　　这三首诗都是李白在长安做翰林时所写的，是诗人在长安期间创作的流传最广、知名度最高的诗歌。据说，唐朝兴庆宫东面的沉香亭畔，栽种有不少名贵的牡丹，到了花开时节，紫红，浅红，全白，各色相间，煞是好看。天宝三载春天的一日，唐玄宗和杨贵妃一同前往赏花，戏子正准备表演歌舞以助兴。唐玄宗却说："赏名花，对妃子，岂可用旧日乐词"，于是急召翰林学士李白进宫，创作新词。李白进得宫来，在金花笺上写了三首《清平调》诗送上。在三首诗中，李白把牡丹与杨贵妃交融在一起写，花即是人，人即是花，人面花光浑融一片，共沐皇恩。唐玄宗看了十分满意，当即重赏了李白。

　　第一首以牡丹比贵妃，歌咏她的美艳。"云想衣裳花想容"一句，将贵妃的衣服比作云霞，将容貌比作花朵，将杨贵妃的美丽形象地描绘了出来。"春风拂槛露华浓"一句用"露华浓"来形容花容，充实上句，同时将君王的恩泽比作雨露，表现人与花皆受宠幸。下面，诗人开始调动丰富的想象力，飞升至西王母住的群玉山瑶台。诗人故意用"若非"和"会向"两个词来表示一种选择的意味,但表达的却是非常肯定的意思:美丽的花色、美丽的容貌都如此超凡脱俗,看来也只有在仙境中才能见到吧!

第二首运用典故,以牡丹带露比贵妃得宠。"一枝红艳露凝香"一句,从字面上看来似乎是在写牡丹的颜色和牡丹的香味,但仔细品味后,不难体会,李白仍是想借花写人,写贵妃自身之美,以及她承恩露之美。"云雨巫山枉断肠"一句,借用楚襄王的故事,将第一句的花比作人,写使楚王断肠的梦中仙女,根本就比不上面前的美人。三、四句写汉成帝的皇后赵飞燕即使扮上新妆,也无法和不施粉黛的杨贵妃相比。

第三首回归现实,总承一、二两首,写尽牡丹、贵妃与君王。"名花倾国两相欢"一句,用"两相欢"将牡丹和"倾国"美人联系在一起,诗歌写到此处,才正面点出"倾国"的美人正是杨贵妃。"常得君王带笑看"一句中的"带笑看",将牡丹、杨贵妃和唐玄宗三者融合在一起。这样写,既能讨得贵妃的喜爱,也能博得君王的欢心。由此引出第三句"解释春风无限恨",此句显得水到渠成、顺理成章。最后,诗人通过"沉香亭北倚阑干"一句,巧妙地点出了唐玄宗和杨贵妃是在沉香亭北观赏牡丹的。

这组诗构思精巧,辞藻艳丽,句句金玉,字字流葩,而最突出的是将花与人浑融在一起写,人花交映,迷离恍惚,无怪乎深为玄宗所欣赏。诗中"云想衣裳花想容"等都是清新自然的佳句。

古朗月行

——李 白

小时不识月,呼作白玉盘[①]。
又疑瑶台镜[②],飞在青云端。
仙人垂两足,桂树何团团[③]。
白兔捣药成,问言与谁餐?

蟾蜍蚀圆影④，大明夜已残。

羿昔落九乌，天人清且安⑤。

阴精此沦惑⑥，去去不足观⑦。

忧来其如何？凄怆摧心肝⑧。

※注释

①呼：称为。②瑶台：传说中神仙居住的地方。③团团：圆圆的样子。④圆影：指月亮。⑤天人：天上人间。⑥沦惑：沉沦迷惑。⑦去去：远去，越去越远。⑧凄怆：悲愁伤感。

※赏析

这是一首乐府诗，沿用鲍照《朗月行》旧题，但李白翻出了新意，传达了忧国忧民之思。唐玄宗晚年，专宠杨贵妃，奸臣宦官当道，朝纲败坏。李白作此诗以讽刺这种状况。在一个晴朗的夜里，诗人独自欣赏着头顶的明月。看到月儿由圆而蚀，诗人的感情也由昂扬变得惆怅、悲伤。此诗通篇作隐语，以蟾蜍蚀月来影射现实，展现了诗人超凡的写作技巧及奇幻的想象力，更表达了诗人深沉的忧国忧民之情。

出塞

——王昌龄

秦时明月汉时关，万里长征人未还。

但使龙城飞将在①，不教胡马度阴山。

※注释

①但使：只要。龙城：在今河北省喜峰口一带，为汉代右北平郡所在地。汉武帝曾用李广为右北平太守，匈奴多年不敢来犯。龙城飞将：指西汉名将李广，匈奴称之为"汉之飞将军"。

※赏析

　　这是一首著名的边塞诗，表达了诗人希望统治者起用良将，平定边塞战事，早日使百姓安居乐业的愿望。《出塞》本是乐府《横吹曲辞》的旧题，原诗二首，此为第一首。

　　诗的首句"秦时明月汉时关"从写景入手，勾勒出一幅冷月照边关的苍茫景色。本句使用了"互文"的修辞手法，不能从字面上理解为"秦时的明月汉时的关"。理解此句时，要把"秦时明月""汉时关"的意思互相补充，简单来说就是"秦汉时的明月，秦汉时的关"。诗人要表达的意思是自秦汉以来，边关一直战乱不断，体现了时间的久远。第二句"万里长征人未还"，"万里"指边关和内地的距离，此是虚指，运用了夸张的手法。而"人未还"一语则令人联想到战争的残酷以及百姓承受的灾难，表达了诗人的无限愤慨之情。皎洁的月光和巍峨的边关，既引人感叹那自古以来就不曾停止的战争，又是古往今来的将士们驰骋疆场、奋勇杀敌的历史见证。

　　三、四句"但使龙城飞将在，不教胡马度阴山"，可见诗人将拯救苍生的希望寄托在良将身上。"龙城飞将"指汉武帝时功勋昭著的飞将军李广，但在此处却并不仅仅指李广，而是代指汉朝众多的抗匈名将。"不教"，意思是说不允许；"胡马"，代指入侵的外敌；"度阴山"，即越过阴山。阴山是我国北方东西走向的大山脉，汉代时为北方边地的天然屏障。这两句诗的意思是："假设当年威震匈奴的飞将军李广尚在人间，绝不会允许外敌越过阴山"，诗意含蓄，表达巧妙。诗人将汉将抵御匈奴的历史与现实联系起来，就是希望边关有"不教胡马度阴山"的"龙城飞将"，以结束"万里长征人未还"的世世代代的悲剧。其实，这不仅是诗人的愿望，更是受尽战乱之苦的百姓的共同愿望。

　　本诗声调高亢，气势雄浑，场面宏大，历史感沉重，字里行间充满了强烈的爱国主义精神和激昂的战斗精神，因此被誉为唐代七绝诗的压卷之作，千古流传。

金缕衣

——杜秋娘

劝君莫惜金缕衣，劝君惜取少年时。
花开堪折直须折①，莫待无花空折枝。

※**注释**
①直须：就须。

※**赏析**

  这首诗歌流行于中唐时期。诗以浅近的语言、形象的比喻，劝告人们不要追求荣华富贵，而要爱惜光阴，珍惜青春。全诗富有哲理性，含义深远。具体诗人是谁已不可考，有的唐诗选本将其作者直接注为杜秋娘。据记载，杜秋娘是金陵人，十五岁成为李锜之妾，后因李锜谋反被送入宫中，得到宪宗宠爱。后穆宗即位，封她为皇子傅母。皇子被废后，她回到故里，穷困凄苦，无依无靠。金缕衣，当属唐代乐府新题。

  一、二句句式相同，都以"劝君"开始。"惜"字两次出现，但第一句是"劝君莫惜"，第二句是"劝君惜取"，形成重复中的鲜明对比。"金缕衣"是华贵之物，诗人却"劝君莫惜"，可见还有比它更珍贵的东西，那就是"少年时"。因此诗人"劝君惜取少年时"。诗人一劝再劝君，使用对白，情意殷切。第一句否定，第二句肯定，否定第一句是为了肯定第二句，这种写法使诗歌形成了一个反复咏叹的过程，使诗歌的旋律和节奏曲折缓慢，既体现了歌曲的韵律美，又展现了楚楚动人的风韵。

  三、四句构成第二次反复和咏叹，还是强调莫负好时光。从句式来看，三、四句与一、二句类似，但在表现手法上又有所差异。一、二句直抒胸臆，三、四句却用了譬喻的方式，重复之中变化可见。三、四句不似一、二句那般句式整齐，但含义是彼此呼应恰到好处的。第三句劝告对方"有花"时应如何做，第四句假设"无花"时的后果。另外诗人又以"须"字和"莫"字对立，使两句话的意思紧密地联系起来。"有花堪折直须折"

从正面劝告人们珍惜光阴、及时行乐；"莫待无花空折枝"从反面说不能珍惜时光的后果，再次表达同样的意思。这两句可以看作"劝君"的继续，但语调却由缓慢变得急促、激烈，力度很强。"花"字出现两次，"折"字竟然出现了三次，形成了一种回文式的美感。诗句大胆表达了对快乐的追求、对青春的热爱，热情真挚、豪放直率，令人深受感染。此外，一系列的字与字的重叠、句与句的反复，更使得诗歌朗朗上口，充满韵律美，含义也愈加显得悠远绵长。

蝉

——虞世南

垂緌饮清露①，流响出疏桐②。
居高声自远，非是藉秋风。

※注释

①緌：古人结在颔下帽带的下垂部分。蝉的头部有伸出的触须，形状好像下垂的帽带，故云。②流响：蝉连绵不断的鸣叫声。

※赏析

这首托物寓意的小诗，是唐人咏蝉诗中时代最早的一首，颇为后世所称道。诗人以蝉喻君子，表面上是写蝉的形状和栖高饮露的特性，实际上处处含比兴象征："流响"写蝉声的清越，隐示君子的高标逸韵；末二句暗示君子品格高洁，无须凭借外力的帮助，自然能够美名远播，表达了诗人对于高洁品格的向往和追求。

清人施补华《岘佣说诗》云："三百篇比兴为多，唐人犹得此意。同一咏蝉，虞世南'居高声自远，端不藉秋风'，是清华人语；骆宾王'露重飞难进，风多响易沉'，是患难人语；李商隐'本以高难饱，徒劳恨费声'，是牢骚人语。比兴不同如此。"这三首诗都是唐代托咏蝉以寄意的名作，由于作者地位、遭遇的不同而呈现出不同的境界和风格，塑造出各具特色的艺术形象。沈德潜在《唐诗别裁集》卷十九中评价说："咏蝉者每咏其声，此独尊其品格。"本诗与骆宾王的《在狱咏蝉》、李商隐的《蝉》并为唐代文坛"咏蝉"诗三绝。

述怀

——魏 徵

中原初逐鹿[1]，投笔事戎轩[2]。
纵横计不就[3]，慷慨志犹存。
杖策谒天子，驱马出关门[4]。
请缨系南越[5]，凭轼下东藩[6]。
郁纡陟高岫[7]，出没望平原。
古木鸣寒鸟，空山啼夜猿。
既伤千里目，还惊九逝魂。
岂不惮艰险？深怀国士恩。
季布无二诺[8]，侯嬴重一言[9]。
人生感意气，功名谁复论。

※注释

[1]逐鹿：群雄并起，争夺天下。[2]投笔：即投笔从戎。戎轩：兵车。[3]纵横：战国时，苏秦主张六国联合抗秦，史称"合纵"。张仪则主张诸国听命于秦，史称"连横"。魏徵早年曾向李密献策，未被采纳。[4]关：指潼关。[5]请缨：西汉终军出使南越，临行作豪语道："愿受长缨（绳子），必羁南越王而致之阙下。"[6]凭轼：汉初郦食其请命赴齐说服齐王归汉，说："臣请得奉明诏，说齐王，使为汉而称东藩。"[7]郁纡：山道崎岖难行。[8]季布：楚汉时人，为人守信义，当时有谚语云："得黄金百斤，不如得季布一诺。"[9]侯嬴：战国时魏人，为守门小吏，信陵君尊为上客。信陵君窃符救赵，侯

嬴因年老不能跟随，许以死送行，后来果然自杀。

※赏析

　　这首诗作于唐高祖李渊初称帝时。当时魏徵投唐没多久，希望能有所贡献，便主动请命赴中原说服招纳李密旧部。在赴命的途中，写下这首抒发胸襟抱负以及表达重意气、报国恩之情怀的诗。诗从当时社会现实起笔，述写自己壮志未伸的感叹。接着写前去拜谒当今天子、主动请缨的激昂壮怀。进而以沉郁的笔调描绘旅途的艰险，后却以一"岂"字作提顿，表明自己不畏艰险以报国士之恩。最后四句直接坦陈自己重信义、不图功名的磊落胸怀。全诗二十句，慷慨陈词，英风豪气回荡其间，一扫六朝以来诗歌纤弱柔靡的颓风。

于易水送人一绝

——骆宾王

此地别燕丹①，壮士发冲冠②。
昔时人已没，今日水犹寒。

※注释

①燕丹：即燕太子丹，战国末期燕王喜的太子。曾为质于秦，不受礼遇，怨怒而逃归，派荆轲前往秦国刺杀秦王嬴政。②壮士：指荆轲，战国卫人，刺客。《史记·刺客列传》载，荆轲为了报答燕太子丹的知遇之恩，决意前去谋刺秦王。临行，"太子及宾客知其事者，皆白衣冠以送之。至易水之上，既祖，取道，高渐离击筑，荆轲和而歌，为变徵之声，士皆垂泪涕泣。又前而为歌曰：'风萧萧兮易水寒，壮士一去兮不复还！'复为羽声慷慨，士皆瞋目，发尽上指冠"。发冲冠：形容人极端愤怒，头发上竖，把帽子都顶起来了。

※赏析

　　骆宾王一生坎坷，常为自己的遭际感到不平，这是他的一首悲愤之作。易水河畔，他送别友人，此情此景不禁叫他联想到燕太子丹为荆轲送行时的悲壮场景,由是感叹道:而今荆轲虽已不在,但他那视死如归的气概还在,作为历史见证的易水还在!骆宾王不满武则天的统治,一直有恢复大唐国业的雄心与抱负,只是时机尚未成熟,故心中有无限的苦闷。诗题为"送人",实际诗人是在抒咏怀抱。全诗格调慷慨激越,抒发了壮志难酬、悲痛难抑的情怀。

正月十五夜

——苏味道

火树银花合①,星桥铁锁开②。
暗尘随马去,明月逐人来。
游妓皆秾李③,行歌尽落梅④。
金吾不禁夜⑤,玉漏莫相催⑥。

※注释

①火树:树上点缀装饰着灯火,故称。银花:明亮灿烂的灯彩。合:灯光连成一片。②星桥:城河桥上,灯如繁星。铁锁开:唐朝都城有宵禁,此夜取消禁令,城门铁锁开启,任人通行。③游妓:四处游赏的歌女。秾李:形容歌女像桃李花开一样美丽。《诗经·召南·何彼秾矣》有:"何彼秾矣,华如桃李"。④落梅:乐曲名,即《梅花落》。郭茂倩《乐府诗集》说:"《梅花落》本笛中曲也"。《乐府解题》说:汉"横吹曲"共二十八解,李延年造。魏晋以后唯传十八曲,《梅花落》即其一。⑤金吾:即执金吾,官名,负责京城的戒备防护。平时夜间到一定时候,便禁绝行人通行。执金吾是汉代禁卫军军官名,唐亦置左右金吾卫。⑥漏:古代计时器具。

※赏析

农历正月十五为上元节,后来也称元宵节。据《大唐新语》记载,武则天时,每年这天晚上,京城长安都要大放花灯,夜间照例不戒严,观赏花灯的真是人山人海。豪门贵族车马喧哗,市井之民欢歌笑语,通宵都在热闹的气氛中度过。文人数百人赋诗记其盛,当时以苏味道、郭利贞、崔液三人所作为绝唱。这首诗描绘长安城元夜观灯繁华灿烂的景观和热闹欢快的情景,从"火树""银花""星桥"对灯光的传神形容,到节日风光的具体描绘,写得流光溢彩,有声有色。千载之后读之,犹令人感觉长安城里元宵佳节时的良辰美景,真是观赏不尽。

滕王阁

——王 勃

滕王高阁临江渚①,佩玉鸣鸾罢歌舞②。

画栋朝飞南浦云,珠帘暮卷西山雨。

闲云潭影日悠悠,物换星移几度秋③。

阁中帝子今何在④?槛外长江空自流。

※注释

①滕王高阁:故址在今江西新建县章江门上,西邻赣江。唐高宗显庆四年(659年),高祖李渊的第二十二子李元婴为洪州都督时所建。江渚:江中的小洲。②佩玉鸣鸾:指滕王身系佩玉乘车鸣銮而去。他曾"在太宗丧,集官属燕饮歌舞"(《新唐书》本传),后"转洪州都督,又数犯宪章"(《旧唐书》本传),终日征歌逐舞。其人一去则歌舞止歇。鸾,通"銮",系在马勒或车前横木上的铃。③物换星移:形容时代的变迁、万物的更替。物,四季的景物。④帝子:指滕王李元婴。

※赏析

《滕王阁诗》作于《滕王阁序》之后,用含蓄、凝练的笔调,营造出了一个变换无际的时空。

滕王阁临江而立,气势恢宏,景色宜人。昔时,建阁人滕王李元婴常在此大宴宾客,场面豪华壮观。但如今那建阁之人已经长辞于世了,只剩下栏杆外的长江水在空自流淌。本诗寄慨遥深,通过对滕王阁今昔对比的描摹,抒发了人生盛衰无常而宇宙永恒的感慨。《滕王阁诗》为唐诗中的精品,写作手法对后代诗人产生了重大影响。其对表示时间和空间的辞章的有序排列,对大量实词的得当运用都表现出了诗人高超的作诗技艺与独特的匠心。

从军行

——杨 炯

烽火照西京①,心中自不平。
牙璋辞凤阙②,铁骑绕龙城③。
雪暗凋旗画④,风多杂鼓声。
宁为百夫长⑤,胜作一书生。

※**注释**

①烽火:古代边境用以报警的信号。西京:长安。②牙璋:古代发兵所用的兵符,分为两块,相合处呈牙状,朝廷和主帅各执其半。指代奉命出征的将帅。凤阙:汉武帝时所建建章宫前望楼上有金凤,故称凤阙。此处指皇宫。③龙城:汉代匈奴聚会祭天之处,旧址在今蒙古国境内。此处指匈奴会聚处。④凋:原意指草木枯败凋零,此指失去了鲜艳的色彩。旗画:军旗上的彩画。⑤百夫长:一百个士兵的头目,泛指下级军官。古代军制,五人为一伍,长官为伍长,二十人为什长,百人为百夫长。

※**赏析**

"从军行"为乐府《相和歌·平调曲》旧题,内容多为从军征战之事。在唐高宗时期,边境不时有突厥和吐蕃前来侵扰,一些士子渴望从军边塞去建功立业、报效国家,本篇就是写一个怀有报国热情的读书人弃笔从戎、投军边塞、参加战争的全过程,生动地描述了人物的气概和豪情。

全诗极为洗练，抓住几个有代表性的片段，作了形象概括的描写，并采取了跳跃式的结构，用短短的四十个字就将人物的心理活动及闻警、从军、征战的全过程一一铺于纸上，大有一气呵成之势，笔力十分雄健。

整首诗语言极其凝练形象，富有力感，结构紧凑，画面感强，从一个典型场景转到另一个典型场景，画面跳跃却衔接得当，又能给人留下丰富的想象余地。

此诗风格雄浑刚健，慷慨激昂，而其中传递出来的传统士子的爱国豪情及大无畏的精神，同样值得今人学习。

代悲白头翁

——刘希夷

洛阳城东桃李花，飞来飞去落谁家？
洛阳女儿惜颜色，行逢落花长叹息。
今年落花颜色改，明年花开复谁在？
已见松柏摧为薪①，更闻桑田变成海②。
古人无复洛城东，今人还对落花风。
年年岁岁花相似，岁岁年年人不同。
寄言全盛红颜子，应怜半死白头翁。
此翁白头真可怜，伊昔红颜美少年。
公子王孙芳树下，清歌妙舞落花前③。
光禄池台文锦绣，将军楼阁画神仙④。
一朝卧病无相识，三春行乐在谁边？
宛转蛾眉能几时⑤，须臾鹤发乱如丝。
但看古来歌舞地，惟有黄昏鸟雀悲。

※注释

①松柏摧为薪：松柏被砍伐作柴薪。出自《古诗十九首》："古墓犁为田，松柏摧为薪。"摧，折断。②桑田变成海：据《神仙传》记载，麻姑谓王方平曰："接待以来，已见东海三为桑田。"③"公子"两句：是说白头翁年轻时曾和公子王孙在树下花前共赏清歌妙舞。④"光禄池台"两句：这两句说白头翁昔年曾出入权势之家，过豪华的生活。光禄：光禄勋，用的是东汉马援之子马防的典故。《后汉书·马援传》（附马防传）载：马防在汉章帝时拜光禄勋，生活很奢侈。文锦绣：指以锦绣装饰池台中物。文又作"开"或"丈"，皆误。将军：指东汉贵戚梁冀，他曾为大将军。《后汉书·梁冀传》载：梁冀大兴土木，建造府宅。⑤宛转蛾眉：本为年轻女子的面部画妆，这里代指青春年华。

※赏析

这首诗题又作《白头吟》，是拟古乐府。《白头吟》是汉乐府相和歌楚调曲旧题，古辞写女子毅然与负心男子决裂。刘希夷这首诗则是通过洛阳女儿对落花的感叹以及白头翁的经历，抒发了韶光易逝、红颜易老、富贵无常的感慨，揭示出自然永存而人生短促的哲理，充满了浓厚的感伤情绪。

刘希夷终生落魄失意，这首诗可说是他个人心态的真实写照。诗的开头两句起兴，描绘了洛阳城东暮春时的景色，为下文表达对大好春光、妙龄红颜的赞美与留恋，对桃李花落、青春易逝的感伤与惋惜作了铺垫。

诗篇的前半部巧妙化用了东汉宋子侯《董娇娆》的词句和意境，显得更为凝练概括，加上后半部白头翁具体命运的对照，富有典型性。他广泛融会汉魏歌行、南朝近体及梁陈宫体的艺术创作经验，加以熔铸创新，取得巨大的艺术成就。

"年年岁岁花相似，岁岁年年人不同"为千古传诵的名句。"年年岁岁"与"岁岁年年"的颠倒重复，不仅在音韵上形成了回环排沓的效果，而且让人体会到时光的不停流逝；而"花相似"和"人不同"之间的对偶、对比，深刻地揭示了自然花卉可以在天地中常新，人生青春却不可依旧的寓意，流露出人在时光迁逝、生命有限的无情事实前的徒然与无奈。

全诗汲取了乐府诗在叙事间发议论和古诗以叙事方式抒情的手法，又巧妙地交织运用对比、对偶、用典等艺术手法，使景和情完美地交融在一起，自成一种清丽婉转、绵长悠远的风格，堪称初唐诗坛的一朵奇葩。这首诗对后世也产生了颇为深远的影响。《红楼梦》中林黛玉的《葬花词》云："桃李明年能再发，明年闺中知有谁？""明媚鲜妍能几时，一朝漂泊难寻觅。"其中就有刘希夷这首诗的影子。

古剑篇

——郭震

君不见昆吾铁冶飞炎烟①，

红光紫气俱赫然。

良工锻炼凡几年，铸得宝剑名龙泉②。

龙泉颜色如霜雪，良工咨嗟叹奇绝③。

琉璃玉匣吐莲花④，错镂金环映明月。

正逢天下无风尘⑤，幸得周防君子身⑥。

精光黯黯青蛇色，文章片片绿龟鳞⑦。

非直结交游侠子，亦曾亲近英雄人。

何言中路遭弃捐，零落飘沦古狱边。

虽复沉埋无所用，犹能夜夜气冲天⑧。

※注释

①昆吾：传说中的山名。据说此山中有石名叫琨瑶（昆吾），冶石成铁铸剑，光如水晶，削玉如泥。②龙泉：宝剑名。《晋太康地理志》记载："（西平）县（今河南西平县）有龙泉水，可以砥砺刀剑，特坚利……是以龙泉之剑，为楚宝也。"③咨（zī）嗟（jiē）：赞叹。④琉璃玉匣：《西

京杂记》载汉高祖斩白蛇所用的剑是用五色琉璃为剑匣。莲花：形容宝剑闪烁的光芒有如莲花。⑤风尘：风烟，指战争。⑥周防：周密防备。⑦文章：指宝剑上的花纹。⑧"虽复"两句：据《晋书·张华传》载，张华夜观天象，发现在斗宿、牛宿之间有紫气上冲于天，问雷焕是什么原因。雷焕说是因为"宝剑之精上彻于天"。张华便荐雷焕为丰城令前往寻剑，雷焕后来在丰城县监狱的屋基下掘得一石函，中有双剑，一名龙泉，一名泰阿。

※ 赏析

郭震素有大志，青年时期在梓州通泉尉任内，任侠使气，结交豪侠，不拘小节，故声名远播。武则天闻名召见，他呈上此诗。武则天读后十分欣赏，命人抄写了数十篇，赐给李峤等学士看。

诗人化用有关宝剑的种种传说，塑造了品质卓异、精光四射、装饰华美的古剑形象。这样的宝剑在太平年代虽乏用武之地，却仍然有所追求，可以被君子、游侠、英雄佩带防身，尽力发挥自己的作用。即便是沦落被埋在地下，仍然能气冲斗牛。

诗人托物言志，借歌咏宝剑的铸造、形制、沦落来感叹人才的埋没，比喻贴切，字字明写剑，字字暗喻人才，形象十分鲜明。既不乏夸张、想象等浪漫色彩，又直接陈述人才被埋没的社会现实，议论得失，豪气回旋其间，格调壮健。

经鲁祭孔子而叹之

——李隆基

夫子何为者①，栖栖一代中②。
地犹鄹氏邑③，宅即鲁王宫④。
叹凤嗟身否⑤，伤麟怨道穷⑥。
今看两楹奠⑦，当与梦时同。

※ **注释**

①夫子：对孔子的尊称。何为者：为了什么。②栖栖：忙碌不安的样子。这里指孔子周游列国。③鄹（zōu）：春秋鲁国地名，在今山东曲阜县东南。孔子父叔梁纥为鄹邑大夫，孔子出生于鄹地，后迁曲阜。④"宅即"句：相传汉鲁恭王刘余（景帝子）曾欲平孔子旧宅以广其宫，开工时闻金石丝竹之音，于是不敢再进行。⑤"叹凤"句：《论语·子罕》有"凤鸟不至，河不出图，吾已矣夫"之语，是孔子叹息自己生不逢时。否（pǐ）：蹇涩，不顺利。⑥伤麟：相传鲁哀公十四年，狩猎获麒麟，孔子闻之而叹曰：我道穷矣。⑦两楹奠：孔子曾经梦见自己坐于两楹之间受人祭奠。两楹：指祭殿前的两根立柱。奠：致祭。

※ **赏析**

　　唐开元二十三年（735年），玄宗到孔子宅祭奠而作此诗。孔子一生，复杂坎坷，这首诗从"叹之"立意，写孔子凄惶不遇的一面。

　　首两句发出问语，孔夫子为了什么而一生忙忙碌碌的呢？三、四句是写经过鲁地孔子故宅，五、六句是叹孔子凄惶不遇，末尾两句写对孔子的祭奠，赞美孔子。全诗运用了一系列孔子的典故和《论语》语意，叹息孔子生平的不遇，却也从中见出孔子毕生"知其不可而为之"的使命感和献身于理想信念的精神。句句是"叹"，更句句称颂赞美。诗句处处切题，章法整齐有序，格调雄健有力。

汾上惊秋

——苏颋

北风吹白云，万里渡河汾①。
心绪逢摇落②，秋声不可闻③。

※ **注释**

①河汾：即汾河、汾水，在今山西省中部。②摇落：万木凋残、零落。③秋

声：秋风凋残草木的声音。

※赏析

  这首五绝是诗人在汾水上惊觉秋天的来临，抒发岁暮时迈之类的感慨。

  苏颋甚受唐玄宗器重，长期担任中枢要职，却于开元十一年（723年）忽然被调离朝廷，任益州大都督府长史，开元十三年才又调回长安。这两年，是他仕途中最感失意的时期，此诗可能就是这期间的某个秋天所作。

  首句写在汾水上被北风一吹，一阵寒意使人惊觉秋天来临。次句点出自己漂泊异乡，有如被北风吹远的白云，把自己的身世寄寓自然景物之上。

  第三句写愁绪纷乱，却又正当草木摇落。"摇落"用宋玉《九辩》语"悲哉秋之为气也，萧瑟兮草木摇落而变衰"。看到这肃杀的秋色，只会使愁绪更纷乱，心情更悲伤。

  诗人把难以直言的思想感情和所描述的艺术客体巧妙结合起来，使景物由于情感的渗入而显出无尽的韵味，而情感又从具体可感景物中透露出来，让人得以意会。

卷二·宋词

北宋词

点绛唇

——王禹偁

雨恨云愁，江南依旧称佳丽①。水村渔市，一缕孤烟细。

天际征鸿，遥认行如缀②。平生事，此时凝睇③，谁会凭阑意④。

※注释

①江南句：意谓江南风光即使在阴雨天气也一样美丽。②行（háng）如缀：谓雁阵行列整齐。③凝睇（dì）：凝望。④凭阑：倚着栏杆。

※赏析

即使是细雨浓云天气，江南的风景也依旧秀丽。水村渔市坐落的地方，一缕炊烟袅袅，恬静祥和。天边雁阵飞过，行列整齐，遥看宛若连缀在一起。作者感怀平生伤心事，叹息无人懂得自己凭栏怅望的心意。

酒泉子

——潘阆

长忆观潮①，满郭人争江上望②。来疑沧海尽成空，万面鼓声中。

弄潮儿向涛头立③，手把红旗旗不湿。别来几向梦中看，梦觉尚心寒。

※注释

①观潮：指观每年中秋前后的钱塘潮。古人在钱塘潮来临之日要举行隆重的观潮盛典，人们会倾城而出，争相到江堤上观望。②郭：城。③弄潮儿：戏潮的健儿。

※赏析

经常回忆起观看钱塘潮的情景：人们倾城而出，争相到江堤上观望。当钱塘潮汹涌而来的时候，好像大海的水全被倾泻到了钱塘江中；潮声轰鸣，犹如千万面战鼓齐响。弄潮健儿们手举红旗，迎潮而立，靠着娴熟的技艺踏浪而行，与巨浪狂涛共舞。这一幕幕动人心魄，紧张惊险的场面让作者难以忘怀，所以虽然离开了杭州，还时而梦到。而每次梦醒时，他还总是心有余悸，手脚冰凉。

长相思

——林逋

吴山青，越山青，两岸青山相送迎。谁知离别情？

君泪盈，妾泪盈，罗带同心结未成①。江头潮已平。

※注释

①罗带句：古时女子常将罗带打成心形的结，送给自己的爱人以示永不分离之愿，此句是说同心结未打成，爱人就要离去了。

※赏析

处在钱塘江两岸的吴山、越山，自古以来便见惯了人间的迎来送往；山色青翠，不曾因为人间的儿女情长而动容。然而在此分别的人们，常常是怀着缠绵悱恻的心情，忍受着肝肠寸断的痛楚，这滋味，从词中女子"谁知别离情"的反问中不难体会。

分别的时刻，他泪眼盈盈，她也泪眼盈盈，两人虽然情投意合，但却避免不了这一场分别。当潮水涨到和堤岸齐平，他终于要乘船远去，在这"江头潮已平"的结语中,蕴含的是难言的不舍与伤情。

踏莎行

—— 寇准

春色将阑①,莺声渐老,红英落尽春梅小。画堂人静雨蒙蒙,屏山半掩余香袅②。

密约沉沉③,离情杳杳。菱花尘满慵将照④。倚楼无语欲销魂⑤,长空黯淡连芳草。

※注释

①将阑:将尽。②屏山:画有山水的屏风。③密约:指离人曾经许下的誓愿。④菱花:梳妆镜。⑤销魂:形容人极度感伤,如魂魄离体。

※赏析

春色将尽,初夏就要来到,莺声已不如往日那般清脆动听,花儿落尽后,青梅初露,又嫩又小。深院画堂中,悄无人声,屋外下着蒙蒙细雨,屋内山水屏风半掩,香料燃尽,余烟袅袅。

与情人定下的密约如今已然沉寂无音,离愁别恨深远无尽,故而词中人任灰尘落满菱花镜,也懒得将它拾起,对镜妆照。她独自倚楼眺望,静默无语,柔肠百结,在她眺望的视野中,长空黯淡,天连芳草。

苏幕遮

—— 范仲淹

碧云天,黄叶地,秋色连波,波上寒烟翠。山映斜阳天接水,芳草无情,更在斜阳外。

黯乡魂,追旅思,夜夜除非,好梦留人睡。明月楼高休独倚。酒入愁肠,化作相思泪。

※**赏析**

　　这是词人秋日旅途思乡之作。词以绚丽多彩的笔墨描绘了碧云、黄叶、翠烟、斜阳、水天相接江野的辽阔苍茫的景色，词人触景伤怀，抒写夜不能寐、高楼独倚、借酒浇愁、怀念家园故里的深情。

　　上片着重写景，词以"碧云天，黄叶地"开篇，展开一幅秋高气爽、黄叶满地的苍莽秋景图。"秋色连波，波上寒烟翠"写在广袤无垠的天地中浓郁的秋色和绵邈秋波：萧瑟秋色与江中水波的相连，苍翠的寒烟迷漫在江波之上。这秋日特有的景象，渲染出悲秋的情绪。"山映斜阳天接水"一抹斜阳映照群山，天连着水，接下来两句由眼中实景转为意中虚景：凄凄连绵的"无情芳草"蔓延无边。此情此景，怎能不惹人伤感？

　　下片抒情，"黯乡魂，追旅思"是相思愁苦的原因所在，只因词人背井离乡，故"夜夜除非，好梦留人睡"，除非夜夜都做好梦，在好梦中才能得片刻安睡。此处词人运用反衬的手法，意为除去酣梦，日日为相思所困扰。"明月高楼"不敢登，劝告自己"休独倚"，怕登楼远眺，勾起思念。明月圆圆，反衬孤独与怅惘，他只有频频地将苦酒灌入愁肠，但却杯杯都"化作相思泪"，怀乡之情和羁旅之思萦绕心头，挥之不去。

　　此词的意境开阔，气势宏大，但又柔情似水，细腻感人，而又不失沉雄清刚之气，不愧为宋词中的名篇。

渔家傲

——范仲淹

　　塞下秋来风景异，衡阳雁去无留意①。四面边声连角起②。千嶂里③，长烟落日孤城闭。

　　浊酒一杯家万里，燕然未勒归无计④。羌管悠悠霜满地。人不寐，将军白发征夫泪。

※注释

①衡阳雁去：古人认为大雁南飞至衡阳而止。②边声：边境上的马嘶、风号等声音。角：军中号角。③嶂：形容高险如屏障的山峦。④燕然未勒：意谓外患未平。燕然：东汉窦宪大破北匈奴后，曾登燕然山（蒙古杭爱山）刻石记功。勒：刻。

※赏析

  这首词作于仁宗康定元年（1040年）至庆历三年（1043年）间，当时词人正在西北边塞的军中任职。

  词的上半部分着重写景，景中有情。上片写塞北风光，词人通过"风景异""衡阳雁去""四面边声""千嶂""长烟落日"以及"孤城"等一系列意象的连缀勾勒出一幅当地独有的戍边图。塞北秋寒，荒芜萧索，边声连角，雁到不息，可见此地的条件是何等艰苦。词的下半部分着重抒情，沉重的乡愁，付与一杯浊酒；满腔的离恨，化作羌音悠悠。夜深人静的时候，呜咽的羌音、满地的寒霜让人心生凄凉和哀愁。主人公不能入眠，想到这些将士的心理：既想固守边塞，杀敌报国，又受乡情萦绕，挥之不去。此处暗含着词人对统治者治国政策的质疑，同时也流露出渴望保家卫国、战场杀敌的爱国豪情。

凤栖梧

——柳永

  伫倚危楼风细细①，望极春愁，黯黯生天际。草色烟光残照里，无言谁会凭阑意②。

  拟把疏狂图一醉③，对酒当歌，强乐还无味。衣带渐宽终不悔，为伊消得人憔悴④。

※注释

①伫（zhù）：久站。危楼：高楼。②会：理解。③拟：想要。④伊：她。

※赏析

在高楼上凭栏久立、凝望远方的时候,和风一直在轻轻吹拂;恍惚中,春愁从天边涌起,然后蔓延开来。夕阳残照里,草色暮色一派迷茫,静默之中,词人轻叹无人能理解自己凭栏凝伫的心意。

会想到放浪狂荡地以醉消愁,但真正对酒当歌时,深深感到的是勉强作乐的索然无味;眼看衣带渐宽,人渐憔悴,但既是为她而这样,心中是始终如一的无怨无悔。

定风波

——柳 永

自春来、惨绿愁红,芳心是事可可。日上花梢,莺穿柳带,犹压香衾卧①。暖酥消,腻云亸②,终日厌厌倦梳裹③。无那④,恨薄情一去,音书无个。

早知恁么⑤,悔当初、不把雕鞍锁。向鸡窗⑥,只与蛮笺象管⑦,拘束教吟课。镇相随⑧,莫抛躲,针线闲拈伴伊坐⑨。和我,免使年少,光阴虚过。

※注释

①衾(qīn):被子。②亸(duǒ):垂下。③厌厌:没精打采的样子。④无那:无奈。⑤恁(nèn)么:如此。⑥鸡窗:书房的窗子。⑦蛮笺(jiān):纸。象管:象牙笔管的笔。⑧镇:整日。⑨伊:他。

※赏析

本篇为写闺怨的名作,词人以代言体的形式写出歌伎内心的痛苦,字里行间充满词人的怜惜之情。

上片以景衬情,描写了歌伎的外表,借明媚的春光反衬出女子的愁苦和心烦意乱。开篇即写春来:"自春来、惨绿愁红,芳心是事可可。"春天以来,他就一直杳无音信;桃红柳绿,都是伤心触目的颜色，一颗芳心无处能安放。太阳已升上树梢，黄莺也已在柳条间鸣啼穿梭，可她却只管懒压绣被、不愿起床，更不愿梳妆打扮，只是愤愤然地喃喃自语："恨薄情一去，音书无个。"下片侧重心理描写，词人以歌伎的口气直抒胸臆，表现了女子的生活理想和愿望，贴切而细腻。

全词语言通俗，未加雕琢，词人以民间词常用的代言体写法细致入微地刻画出人物的生活情态与心理活动，任情放露，体现出柳词的风格，为柳永俚词的代表作之一。

雨霖铃

——柳永

寒蝉凄切。对长亭晚，骤雨初歇。都门帐饮无绪①，留恋处、兰舟催发。执手相看泪眼，竟无语凝噎②。念去去、千里烟波，暮霭沉沉楚天阔。

多情自古伤离别，更那堪、冷落清秋节！今宵酒醒何处？杨柳岸、晓风残月。此去经年③，应是良辰好景虚设。便纵有、千种风情，更与何人说？

※注释

①都门帐饮：意谓于京城郊外搭帐设宴饯别。②凝噎（yē）：形容喉咙里像塞了东西，说不出话来。③经年：年复一年。

※赏析

这首词作为柳永同时也是宋朝婉约词派的代表作，真切再现了情人别离时恋恋不舍、缠绵哀怨的情景，至今仍被人们反复咏唱。

上片细腻地刻画了情人诀别的场景，抒发离情别绪。一开篇，词人便用"寒蝉凄切。对长亭晚，骤雨初歇"三句点明了送别时的环境：凄清阴冷的深秋，雨后黄昏，京城外的长亭边。夜幕苍茫，大雨初停，晚蝉哀鸣，凡所见闻，处处悲凉。"都门"以下五句，顿挫有致，回环往复，把读者的同情之心都勾动起来，与词人同悲伤、同啜泣。此刻烦乱的心绪，只能用"剪不断，理还乱"来描绘了。面对即将到来的别离，珍馐美食也失去了滋味，可见两人感情之深。然而，两人正难舍难分，却无奈"兰舟催发"。此句将词人不忍离去、恋恋不舍，却又不能不离去的无奈和现实的不解人意、残酷无情表达了出来，言简而意丰。"执手"二句又进一步描绘当时的痛苦。两人手牵手，久久相望，千言万语，已经不知该从何说起。"念去去"三句，则似奔腾的江流一泻千里一样，直抒胸臆，爽快干脆。"念"字作领，设想别后道路多么遥远。"去去"二字用得极妙，远行之人不愿走，却不得不走，想想到时越走越远，眼前只剩"千里烟波，暮霭沉沉楚天阔"的情景，就让人感到无比凄楚。虽然从表面上看，浩渺的烟波、沉沉的暮霭、辽阔的天空，都是在写景，但实际上，这些景物无不包含着浓浓的愁绪，暗示远行之人前途渺茫，一对恋人相见遥遥无期。通过这两句的承接，很自然便由上片的实写转到下片的虚写。

下片中，词人着重摹写想象中别后的凄楚情状。一开头，词人并没有着急设想别后的情景，而是宕开一笔，说"多情自古伤离别"，通过"自古"二字，把目前自己的个别情况提升为一个广泛现象。而"更那堪、冷落清秋节"，又从普遍现象回归到自己的个别情况，强调自己与别人相比，承受了更多的痛苦。江淹的《别赋》中有"黯然销魂者唯别而已矣"之句，而本词词人正是把这种感受糅进自己的作品中，并为之赋予新意，使这种别情更"黯然销魂"。"今宵"三句接着前面的设想，进一步想象别后的孤独凄凉。远行之人独自饮酒、醉酒，酒醒后看到了"杨柳""残月"，感受到了"晓风"。而这几处"景"却个个都表达了词人的"情"，即所谓的"用景写情""景语即情语"。明写杨柳依依，实则通过"柳"与"留"之谐音，暗写别时依依不舍之情；明写"晓风"，实则通过写其清冷萧索，暗写别后的孤独寒心；明写"残月"，实则通过写其破碎，暗写与恋人难以相见。通过景语写情，词作显得更加含蓄，别后之人孤独、忧伤、惆怅的心绪，也被表现得更加形象、真实，从而产生了一种独特的意境。正因如此,此句也成为了千古传诵的名句。"此去"二句继续对别后的情况进行设想,想象自己孤身一人,纵使有良辰好景,对于自己来说也是形同虚设。心中的痛苦又被加深了。最后两句顺着上面的设想继续深入,感叹就算有万种风情,也由于后会无期而不知向谁诉说,从而把离情艺术推向高潮。

这首词遣词造句不着一丝痕迹,绘景直白自然,场面栩栩如生,起承转合优雅从容,情景交融,蕴藉深沉;笔下的各种景物莫不含情,把一腔离愁铺满天地古今,而又不失于做作。如此者,柳屯田之外,词坛又有几人!

望海潮

——柳 永

东南形胜①,三吴都会②,钱塘自古繁华。烟柳画桥,风帘翠幕,参差十万人家。云树绕堤沙,怒涛卷霜雪,天堑无涯③。市列珠玑④,户盈罗绮⑤,竞豪奢。

重湖叠巘清嘉⑥,有三秋桂子,十里荷花。羌管弄晴,菱歌泛夜⑦,嬉嬉钓叟莲娃。千骑拥高牙⑧,乘醉听箫鼓,吟赏烟霞。异日图将好景⑨,归去凤池夸⑩。

※注释

①形胜:形势重要,交通便利。②三吴:此处泛指江浙的广大地区。③天堑:天然的险阻。此处指钱塘江。④珠玑(jī):珠宝。⑤罗绮:绫罗绸缎。⑥重湖:北宋时西湖已有里湖、外湖之分,故云。叠巘(yǎn):层层的山峦。⑦菱歌:采菱女子们欢唱的歌曲。⑧高牙:本指军前大旗,此处指高官的仪仗旗帜。⑨异日:他日。图:描绘。⑩凤池:凤凰池,此处指代朝廷。

※赏析

既是东南地区的交通枢纽，又是三吴等地的重要都市，杭州自古以来便以繁华闻名。那轻烟笼罩的杨柳，美丽精致的画桥，各式各样的竹帘翠幕，参差错落在十万人家之间。你还能看到望之如云的树木环抱着沙堤，澎湃似怒的海潮卷起白浪，以及壮美钱塘江的无边无涯。如果走在街市，眩目的是处处的珠光宝气、锦缎光华。

谈到秀美多姿，那就一定要说说杭州的重湖群山。你可以于秋季向山中寻桂子，可以在夏季观览湖中的十里荷花；坐在西湖岸边，可以晴天听羌管，夜来听菱歌，喜看湖中的渔翁和采莲姑娘。如果有幸跟随将军的盛大仪仗出游，则可以乘醉听箫鼓，吟赏烟霞。

作者赞叹杭州的富庶美丽，他不但以文记述，更要以画描摹，以便他日前往京城时，好向同僚夸耀。

迷仙引

——柳 永

才过笄年①，初绾云鬟②，便学歌舞。席上尊前，王孙随分相许。算等闲、酬一笑，便千金慵觑。常只恐、容易蕣华偷换③，光阴虚度。

已受君恩顾，好与花为主。万里丹霄，何妨携手同归去？永弃却、烟花伴侣。免教人见妾，朝云暮雨。

※注释

①笄年：古代特指女子十五岁，到了可以盘发插笄的年龄，即成年。笄（jī）：古代盘头发或别住帽子用的簪子。②鬟（huán）：妇女的梳成环形的发卷。③蕣（shùn）华：短暂的年华。

※赏析

才过及笄之年，她就模仿妇人的样子结起如云的发鬟，开始学唱习舞。酒席宴旁，面对王孙们的调笑戏弄，她只能随遇而安，曲意逢迎。但她说，如果有人能够对她报以哪怕是一个平平常常的理解的微笑，那么她连千金也会不屑一顾。她还总是担心如花年华轻易流逝，朝来暮去只是光阴虚度。如今得遇知己，这位妙龄歌伎满怀期望，她希望他能为自己做主，与自己携手同去万里云霄，永远地离开烟花之地，从此不用再周旋在生张熟魏之间，矫情应酬，朝云暮雨。

八声甘州①

——柳永

对潇潇暮雨洒江天，一番洗清秋。渐霜风凄紧②，关河冷落③，残照当楼。是处红衰翠减，苒苒物华休④。惟有长江水，无语东流。

不忍登高临远，望故乡渺邈⑤，归思难收。叹年来踪迹⑥，何事苦淹留⑦？想佳人，妆楼颙望⑧，误几回、天际识归舟。争知我⑨、倚阑干处，正恁凝愁⑩！

※注释

①八声甘州：《甘州》为唐教坊大曲，杂曲中也有《甘州子》，属边塞曲。《八声甘州》是从大曲《甘州》改制而成，由于整首词共八韵，故称《八声甘州》。②凄紧：秋风渐冷渐疾。③关河：泛指关塞河川。④苒苒：渐渐地。⑤渺邈：遥远。⑥年来：近年来。⑦淹留：久留。⑧颙（yóng）：举首凝望。⑨争知：怎知。⑩恁（nèn）：如此，这样。

※赏析

本篇为词人的名篇，融写景抒情于一体，通过描写羁旅行役之苦，表达了强烈的思归情绪，语浅而情深。

上片写所望之景色，词人以如椽之笔描绘江野暮秋萧瑟寥廓、浑莽苍凉的景色：以"潇潇"暮雨、"凄紧"的霜风、江流展现了风雨疾骤的秋江雨景；以"冷落"的关河、夕阳"残照"描绘了骤雨冲洗后苍茫浩阔、清寂高远的江天景象，充满了萧瑟、肃杀的悲秋情调。"苒苒物华休"比喻青春时光的短暂,只剩下"无语东流"的长江水,暗示词人的惆怅和悲愁无处诉说。

下片写登高远眺的感想,抒写了思乡怀人欲归不得的愁苦。"不忍登高"说明词人所处的位置,"不忍"二字点出曲折,增加了一番情致。接下来几句层层说明了缘何"不忍",一是"望故乡渺邈",因而"归思难收";二是"叹年来踪迹",深感游宦淹留;三是"想佳人"之思绪,此乃"不忍"之根源。"误几回、天际识归舟",不知她会有多少回误认归舟?相思太苦。最后两句转到自己身上,"争知我、倚阑干处,正恁凝愁",怎会知道我身倚栏杆苦苦思念满怀忧愁?

在词人多篇写羁旅行役的长调中,本篇是最富于意境的典范之作。词的写景层次清晰有序,抒情淋漓尽致,写尽了他乡游子的羁旅哀愁。全词语言通俗,将思乡怀人之意表达得明白如话,然感情真挚而强烈,跌宕起伏。词中"渐霜风"几句为千古登临名句,苏轼赞为"此语于诗句不减唐人高处"。

安公子

——柳永

远岸收残雨,雨残稍觉江天暮。拾翠汀洲人寂静①,立双双鸥鹭。望几点,渔灯隐映蒹葭浦②。停画桡③,两两舟人语。道去程今夜,遥指前村烟树。

游宦成羁旅,短樯吟倚闲凝伫。万水千山迷远近,想乡关何处?自别后,风亭月榭孤欢聚④。刚断肠,惹得离情苦。听杜宇声声⑤,劝人不如归去。

※注释

①拾翠句:意谓原本有少女采摘香草的汀洲,现在也是人去洲静。②蒹(jiān)葭(jiā):芦苇。③桡(ráo):船桨。④孤:辜负。⑤杜宇:

杜鹃。古人言杜鹃啼声似"不如归去"。

※赏析

词写作者乘舟泛游时面对春日暮景而产生的思乡情怀。残雨过到远岸才止,江天之间,暮色初呈。汀洲寂寂,静立鸥鹭双双;芦苇浦中,隐映着几点渔火。作者的小舟暂时停泊,船工遥指前方的村落,商量着今夜的行程。作者感慨在外做官,却不曾想到从此羁滞异乡难以回归,愁苦之中,他时而吟咏遣怀,时而出神伫立。

万水千山让故乡邈远难望,作者思念家乡,慨叹自从与亲友别后,错过了多少良辰美景,辜负了熟悉的月榭风亭。当此时,离愁别恨一齐涌上心头,却又逢杜鹃鸟"不如归去"的凄苦叫声传入耳畔……

鹤冲天

——柳永

黄金榜上,偶失龙头望①。明代暂遗贤,如何向②?未遂风云便③,争不恣狂荡④?何须论得丧。才子词人,自是白衣卿相⑤。

烟花巷陌,依约丹青屏障。幸有意中人,堪寻访。且恁偎红倚翠⑥,风流事,平生畅。青春都一饷。忍把浮名,换了浅斟低唱。

※注释
①龙头:状元。②如何向:怎么办。③风云便:风云际会,得到好的遭遇。④争:怎。恣:放纵。⑤白衣:没有官职。⑥恁:如此。

※赏析

虽然是不幸落第,作者却没有自贬自责,他将这次失手视为圣明的朝代暂时遗落了贤才。没有能够乘时施展抱负,作者索性顺遂自己的狂荡,不问得失,高唱"才子词人,自是没有授官的公卿大夫;烟花巷陌,也可比那屏风上的高贵图画"。他还庆幸风尘女子中,有意中人可以寻访。

"就这样偎红倚翠吧,"他自语道,"风流快活的生活本是我平生所喜好,青春多么短暂,不如抛去浮名,浅斟酒杯,低宛歌唱。"

天仙子

——张 先

时为嘉禾(今浙江嘉兴)小倅(判官),以病眠不赴府会。

水调数声持酒听①,午醉醒来愁未醒。送春春去几时回?临晚镜,伤流景②,往事后期空记省③。

沙上并禽池上暝④,云破月来花弄影。重重帘幕密遮灯,风不定,人初静,明日落红应满径。

※注释

①水调:曲调名,相传为隋炀帝所作。②流景:流逝的时光。③记省(xǐng):思念和省悟。④并禽:双宿双飞的鸟儿。暝(míng):昏暗。

※赏析

此篇为暮春伤怀之作,是张先脍炙人口的名篇之一。词中描写词人醉酒浇愁,为春光流逝、往事成空、后会无期而感伤。

上片主要写词人的思想活动,颇具平淡之趣。前两句写词人原本想借听调喝酒排遣心中的愁闷,但结果却是"醉醒来愁未醒",醉意虽然消除了,但心中的愁却没有减去一分。于是,词人不由得发出慨叹:"送春春去几时回?"此句中有两个"春"字,然意思不尽相同,前一个"春"字指季节,指大好春光;下一个"春"字指时光,"春去"既表达了词人对年华易逝的感伤之情,还蕴含着对年少青春时光的追忆和惋惜之情。这就照应了下文的"往事后期空记省"。"临晚镜,伤流景"是反用杜牧诗句:"自悲临晓镜,谁与惜流年?"以"晚"易"晓",主要在于写实。杜牧原诗是写女子早晨梳妆,感叹时光易逝,因而用的是"临晓镜";而本词中将"晓"改为"晚",是因为词人午醉之后,又休息半晌,此刻已接近黄昏,一直躺着却仍然不能消愁解忧,于是起来"临晚镜"。这个"晚"字用得极妙,可谓一语双关,既表明了天色已晚,又隐指自己已到晚年。"伤流景"三个字进一步补充,更加明确地表达出了词人对时光易逝、青春不再、人到晚年的感伤。"往事后期空记省"一句中的"后期"其实本为"悠悠"。而词人最终之所以选用了稍显朴拙的"后期",而未采用看起来更加空灵、更加传神的"悠悠",是因为相比而言,"后期"与前面提到的"愁""伤"等词联系得更紧密些。"后期"一词,既暗含着往事已经如过眼云烟一样逝去,一去不复返,又流露出了因错失机缘而耽误期约的后悔之情。但是后悔也无济于事,只能"空记省",以追忆往事。然而,即使回忆往事的一些美好片段,也并不能从中得到些许安慰,反而会平添更多的烦恼。正因如此,词人想到即便纵情于美酒和歌舞之中,也不能消除自己的愁闷,所以索性连盛大的宴会也不去参加了。

　　下片写动态之景,极有空灵之美。由于没有去参加盛大的宴会,所以夜幕降临的时候,词人便独自到小园中散步,希望以此来排遣一整天都郁积在心中的苦闷。"沙上并禽池上暝",词人在夜幕中看到了这样温馨的景色,遗憾的是,夜空中本来应该有月亮的,而此时的夜空中却只有浓云,毫无月色。词人只好带着遗憾准备回住处。没想到,正在这时,"云破月来花弄影",一阵风吹开了浓云,露出了藏在云里的月亮。同时,花儿也被风吹动,在明亮的月光下婆娑弄影。看到此情此景,词人孤寂的心情才感到了一丝丝欣慰。通过此句,词人不仅表达了自己忧伤中略带欣慰的复杂心情,更让读者从中体会到了一丝喜悦,看到了一幅美景。接下来,词人写到"重重帘幕密遮灯",因为外面有风,词人生怕大风将屋里的灯焰吹灭,于是进了屋后赶紧把帘幕拉起来,遮住灯焰。但是,风越来越大,帘幕已经不能很好地遮挡灯焰了,此时灯焰在不停地闪动。一句"人初静",既表现出夜深人静之时,风势愈加迅猛的情境,又与上片提到的"不赴府会"相照应。"明日落红应满径"一句,是说刚刚还在月光中婆娑弄影的花朵，经过这一夜春风的摧残，一定会落红满径。其中既蕴含着词人对春天逝去的感伤，又有对自己已经迟暮的叹惋，还有对自己赏春偶得佳景的欣喜。

本词字句凝练，体现了张词的艺术特色。尤其是词中"云破月来花弄影"一句，描绘出了一幅绝美的图画，实为神来之笔。

千秋岁

——张 先

数声鶗鴂①，又报芳菲歇②。惜春更把残红折。雨轻风色暴，梅子青时节。永丰柳③，无人尽日飞花雪。

莫把幺弦拨④，怨极弦能说。天不老，情难绝。心似双丝网，中有千千结。夜过也，东窗未白凝残月。

※注释

①鶗（tí）鴂（jué）：亦作"鹈鴂"，即杜鹃。②芳菲歇：意谓春日已过，又是花儿凋谢的时候。③永丰柳：唐时洛阳永丰坊西南角荒园中有垂柳一株被冷落，白居易赋《杨柳枝词》以喻家妓小蛮。后传入乐府。后因以"永丰柳"泛指园柳，比喻孤寂无靠的女子。④幺弦：琵琶的第四弦，音细。此处指代琴弦。

※赏析

此词抒写惜春、相思的情怀，是一首抒写悲欢离合之情的曲折幽怨词。词人以女子的口气写就，表达了其对爱情忠贞不贰的坚定信念。

词的上片以景烘托情，描绘风雨摧折芳菲的残春景色，以杜鹃幽啭、柳絮飞雪渲染暮春的凄凉气氛，抒写词人对美好春日的眷恋珍惜和对摧残春花的风雨的怨愤。惜春即是惜人，风雨摧残春花即是比喻爱情横遭阻抑摧残。词人以鸣声悲切的开篇，诏告美好的春光又逝去了，此情此景勾起了人们的惜春之情，故"惜春更把残红折"，此处的"残红"象征遭破坏但又坚贞的爱情。下面两句"雨轻风色暴,梅子青时节"是上片的词眼,一语双关,写时令与景物,暗喻爱情受阻遭破坏,因而"无人尽日飞花雪"。爱情如柳絮一般逝去了,词人怎能不悲伤?

词的下片描写了词人对分离的恋人深情的相思,"莫把幺弦拨,怨极弦能说",幺弦为琵琶的第四弦,怨极,才能倾诉出不平的最强音。在这极怨的气氛烘托下,词人表明其反抗的决心:"天不老,情难绝",此处化用李贺"天若有情天亦老"的诗句,然诗意不尽相同,这里强调天不会老,爱情也不会有断绝的时候。这样的爱情"心似双丝网,中有千千结",千万个结把彼此牢牢地系住了,谁想破坏它都是徒劳的,表达了对恋人的爱恋永不会灭绝的坚定信念。情思未了,却已"夜过也",东方未白,摇曳的残灯也要熄灭了,全词到此结束,言尽而味永。

全词借景喻情,含蓄深婉,情味隽永,又激越真切,别有风致,兼有婉约与豪放的风致与妙处。"心似双丝网,中有千千结"是本词的名句,亦是宋词中流传千古、经久不衰的名句。

青门引

——张 先

乍暖还轻冷①,风雨晚来方定。庭轩寂寞近清明,残花中酒②,又是去年病。

楼头画角风吹醒,入夜重门静。那堪更被明月,隔墙送过秋千影。

※注释

①乍暖:天气忽然转暖。②中酒:醉酒。

※赏析

此词为一首春日感怀之作,抒写寂寞情怀。词描写和渲染风雨初停后暮春月夜的萧瑟凄清,表达词人孤栖无奈的感伤悲愁。

词的上片写词人对春日天气变化的感触和心理感受。"乍暖还轻冷，风雨晚来方定"写春天频繁的天气变化。"乍暖"二字写出天气是突然由寒变暖；"还"字一转，引出天气的又一次变化：风雨突袭，有点轻冷之感。词人敏锐的感触，不仅体现在对天气频繁变化的感觉上，更表现在对词语的运用上：天暖的感觉是"乍"，天冷的感觉是"轻"，风雨消停是"定"。词人的遣词是如此精确，暗含了微妙的个人感情。"庭轩寂寞近清明"点出此时已到清明，直言词人的感受是"寂寞"。"残花中酒"进一步点出"寂寞"的原因：春天已到迟暮之时，花朵凋零，词人由此联想到世事的沧桑，感叹一切美好的事物都会破灭。因此词人借酒消愁，谁料更加重了心头的愁闷；"又是去年病"点出全篇的主旨，去年如此，今年同样如此，表达了词人不尽的忧愁。

下片写词人酒醒后的寂寞和伤怀。"楼头画角风吹醒"，兼写视觉和听觉：凄厉的角声，清冷的晚风把酣醉的人惊醒。"醒"字写出听到晚风吹过来的角声，酒醉之人不得不苏醒的那一刻的反应，也暗含了酒醉的程度很深，而被迫醒来又是多么痛苦不堪；"入夜重门静"，已是深夜，重重的院门显得更加宁静，词人的心情更加孤寂。词人以环境象征痛苦的心境。"那堪更被明月，隔墙送过秋千影"指出重重之门也阻隔不了内心的愁闷之感，溶溶月光居然隔墙送来少女荡秋千的倩影。"秋千影"透露出词人的所念所想，这样隐约朦胧地透露，更增加了词的情致和韵味。"那堪"二字，意在揭示词人因秋千影而触动的情怀，也深刻表现出词人抑郁的心绪。

全词情景交融，含蓄婉转，意味隽永，充分体现了词艺术上的含蓄和韵味，表现了张先词的风格。

醉垂鞭

——张 先

双蝶绣罗裙，东池宴，初相见。朱粉不深匀，闲花淡淡春。
细看诸处好，人人道，柳腰身。昨日乱山昏，来时衣上云。

※赏析

初次见到她，是在东池的酒宴上。她穿着绣有双飞蝴蝶的罗裙，淡搽脂粉，悠闲恬静，散发着天然的青春风韵。

如果仔细地观察她的美好，人人都夸她婀娜如杨柳的腰身，昨日乱山昏暗，她飘然而来时衣上竟携带着丝丝白云。

浣溪沙

——晏 殊

一曲新词酒一杯，去年天气旧亭台。夕阳西下几时回？
无可奈何花落去，似曾相识燕归来。小园香径独徘徊。

※赏析

本篇为暮春伤怀之作，是晏殊最为著名的词作之一。本词描写词人因傍晚饮酒听曲引起对往事的回忆，慨叹时光流逝，物是人非，惋惜春光美景不能常驻。词中表露出对美好事物消逝的深深惆怅感伤，蕴含了珍视人生的哲理。

词以"一曲新词酒一杯"开篇，写对酒听歌的境况，这潇洒安闲的状态不由得勾起"去年天气旧亭台"的回忆：去年是和今年一样的天气，还是这座"旧亭台"，一样的清歌美酒，但在这一切表象下，有些东西分明已不知不觉发生了变化。岁月悠悠流逝了，世事亦改变了，想到这些，词人不禁发出感叹："夕阳西下几时回？"此句不仅仅是即景兴感，仅限眼前情景，还扩展到整个人生，包含对逝去时光的留恋，对美好事物难以重现的失望。夕阳西下，无法阻止，但却有再东升的时候，可流逝的时光、过去的人和事，却再也追寻不来了。词人哲理性的沉思，为本词罩上了哀伤的情调。

"无可奈何花落去，似曾相识燕归来"一联自然工丽，风韵天然，被誉为"奇偶"，这也是本词出名的原因。这一联蕴含的意境同样忧伤：花落春逝，同样是不可抗拒的自然规律，任凭怎样惋惜流连也"无可奈何"，承接上文的"夕阳西下"。但在这暮春季节中，同样还有让人欣慰的景象：那翩翩飞回的燕子不就是去年的相识吗？恰呼应上文的"几时回"。虽然花落、燕归都是眼前景，但"无可奈何""似曾相识"却扩大了它们的内涵，使它们成为美好事物的象征。这些惋惜和欣慰交织在一起，说明某种人生哲理：虽有一些美好的事物必然会逝去并且我们无法阻止其消逝，但同时还有一些美好的事物仍会再现，生活不会变成虚无。只是那些重现不会原封不动地令美好的事物回归，不过"似曾相识"而已。"小园香径独徘徊"转回写景，词人以此结尾，含蓄而意味深长。

全词语言通俗晓畅，情中有思，笔调婉雅，语意蕴藉含蓄，耐人寻味，是宋词中脍炙人口、广为传诵的名篇。

清平乐

——晏 殊

红笺小字[1]，说尽平生意。鸿雁在云鱼在水[2]，惆怅此情难寄。

斜阳独倚西楼，遥山恰对帘钩。人面不知何处，绿波依旧东流。

※注释
[1]红笺（jiān）：一种精美的小幅红色信纸。[2]鸿雁句：古人认为鱼雁都能传递书信。

※赏析

本篇为念远怀人之词，抒写了词人对远方情人的思念之情，为晏殊千古传颂的名篇之一。词人以红笺细书情意、书成难寄无比惆怅、暮倚西楼独伫久望等情景描写，一波三折，抒写思念的深情和离别的愁绪，细腻雅致，写情之笔超绝。

词的上片抒写了词人对情人的一片深情。起句"红笺小字，说尽平生意"看似简单，实则包含了无数的情事和无限的情思，词人用精美的小幅红纸，密密匝匝地写满对心上人的爱慕之意，说尽平生。但却"惆怅此情难寄"，写成后的信无从传递，即使天上有鸿雁和水中有游鱼都无法帮忙。此处词人化用古人"雁足传书"和"鱼传尺素"的说法，浓缩在一句"鸿雁在云鱼在水"中，用典却出新，说明无法驱遣它们送信传书，比李玉"断鸿难倩"等化用典故更见风致。

下片着重渲染主人公的孤独寂寞，点名相思之意。由"斜阳独倚西楼，遥山恰对帘钩"过渡到写景，红日偏西，斜晖照在登楼远望的孤影上，景象凄清，远处的山正对着窗户，词人寥寥数语即营造出一个充满离愁别恨的意境。"远山"句以景抒情，象征了两情相对而遥相阻隔，惆怅难言。而词人原本想倚楼远眺排遣相思，谁料愁思更为浓重。末两句"人面不知何处，绿波依旧东流"化用崔护"人面不知何处去，桃花依旧笑春风"的诗意，点出相思之情：那奔流向东的绿水，也许映照过如花的人面，而如今流水依然东流，但却不知人面在何处，只剩下相思之情，随着流水悠悠东去了。浓浓的相思此时化开，词人心中蕴藏的情感也由此婉曲细腻地表现出来，令人感动。

全词情景交融，语淡而情深，风格典雅细腻，情调隽永含蓄，是最能代表晏殊婉约词风的词作之一。

山亭柳

——晏 殊

家住西秦,赌薄艺随身。花柳上,斗尖新①。偶学念奴声调②,有时高遏行云。蜀锦缠头无数③,不负辛勤。

数年来往咸京道,残杯冷炙漫销魂。衷肠事,托何人?若有知音见采,不辞遍唱阳春④。一曲当筵落泪,重掩罗巾。

※注释

①花柳二句:意谓在描写男女情爱的歌词上别出心裁,花样翻新。②念奴:指擅歌的名妓。③缠头:演出完毕客人赠艺人的锦帛。④阳春:战国时代楚国的一种高雅乐曲,熟知者甚少。

※赏析

这首词以叙事的笔法,记述了一个歌女在声色生涯上由盛转衰的感慨和悲哀,表达出了作者对她的遭遇的同情。

这位歌女家住西秦,开始只是靠小小的随身技艺维持生活,后来通过辛勤学艺,在吟词唱曲上苦下功夫,最终脱颖而出,受到看客们的青睐。

但随着年长色衰,近几年来,她不得不风尘仆仆地往来于咸京道路献技糊口,处处受到冷遇,所挣得的不过是一些剩酒冷饭。女子满腹心事不知该讲与何人,她说如果有人能够理解和赏识她,她不辞为之奉献出自己最擅长的才艺。

她遇到了作者,一个愿意听她讲述身世的人。当无数心事化作一曲悲歌唱出时,她终于不能自持,潸然落泪。

蝶恋花

——晏殊

槛菊愁烟兰泣露①,罗幕轻寒②,燕子双飞去。明月不谙离恨苦③,斜光到晓穿朱户。

昨夜西风凋碧树,独上高楼,望尽天涯路。欲寄彩笺兼尺素④,山长水阔知何处。

※注释

①槛菊:栏杆旁的菊花。②罗幕:丝罗做的帷幕,此指屋内。③谙:知晓。④彩笺兼尺素:指书信、题诗。

※赏析

此词为一首伤离怀远之作,词人以疏淡的笔墨、温婉的格调、谨严的章法,传达出暮秋怀人之情。

上片描写的是苑中景物,是词人清晨所见。"槛菊愁烟兰泣露"写秋晨的菊花和兰花,在词人看来,菊花笼罩着一层愁惨的烟雾,兰花上的露珠好像是它饮泣的泪珠,这一亦真亦幻的场景,透露出词人悲凉、迷离而又孤寂的心境。"罗幕轻寒,燕子双飞去"写清晨燕子穿过帘幕飞出去的情景,表面上写燕子因罗幕轻寒而飞走,实则是词人感情的写照。接下来两句借明月烘托愁苦,词人责怪"明月不谙离恨苦",其实是嫉妒月光的皎洁,反衬出自己的悲凉。

下片写登楼望远,"昨夜西风凋碧树"写西风之凛冽,吹落绿树,为固有的凄楚气氛平添出几分落寞与萧瑟;"独上高楼"明写孤独,而"望尽"极言眺望之远,也反映出其凝神已久,但"望尽天涯路",仍看不见所思念之人;"欲寄彩笺兼尺素"写词人想寄书传情,但却不知邮寄何处,词人以无可奈何的问句结尾,意犹未尽,让人顿生情也悠悠、恨也悠悠之感。词的下片于广远之中蕴含愁苦,西风、路远、山长、水阔,这一切景物都充满了凄楚、冷寂、荒远的气氛,很好地表达了离愁别恨的主题。

破阵子

——晏 殊

燕子来时新社①,梨花落后清明。池上碧苔三四点,叶底黄鹂一两声。日长飞絮轻。

巧笑东邻女伴②,采桑径里逢迎。疑怪昨宵春梦好,元是今朝斗草赢③,笑从双脸生。

※**注释**

①新社:即春社。古时祭祀土神的日子有春社、秋社之分,一般在立春、立秋后第五个戊日。②巧笑:美丽的笑容。③斗草:古时妇女常做的一种游戏,以手中草赌斗输赢。

※**赏析**

燕子来时,春社在即,梨花落后,清明便为期不远。在这个季节,池塘中会疏疏落落地点缀着几点绿苔,树荫里则不时传来一两声莺啼,白昼渐长,尽日飘飞的是轻轻的柳絮。

忽而笑声盈耳,原来是互为邻里的两位女子在采桑小径上相逢,二人继而玩起了斗草游戏。斗赢的一方充满欢乐,她随即想到:怪不得昨天晚上做了那样的一个好梦,原来是今天斗草要赢的兆头。想到这里时,笑容已然绽放在她的脸上。

离亭燕

——张昇

一带江山如画,风物向秋潇洒①。水浸碧天何处断?霁色冷光相射②。蓼屿荻花洲③,掩映竹篱茅舍。

云际客帆高挂,烟外酒旗低亚④。多少六朝兴废事⑤,尽入渔樵闲话。怅望倚层楼,寒日无言西下。

※**注释**

①风物:景物。②霁(jì)色:雨后晴空的颜色。③蓼(liǎo)屿:生长着蓼草的岛屿。荻:多年生草本植物,生在水边,叶似芦苇,秋天开紫花。④低亚:低垂。⑤六朝:指先后在金陵(今南京)建都的吴、东晋、宋、齐、梁、陈六个朝代。

※**赏析**

金陵一带,江山如画,秋天一到,风光景色明净爽朗。水与碧天连成一片,浑然不见分界,霁色与秋水的寒光交相辉映;蓼荻丛生的小岛上,几处竹篱茅舍隐约可见。水天尽头,客船的船帆好似高挂云边;烟雾之外,探出酒旗一支低低地飘扬。

作者怀想六朝旧事,慨叹人世变迁、盛衰更迭到头来只成为渔父樵夫闲谈的话题,心中泛起沧桑悲感。怅然之下,他独倚高楼,默看寒日无言西下……

木兰花

——宋祁

东城渐觉风光好,縠皱波纹迎客棹①。绿杨烟外晓寒轻,红杏枝头春意闹。

浮生长恨欢娱少,肯爱千金轻一笑②?为君持酒劝斜阳,且向花间留晚照。

※注释
①縠（hú）皱：形容水波纹如绉纱一样褶皱。②肯：怎肯。

※赏析
本篇为词人代表作，亦为宋词名篇，是当时誉满词坛的佳作。词中描绘了早春绚丽多彩的风光，抒写词人伤逝嗟老的情绪和今朝有酒今朝醉、及时行乐的思想。

上片从游湖写起，讴歌春色，词人在想象中勾勒出了一幅春意盎然的美丽图画：荡漾在波光粼粼的小溪上，优哉游哉，目之所见都是清新的绿色，沁人心脾。"縠皱"句将水波拟人化，赋予了水波以无尽的灵性，仿佛是它们面带微笑，款款迎接游人。"绿杨烟外晓寒轻"把远处杨柳如烟、似梦似幻的美景勾勒得栩栩如生，描绘了清晨寒气淡淡、空气清新的美景。"红杏"句则通过对盛开着的杏花着力描绘，渲染出浓浓的春意。词人极力渲染对春天的喜爱之情，可谓言在此而意在彼，他真正的目的是为下片伤春的情绪作铺垫。

下片笔锋一转，由表达对春天的赞美之情转而描写自己对人生苦短的感叹：既然人生在世匆匆数十载，忧患总是多于欢乐，何不潇潇洒洒地做一个享乐者呢？于是引出了"为君持酒劝斜阳，且向花间留晚照"两句，抒写词人举杯挽留夕阳，希望它能在花丛间多停留一段时间，以使自己和同游的伙伴得以尽兴，不留遗憾。词人以此作结，表达了自己对美好春光即将逝去的留恋之情。

在语言风格上，整首词言辞优美，风格新颖，别具一格，韵味十足；在构思上，结构严谨，舒放自如，对仗工整，辞藻虽华美但不俗艳，情感虽缠绵但不轻浮，而珍惜美好时光、不要荒废人生等主题思想也被表达得清晰明了，着实精巧。

此外最值得一提的是，本词有一句千古名句"红杏枝头春意闹"，王国维称其"著一'闹'字而境界全出"。它把视觉和听觉完美地结合在一起,化视觉为听觉,表现了姹紫嫣红、蜂蝶争喧的生意盎然的春色,极为动人。尤其是一个"闹"字,更是把杏花争艳斗丽的神态描绘得栩栩如生,淋漓尽致,也将词人自己对春天的喜爱之情渲染到了极致,其境界之高令人赞叹,词人也因此获得了"红杏尚书"的雅号。

贺圣朝

——叶清臣

满斟绿醑留君住①,莫匆匆归去。三分春色二分愁,更一分风雨。

花开花谢,都来几许②?且高歌休诉。不知来岁牡丹时,再相逢何处?

※**注释**

①绿醑(xǔ):绿色的美酒。醑:古代用器物滤酒,去糟取清叫醑。②都来:算来。

※**赏析**

斟满一杯绿色的美酒劝朋友再作停留,不要匆匆归去,然后叹息春色三分,中含二分离愁,还有风雨带来的一分春愁。因为伤感,作者所以言及花儿会开也就必然会谢的道理,但刚刚就此劝友人忘掉人生聚散,暂且高歌抒怀,便又黯然神伤于"不知来岁牡丹时,再相逢何处"的怅然自问。

诉衷情

——欧阳修

清晨帘幕卷轻霜,呵手试梅妆。都缘自有离恨,故画作远山长。

思往事,惜流芳,易成伤。拟歌先敛,欲笑还颦①,最断人肠!

※注释

①拟歌先敛二句：是说唱歌之前先做愁态，笑之前先要皱眉，以此来增添妩媚。

※赏析

本篇描写的是一位歌女的生活片断，抒写了歌女的相思离恨之情，将其内心深处的痛苦和愁闷表现得淋漓尽致。

词的上片写歌女清晨梳妆，白描歌女清晨试梳梅花妆和画远山眉的细节，以又细又长的眉黛象征离愁如远山绵长不尽，用意奇巧。"清晨帘幕卷轻霜"，清晨卷起结着轻霜的幕帘，点明歌女起床后的活动——卷帘，卷起"轻霜"，言此时已到微寒时节，因而"呵手"，这一细节写出歌女的娇怯状。接着她开始"试梅妆"，意思是试画新式梅花妆，反衬出歌女的秀美俏丽。"都缘自有离恨，故画作远山长"，既可理解为词人的揣度，也可理解为歌女的心理，都因为内心有太多离愁别恨，故而将双眉画得像远山般浅淡细长。清朝学者陈廷焯《词则闲情集》评言："纵画长眉能解离恨否？笔妙。能于无理中传出痴女子心肠。"

词的下片写歌女悲伤忧愁的心理，先是回忆昔日，后又转写今朝。"往事""流芳"，表达其对往昔回忆的眷恋与惋惜之情。"拟歌先敛，欲笑还颦"是歌女此时的情态：想唱歌心里却发紧，想欢笑眉头却紧皱，表现歌女强颜欢笑的愁恨苦闷。这样的日子"最断人肠"，直言其内心的无比哀伤，隐含着词人对其深深的同情，语简意深，十分传神。

全词章法自然顺畅，上片写歌女化妆的场景，下片刻画其心理活动，以白描的手法，着重描写了歌女的动作和情态，刻画出歌女的离恨别伤，可谓构思新颖。

踏莎行

——欧阳修

候馆梅残①,溪桥柳细。草薰风暖摇征辔②。离愁渐远渐无穷,迢迢不断如春水。

寸寸柔肠,盈盈粉泪。楼高莫近危阑倚③。平芜尽处是春山④,行人更在春山外。

※注释
①候馆:驿馆。②摇征辔(pèi):指策马远行。③危阑:高楼上的栏杆。④平芜:绵延不断、向远方伸展的草地。

※赏析

本篇抒写远别离愁。

上片写远行人在春日离家后随着行程的渐远,愁也越来越重,越强烈。"候馆梅残,溪桥柳细。草薰风暖摇征辔"是远行人途中所见之景,"梅残""柳细""草薰"等词渲染出悲情气氛;"离愁渐远渐无穷,迢迢不断如春水"写离家日渐遥远触发离愁,词人以春水迢迢比喻离愁的绵绵不断,真切生动,真实而自然地表现了其望归的愁情。

下片则从闺人着眼,悬想闺中人思念远行人的情态,表现闺中人相思的痛苦。"寸寸柔肠,盈盈粉泪",寸寸柔肠痛断,行行盈淌粉泪,两对句、八字既写出闺中人缠绵深切的相思之情。接下一句"楼高莫近危阑倚",不要登高楼望远把栏杆凭倚,既是远行人对闺中人的深情嘱托,又表现了闺中人倚楼望远而又不见所思之人的情景。"平芜尽处是春山,行人更在春山外"是补充说明上句,即使登楼也枉然,因为什么都看不见,你远眺到的只是平坦的、一望无尽的草地,原野尽头是重重青山,而你思念之人还在那重重春山之外,早已渺不可寻。即使望断春山也是徒然,更见闺中人的失望和感伤。此二句既刻画出闺中人的神态,又揭示出其内心深处悠远缠绵的情思,为宋词中的名句。今人唐圭璋《唐宋词简释》赞曰:"平芜已远,春山则更远矣,而行人又在春山之外,则人去之远,不能目睹,惟存想象而已。写来极柔极厚。"明王世贞《艺苑卮言》说:"此淡语之有情者也。"

全词委婉缠绵,别具一格,词人将游子思乡之情与闺中人的思念融合在一起,写出两地互为相思的情思,可谓新颖生动。虽为常见的离情别绪的题材,但词人所运用的奇妙手法,使本词跳出俗套,读来清新雅致,令人神往。整首词意境优美,融情于景,情寓景中,表现了欧词深婉的风格,是其最具代表性的词作之一。

生查子

——欧阳修

去年元夜时,花市灯如昼。月上柳梢头,人约黄昏后。

今年元夜时,月与灯依旧。不见去年人,泪湿春衫袖。

※赏析

此词是欧阳修脍炙人口的名篇之一,词人以少女口吻写成。

上片回忆去年的欢悦,那时灯好、月明,热恋中的约会也因元夜的欢乐而增添光彩。"去年元夜时"点明时间,引出下文的叙述,接下三句为当时的情景;"花市灯如昼"极言元宵夜的灯火辉煌,展示了欢聚的时空背景;"月上柳梢头,人约黄昏后"写去年元夜幽会的情景,为全词的词眼,其意境优美且情致浪漫,是欧词中传诵千古的名句。上片勾勒出一幅月下幽会的幸福场景,但快乐的时光总会很快消逝。

词的下片,词人笔锋一转,写今年元夜重临故地、物是人非的悲苦情景。"月与灯依旧"一句话即概括出今天的环境,景物与去年一般无二,依旧月光普照,灯市灿烂如昼。而人又是怎样呢?一句"不见去年人"——去年相会的人却不见踪影,道出无尽的哀伤。而为何"不见",

词人只字不提，更增添了悲凉之意。面对此情此景，少女怎能不伤感悲伤？"泪湿春衫袖"——只见那相思之泪不禁打湿了春衫的衣袖，词人只用五字就将这种淡漠冷清的伤感形象化、明朗化，足见其功底深厚。

蝶恋花

——欧阳修

庭院深深深几许？杨柳堆烟，帘幕无重数。玉勒雕鞍游冶处①，楼高不见章台路②。

雨横风狂三月暮，门掩黄昏，无计留春住。泪眼问花花不语，乱红飞过秋千去。

※注释

①玉勒雕鞍：镶玉的马笼头和雕花的马鞍。游冶处：即冶游处。指歌楼妓馆。②章台：歌伎住所的代称。

※赏析

本篇为一首暮春闺怨词，描写了暮春时节深闺女子怀人伤春的苦闷愁怨，是闺怨词中千古传诵的名作。

开首即连用三个"深"字，写出女子与世隔绝形如囚居一般的生活，暗示其孤身独处、怨恨莫诉的压抑之感，将女子独守空房的孤苦落寞之景刻画得入木三分。李清照《词序》曾赞曰："欧阳公作《蝶恋花》有'庭院深深深几许'之句，予酷爱之，用其语作'庭院深深'数阕。"接下来词人对深闺女子的住处进行了细致的描绘，由远及近，近处是"杨柳堆烟"，一排排杨柳密密丛丛，雾气弥漫，好似一幅水墨画。远处是一重重的帘幕，"无重数"三字描写出这座庭院的幽深隐秘。下一句词人笔锋一转，"玉勒雕鞍游冶处"将视线转到其丈夫那里，而下一句又折笔描写女子独处高楼，凝神远望丈夫游冶之处。王国维《人间词话》言："一切景语，皆情语也。"

词的下片借写风狂雨暴的黄昏，抒写出女子无限的伤春之感。末两句是欧阳修词中脍炙人口的名句之一，毛先舒《古今词论引》曾分析道："永叔词云：'泪眼问花花不语，乱红飞过秋千去。'此可谓层深而浑成。何也？因花而有泪，此一层意也；因泪而问花，此一层意也；花竟不语，此一层意也；不但不语，且又卵落、飞过秋千，此一层意也。人愈伤心，花愈恼人，语愈浅而意愈入，又绝无刻画费力之迹，谓非层深而浑成耶？"

全词语言优美，浅显易懂，然意境深远，深沉细腻，远胜花间词之清韵。

渔家傲

——欧阳修

花底忽闻敲两桨，逡巡女伴来寻访①。酒盏旋将荷叶当②，莲舟荡，时时盏里生红浪③。

花气酒香清厮酿④，花腮酒面红相向。醉倚绿阴眠一晌⑤，惊起望，船头阁在沙滩上⑥。

※注释

①逡（qūn）巡：顷刻。②旋：随即。当（dàng）：代替。③生红浪：莲塘泛舟，有莲影映于酒杯之中，故显出红色波纹。④清厮酿：形容花香酒香混成一片。⑤一晌：一会儿。⑥阁：同"搁"，搁浅。

※赏析

荷花深处忽闻桨响，不多时便看到女伴前来寻访，她们旋即采摘荷叶作酒杯，随着莲舟摇荡，那杯中酒映着荷花，泛起层层红浪。花的清香与酒的醇香混在一起，花的红晕和脸的红晕两相映衬。酒喝得微醺，女子便借荷叶绿荫酣眠一晌，但不多时就惊起四望，原来是小船随波逐流，船头搁浅在了沙滩上。

卜算子

——王观

水是眼波横，山是眉峰聚。欲问行人去那边？眉眼盈盈处①。

才始送春归，又送君归去。若到江南赶上春，千万和春住。

※注释

①盈盈：美好的样子。

※赏析

浙东素以山清水秀闻名，因而词也就从山水写起。作者用女子含情脉脉的眼波来形容浙东的水，用女子蹙拢的眉来形容浙东的山，更用"眉眼盈盈"一语注入灵气，托显出江南山水的柔情绰态。

别离是伤感的，何况是在春日将尽的时候，惜春惜别之情一同搅缠于心中的滋味确实不好受。但作者想到友人此去江南兴许还能赶上春天在那里逗留的脚步，不禁又为他庆幸。他于是叮嘱友人，如果真的赶上了春天，千万要拣那春意最浓的地方住下。

临江仙

——晏几道

梦后楼台高锁，酒醒帘幕低垂。去年春恨却来时①。落花人独立，微雨燕双飞。

记得小蘋初见②，两重心字罗衣③。琵琶弦上说相思。当时明月在，曾照彩云归。

※注释

①却来：又来。②小蘋（pín）：歌女的名字。③心字罗衣：古时女子穿的衣领形如"心"字的罗衣。

※赏析

词人朋友家中有四位歌女,这首词就是其怀念歌女小蘋而作,是其代表作之一。

上片写和小蘋分别后形单影只和对她刻骨铭心的相思之情。开篇就用两个六字对句描写了梦醒后的孤寂凄苦,虽然并没有直接抒情,但早已经是寓情于景,情在景中了,词人对小蘋深深的思念显露无遗。"去年春恨却来时"承上启下,接着,词人借用了五代翁宏《春残》诗的"落花人独立,微雨燕双飞"两句,在描写景色的同时,不露痕迹地把词人自己的惆怅寂寞之情融会其中,颇为新奇。

下片回忆和小蘋初识和分别时的情景。一开始就写他们以琵琶为媒,一见钟情。然后,他化用李白《宫中行乐词》中的"只愁歌舞散,化作彩云飞",增添了更多更美妙的色彩。词虽以景语结尾,实则饱含无限深情,既写出了小蘋楚楚动人的形象,也写出了词人对小蘋的深深爱慕之情。全篇没有直接抒发感情,却让人感受到情感的真挚深沉。

蝶恋花

——晏几道

醉别西楼醒不记,春梦秋云,聚散真容易。斜月半窗还少睡,画屏闲展吴山翠。

衣上酒痕诗里字,点点行行,总是凄凉意。红烛自怜无好计,夜寒空替人垂泪①。

※注释

①红烛两句:化用唐杜牧《赠别》中"蜡烛有心还惜别,替人垂泪到天明"句。

※赏析

本篇也是抒写离别之感,写的是伤别怀人。词人并没有描述具体的事件,而是描绘主人公寒夜无眠,追忆醉别西楼,感慨聚散短暂,睹物思人倍感凄凉,孤栖无依只有红烛垂泪相伴。写景、叙事、抒怀相结合。词中"春梦秋云"的比喻和红烛垂泪的拟人写法形象生动,耐人寻味。

上片写梦醒之后,感慨人生如梦如云。"醉别西楼醒不记"写昔日在西楼醉中一别,醒后全忘,点明离别之意,这好像是追忆往日某一幕的具体的醉别,又像是泛指所有的前欢旧梦,虚虚实实,"如幻,如电,如昨梦、前尘"。面对此情此景,词人不由得发出感叹:"春梦秋云,聚散真容易",慨叹人生如飘忽不定的春梦秋云,聚无由,散容易。春梦虚幻而短暂,秋云缥缈而易逝,以此象征人生,真切而形象,惹人遐思。"斜月半窗还少睡,画屏闲展吴山翠"转而写景,因追忆前尘往事,感叹聚散,浑然不知此时已是"斜月半窗"了,独自一人看着那画屏悠闲地展现出吴山的葱翠,心中极度郁闷伤感。词人以"闲"字反衬出自己内心的苦闷。下片写欢聚留下的酒痕诗文,"衣上酒痕诗里字"原是昔日西楼狂欢的象征,如今却"点点行行,总是凄凉意"。词人睹物生景,睹物生情,怎能不感到凄凉哀伤?连红烛都被"凄凉意"感动,它虽然同情人的凄凉,却"自怜无好计",只能在寒寂的夜晚白白地替人长洒同情之泪。此句"红烛"与上片的"画屏"相对应,一翠一红,一无情一有情,相映成趣,足见词人构思之巧妙。

全词语淡情深,充满了无处排遣的惆怅和悲凉,风格沉郁悲凉,手法精妙,后人评价极高。"红烛自怜无好计,夜寒空替人垂泪"为其中名句,颇具晏几道的作词风格。

清平乐

——晏几道

留人不住,醉解兰舟去。一棹碧涛春水路①,过尽晓莺啼处。渡头杨柳青青,枝枝叶叶离情。此后锦书休寄,画楼云雨无凭。

※ **注释**

①棹（zhào）：船桨。

※ **赏析**

  晏几道写情沉郁顿挫，一般都不直抒胸臆，而是用极其委婉的方式来抒写。此词是一首以深婉含蓄见长的言情词，写女子送别情景，抒发了女子挽留不住情人的怨愤之情。

  上片四句主要是写景，用春天美好的事物反衬主人公哀怨的心情，比直接抒情更为感人。首句描绘了一个分别的情景：女子对情人依依不舍，苦苦挽留；情人不顾女子的哀求，去意已决，执意要走，两人形成鲜明的对比。既然强留不住，女子只能放手了。一个"留"，一个"去"，为下面的抒情做铺垫。第二句写女子为情人举行饯行酒宴的情况。此时二人的态度同样形成对照：女子由于满腔离愁别绪，吃不下去；情人因为即将远行，心情愉悦，以至大醉。下面两句紧承上句，描绘了一幅美丽的春晨江景图。这些美好的景物其实并不是真实的，是女子对情人一路上风光的想象。那江水澄净碧绿，鸟声婉转动听，到处洋溢着喜人的气息，这不就是情人此刻心情的真实写照吗？此处再次把情人的高兴与女子内心的哀愁形成对比，把女子哀不胜哀、愁不胜愁的心境刻画得非常形象。

  下片开始两句和篇首的"留人不住"遥相呼应，是女子想象情人离开后的情景。情人乘船走后，渡头空荡荡的，连垂柳都见之哀伤，叫多情的她怎么能不悲切呢？结句虽然也是写情，却显得有些突兀。女子面对情人的离开伤心欲绝，以至违心地说"此后锦书休寄"，要和他从此断绝关系。青楼女子身份特殊，即便与情郎情深意切，终究还是要分开，大都没有好结局。既然如此，还不如断绝来往呢！这句话看起来很决绝，其实是负气之言，暗含幽怨。这两句以怨写爱，把女子因深爱而绝望，绝望却始终割舍不了与情人的感情的复杂心境表现得淋漓尽致。

  本词在结构上没有特别之处，没有时间和空间上的跨越，仅仅围绕一个人物在送别时的感受展开，简单明快，却将女子的神态刻画得入木三分，极为传神，由此可见词人高超的技法。

鹧鸪天

——晏几道

小令尊前见玉箫①，银灯一曲太妖娆。歌中醉倒谁能恨，唱罢归来酒未消。

春悄悄，夜迢迢，碧云天共楚宫遥②。梦魂惯得无拘检，又踏杨花过谢桥③。

※注释
①尊：酒器。②楚宫：指代玉箫居处。③谢桥：谢娘家的桥。谢娘为唐代妓人。

※赏析
词写作者对一位美丽歌女的怀念之情。"玉箫"指代歌女，作者在一次宴会上偶然遇到她，久久不能忘怀。

酒宴歌席间第一次见到玉箫，银灯璀璨的光华下，她清歌一曲，让作者连连叹息"太妖娆"。他情愿歌中醉倒而无怨恨，宴毕后一路陶醉归来，酒意未消。

春悄悄，夜迢迢，作者空对碧色云天，叹息佳人远隔，不无惆怅。他于是求助于不受束缚的梦境，踏杨花，过谢桥，一路寻去，欲见昼思夜想的玉箫。

阮郎归

——晏几道

旧香残粉似当初，人情恨不如。一春犹有数行书，秋来书更疏。

衾凤冷①，枕鸳孤②，愁肠待酒舒。梦魂纵有也成虚，那堪和梦无。

※**注释**

①衾凤：被子上绣的凤。②枕鸳：绣着鸳鸯的枕头。

※**赏析**

本篇为一首闺怨词，写女子怀人怨情。词人以跌宕波折之笔法，写女子虽怨恨情人负心、人情淡薄，但依然痴情不改，深切思念情人，极写女子爱情之深挚。

上片写物是人非，用剩的脂粉还像当初一样香，可叹"人情恨不如"感情连旧粉也不如；春天的时候还写过几行信，可如今"秋来书更疏"。从细节上表现了游子的负心，彰显出女子的敏感多情。上片写女子睹物思人，表现了她对负心情人的满腔怨恨之情。

下片写独居的冷清凄苦，一人盖被暖不透，独个双枕好孤独，愁肠百结只能"待酒舒"。头两句写女子的内心感受，把她清冷、凄凉的主观情感寄托在衾与枕上，将她的内心刻画得非常入神。词人之所以用凤和鸾来比喻衾和枕，是因为我国古代通常以凤凰和鸳鸯来比喻情侣相亲相爱，以凤凰与鸳鸯成单来暗示情侣分离的境况。词人的用意正在于此，暗喻今非昔比、物是人非。"愁肠"一句，写女子为了排解心中的烦闷，希望借酒消愁，哪怕得到的只是暂时的解脱也好。虽是"待酒舒"，却未必是真醉，反而陷入了更重的愁思之中。

卖花声

——张舜民

木叶下君山①，空水漫漫。十分斟酒敛芳颜。不是渭城西去客，休唱阳关。

醉袖抚危阑，天淡云闲。何人此路得生还？回首夕阳红尽处，应是长安。

※注释

①君山：又名洞庭山，在洞庭湖中。

※赏析

落叶纷纷飘下君山，洞庭湖水与天相连，浩瀚无边。作者制止了将酒斟满，而后敛整姿容准备歌唱侑酒的女子，告诉她，自己并非要西迁大漠，所以不必唱起《阳关三叠》的凄凄别音。

酒醉后，扶着楼台的栏杆，看天淡云闲。他悲伤叹问远谪之人有多少能在有生之年得以归还，转而回望夕阳红尽的天边，怅然推想，那里应是牵系着命运和情感的长安。

水龙吟 次韵章质夫杨花词

——苏轼

似花还似非花，也无人惜从教坠①。抛家傍路，思量却是、无情有思②。萦损柔肠，困酣娇眼，欲开还闭③。梦随风万里，寻郎去处，又还被、莺呼起④。

不恨此花飞尽，恨西园、落红难缀⑤。晓来雨过，遗踪何在？一池萍碎⑥。春色三分，二分尘土，一分流水。细看来，不是杨花，点点是离人泪。

※注释

①从教坠：任其飘落。②无情有思：意谓杨花随风飘舞，看似无情，却也有它自己的思绪。③萦损三句：此三句是将杨花想象成闺中少妇，写尽夫婿远行后她整日百无聊赖的姿态。④莺呼起：唐金昌绪《春怨》："打起黄莺儿，莫教枝上啼。啼时惊妾梦，不得到辽西。"⑤落红难缀：意谓花儿纷纷凋落，再也不能连结在枝头了。缀：连结。⑥萍碎：古人认为杨花

落水变成浮萍。

※赏析

　　这首词作于哲宗元祐二年（1087年）前后，当时苏轼与章质夫都在汴京做官。这是一首唱和之作，词人明写杨花，暗抒离别的愁绪。

　　词的上半部分写杨花飘落的情景。开篇"似花"两句造语精巧，音韵和婉。一方面咏吟杨花，另一方面也是写人的情感。最后几句把花和人合为一体，极言离人的愁苦哀怨。词的下半部分言情。前两句笔势跌宕顿挫，用"不恨""恨"两相对照，抒发对杨花无人怜惜的惆怅。"晓来""春色"六句，是对前面"抛家""萦损"的详细解释，杨花最后的结局是"一池萍碎"，或被碾为尘土，或被流水带去。收尾三句总揽一笔，把池中"萍碎"的杨花喻为离人的泪滴，想象奇特。

定风波　南海归，赠王定国侍儿寓娘[①]

—— 苏　轼

　　常羡人间琢玉郎[②]，天应乞与点酥娘[③]。尽道清歌传皓齿，风起，雪飞炎海变清凉。

　　万里归来年愈少，微笑，笑时犹带岭梅香。试问岭南应不好，却道：此心安处是吾乡。

※注释

①王定国：名巩，因受"乌台诗案"牵连而被贬官岭南。②琢玉郎：指善于相思的多情人。③乞与：给予。点酥娘：形容柔奴肌肤、资质的光洁柔美。

※赏析

　　柔奴陪伴王定国贬谪南方回来，与作者问答，深得作者的欣赏。所以他写下此词来赞美柔奴。

　　词中说：我常常羡慕幸运的多情郎王定国，上天赐给他一位温柔美丽的好姑娘。人们都说她轻启皓齿，唱出那沁人心脾的歌声，就好像风起雪飞，让炎炎火海也变得清凉。她陪伴主人贬谪万里归来，容颜却越发地焕发着青春的风采，她常常微笑，微笑中还带着岭南的梅香。我问她贬地的风物应该不会太好吧，她却对我说：此心安处，便是故乡。

水调歌头

——苏 轼

明月几时有？把酒问青天。不知天上宫阙，今夕是何年？我欲乘风归去，又恐琼楼玉宇①，高处不胜寒。起舞弄清影，何似在人间②？

转朱阁③，低绮户④，照无眠。不应有恨，何事长向别时圆？人有悲欢离合，月有阴晴圆缺，此事古难全。但愿人长久，千里共婵娟⑤。

※注释

①琼楼玉宇：指月宫，也指朝廷。②在人间：也含有出任地方官的意思。③朱阁：朱红色的楼阁。④绮户：雕花的门窗。⑤婵娟：月亮。

※赏析

这首词作于宋神宗熙宁九年（1076年），当时苏轼在密州任太守。他与弟弟苏辙已是七年阔别，再加上政事上的不顺心，又赶上丙辰年的中秋节，于是对月思人，尽抒情怀，乘醉而歌，写出了这首传诵千古的名篇。胡仔《苕溪渔隐丛话》说："中秋词自东坡《水调歌头》一出，余词尽废。"

词的上片写把酒问天，发欲升天之奇想，但又恐高处奇寒不如人间，一波三折，抒写词人由于政治失意想要超脱尘世但又热爱人间、眷恋人生的矛盾心态。下片由"人有悲欢离合，月有阴晴圆缺"慨叹人生好事难全，古今一样，进而表达"但愿人长久，千里共婵娟"的心愿，只希望人们能够永远健康长寿，即使相隔千里也能在中秋之夜共同欣赏天上的明月。这里既是抒写怀念兄弟的深情以及对远方亲人的思念，也是表达一种祝福。

全词叙述跌宕起伏，情感放纵奔腾，充满浪漫主义情调，风格超旷飘逸，表现诗人开阔洒脱的胸襟和积极达观的品格。全词构思奇特，结构严谨，蕴含深广，通过对虚无缥缈的月宫仙境的幻想，表现了现实世界中自己内心的矛盾和迷茫，以及对人生的思考和认识。本词语言如行云流水，理性情趣兼有，是宋词的名作。其中的"人有悲欢离合，月有阴晴圆缺""但愿人长久，千里共婵娟"等句，是流传千古的名词佳句。

念奴娇　赤壁怀古

——苏　轼

大江东去，浪淘尽、千古风流人物。故垒西边，人道是、三国周郎赤壁。乱石穿空，惊涛拍岸，卷起千堆雪。江山如画，一时多少豪杰。

遥想公瑾当年，小乔初嫁了，雄姿英发。羽扇纶巾①，谈笑间、樯橹灰飞烟灭②。故国神游③，多情应笑我，早生华发④。人生如梦，一樽还酹江月⑤。

※注释

①纶（guān）巾：用青丝带做的头巾。②樯橹：指曹操水军。樯：桅杆。橹：船桨。③故国：指赤壁古战场。④华发：白发。⑤酹（lèi）：将酒倒在地上以表祭奠。

※赏析

这首词是苏轼豪放词的杰作，也是整个豪放词派中的扛鼎之作。它写于神宗元丰五年（1082年）七月，当时苏轼刚刚因"乌台诗案"受贬，退居黄州。词中，词人挥洒巨笔描绘赤壁古战场雄奇壮丽的景色，表现三国名将周瑜风流儒雅、指挥若定的大将风采，歌颂了祖国大好江山和英雄人物，也抒写了自己政治失意、老大无成的迟暮之悲。

上片以"赤壁"为主题，写雄浑之景。开篇三句总起，由景到人，人由景出，在浩荡东流的滔滔江水之后，紧跟着引出千秋万代的风流人物，笔势雄奇，气势阔大，营造出一种历史的深厚感，让人感慨系之。"故垒"两句明言借古抒怀。"人道是"，显出词人的严谨。"周郎赤壁"，既合主题，又是对下文赞美周郎的铺垫。"乱石"三句，直写赤壁的景色，苍凉雄浑，制造出一种抒怀的氛围，最后用"江山如画"衬托历代英豪的丰功伟绩。

下片写怀古之情。用"遥想"总领，起笔六句分别从多个方面描写周瑜当年的英武形象，暗示自己垂垂老矣而一事无成，充满了郁郁不得志的愤慨。"多情"两句，写自己的一生，感慨自己尚无所作为却已老之将至，大好年华全都被虚度。最后两句情景交融，思接古今，看似是词人以酒祭月，表达自己对古人的缅怀之情，实则是借酒浇愁，体现出词人内心深处的无奈与苦闷。

全词气象宏阔，笔力遒劲。胡仔在《苕溪渔隐丛话前集》盛赞此词为"古今绝唱"。

西江月

——苏轼

世事一场大梦，人生几度秋凉。夜来风叶已鸣廊[1]，看取眉头鬓上。

酒贱常愁客少，月明多被云妨。中秋谁与共孤光[2]，把盏凄然北望。

※注释
①风叶：被风吹落的树叶。②孤光：月光。

※赏析

　　世事一场大梦，人生几度秋凉，入夜后，秋风裹挟着落叶在廊间鸣响，作者有悲于秋意，对镜自顾眉头鬓上白发斑斑，不禁忧伤无限。酒价低贱的时候常愁的是客人稀少，而即便如明月之光也多被浮云妨碍；又逢中秋佳节，但无人可共饮酒赏月，满心愁苦，作者把盏凄然北望那由来的地方。

临江仙　夜归临皋

——苏　轼

　　夜饮东坡醒复醉①，归来仿佛三更。家童鼻息已雷鸣，敲门都不应，倚杖听江声。

　　长恨此身非我有，何时忘却营营②。夜阑风静縠纹平③。小舟从此逝，江海寄余生。

※注释

①东坡：苏轼被贬黄州时曾筑室于黄州城外之东坡，因号东坡居士。②营营：为功名利禄而奔波劳碌。③縠（hú）纹：如绉纱一样褶皱的水波纹。

※赏析

　　本篇为词人谪居黄州醉酒抒怀之作，作于神宗元丰五年，即苏轼被贬黄州的第三年。

　　词的上片写夜饮醉归情景，"夜饮东坡醒复醉"点明夜饮的地点和醉酒的程度，醉而复醒，醒而复醉，自然就回家很晚了。"归来仿佛三更"传神地勾勒词人醉眼蒙眬的醉态，表现纵饮的豪兴与诗人豪放旷达的心境。末三句写的是词人到达家门口的情景，家童早已睡着，敲门不应，只能"倚杖听江声"。至此一句，即勾勒出一个胸襟旷达、遗世独立的君子形象，表现了词人达观的人生态度，超旷的精神世界，以及独特的个性和真情。上片以动衬静，词人写家童鼻息如雷和江声,从而反衬出夜深人静的现实世界,暗喻自己历尽宦海浮沉的浩茫心事和孤寂心情,惹人浮想联翩,为下片的人生反思做好了铺垫。

下片以一声慨叹"长恨此身非我有,何时忘却营营"开篇,化用了庄子"汝身非汝有也""全汝形,抱汝生,无使汝思虑营营"之言,是词人对现实人生的思索和感叹,这种想要解脱而又无法解脱的人生困惑和感伤,既饱含哲理又直抒胸臆,是全词的枢纽。"夜阑风静縠纹平",看似写景的寻常句子,实则亦景亦情,词人心与景会,神与物游,想要脱离现实社会和追求宁静安逸,于是倚靠江边,情不自禁地唱道"小舟从此逝,江海寄余生",抒发了厌倦官场奔竞,希望回归自然,寄余生于江海的心愿。宋叶梦得《避暑录话》有言:"所谓'夜阑风静縠纹平。小舟从此逝,江海寄余生'者,与客大歌数过而散。"

全词不假修饰,直抒胸臆,融景、情、理于一体,风格飘逸洒脱,颇能体现东坡词的艺术特色。

定风波

——苏轼

三月七日,沙湖道中遇雨。雨具先去,同行皆狼狈,余独不觉。已而遂晴,故作此词。

莫听穿林打叶声,何妨吟啸且徐行。竹杖芒鞋轻胜马[1],谁怕?一蓑烟雨任平生。

料峭春风吹酒醒,微冷,山头斜照却相迎。回首向来萧瑟处[2],归去,也无风雨也无晴。

※注释
①芒鞋:草鞋。②向来:刚才。

※**赏析**

　　本篇为醉归遇雨抒怀之作。词人借雨中潇洒徐行之举动,表现虽处逆境屡遭挫折而不畏惧不颓丧的倔强性格和旷达乐观的情怀。

　　词的上片以"莫听穿林打叶声"开篇,一方面写出了风大雨急的情景,一方面又以"莫听"二字写出外物不足萦怀之意,即使雨再大,风再烈,都不会受影响;"何妨吟啸且徐行"承接上句,何不低吟长啸缓步徐行,凸显出词人的情趣和兴致。"何妨"二字写出一丝俏皮之意,增添了和雨挑战的意味。前两句是全词的枢纽,以下词句皆是由此发出;"竹杖芒鞋轻胜马"写词人脚穿芒鞋手持竹杖雨中前行的情景,"轻胜马"三字传达出从容之意,"谁怕"二字诙谐可爱,值得玩味;"一蓑烟雨任平生"由眼前风雨进一步写到整个人生,表达了搏击风雨、笑傲人生的喜悦和豪迈。

　　下片写雨停后的情景,"料峭春风吹酒醒"写醉酒被春风吹醒,暗示雨停。"微冷",风吹雨停,词人突然感觉有点冷,抬头一看"山头斜照却相迎",已雨过天晴;"回首向来萧瑟处",回头看看那刚下过雨的地方,发出感慨:"归去,也无风雨也无晴。"此乃本篇的点睛之笔,道出词人对天气微妙变化的顿悟,表达了词人宠辱不惊的超然情怀。"风雨"二字一语双关,既是大自然的风雨,又暗喻了政治风雨和人生的荣辱得失。

　　全词即景生情,语言幽默诙谐,值得一读再读。

卜算子　黄州定惠院寓居作

——苏轼

缺月挂疏桐,漏断人初静①。谁见幽人独往来②?缥缈孤鸿影。惊起却回头,有恨无人省③。拣尽寒枝不肯栖④,寂寞沙洲冷。

※注释

①漏断：漏壶里的水滴尽了，指夜已深了。②幽人：幽居之人，与下句的"孤鸿"都是作者自指。③省（xǐng）：理解，懂得。④拣（jiǎn）：选择。

※赏析

此篇是词人被贬居黄州后的抒怀之作。词借咏孤雁夜飞抒写政治失意的孤寂忧愤之情，表现词人不同流俗清高自守的品格。

上片写词人独居定惠院的寂寞冷清。"缺月挂疏桐，漏断人初静"营造出一幅夜深人静的画面：半轮残月高高地挂在梧桐树梢，漏壶已尽，夜已深，四周一片寂静。在这样孤寂的夜里，"谁见幽人独往来"，谁能看见那幽居人独自往来呢？他隐约出没，就像那"缥缈孤鸿影"。词人以寥寥笔墨，即将一个独来独往、心思缜密的"幽人"形象描写出来。

下片承接上文，专写孤鸿，借孤鸿寄托自己满腹怨恨而又不愿攀龙附凤的情怀。"惊起却回头"一语双关，既可言说孤鸿被惊起而回头，也可言说"幽人"猛回头。而下句"有恨无人省"也是两层意思，一层为孤鸿因无故被惊起，故心怀怨恨，无人理解。另一层意思为词人所思，言自己被贬谪黄州时的孤寂处境。"拣尽寒枝不肯栖，寂寞沙洲冷"写孤鸿选求栖息处的情景，宁愿在沙洲忍受寂寞凄冷，也不愿栖息高枝。词人运用象征的手法表现了自己高洁自许、不愿随波逐流的心境。

洞仙歌

——苏轼

冰肌玉骨，自清凉无汗。水殿风来暗香满。绣帘开、一点明月窥人，人未寝，欹枕钗横鬓乱①。

起来携素手②，庭户无声，时见疏星渡河汉③。试问夜如何？夜已三更，金波淡、玉绳低转④。但屈指、西风几时来？又不道、流年暗中偷换⑤。

※注释

①攲（qī）：斜靠着。②素手：女子洁白的双手。③河汉：天河。④金波淡：月光暗淡。玉绳：位于北斗柄尾的两颗星，此处泛指群星。⑤流年：流逝的年华。

※赏析

本篇为续补蜀主孟昶佚词之作。词人以丰富的想象，向我们再现了五代时后蜀国君孟昶和他的贵妃花蕊夫人夏夜在摩诃池上消夏的情形，突出了花蕊夫人美好的精神境界，抒发了词人惜时的感慨。全词情思深婉，声调清越，"如空山鸣泉，琴筑并奏"。

词的上半部分写当时花蕊夫人在寝室内的仪态。"冰肌"二句，不仅写她容貌秀美，其中更隐含着一股圣洁之气。词的下半部分写花蕊夫人的举止和内心世界。"无声"，写夜的幽深静谧，暗指时光悄然逝去。"试问"四句，写两人含情脉脉，营造出一种柔情蜜意的氛围。

江城子 密州出猎

——苏轼

老夫聊发少年狂①，左牵黄，右擎苍。锦帽貂裘，千骑卷平冈。为报倾城随太守②，亲射虎，看孙郎③。

酒酣胸胆尚开张，鬓微霜，又何妨！持节云中，何日遣冯唐④？会挽雕弓如满月，西北望，射天狼⑤。

※注释

①聊：姑且，暂且。②倾城：举城的人。③看孙郎：三国孙权曾亲自射虎，此处是作者自喻。④持节二句：汉文帝时魏尚镇守云中以拒匈奴，功绩显著。后得罪，得冯唐上书相救。文帝遂遣冯唐持节赦之。此处作者是以魏尚自比，希望朝廷不计自己以前的过失，重新委以重任。⑤天狼：此处是泛指西北边陲进犯之敌。

※赏析

那一天，作者忽为少年般的豪情和狂放所冲动，他左手牵着黄狗，右手擎着苍鹰，戴锦帽，穿貂裘，带领着大队人马，席卷原野山冈。为了报答全城百姓的相随出猎，他要亲自射虎，仿效当年的孙郎。

猎罢开宴，作者酒酣耳热，心胸气魄更加豪放，抒发了他"鬓微霜，又何妨"的激奋，表达出对于重新受到朝廷重用的渴望，而那力挽雕弓，遥望西北，射落天狼的英雄形象，便是他对为国戍边抗敌的未来的慷慨设想。

江城子 乙卯正月二十日夜记梦

——苏 轼

十年生死两茫茫①，不思量，自难忘。千里孤坟②，无处话凄凉。纵使相逢应不识，尘满面，鬓如霜。

夜来幽梦忽还乡，小轩窗，正梳妆。相顾无言，惟有泪千行。料得年年肠断处，明月夜，短松冈。

※注释

①十年：作者作此词时，其妻王氏辞世恰已十年。②千里孤坟：王氏死后葬于苏轼故乡眉州眉山，与苏轼其时所在的密州相隔千里。

※赏析

本词为悼亡词名作，是苏轼怀念亡妻王弗所作。苏轼十九岁时，与四川青神县乡贡进士王方之女——年方十六的王弗完婚。王氏贤良聪慧，终日陪伴苏轼读书，二人情深意切，十分恩爱。宋英宗治平二年（1065年），王氏病逝；熙宁八年（1075年），苏轼到密州任知州。虽时隔十年，他仍然对王弗一往情深，因夜中梦见亡妻，于是写下这首凄楚哀怨的悼亡词。本词开了悼亡词之先河，被推崇为悼亡词中的绝唱。

上片抒写对亡妻永远的思念之情和爱妻去世后自己生活的凄凉、辛酸和伤痛。词以十年里双方生死隔绝开篇,直陈对亡妻的怀念之情。"千里孤坟,无处话凄凉"表达了内心无处诉说的苦闷之情。十年来,词人在仕途中颠沛波折,历经忧患,早已是"尘满面,鬓如霜",恐怕妻子认不出自己了,把对妻子的想念与现实中自己的遭遇联系起来,既道出了死者孤坟的凄凉,也写出了生者的辛酸。

下片写梦会亡妻,妻临窗而坐,对镜梳妆,再现当年闺房生活情景。这样幸福的生活场景,反衬出今日无处无人诉说的悲凉。"相顾无言,惟有泪千行",刻画梦中悲伤相见的场面,此时酸甜苦辣涌上心头,却相对无言默默凝望,只有泪水簌簌流下千行,表现了深挚的夫妻情意。直到从梦中醒来,词人仍然沉浸在深深的哀痛之中,清冷的明月之夜,长满小松林的坟冈,都是自己思念妻子而柔肠寸断的地方,表达出对亡妻永不能忘怀的浓郁情思。

全词感情凝重,词人将梦境与现实结合在一起,构思巧妙,笔法率直,格调高尚、凄清。

蝶恋花

——苏 轼

花褪残红青杏小。燕子飞时,绿水人家绕。枝上柳绵吹又少,天涯何处无芳草!

墙里秋千墙外道。墙外行人,墙里佳人笑。笑渐不闻声渐悄,多情却被无情恼。

※**赏析**

独自漫步于暮春之初,作者感受着杏树枝头残红落尽果实初现的盎然生意,放情于燕子低飞徘徊,绿水环绕人家的惬意舒松,既为柳絮渐少这春天将去的征兆而叹惋,也为茂盛葱翠、无处不生的芳草上寄挂的希望而欣慰。

由人家院外经过,他看到高出院墙的秋千架,听到了墙内女子游戏的欢笑声,于是驻足停留,陶醉遐想在这天真悦耳的声音中。可惜笑声渐渐隐去,不多时便只剩下满院的寂静。墙内人自是进行着日常的作息,墙外人却感到惆怅懊恼,但这墙内"无情"与墙外人短暂的遇缘,又何尝不是缘起于墙外人的善感多情?

永遇乐

——苏轼

明月如霜,好风如水,清景无限。曲港跳鱼,圆荷泻露,寂寞无人见。紞如三鼓①,铿然一叶,黯黯梦云惊断。夜茫茫,重寻无处,觉来小园行遍②。

天涯倦客,山中归路,望断故园心眼。燕子楼空,佳人何在?空锁楼中燕。古今如梦,何曾梦觉,但有旧欢新怨。异时对③、黄楼夜景④,为余浩叹。

※注释

①紞(dǎn)如三鼓:三更鼓响。紞:象声词。②觉来:醒来。③异时:将来。④黄楼:苏轼任徐州太守时于彭城东门所建高楼。

※赏析

本篇为词人夜宿燕子楼感梦抒怀之作。

上片以倒叙笔法写惊梦游园,描写了燕子楼小园无限清幽的"清景",词人以景生发,融情入景。"明月如霜""圆荷泻露"的清幽秋夜是梦断后游园所见,抒写了词人平和澄澈的心境。

下片抒写凭吊燕子楼,词人登高远眺,直抒感慨,一个"倦"字写出其内心无限的迷茫与苦闷。面对眼前的燕子楼,不由得发出感叹:"燕子楼空,佳人何在?空锁楼中燕。"词人仅用十三字道尽燕子楼的悲欢离合,以及由这人亡楼空的情景生发起的古今如梦、世事无常的感慨，喟叹世人不曾梦觉，沉溺于旧欢新怨，还表现了词人希望摆脱俗情，追求清高境界的旷达超逸的情怀。

全词融情、景、理于一炉，虽为追怀名妓之作，但却不写红粉艳情，只用"梦云惊断"稍作点染，借燕子楼抒发对人生的思考和感慨，磊落超旷又不失和婉雅丽。

浣溪沙

——苏 轼

山下兰芽短浸溪①，松间沙路净无泥。萧萧暮雨子规啼②。谁道人生无再少？门前流水尚能西。休将白发唱黄鸡。

※注释

①兰芽：兰草新发的嫩芽。②子规：杜鹃。

※赏析

清泉寺临溪水，溪水向西流淌，溪畔浸生着短短的兰芽，通往寺门的松间沙路净洁无泥。

作者畅游了清泉寺，归来的时候赶上潇潇暮雨，听到杜鹃凄厉的啼声。不过他并没有因此而心生惆怅，反倒是振作精神，说出了"谁说人生无再少？门前流水尚能西流，休对白发怨鸡啼"的壮语。

卜算子

——李之仪

我住长江头，君住长江尾。日日思君不见君，共饮长江水。此水几时休，此恨何时已。只愿君心似我心，定不负相思意！

※赏析

  本篇抒写相思深情，是李之仪的代表作，表现的是一个女子怀念情人的深挚缅邈、缠绕无尽的相思情态。词以长江为中心，用民歌句式，以回环复沓手法围绕江水，抒写女子相思的深挚情意和期盼得到心上人相知的心愿。毛晋《姑溪词跋》赞为"古乐府俊语"。

  词的上半部分写相思之情。"我"和"君"身居长江头尾，分别日久，久盼却久不见，表达了女子的焦灼与渴盼，隐含着深深的担忧。"我住长江头，君住长江尾"，以江水之长喻指两人相距之远，点明女子相思之苦的原因；"日日思君不见君，共饮长江水"承接前两句的意思，道出深切的相思之意。长江水既是隔绝两人的相见的障碍，又是维系两人感情的纽带，更是引发女子的相思之物。词人以平淡自然的语言，写出女子内心浓烈而真挚的情感，表现了东方传统女性的内心灼热、外在含蓄的情感发散方式，有着别样的风致与韵味。

  词的下半部分直抒胸臆，是爱情的誓言。"此水几时休，此恨何时已"以比兴的手法，将流水与相思之恨连接到一起，暗喻思念之情如江水一样无穷无尽，表达了女子对爱情的矢志不渝和坚贞如一。"只愿君心似我心，定不负相思意"是女子对情郎的期望，虽隐含着担忧，但更显出女子心如磐石、情如江水的忠贞信念。

  全词凝练精致，语言通俗，朗朗上口，极富民歌风味。虽只有短短的八句，却运用了大量复叠回环的手法，让人有一唱三叹之感，读来别有韵味，感人至深。

减字木兰花　竞渡

——黄裳

红旗高举，飞出深深杨柳渚①。鼓击春雷，直破烟波远远回。欢声震地，惊退万人争战气。金碧楼西，衔得锦标第一归。

※ 注释

① 杨柳渚：生长着杨柳的小洲。

※ 赏析

词写端午节赛龙舟的热烈场面。上阕写红旗高举的龙舟从杨柳茂密的小洲中疾驰而出，穿云破雾，来去如电，四面鼓声如雷。下阕写比赛结束时欢声雷动，一扫比赛中如箭在弦、如疆场厮杀般的紧张气氛。获胜者在金碧楼西捧得锦标归来，驾龙舟行进于人们面前以示胜利。

眼儿媚

——王雱

杨柳丝丝弄轻柔，烟缕织成愁。海棠未雨，梨花先雪，一半春休。

而今往事难重省，归梦绕秦楼。相思只在，丁香枝上，豆蔻梢头。

※ 赏析

本词情感细腻缠绵，从春愁写到离愁，抒发了作者既对妻子难以忘怀，又不忍重温往事的矛盾心情。结尾处说相思之情寄挂在丁香枝上、豆蔻梢头，一语双关，不但讲出了思念的无从断绝、遇时而发，也将妻子青春秀雅的相貌隐约其中，意蕴深长，耐人回味。

念奴娇

——黄庭坚

八月十七日，同诸甥步自永安城楼，过张宽夫园待月，偶有名酒，因以金荷酌众客。客有孙彦立，善吹笛。援笔作乐府长短句，文不加点。

断虹霁雨①，净秋空，山染修眉新绿②。桂影扶疏③，谁便道、今夕清辉不足？万里青天，姮娥何处④，驾此一轮玉？寒光零乱，为谁偏照醽醁⑤？

年少从我追游，晚凉幽径，绕张园森木。共倒金荷⑥，家万里，难得尊前相属⑦。老子平生⑧，江南江北，最爱临风笛。孙郎微笑⑨，坐来声喷霜竹⑩。

※注释

①霁雨：雨停。②修眉新绿：此处用来形容山色如美人新画蛾眉之黛色。③桂影：月中之影。古人以为月上有宫阙，有桂树，故云。扶疏：形容月中桂影斑驳。④姮（héng）娥：嫦娥。⑤醽（líng）醁（lù）：美酒名。⑥倒金荷：倒酒在金荷叶中。⑦属（zhǔ）：劝酒。⑧老子：老夫，诗人自指。⑨孙郎：即序中之孙彦立。⑩霜竹：指笛子。

※赏析

上阕描绘暮雨过后张园中所见的美丽景色：彩虹消散，秋空明净如洗，山峰碧绿如染，不多时月亮升起来了，虽然中秋已过，但清辉不减，月光照着莹澈的美酒。下阕抒情，写当此良辰美景与诸甥辈在园中赏月饮酒的畅快惬意，表达出作者得欢便作乐，不以人生得失为意的旷达情怀。

水调歌头　游览

——黄庭坚

瑶草一何碧①，春入武陵溪②。溪上桃花无数，枝上有黄鹂③。我欲穿花寻路，直入白云深处，浩气展虹霓。只恐花深里，红露湿人衣。

坐玉石，欹玉枕，拂金徽④。谪仙何处⑤？无人伴我白螺杯。我为灵芝仙草，不为朱唇丹脸，长啸亦何为？醉舞下山去，明月逐人归。

※注释

①瑶草：仙草。②武陵溪：用陶渊明《桃花源记》故事。③黄鹂：黄莺。④金徽：指代古琴。⑤谪仙：指李白。李白曾被贺知章称为"谪仙人"。

※赏析

春天来到武陵溪，看到仙草丛生，青翠欲滴。一条清亮的小溪蜿蜒其间，溪旁有桃花无数，枝上有黄鹂婉转歌唱。作者想要穿过桃花林，寻找那通向白云深处的道路，然后敞开胸怀，让浩气化作彩虹；但却顾虑花海深深，花露会打湿衣衫。他也想坐玉石、倚玉枕、抚瑶琴，畅快地享受悠兴闲情，只可惜潇洒疏狂的谪仙已然远去，没有知音陪伴他饮酒赋诗，笑谈人生。作者说：我是灵芝仙草，孤芳自赏，不愿媚世就俗，但我也不会公然地长啸抗世。一念及此，他仿佛已然确定处世之道，于是在月光的伴照下醉舞下山了。

清平乐

——黄庭坚

春归何处？寂寞无行路。若有人知春去处，唤取归来同住。

春无踪迹谁知？除非问取黄鹂。百啭无人能解，因风飞过蔷薇。

※赏析

怅问过"春归何处"，寂寞的词人凄凄而不知该向何方行路，他说如果有人晓得春天的去处，请将春天唤回同住。

四处找寻不到春天离去的行踪，词人想到去询问逢春而啼的黄莺，黄莺低回高啭地说了许多，但他不解莺语。

一阵风来，莺儿乘风飞入蔷薇丛中，蔷薇花开，说明夏已临，词人也终于清醒地认识到：春天确乎是不会回来了。

江城子

——秦 观

西城杨柳弄春柔,动离忧,泪难收。犹记多情、曾为系归舟。碧野朱桥当日事,人不见,水空流!

韶华不为少年留,恨悠悠,几时休?飞絮落花时候一登楼。便作春江都是泪,流不尽,许多愁。

※赏析

轻柔婀娜的西城杨柳,牵动了作者的离愁,他潸然落泪,不能自已,情不自禁地回忆起多情柳丝曾将自己归去的小舟缠绊挽留。他曾在这里和情人漫步绿野、相候朱桥,只是故地重游,昔人已不见,唯有一江春水空自流淌。

青春不为少年留,作者心中有愁恨悠悠;他在这飞絮落花的暮春时节登楼怅望,叹息哪怕眼前的江水全部化作泪水,也流不尽自己的许多愁。

鹊桥仙

——秦 观

纤云弄巧,飞星传恨,银汉迢迢暗度①。金风玉露一相逢②,便胜却人间无数。

柔情似水,佳期如梦,忍顾鹊桥归路!两情若是久长时,又岂在朝朝暮暮。

※注释

①银汉:指银河。②金风:指秋风。

※赏析

丝丝彩云变幻成各种图案,那是织女巧手织成的云锦;闪亮的流星飞过银河，替牛、织二星传递着离愁别恨。七月初七的夜晚，多情的乌鹊架起长桥，那秋风白露中的一次欢聚，便胜过人间的千次万次。

绵绵温情，似水般柔美；相逢的喜悦，把人带入梦境。只是那成就团圆的鹊桥，转眼间便要成为分离的归路，又让人怎忍回顾！

作者说，两人若是真诚相爱，并不一定形影不离、相伴朝朝暮暮。

千秋岁

——秦 观

水边沙外，城郭春寒退。花影乱，莺声碎。飘零疏酒盏①，离别宽衣带②。人不见，碧云暮合空相对。

忆昔西池会。鹓鹭同飞盖③。携手处，今谁在？日边清梦断④，镜里朱颜改。春去也，飞红万点愁如海。

※**注释**

①疏酒盏：多时不饮酒。②离别宽衣带：意谓离别使人消瘦。③鹓（yuān）鹭：比喻品级相差不远的同僚。④日边：指在皇帝身边。

※**赏析**

绿水之旁，沙岸之畔，举目一望，城郭内外春寒退去，已是一派"花影乱，莺声碎"的大好春光。作者飘零在外，许久不曾欢饮，人生中一次次的离别，更使他衣带渐宽。孤孤单单的他，此时默然凝望着逐渐合拢的暮云。

作者回忆起往昔与朋友们相聚西池，乘车同游的快乐时光，怅然于这一班曾经携手并肩之人的风流云散，悲叹回京无望、青春老去。

词尾以"春去也，飞红万点愁如海"宣泄内心痛苦，句中的"春"是指作者的人生之春，事业之春。

踏莎行

——秦 观

雾失楼台,月迷津渡①,桃源望断无寻处。可堪孤馆闭春寒,杜鹃声里斜阳暮。

驿寄梅花,鱼传尺素②,砌成此恨无重数。郴江幸自绕郴山③,为谁流下潇湘去?

※注释
①津渡:渡口。②尺素:指书信。③郴(chēn)江、郴山:在今湖南郴州。幸自:本自。

※赏析
词作寓情于景,以凄迷的暮春景色烘托作者沦落天涯的迷茫、孤苦的心境,以质问郴江为何不安分地环绕郴山而流,却要远下潇湘自嘲身世,暗喻自己本可安贫自守,却因为出仕而卷进政治旋涡。除此之外,作者还写到亲朋的书信不但不能让他感到慰藉,反而让他心中累恨积怨,真实地展现出谪贬之人复杂的内心世界和痛苦的心灵挣扎。

浣溪沙

——秦 观

漠漠轻寒上小楼,晓阴无赖似穷秋①。淡烟流水画屏幽。

自在飞花轻似梦,无边丝雨细如愁。宝帘闲挂小银钩。

※注释
①无赖:无可奈何。穷秋:深秋。

※赏析
这是一首闺怨词,写一个年轻女子在初春时节滋生淡淡愁绪,字里行间

流露出浓浓的忧思。

上片写天气与室内环境的凄清,通过写景渲染萧瑟的气氛,不言愁而愁自见。起首一句"漠漠轻寒上小楼",笔意轻灵,如微风拂面,让人不自觉地融入其中,为全词奠定了一种清冷的基调。下片以抽象的梦和愁来比喻飞花与细雨,写出愁的绵长,也极新颖贴切。绵绵细雨,明明是密密的,却又轻轻地,如同飞花,使一切都陷入迷蒙之中,恍然梦境。这不就是词人心绪的真实写照吗?一样的惆怅,一样的无边无际,一样的细碎,交织在一起,说不清道不明。

全词虽然没有明显描绘主人公愁苦的句子,我们却可以清楚分明地看见隐藏在她内心的悲伤。"自在飞花轻似梦,无边丝雨细如愁"二句,历来备受赞赏,被誉为"奇语"。全词情溢言外,含蓄不尽。

行香子

——秦 观

树绕村庄,水满陂塘①。倚东风,豪兴徜徉②。小园几许,收尽春光。有桃花红,李花白,菜花黄。

远远围墙,隐隐茅堂。飏青旗③,流水桥傍。偶然乘兴,步过东冈。正莺儿啼,燕儿舞,蝶儿忙。

※注释
①陂(bēi)塘:池塘。②徜(cháng)徉(yáng):自由自在来回地走动。
③飏(yáng):飞扬,飘扬。青旗:青色的酒幌子。

※赏析
树绕村庄,水满池塘,在东风的吹拂下,词人意兴满怀,自在闲游。路过的园子虽然不大,但收尽春光,园子里桃花红,李花白,菜花黄。

远远地看到围墙,围墙中隐约坐落着几间茅屋,向那里走去,小桥流水,飘扬的酒旗也随之一一清晰起来。因为兴致不减,词人所以又走过了东面的山冈，那里啊，莺啼燕舞，蜂蝶儿正在繁忙。

半死桐　思越人

——贺　铸

重过阊门万事非①，同来何事不同归？梧桐半死清霜后，头白鸳鸯失伴飞。

原上草，露初晞②，旧栖新垅两依依③。空床卧听南窗雨，谁复挑灯夜补衣！

※注释

①阊门：指苏州西门，作者旧居所在。②露初晞（xī）：意谓露水刚刚为太阳所蒸干。③垅：坟头。

※赏析

作者重游旧居阊门，触景思人，想起曾随自己游宦至此却未得同归的妻子，不由得悲从中来。他以半死梧桐、失伴鸳鸯比喻如今的自己，足见其对亡妻的一往情深和失去妻子后难以自拔的悲痛。

清晨，青草上的露水很快被初阳晒干，作者感慨人生短暂犹如朝露转瞬即逝；面对着依依相望的妻子新坟和旧时居所，则更令他肝肠寸断。夜晚，他躺在空空的床上听窗外的风雨，伤叹妻走以后，再没有人挑亮灯烛，于夜深时为自己缝补衣衫。

杵声齐　古捣练子

——贺　铸

砧面莹①，杵声齐，捣就征衣泪墨题。寄到玉关应万里，戍人犹在玉关西。

※注释

①砧：捣衣石。

※赏析

捣衣石被磨得晶莹光洁，捣衣声整齐而有节奏，响彻夜空。万千妻子捣罢征衣，用和着相思泪水的墨汁在裹衣的封套上写下丈夫的名字。这包裹传寄到荒凉的玉门关时应已走过万里之遥，让妻子们叹息的，是日夜思念的丈夫还远戍在玉门关西。

芳心苦

——贺 铸

杨柳回塘①，鸳鸯别浦②，绿萍涨断莲舟路。断无蜂蝶慕幽香，红衣脱尽芳心苦③。

返照迎潮，行云带雨，依依似与骚人语④：当年不肯嫁春风，无端却被秋风误。

※注释

①回塘：曲折的水塘。②别浦：分支的入水口。③芳心苦：莲子味苦，故云。④骚人：诗人。

※赏析

这是一首咏物寄情的词，所咏者荷花，所寄托的是作者的心志和对身世的感伤。词中的荷花不但体现着红衣苦心、淡香幽远的绝俗风貌，更是独自开放在"回塘""别浦"这样少有人迹的地方，身处在绿萍深处，蜂蝶不来采，莲女不来摘。遥想作者一生，何尝不似这荷花一般，因本性耿介、不合俗流而寂寞无闻，一任年华空逝；所赖唯是清洁自守、孤芳自赏。夕阳西下时，当晚潮涨起，天边一抹行云又夹带着寒雨而来，那随波摇曳的荷花仿佛要向作者诉说些什么。作者说那是它在叹息自己当年未随春风之便而展露芳容于人间,待到放下矜持,想要伺机绽放却暗惊秋风已至。这是荷花的悲哀吗?——这是作者的悲哀。

青玉案

——贺 铸

凌波不过横塘路①,但目送、芳尘去。锦瑟华年谁与度②?月桥花院,琐窗朱户③,只有春知处。

飞云冉冉蘅皋暮④,彩笔新题断肠句。试问闲情都几许?一川烟草,满城风絮,梅子黄时雨。

※注释
①凌波:形容女子脚步轻盈,飘移如履水波。②锦瑟华年:唐李商隐《锦瑟》有:"锦瑟无端五十弦,一弦一柱思华年。"③琐窗:为雕刻或绘有连环形花纹的窗子。④冉冉:渐渐地。蘅皋:长满香草的高地。

※赏析
  轻盈的脚步不曾移向自己所居住的横塘,作者只得无可奈何地目送她远去,他猜想着她的青春年华会与何人一起度过,他觉得她一定住在有小桥、有鲜花、有精致房屋的庭院里,并且,只有春天才知道那庭院在哪里。
  不晓得痴立了多久,但回过神来,只见飞云冉冉飘过,暮色已然苍茫。作者提起多情妙笔写下惆怅的词句,词中自问闲愁几许,还以比喻作答:如遍地春草弥望无际,如满城风絮铺天盖地,如绸缪浓密、挥散不尽的梅子黄时雨。

摸鱼儿 东皋寓居

——晁补之

买陂塘、旋栽杨柳①,依稀淮岸湘浦。东皋嘉雨新痕涨②,沙嘴鹭来鸥聚。堪爱处。最好是、一川夜月光流渚。无人独舞。任翠幄张天,柔茵藉地③,酒尽未能去。

青绫被④,莫忆金闺故步⑤,儒冠曾把身误。弓刀千骑成何事?荒了邵平瓜圃⑥。君试觑⑦。满青镜、星星鬓影今如许。功名浪语。便似得班超⑧,封侯万里,归计恐迟暮。

※注释

①陂(bēi)塘:水塘。旋:随即。②东皋:指水边的向阳高地。③藉(jiè)地:铺地。④青绫被:供高官使用的被子。⑤金闺:即金马门,汉代官员于金马门外候旨听宣。⑥邵平:秦人,秦亡后隐居在长安城东种瓜。⑦觑(qù):仔细地看。⑧班超:西汉名将,曾建功于西域,召还时已经年逾七十。

※赏析

买池塘,栽杨柳,将斯地布置得仿佛淮水岸边。每逢好雨过后,池面涨起,沙洲上鸥鹭聚集,景色甚是喜人。

作者最爱夜来明月流光,川渚生辉。他会在月下独舞,头上是遮天的树荫,脚下是绵软的草地,直叫人酒尽而不忍离去。

经历了宦海沉浮,如今的作者欲要忘掉仕途故步,他现在认为读书做官无甚意义,只会荒芜了家中园圃。面对镜中星星点点的白发,作者感慨岁月蹉跎、功名尽是空话。他说,即便能像班超那样建功西域,也不过落得个迟暮之年才得以返归故里。

相见欢

——朱敦儒

金陵城上西楼,倚清秋。万里夕阳垂地、大江流。

中原乱①,簪缨散②,几时收③?试倩悲风吹泪、过扬州④。

※注释

①中原乱:指其时金兵入侵中原。②簪缨散:金人入侵中原,俘徽、钦二帝,杀掠甚重,王公贵族非死于战乱即是四散逃走。簪缨:官员贵族的帽饰。③收:指收复中原。④倩:托。扬州:其时北宋王朝告终,南宋王朝开始,扬州已成为抗金的前沿阵地。

※赏析

在一个秋日的傍晚,作者登上金陵城西门的城楼倚栏远眺,但见夕阳余晖铺洒万里,长江之水滚滚东流。

中原已被金人占领,朝臣各自逃散,百姓处于水深火热之中,光复大计更是遥遥无期。作者的心情是沉痛而无奈的。他只有请求秋风吹送他的眼泪,越过扬州,给中原人民捎去自己深深的关切和由衷的祝愿。

减字木兰花　题雄州驿

——蒋兴祖女

朝云横度,辘辘车声如水去①。白草黄沙,月照孤村三两家。

飞鸿过也,百结愁肠无昼夜。渐近燕山,回首乡关归路难。

※注释

①辘辘:车行之声。

※赏析

清晨,继续被驱赶北行,天上阴云密布,车声辘辘如水流。白天,所见唯有遍地白草、无边黄沙；晚上，常看凄清的月光下，坐落着只有三两户人家的孤寂村庄。看着大雁南去，词人愁肠百结，忧愁不能断绝，无论昼夜。就快要到燕山了，他频频回首顾望家乡，深叹从此以后想要踏上归路便是难上加难了。

南柯子

——王炎

山冥云阴重，天寒雨意浓。数枝幽艳湿啼红。莫为惜花惆怅，对东风。

蓑笠朝朝出，沟塍处处通①。人间辛苦是三农。要得一犁水足，望年丰。

※注释
①沟塍（chéng）：田埂。

※赏析
山色幽暗，阴云密布，细雨蒙蒙；深红的花儿上聚着晶莹的水珠，犹如几滴清泪挂在少女的面颊，煞是惹人怜爱。春光正好，景色令人陶醉，但作者却在此劝诫人们：不要面向东风伤春惜花，惆怅呻吟，你不见农人披蓑戴笠，日日清晨早出，足迹踏遍了沟渠和田埂。他们最为辛苦，而他们全力以赴地耕种灌溉，心中所盼望的就是一个丰收的年成。

燕山亭 北行见杏花

——赵佶

裁剪冰绡，轻叠数重，淡着胭脂匀注。新样靓妆，艳溢香融，羞杀蕊珠宫女。易得凋零，更多少、无情风雨。愁苦。问院落凄凉，几番春暮？

凭寄离恨重重，这双燕，何曾会人言语？天遥地远，万水千山，知他故宫何处？怎不思量，除梦里、有时曾去。无据。和梦也、新来不做。

※ 赏析

花瓣似冰绡裁叠、色泽如胭脂淡染的杏花，娇嫩柔美，艳溢香融，胜似天宫仙女。但身为俘虏的徽宗观之，叹美丽花儿容易凋零，更叹无情风雨的横加摧残。他的内心充满愁苦，凄凉院落，春暮已到何时。

看到空中燕子，徽宗想要托付它们向故宫寄去满怀的离愁别恨，但燕子不识人语，何况故宫又在万水千山之外！

肠回九转的思量是免不了的，只是故地重游、旧事重现全在梦中，但如今，就算这样的梦也越发地难得了。

南歌子

——李清照

天上星河转，人间帘幕垂。凉生枕簟泪痕滋，起解罗衣，聊问夜何其？

翠贴莲蓬小，金销藕叶稀。旧时天气旧时衣，只有情怀，不似旧家时！

※ 赏析

天上星河移转，人间夜幕笼罩。秋凉从枕席间透出来，枕上褥边，点点斑斑是词人洒落的泪痕。

她难耐这秋夜的清寂与清寒，起身更衣，向他人问起夜已几何。而当取出那件贴着翠色莲蓬、金色荷叶绣样的襦衣，睹物之情更将悲怀深深触动。"旧时天气旧时衣，只有情怀，不似旧家时。"——同样的天气，同样的衣衫，只有历经沧桑的心情，不再和从前一样。

一剪梅

——李清照

红藕香残玉簟秋①。轻解罗裳,独上兰舟。云中谁寄锦书来?雁字回时,月满西楼。

花自飘零水自流。一种相思,两处闲愁。此情无计可消除,才下眉头,却上心头。

※注释

①簟(diàn):席子。

※赏析

这是一首别离词,是词人和丈夫分离后的相思之作。

词的上半部分写词人怀远念归。开篇一句点出时令,大概在清秋时节。"红藕香残"写户外的莲藕,"玉簟秋"写室内的凉席,这两处描写都是在渲染节气。此句色彩明丽,含蓄深沉,景中含情。这一句内涵丰富,为全词营造出一种凄凉的氛围。随后五句交代词人一天的行动。"轻解罗裳"两句,写词人心事满怀,于是泛舟河上。"独上"二字,说明词人是独自一人。"云中"一句,直写相思之情。"雁字回时,月满西楼",情景交融,营造出一种迷离的意境,使人愁绪暗生。

词的下半部分写离愁之深。"花自飘零"一句,上承前文的景物描写,下启后文的情感抒发,写落花流水之景,寓情于景,呼应上文的"红藕香残""独上兰舟"两句。随后两句,直抒胸臆,写自己的相思之情,这里视角暗转,抒情对象不再只是词人一人,而是把其丈夫也并入其中,两人都为相思所苦,可见他们情意之深。最后三句,写相思之苦无法摆脱。词人笔法高超,"眉头"与"心头"相对应,"才下"与"却上"相对应,对仗工整,妙笔生花,把相思之情的微妙变化描绘得惟妙惟肖,感人肺腑。

如梦令

——李清照

常记溪亭日暮，沉醉不知归路。兴尽晚回舟，误入藕花深处。争渡，争渡，惊起一滩鸥鹭。

※赏析

曾经独泛小舟于溪畔荷塘，又在酒酣兴尽后驾舟归来，只是恍惚迷离间已不辨归途，因而不知不觉地误入到藕花深处。天色渐晚，归心渐切，正因荷丛密密匝匝难于速出而略显焦急，却误打误撞惊起一群已经栖息了的鸥鹭，故而重新唤来意兴一片。

如梦令

——李清照

昨夜雨疏风骤，浓睡不消残酒。试问卷帘人，却道海棠依旧。知否？知否？应是绿肥红瘦。

※赏析

这首词写法别致，是李清照的成名作之一。全词曲折委婉，意境层层递进，虽只六句，却几度转承，时时宕开一笔。

"昨夜雨疏风骤，浓睡不消残酒"写的是昨夜的情景，包含了两个内容——风雨和喝酒。"雨疏风骤"直言昨夜的风雨：雨点稀疏，风声急骤；而写喝酒的情景却很婉转，"浓睡"即酣睡之意，证明昨夜大醉，故可知酒喝得很多；从"不消"二字，可看出词人是借酒消愁，沉沉的酣睡都不能把残存的酒力以及内心的愁苦全部消尽，足见愁有多深。前两句一明写，一隐写，境界全出，尽显风采。"试问卷帘人"以下五句是今晨的情景。词人一早醒来，虽酒意未消，但仍想起昨夜的雨狂风猛，于是一起身就问正收拾房屋、启户卷帘的侍女："庭园里的海棠现在怎么样了？"

因词人不确定昨夜的风雨是否摧残到园中的海棠花，故言"试问"。"卷帘人"的回答："海棠依旧"。一个"却"字用得极妙，将词人的情致与侍女的冷漠态度描绘得活灵活现。显然词人不满侍女的回答，于是反驳道："知否？知否？应是绿肥红瘦。"虽然词人的语气肯定，但毕竟自己没有亲见海棠花的状态，故用"应是"。以"绿"和"红"两种颜色指代叶子和花朵，以"肥"和"瘦"形容叶之繁茂与花朵凋零，可谓新鲜至极，动人至极，只是随手点染却又神气傲然。这首小令虽然篇幅短小，但却有人物、场景以及对白，将宋词的语言表现力和词人的才华表现得淋漓尽致。

凤凰台上忆吹箫

——李清照

香冷金猊①，被翻红浪，起来慵自梳头。任宝奁尘满②，日上帘钩。生怕离怀别苦，多少事、欲说还休。新来瘦，非干病酒③，不是悲秋。

休休④。者回去也，千万遍阳关⑤，也则难留。念武陵人远，烟锁秦楼⑥。惟有楼前流水，应念我、终日凝眸。凝眸处，从今又添、一段新愁。

※**注释**

①金猊（ní）：狮形香炉。②奁（lián）：女子梳妆用的镜匣。③非干：不关。④休休：算了，罢了。⑤阳关：即《阳关三叠》。⑥秦楼：原是秦穆公女弄玉与夫婿萧史的居所，此处作者用来比喻自己独居妆楼。

※**赏析**

本篇为抒写别情之词，写于词人夫君赵明诚赴莱州任职之际，表达了对丈夫深深的思念之情。上片写临别时的哀愁。前三句描写的是一幅慵懒无绪的画面，揭示了词人低沉掩抑的内心愁苦。"任宝奁"二句则又微微露出一种娇纵来：任华贵的镜匣落满灰尘，日上三竿高照帘钩，而下句"生怕离怀别苦"点出"慵"的原因，开始切题。但下句词人又一笔宕开："多少事、欲说还休。"末三句先从广义上写出致瘦的原因，而自己则是因伤离惜别这种不为人理解的原因。下片抒写别后独守苦盼的幽怨。从悲情到"休休"，词意大幅度跳跃，中间省略了惜别过程，语言凝练。"念武陵人远"二句概括出双方别后相思之情。"武陵人"渐远，而"我"只能幽居妆楼，也许只有楼前流水记住"我"终日凝眸的样子吧。而"凝眸处"，却是"从今又添、一段新愁"。到此全词结句，词人并未点出"新愁"为何，留有不尽意味。

清平乐

——李清照

年年雪里，常插梅花醉。挼尽梅花无好意，赢得满衣清泪。

今年海角天涯，萧萧两鬓生华。看取晚来风势，故应难看梅花。

※赏析

此词是作者流徙南国后以梅花为题写下的感时伤事之作。上阕是作者少女时代无忧生活的剪影：每逢雪天，她常会独自去饮酒赏梅，摘下梅花簪于头上，在一片寒香中醉去。要是折了梅枝归来，就总要大费一番周折，极尽审美地将它们插来挼去，弄得花瓣沾满了衣襟。下阕转入对而今年华老去、天涯漂泊境况的描述，"看取晚来风势，故应难看梅花"两句语出双关，既写狂风过后梅花芳颜不再，隐喻战祸来势之迅猛，今昔情形之遽变；又写"乱世之梅"的凄悲命运，饱含往事不堪回首的沉痛之情。

蝶恋花

——李清照

暖雨晴风初破冻,柳眼梅腮,已觉春心动。酒意诗情谁与共?泪融残粉花钿重①。

乍试夹衫金缕缝②,山枕斜欹③,枕损钗头凤。独抱浓愁无好梦,夜阑犹剪灯花弄。

※注释

①花钿:花朵形的首饰。②夹衫金缕缝:金线缝制的夹衫。③山枕:垫得很高的枕头。欹:同"倚"。

※赏析

此词是赵明诚在外为官,独居青州时所作。时值初春季节,已可显见的春意触动了词人的春心。眼看美丽的春天姗姗而至,而自己却孤身一人,正所谓酒意诗情无人共,玉容妆罢无人赏,她如何能不心生怨意,清泪暗洒?无可奈何之下,她也试图以试穿新衣来寻求宽慰、转移心思,但之后却又堕入山枕斜倚的无聊中,这一次,竟连髻上的凤头宝钗都折损了。怀抱浓愁一日,到该安寝时依然不得解脱,她于是闲拨灯烛,一来为打发苦寂时光,二来人言灯花出现乃是吉兆,她这也算是求吉乞好、祝夫早归吧。

鹧鸪天

——李清照

寒日萧萧上琐窗,梧桐应恨夜来霜。酒阑更喜团茶苦,梦断偏宜瑞脑香。

秋已尽,日犹长,仲宣怀远更凄凉。不如随分尊前醉,莫负东篱菊蕊黄。

※ 赏析

  这首词是李清照南渡后的作品。秋尽冬来之际，透入琐窗的阳光清冷了许多，窗外，梧桐树的叶子因为每夜的寒霜而逐渐枯黄凋落。此时的词人，喜欢在酒意阑珊时泡上一杯浓浓的团茶，品味它苦苦的味道，喜欢在梦断时燃起一片瑞脑，细闻它沁心的幽香。

  背井离乡，流徙在外，词人的生活凄苦难耐，度日如年。她因此而常常想起从前漂泊辗转半生、满怀抑郁的三国人物王粲，对于他的登楼怀乡、临风堕泪产生了深沉的共鸣。当忉怛惨恻之情郁塞胸中而无计可施时，词人便选择对菊一醉，以寻求短暂的解脱。

醉花阴

——李清照

  薄雾浓云愁永昼，瑞脑消金兽①。佳节又重阳，玉枕纱厨②，半夜凉初透。

  东篱把酒黄昏后③，有暗香盈袖。莫道不消魂，帘卷西风，人比黄花瘦。

※ 注释

①瑞脑消金兽：意谓香炉中的香快燃尽了。瑞脑：香料名。金兽：兽形的铜香炉。②纱厨：纱帐。③东篱：指植有菊花的地方。

※ 赏析

  此词意在抒发孤居独处的少妇情怀。

  轻雾蒙蒙，浓云密布，整个白天正如词人之愁，阴郁，悠长。她点燃瑞脑香，看香烟从金炉中袅袅升起，寂寞，惆怅。

  又到重阳佳节，无奈独自闺中，夜半不眠时，词人但觉玉枕纱帐渐为凉意浸透。她也曾在菊丛中把酒消愁，一直到黄昏以后，归来时却只空惹菊香淡淡盈袖。

她自语:"谁说这一切不让人魂消神伤,帘幕被西风卷起,你会看到人儿比菊花还要清瘦。"

武陵春

——李清照

风住尘香花已尽①,日晚倦梳头。物是人非事事休,欲语泪先流。

闻说双溪春尚好②,也拟泛轻舟。只恐双溪舴艋舟③,载不动、许多愁。

※注释

①尘香:尘土中的落花香。②双溪:在浙江金华县,唐宋时已成为文人骚客游赏吟咏的胜地。③舴(zé)艋(měng)舟:小船。

※赏析

这是词人避乱金华时所作。她历尽离乱之苦,所以词情极为悲戚。

上片极言眼前景物之不堪,心情之凄苦。下片进一步表现悲愁之深重,"载不动、许多愁",将词人内心的愁苦和盘托出,意境深远。

全词充满"物是人非事事休"的痛苦,表现了她的故国之思。构思新颖,想象丰富。通过暮春景物勾出内心活动,以舴艋舟载不动愁的艺术形象来表达悲愁之多。写得新颖奇巧,深沉哀婉,遂为绝唱。此外,在表现手法上,本词巧妙运用了多种修辞手法,将抽象的感情以具体的形象表达出来,手法新颖,饶有特色。

点绛唇

——李清照

蹴罢秋千,起来慵整纤纤手。露浓花瘦,薄汗轻衣透。

见有人来,袜刬金钗溜①。和羞走。倚门回首,却把青梅嗅。

※注释

①袜刬（chǎn）：只穿着袜子。

※赏析

  本词为李清照早年之作，是一首写少女情窦初开的词。

  上片写少女荡完秋千的情景，这时少女荡秋千的动作已经停止了，只见她"蹴罢秋千，起来慵整纤纤手"。少女看见花上的露水，才感觉到"薄汗轻衣透"。词人以白描的手法、生动而通俗的语言，将一个荡完秋千后的少女神态勾勒出来。下片描写少女初见客人的情景。"见有人来"，少女惊诧无比，低头看到自己的衣衫不整，于是连忙回避。词中虽对访客不着一字，但从少女的表情和神态，可以断定对方肯定是一位翩翩美少年。"倚门回首，却把青梅嗅"二句，词人以极为简练的语言将少女怕见又想见、想见又不敢见的微妙心理刻画得入木三分。

  本词实为描写李清照闺中生活的词，词中生动形象地描述了李清照与赵明诚这两位对幸福爱情与婚姻充满了憧憬的青年男女见面的一个场景，从中也可看出李清照闺中生活的无忧无虑，充满了欢乐。全词语言通俗，风格明快，节奏轻松，是李清照早年的代表词作。

永遇乐

——李清照

  落日镕金，暮云合璧，人在何处？染柳烟浓，吹梅笛怨，春意知几许？元宵佳节，融和天气，次第岂无风雨？来相召、香车宝马，谢他酒朋诗侣。

  中州盛日，闺门多暇，记得偏重三五①。铺翠冠儿②，捻金雪柳③，簇带争济楚④。如今憔悴，风鬟雾鬓，怕见夜间出去。不如向、帘儿底下，听人笑语。

※**注释**

①三五：指元宵节。②铺翠冠儿：嵌插着翠鸟羽毛的女士帽子。③捻金雪柳：以金丝做点缀的绢花。④簇带：成簇的插戴。济楚：整洁貌。

※**赏析**

夕阳好像熔开了的金块，暮云托出玉璧般的新月。美好景色，不能消释词人孤身流落的愁怀，但看到柳色渐青，听到《梅花落》的笛声，她也恍然问起"春意几许"。

"气候虽然渐渐暖和起来，但难保没有风雨吧？"变幻莫测的世事，让词人常怀着疑惧的心情。她婉言谢绝了酒朋诗友们的热情相召，独处中，黯然追忆起在汴京欢度元宵的繁华往事。

如今憔悴，雾鬓风鬟，她不愿参加夜游庆典，今夜的她，只在帘儿底下，听人笑语。

声声慢

——李清照

寻寻觅觅，冷冷清清，凄凄惨惨戚戚。乍暖还寒时候，最难将息①。三杯两盏淡酒，怎敌他、晚来风急。雁过也，正伤心，却是旧时相识。

满地黄花堆积，憔悴损，如今有谁堪摘？守着窗儿，独自怎生得黑？梧桐更兼细雨，到黄昏、点点滴滴。这次第②，怎一个愁字了得？

※**注释**

①将息：将养休息。②次第：情形，景况。

※**赏析**

靖康之变后，李清照经历国破、家亡、夫死，伤于人事。这时期她创作的作品再不复当年的清新可人，风格转为沉郁凄婉，主要抒写她对亡夫赵明诚的怀念和自己孤单凄凉的景况。这首词就是通过对秋景的描绘，渲染出一种凄凉伤感的氛围，抒写了词人在漂流境遇中无限伤感、落寞的情怀。

上片以景写情，境界凄凉。七组叠词中，不见一个"愁"字，却让人读来有徘徊低迷、婉转凄楚之感，余味无穷。上片以雁过长天的仰视镜头收尾，下片则以黄花满地的俯视镜头开篇，过渡巧妙、自然。

总的看来，词人用直白的语言、铺陈的手法，融情于景，委婉含蓄地表现出了一种多侧面、多层次、深刻细腻的感情。前人评价这首词："声声含泪，物物关情；一字一泪，满是悲愁。"非常有见地。词人不直接说愁，这愁情是在含蓄蕴和的表情方法和环境景物的烘托渲染下表现出来的，因而给读者留下了非常广阔的想象空间。

南宋词

蝶恋花

——范成大

春涨一篙添水面。芳草鹅儿，绿满微风岸。画舫夷犹湾百转①，横塘塔近依前远。

江国多寒农事晚。村北村南，谷雨才耕遍。秀麦连冈桑叶贱，看看尝面收新茧。

※注释
①夷犹：犹豫迟疑不前。

※赏析
这是一首吟咏农村田园春意的词。上阕写水乡春景：春水涨了有一篙深，两岸芳草茵茵，有鹅儿栖息其中。微风吹来，画舫在碧湾里百转不

前，远远望去，横塘塔一如既往地岿然屹立。下阕写田园农事：水乡气温偏低，农事自然晚些，直到谷雨前后村南村北的田地才尽被耕种。现在秀麦一冈连着一冈，桑叶也多了起来，很快就可以尝新面和收新茧了，丰收已然在望。

满江红

——岳飞

怒发冲冠，凭阑处、潇潇雨歇。抬望眼，仰天长啸，壮怀激烈。三十功名尘与土，八千里路云和月。莫等闲、白了少年头，空悲切。

靖康耻①，犹未雪。臣子恨，何时灭？驾长车，踏破贺兰山缺②。壮志饥餐胡虏肉，笑谈渴饮匈奴血。待从头、收拾旧山河，朝天阙。

※**注释**

①靖康耻：指靖康二年徽、钦二帝被掳入北廷之事。②贺兰山：在今宁夏境内，此代金人基地。

※**赏析**

《满江红》是岳飞的代表作，充分反映了他抗金救国的雄心壮志和慷慨豪迈的英雄气概。

词的上半部分抒写词人渴望建功立业的凌云壮志。"怒发冲冠"一句，以磅礴的气势开篇，随即稍顿笔锋，颇有节奏感。之后笔锋直上，转为"仰天长啸"，抒发精忠报国的壮志豪情。然后词人借"三十功名尘与土，八千里路云和月"两句剖白心迹。这两句，把岳飞的豪情壮志表露无遗。最后三句紧承上文，是词人的自勉之语。词的下半部分引史入词，以史为鉴，以史为鞭，传达出词人杀敌报国的决心与自信。"靖康耻，犹未雪。臣子恨，何时灭"四句，是全词的中心，交代了词人如此渴望收复山河的原因。其后的"饥餐""渴饮"，以夸张之笔表达了词人对敌人的憎恨，同时也展露出词人收复河山的信心和英勇的乐观精神。"待从头、收拾旧山河，朝天阙"，一方面表明词人对朝廷的忠诚，另一方面又体现出词人收复河山的坚定信心。

全词气势激昂，字里行间流露出一股浩然正气和英雄气概。

小重山

——岳飞

昨夜寒蛩不住鸣①，惊回千里梦，已三更。起来独自绕阶行，人悄悄，窗外月胧明。

白首为功名，旧山松竹老，阻归程。欲将心事付瑶琴，知音少，弦断有谁听。

※**注释**

①蛩（qióng）：蟋蟀。

※**赏析**

昨夜为蟋蟀鸣寒的声音所惊醒，我的梦魂从很远的地方飞回。在那三更的深夜，我不能继续入睡，于是起来，披衣在庭院徘徊。人们都悄然安睡，月光朦胧微明。

想起这一生白首为功名，故乡的青松翠竹也将老去吧，但我却身不由己，不能回到她的身边。我想要用琴声诉说我的心事，但知音稀少，就是弹断了琴弦，又有谁能明白？

鹧鸪天

——周紫芝

一点残红欲尽时①，乍凉秋气满屏帏。梧桐叶上三更雨，叶叶声声是别离。

调宝瑟，拨金猊②，那时同唱鹧鸪词。如今风雨西楼夜，不听清歌也泪垂。

※注释

①残红：残灯。②金猊（ní）：雕成狮形的香炉。

※赏析

这是一首秋夜怀人之作。词人用借景抒情，情景交融的写法，以委婉曲折的叙述方式，写了男主人公对一位歌女的深深相思之情。

词的上半部分写景，词人笔法高妙，把客观之景和人的主观感受有机结合，营造出一种凄凉的氛围，为下文做铺垫。词的下半部分是对往昔的追怀。这里记忆中的欢快之音与上片中离别后的悲凉雨声相呼应，两者形成鲜明对比，也正因此，男主人公抚今追昔，感慨万千。结句中的"如今"起了转折作用，使人不由得将过去的欢乐与现在的悲伤进行对比。这首词融视觉、感觉、听觉为一处，融主观和客观为一体，哀怨深沉，感人肺腑，具有极强的艺术感染力。词人妙用对比，以昔日之欢巧衬今日之愁，把一腔愁思表现得凄婉动人，让人读之黯然。

霜天晓角　蛾眉亭

——韩元吉

倚天绝壁，直下江千尺。天际两蛾凝黛，愁与恨、几时极？
暮潮风正急，酒阑闻塞笛。试问谪仙何处？青山外、远烟碧。

※赏析

蛾眉亭踞绝壁之上，俯览长江，垂直千尺有余，奇峻险要；登之四望，但见远山似蛾眉紧蹙，近处江潮汹涌，实具让人牵愁起恨之景象，作者亦深受感染。作者的愁恨，缘于家国零落，当风吹酒醒后，他依稀听得边防军（其时宋军已退至此处设防）苍凉悲怆的笛声，忧国伤时之情因此而萦绕胸中，挥之不去。然而他最终为自己找到的出路是效仿诗人李白，纵情山水，不与世事，这样的思想不能不说是南宋文人们面对困厄艰难所呈现出的通病吧。

钗头凤

——唐琬

世情薄，人情恶，雨送黄昏花易落。晓风干，泪痕残，欲笺心事，独倚阑干。难，难，难！

人成个，今非昨，病魂常系秋千索。角声寒，夜阑珊①，怕人寻问，咽泪装欢。瞒，瞒，瞒！

※注释
①阑珊：将尽。

※赏析
世情凉薄，人情险恶，黄昏暮雨中花儿最易凋落。晨风吹干泪水，泪痕残留脸上，本想写下心事，却终作倚栏自语，唐琬哀叹："难，难，难。"

人已离散，今非昔比，如今的唐琬犹如秋千架上的绳索，摇摇荡荡，多病多忧。她每每长夜无眠，愁听清寒号角，直到夜色阑珊。她有苦无处倾诉，因为怕人询问，还要咽泪装欢，她只能将一切深深地隐瞒，隐瞒。

卜算子

——程垓

独自上层楼，楼外青山远。望到斜阳欲尽时，不见西飞雁。
独自下层楼，楼下蛩声怨。待到黄昏月上时，依旧柔肠断。

※赏析
独自登楼眺望，楼外青山隐隐，望到夕阳将尽时，仍不见传递音书的西飞之雁。独自走下层楼，楼下蟋蟀鸣声如怨，直到黄昏月上时，依旧会是

柔肠寸断，愁思无限。

昭君怨 赋松上鸥

——杨万里

晚饮诚斋，忽有一鸥来泊松上，已而复去，感而赋之。

偶听松梢扑鹿①，知是沙鸥来宿。稚子莫喧哗，恐惊他。

俄顷忽然飞去②，飞去不知何处。我已乞归休，报沙鸥。

※注释

①扑鹿：象声词，鸟儿振翅的声音。②俄顷：不一会儿。

※赏析

此词是作者在诚斋晚饮时见一沙鸥栖于松上而复去，因之有感而作。

初读并不觉有特异之处，作者只是撷取了闲居生活中的一个片断，语句清明，一目了然；然而反复吟咏，愈觉其思致新颖，笔墨灵隽，寓意深远。杨万里为人正直敢言，因奸相专权而辞官居家终老，但其内心是颇为不平静的，心系国事却又无可奈何，只好以退隐思想来安慰自己，这首词可以说是他当时心境的一个很好的反映。全词实际上有一个隐而未露的典故，即"鸥鹭忘机"典，惆怅失意的作者正是想忘掉世间的一切心机，与沙鸥相伴了此余生，这一层意思，是需要读者细心品味的。

好事近 七月十三日夜登万花川谷望月作

——杨万里

月未到诚斋①，先到万花川谷。不是诚斋无月，隔一林修竹。

如今才是十三夜，月色已如玉。未是秋光奇绝，看十五十六。

※注释

①诚斋：杨万里给自己的书房取名为"诚斋"。

※赏析

月亮还没到诚斋，却先到了万花川谷，其实也不是诚斋没有月亮，因为被一林修竹隔断了月光。作者所以登临万花川谷望月，虽然如今才是十三夜，而"月色已如玉"。他转念想到：今夜并不是月色最奇最美的时候，如要欣赏绝好月色，还须等到"十五十六"。

卜算子

——严蕊

不是爱风尘①，似被前缘误。花落花开自有时，总赖东君主②。去也终须去，住也如何住。若得山花插满头，莫问奴归处。

※注释
①风尘：指艺妓生涯。②东君：司春之神。主：做主。

※赏析

并非是自愿堕入风尘，好似是前定因缘的耽误，花开花落自有其时，但终归还要依靠东君做主。脱离苦海只在早晚，但身处其中着实难挨，若得自由自在地满插山花在头，便毋庸追问奴家将身归何处。

六州歌头

——张孝祥

长淮望断①，关塞莽然平②。征尘暗，霜风劲，悄边声③。黯消凝④。追想当年事⑤，殆天数⑥，非人力。洙泗上⑦，弦歌地，亦膻腥。隔水毡乡⑧，落日牛羊下，区脱纵横⑨。看名王宵猎⑩，骑火一川明。笳鼓悲鸣，遣人惊。

念腰间箭，匣中剑，空埃蠹⑪，竟何成！时易失，心徒壮，岁将零，渺神京⑫。干羽方怀远⑬，静烽燧，且休兵。冠盖使⑭，纷驰骛⑮，若为情⑯？闻道中原遗老，常南望，翠葆霓旌⑰。使行人到此，忠愤气填膺，有泪如倾。

※注释

①长淮：其时宋金疆界东以淮水，西以大散关为界。②关塞莽然平：指建于淮水的关塞已然荒废，淹没在一片草木当中。③征尘三句：是说飞尘昏暗，寒风正紧，边地上一片寂静，暗指南宋王朝已然放弃了抵抗。④黯消凝：黯然伫立凝望。⑤当年事：指靖康之变金军陷中原，北掳徽、钦二帝之事。⑥殆：实在是。⑦洙泗：指洙、泗二水，孔子曾经在这里讲学。⑧隔水毡乡：意谓河的对岸已经成为金人毡包革帐之乡。⑨区（ōu）脱：泥堡土垒。⑩名王宵猎：指金国贵族夜晚射猎。⑪空埃蠹（dù）：意谓白白地落满尘埃，被虫蛀蚀。⑫渺神京：故都渺远，收复无期。⑬干羽方怀远：意谓用礼乐来教化安抚远地的人。实指南宋朝廷对敌媾和。干羽：两种舞具，盾和雉尾。怀远：安抚远地之人。⑭冠盖使：前往金国请和的使臣。⑮驰骛：奔走。⑯若为情：岂不难为情。⑰翠葆（bǎo）霓旌：皇帝的车驾，借指王师。

※赏析

这首词作于宋孝宗隆兴元年（1163年），当时张浚率兵北伐，但因为投降派的刁难和前线军队内部的不和，北伐受到了很大的影响。投降派掌握了主动权，决定休兵议和。时在建康任上的词人激愤满怀，谱下了这曲气势恢宏的爱国词章。

"长淮"二字，点出两国的边界，寄意深沉。绍兴十一年（1141年），南宋"与金国和议成，立盟书，约以淮水中流画疆"（《宋史·高宗纪》）。淮河曾是宋朝境内一条重要的河流，如今却变成国之边境。远望千里淮河，南岸一线只有草丛苍莽的原野，没有任何防御屏障。征战的烟尘早已消失，秋风萧瑟，边境寂静无声，一片荒凉。"黯消凝"一句，写词人对国事的关切，形象生动，手法高超。"追想"三句，写南宋朝廷的怯懦无能，任人宰割，词人心中痛极，却还不能明说，只能把原因归结于"殆天数，非人力"。"隔水毡乡"到"遣人惊"，写金兵用猎火照亮了北方的田野，笳鼓悲鸣，隐隐可闻，而南宋这边呢？萧条、冷寂，没有一丝生气，两相对比，词人自然倍感忧虑，可是对于昏庸的南宋朝廷，他又能如何？这些都是词人的泣血之言，读来令人扼腕。

词人空有"腰间箭，匣中剑"，壮志凌云，却无奈英雄无用武之地，只能眼看祖国山河破碎，无力回天。词人写出了自己的愤怒，把批判的矛头直指偏安一隅的南宋朝廷，谴责朝廷昏庸无能，激愤满怀。这是一首感怀之作，激昂慷慨，如江河之下，气势雄壮，令人读之惊心动魄。

水调歌头 闻采石矶战胜

——张孝祥

雪洗虏尘静①，风约楚云留。何人为写悲壮？吹角古城楼。湖海平生豪气，关塞如今风景，剪烛看吴钩②。剩喜然犀处③，骇浪与天浮。

忆当年，周与谢④，富春秋。小乔初嫁，香囊未解⑤，勋业故优游⑥。赤壁矶头落照，肥水桥边衰草⑦，渺渺唤人愁。我欲乘风去，击楫誓中流⑧。

※**注释**

①虏尘：胡虏所扬起的战尘。②吴钩：古代吴地出产的一种弯刀，后泛指锋利的刀剑。③然犀处：东晋温峤率军平叛，经采石矶之时见水中多怪物，大军畏不能前，温峤遂命将犀牛角点燃，须臾见水族覆灭。然：同"燃"。④周与谢：东汉末年周瑜与东晋谢玄，赤壁之战与淝水之战的主要将领。⑤香囊未解：谢玄少年时好佩香囊，此处指青春年少。⑥勋业故优游：意谓从容不迫地建立了功业。⑦肥水：即淝水。⑧击楫誓中流：《晋书·祖逖传》载，祖逖率兵北伐，渡江时曾击楫而誓曰："祖逖不能

清中原而复济者，有如大江。"

※ **赏析**

因为在楚地做官，没能参加"雪洗虏尘"的战役，词人于是要为将士们的悲壮事迹写下颂歌。

词人平生豪气纵横，今逢边事情形大变，不禁在灯下抚看宝刀，慨然遥想将士们江岸破敌的惊心动魄，继而联想当年周瑜、谢安谈笑间建立不朽功勋的潇洒从容。贤相良将俱成过往，惹人伤感，但词人如今年富力强，他所以要仿效前人，乘风破浪，扫清中原，收复故国。

念奴娇　过洞庭

——张孝祥

洞庭青草①，近中秋、更无一点风色。玉鉴琼田三万顷②，着我扁舟一叶。素月分辉，明河共影③，表里俱澄澈。悠然心会，妙处难与君说。

应念岭表经年④，孤光自照，肝胆皆冰雪。短发萧骚襟袖冷⑤，稳泛沧溟空阔⑥。尽挹西江，细斟北斗，万象为宾客⑦。扣舷独啸，不知今夕何夕。

※ **注释**

①青草：青草湖，与洞庭湖相通，二者亦合称洞庭湖。②玉鉴琼田：形容湖水清亮有如玉镜琼田一样。③明河：天河。④岭表：指五岭以外，今两广一带。⑤萧骚：萧疏。⑥沧溟（míng）：苍茫浩瀚。⑦尽挹（yì）三句：意谓汲尽西江的水以为酒，把北斗星当作酒器慢慢斟酒来喝，邀请天上的星辰万象作为宾客。

※ **赏析**

这首词是月明之夜词人泛舟洞庭时所作，全词情景交融，充分体现了词人历经政治风波后仍能宠辱不惊的旷达心胸。

上片写景，意境清俊，非心胸旷达者不能写出。起首"洞庭"三句，总写洞庭之景，清疏淡远，不着一丝人间烟火，营造出一种清净、幽渺的氛围，为全词奠定了基调。随后两句，极言湖水之澄清、宽广。而浩浩洞庭三万顷，上面只有自己所乘的一叶扁舟，这是一种怎样的意境啊！这两句运笔巧妙，写洞庭之大，非但没有衬托出词人自身之渺小，反而有自己区区一人囊括整个洞庭的意味，堪称神来之笔。随后三句，写水天之明澈。结尾两句，总揽一笔，极言洞庭景色之美，不可言传。下片抒情，尽显词人慷慨胸怀。"肝胆皆冰雪"，写自己一身肝胆，这不仅是对词人一个人的描述，更是对古往今来所有英雄豪杰品性的概括。至"尽挹西江"三句，情感的抒发达到极致，词人豪情万丈，要以自己为主，万象为客，汲西江，斟北斗，一醉淋漓。最后两句，吟啸之处，浑然忘我，似空谷回音，袅袅不绝。

西江月

——张孝祥

问讯湖边春色，重来又是三年。东风吹我过湖船，杨柳丝丝拂面。

世路如今已惯，此心到处悠然。寒光亭下水如天，飞起沙鸥一片。

※赏析

作者再次来寻访三塔湖的春色，与前次来此已隔三年。东风习习，吹送他的小船驶过湖面；杨柳丝丝，轻轻拂过他的面颊。经历了世路的坎坷，饱览了世态的炎凉，作者如今已然看淡世事，一颗心四处悠然，随遇而安。他放开心怀悠然在寒光亭下碧广如天的湖面上，闲看汀洲上飞起沙鸥一片。

临江仙 暮春

——赵长卿

过尽征鸿来尽燕,故园消息茫然。一春憔悴有谁怜。怀家寒食夜,中酒落花天①。

见说江头春浪渺,殷勤欲送归船。别来此处最萦牵。短篷南浦雨②,疏柳断桥烟。

※注释
①中(zhòng)酒:醉酒。②短篷:指舟篷。

※赏析
　　见春燕秋鸿而起归乡之思本是人之常情,而于其中打入家国之恨、身世之感,此情则益是凄怆。时值暮春之际,征鸿飞燕过尽而故园消息茫然,作者愁肠百结。孤独憔悴的他,在寒食之夜想家,在簌簌落花中醉酒。王国维《人间词话》中云:"以我观物,故物皆染我之色彩。"由此推演,以思归之心观物,故物皆有送归之意,因而作者见江头春浪而感其"殷勤欲送归船"。但归家之梦终难实现,家国零落,故园生活的美好只停留在记忆当中,那雨中泛舟南浦的惬意,断桥边稀疏柳枝上笼着的轻烟,便叫他怀思无限,魂系梦牵。

摸鱼儿

——辛弃疾

更能消、几番风雨,匆匆春又归去。惜春长怕花开早,何况落红无数。春且住!见说道、天涯芳草迷归路。怨春不语,算只有殷勤,画檐蛛网,尽日惹飞絮。

长门事,准拟佳期又误,蛾眉曾有人妒。千金纵买相如赋,脉脉此情谁诉①？君莫舞！君不见、玉环飞燕皆尘土②。闲愁最苦。休去倚危阑，斜阳正在，烟柳断肠处。

※注释

①长门事五句：司马相如《长门赋序》："孝武皇帝陈皇后，时得幸，颇妒（有谗人嫉妒），别在长门宫，愁闷悲思。闻蜀郡成都司马相如天下工为文，奉黄金百斤，为相如、文君取酒，因于解悲愁之辞。而相如为文以悟主上，陈皇后复得亲幸。"此处是说，因为有人嫉妒，纵然千金买得司马相如一赋，心中真情也是无从诉说的。②君莫舞两句：意谓善妒之人也不要得意忘形，你不见即便是像杨玉环、赵飞燕那样得宠的妃子终不是都化为尘土了吗？此处是以玉环、飞燕都不得善终来警告那些嫉贤妒能之辈。

※赏析

  本篇为惜春抒怀之词。上片描写暮春衰残景色，惋惜春逝，隐含身世家国之痛。"更能消、几番风雨，匆匆春又归去。"写此时已到了暮春时节，经不起几回风雨，春天就会匆匆归去了。"惜春长怕花开早，何况落红无数"二句，写词人惜春的心理。"春且住"三句，是词人对将要离开的"春"深情的倾诉。"算只有殷勤，画檐蛛网，尽日惹飞絮"，只剩下殷勤多情的雕梁画栋间的蛛网，为留住春光整天沾染飞絮。下片借写美人失宠抒发词人闲寂不遇的愁郁和满腔爱国热忱无处倾诉的痛苦。词人借古代宫中几个女子的遭遇，比喻自己此时的境遇，进一步抒发其"蛾眉见妒"的感慨。最后以写景结尾，余味无穷。全词托物起兴，借古伤今，熔身世之悲和家国之痛于一炉，沉郁顿挫。

水龙吟　登建康赏心亭

——辛弃疾

楚天千里清秋,水随天去秋无际。遥岑远目①,献愁供恨,玉簪螺髻②。落日楼头,断鸿声里,江南游子。把吴钩看了③,阑干拍遍,无人会、登临意。

休说鲈鱼堪脍④,尽西风、季鹰归未⑤?求田问舍,怕应羞见,刘郎才气⑥。可惜流年,忧愁风雨,树犹如此⑦!倩何人,唤取红巾翠袖⑧,揾英雄泪⑨。

※注释

①遥岑:远山。此指沦陷地区的群山。②玉簪螺髻:形容远山如玉簪,如盘起的发髻。③吴钩:古代吴地出产的一种弯刀,后泛指锋利的刀剑。④脍:将鱼肉切成细丝。⑤季鹰:张翰,字季鹰。《晋书·张翰传》载,"翰因见秋风起,乃思吴中菰菜、莼羹、鲈鱼脍,曰:'人生贵得适志,何能羁宦数千里以要名爵乎?'遂命驾而归"。⑥求田问舍三句:以三国时刘备责许汜只知购置房产而全然不管国计民生之事来责备那些只为一己私利的人。⑦树犹如此:东晋桓温北征,见昔日所种柳树已粗十围,叹曰:"树犹如此,人何以堪。"⑧红巾翠袖:借指歌女。⑨揾(wèn):擦拭。

※赏析

词文上阕写登高远望之所见:天无际,水随天,远山层层叠叠,如"玉簪螺髻"。江山虽美,但在作者眼里竟为"献愁供恨"之物,因为他空握长剑而不能杀敌,满怀抱负却无处施展。下阕评古论今,表示自己不愿效仿张翰退隐,也不愿学许汜求田问舍,而是想报效国家,有所作为。继而又叹流年似水,光阴虚度。情到伤心,他不禁潸然洒泪。英雄末路之悲,让人嘘嗟不已。

菩萨蛮　书江西造口壁

——辛弃疾

郁孤台下清江水①,中间多少行人泪。西北望长安②,可怜无数山。

青山遮不住,毕竟东流去。江晚正愁予,山深闻鹧鸪③。

※注释

①郁孤台:在今江西赣州市西南,唐宋时为游览胜地。②长安:指代北宋京师汴梁。③鹧鸪:其鸣声似"行不得也哥哥"。

※赏析

郁孤台下的清江水,其中汇聚了多少流离逃亡之人的眼泪,举头向西北方向眺望长安,无数青山将视线遮拦。青山能遮断行人的望眼,却遮断不了江水的奔流,亦如胡虏虽猖、奸佞虽多,却挡不住仁人志士抗敌报国的热血豪情。

江天渐晚,词人愁情又浓,岁月在屡受排挤、报国无门的苦闷中流走。这个时候,深山中又传来鹧鸪的叫声:"行不得也哥哥,行不得也哥哥。"

青玉案　元夕

——辛弃疾

东风夜放花千树,更吹落、星如雨。宝马雕车香满路。凤箫声动,玉壶光转①,一夜鱼龙舞。

蛾儿雪柳黄金缕②,笑语盈盈暗香去。众里寻他千百度;蓦然回首,那人却在,灯火阑珊处③。

※注释

①玉壶：喻月亮。②蛾儿、雪柳、黄金缕：此三样皆为元夕时妇女们佩戴的饰物。③阑珊：零落。

※赏析

　　本篇为元宵节记景之作。上片以生花妙笔描绘渲染元宵佳节火树银花、灯月交辉的欢腾热闹的风光。"东风夜放花千树"写元宵夜的灯光，以花喻灯，表明灯的灿烂多姿。"更吹落、星如雨"写烟火，烟花一明一灭，参差起落，洒落如星。"宝马雕车"写车马华美，"香满路"表明游人之多。"凤箫声动，玉壶光转，一夜鱼龙舞"，写的是彻夜欢腾的热闹场面。下片着意描写主人公在游人中千百回寻觅一位立于灯火零落处的自甘寂寞的孤高女子，表现了词人追求的境界之高，寓有深意。"蛾儿雪柳黄金缕，笑语盈盈暗香去"承接上片，继续描写元夜的盛况，但已转移到盛装出游的游女们身上。可在这些丽人中间却没有词人的意中人，"众里寻他千百度"极言寻觅之苦，失望之情跃然纸上。在这几近绝望的一刻，"蓦然回首"，忽然发现"那人却在，灯火阑珊处。"辛弃疾的词素以豪放著称于世，其实他的婉约词亦是，曼妙无比，这首词即是最好的证明。

清平乐　村居

——辛弃疾

　　茅檐低小，溪上青青草。醉里吴音相媚好①，白发谁家翁媪②？大儿锄豆溪东，中儿正织鸡笼。最喜小儿无赖③，溪头卧剥莲蓬。

※注释

①吴音：吴地方言。②翁媪（ǎo）：老公公、老婆婆。③无赖：淘气调皮。

※赏析

　　檐儿低低茅屋小，溪水两岸长满青青草。作者醉中听到亲切悦耳的吴音对话，那是一对白发皤皤的农家老年夫妇在茅屋前闲话家常。继而关注到他们的三个儿郎，竟是一律的忙碌：老大在溪东豆地锄草，老二在编织鸡笼，最年幼的儿子也不甘清闲，淘气地趴在溪边剥着莲蓬。

水龙吟　过南剑双溪楼

——辛弃疾

举头西北浮云，倚天万里须长剑。人言此地，夜深常见，斗牛光焰①。我觉山高，潭空水冷，月明星淡。待燃犀下看②，凭栏却怕，风雷怒，鱼龙惨。

峡束苍江对起，过危楼、欲飞还敛。元龙老矣③，不妨高卧，冰壶凉簟。千古兴亡，百年悲笑，一时登览。问何人又卸，片帆沙岸，系斜阳缆？

※注释

①斗牛光焰：王嘉《拾遗记》载，晋朝的张华夜见有紫气冲于牛斗之间，遂命雷焕为丰城令，掘地得宝剑一双。②燃犀：东晋温峤率军平叛，经采石矶之时见水中多怪物，大军畏不能前，温峤遂命将犀牛角点燃，须臾见水族覆灭。③元龙：三国陈登，字元龙。人称其"湖海之士，豪气不除"。

※赏析

登上高楼，远眺西北方遮蔽着中原的浮云，作者想要用倚天万里的长剑扫荡敌虏。剑溪传说，让他幻想取出溪下神剑；但山高潭冷，月明星淡，又使他犹豫踟蹰。或可点燃犀角下看，但又惧燃犀之光无奈何风雷震怒，鱼龙惨毒。

眼前沧江受到两峡约束，作者的思绪欲飞还敛，正如他一边慨叹"千古兴亡"，心系国家前途，一边慨叹"元龙老矣"，思退田园。这彷徨忧虑间，有片帆驶来沙岸，舟人在斜阳脉脉中系好船缆……

西江月　夜行黄沙道中

——辛弃疾

明月别枝惊鹊,清风半夜鸣蝉。稻花香里说丰年,听取蛙声一片。

七八个星天外,两三点雨山前。旧时茅店社林边①,路转溪桥忽见。

※注释

①社:土地庙。

※赏析

宋孝宗淳熙八年(1181年),辛弃疾因遭奸臣排挤免官,闲居于江西上饶,并在此生活了近十五年。这一时期,他虽曾短暂出仕,但以在上饶居住为多,留下了不少词作。这首词即是辛弃疾罢官闲居上饶时的词作,着意描写了黄沙岭的夜景。

词的上片写夏夜风光,月白风清,鹊惊蝉鸣,稻花飘香,蛙声一片,丰收在望,给夜行人带来无限的喜悦。下片写疏星稀雨,溪头茅店,情趣盎然。全词语言明白如话,基调轻快活泼,词人运用近乎白描的手法描摹了一幅明丽清新、生机盎然的夏夜乡村图,表达了对丰收的喜悦之情和对乡村生活的热爱。

贺新郎　别茂嘉十二弟

——辛弃疾

绿树听鹈鴂,更那堪、鹧鸪声住,杜鹃声切?啼到春归无啼处,苦恨芳菲都歇,算未抵、人间离别。马上琵琶关塞黑,更长门翠辇辞金阙。看燕燕①,送归妾。

将军百战声名裂②,向河梁③、回头万里,故人长绝。易水萧萧西风冷,满座衣冠似雪,正壮士、悲歌未彻④。啼鸟还知如许恨⑤,料不啼清泪长啼血。谁共我,醉明月?

※注释

①燕燕:《诗经》篇名,卫庄姜送归妾之作。②将军百战声名裂:指汉将李陵与匈奴激战,因寡不敌众而降一事。③河梁:苏武羁滞匈奴数十载,终得回汉,李陵于河梁之上为其饯行。④易水三句:写荆轲出使秦国,太子丹及宾客皆穿孝服送他,荆轲慷慨悲歌而去的场面。⑤如许恨:如此多的离恨。

※赏析

词写离愁别恨。开篇以三种啼声凄切的鸟儿齐鸣作引,言三鸟齐鸣伤春仍不能与人间别离相比,继而谈起历史上有名的伤别情景——昭君出塞;陈皇后辞别金阙,幽居别宫;春秋时卫国庄姜送戴妫;李陵战败降敌后与故乡亲人诀别;荆轲刺秦王临行时人们的孝服相送,英雄的慷慨悲歌。作者所处的时代正是一个将这许多离别聚集在一起的时代。那被掳往北国的徽、钦二帝和数千嫔妃宫娥,那些沦为异国臣民的广大官吏百姓,那些弃家别友、与敌人拼杀于疆场之上的仁人义士,他们哪一个不是饱尝着离别的痛苦,哪一个不是忧恨满怀?作者说,要是啼鸟明白这些苦恨,它们就会"不啼清泪长啼血"。词尾设想弟走后独愁无侣的境况,点明"别弟"题面。

丑奴儿 书博山道中壁

——辛弃疾

少年不识愁滋味,爱上层楼。爱上层楼。为赋新词强说愁。
而今识尽愁滋味,欲说还休。欲说还休。却道天凉好个秋。

※赏析

历尽沧桑，饱尝愁滋味之后，回想起少年时代爱上高楼，为了赋一首新词强要说愁的单纯幼稚，作者不禁哑然失笑。少年时是故作愁态，怕人不知自己有愁，而今愁满胸中，却不知从何说起。在数次的"欲说还休"之后，吐出"天凉好个秋"的不相干的话聊以应景；作者是无可奈何，只好回避不谈。

太常引 建康中秋为吕叔潜赋

——辛弃疾

一轮秋影转金波，飞镜又重磨①。把酒问姮娥②：被白发、欺人奈何？

乘风好去，长空万里，直下看山河。斫去桂婆娑③，人道是、清光更多。

※注释

①飞镜：喻月亮。②姮（héng）娥：嫦娥。③婆娑：枝叶纷披的样子。

※赏析

又到中秋，面对一轮皓月当空，作者感慨良多。南归已久，昔日的青丝都已变成白发，然而收复中原的希望却日渐渺茫，愁苦无奈之际，作者不禁举酒问月如何承受之。他希望自己有一天能于万里长空中乘风而行，俯瞰大好河山，并且直上月宫，砍去婆娑桂荫，让人间能得到更多清光。桂影之遮月，可以奸佞之遮蔽贤良，胡虏之妨害承平世界比之，作者的用意，自不待言。

破阵子 为陈同甫赋壮语以寄

——辛弃疾

醉里挑灯看剑,梦回吹角连营。八百里分麾下炙①,五十弦翻塞外声②。沙场秋点兵。

马作的卢飞快③,弓如霹雳弦惊。了却君王天下事,赢得生前身后名。可怜白发生!

※注释

①八百里分麾(huī)下炙:意谓方圆八百里的军营中士兵们在战旗下分吃着烤牛肉。②五十弦翻塞外声:意谓各种乐器合奏出雄壮的军歌。③的卢:骏马名。

※赏析

词由灯下醉看长剑写入梦境,极力描绘抗金部队雄壮的军容,生动地刻画了将士们矫健威武、横戈跃马的身姿,直抒作者"了却君王天下事,赢得生前身后名"的心愿,豪情恣肆,气壮山河,交织着他忠君爱国的思想和强烈的个人功名观念。然而通篇的壮词竟以"可怜白发生"之悲语收尾,又反映出作者壮志难酬的悲愤心情。

鹧鸪天

——辛弃疾

有客慨然谈功名,因追念少年时事,戏作。

壮岁旌旗拥万夫,锦襜突骑渡江初①。燕兵夜娖银胡②,汉箭朝飞金仆姑③。

追往事,叹今吾,春风不染白髭须④。却将万字平戎策⑤,换得东家种树书⑥。

※**注释**

①锦襜(chān)突骑：穿着锦衣的精锐骑兵。②燕兵：指北方抗金义军。娖(chuò)：整理。银胡：镶银的箭袋。③金仆姑：箭名。④春风句：意谓人老了便无法恢复青春。⑤平戎策：指作者归宋后屡次上呈朝廷的抗金方略。⑥换得句：感叹晚年失意，从事农业。

※**赏析**

与客人闲谈功名，唤起作者对于一生经历的回忆。词文上阕追忆了年轻时代自己率义军夜袭金营、捉回叛徒张安国，而后引兵南归诸事，豪情四溢，声情并茂，颇显出作者对这段经历的得意之情。下阕自叹年老，抒发有志报国却被投闲废置的牢骚，自嘲之中蕴含着深深的失望。

西江月 遣兴

——辛弃疾

醉里且贪欢笑，要愁那得工夫。近来始觉古人书，信著全无是处。

昨夜松边醉倒，问松："我醉何如？"只疑松动要来扶，以手推松曰："去！"

※**赏析**

此词题目为《遣兴》，看似抒发闲居生活的自在悠闲之情，但字里行间透露着作者对现实的不满和他倔强的生活态度。词中"近来始觉古人书，信著全无是处"两句，衍自孟子"尽信书，则不如无书"，实乃激愤之语，缘于作者对黑白颠倒、泾渭不分之世道的感慨。下阕中对于松人互动情节的描写，尽显作者倔强自立之性情。

永遇乐　京口北固亭怀古

——辛弃疾

千古江山，英雄无觅，孙仲谋处。舞榭歌台，风流总被、雨打风吹去①。斜阳草树，寻常巷陌，人道寄奴曾住②。想当年、金戈铁马，气吞万里如虎③。

元嘉草草，封狼居胥，赢得仓皇北顾④。四十三年，望中犹记，烽火扬州路⑤。可堪回首，佛狸祠下⑥，一片神鸦社鼓⑦。凭谁问，廉颇老矣，尚能饭否？

※注释

①风流句：意谓孙仲谋英雄事业的风流余韵已在历史的风吹雨打中远去。②寄奴：南朝宋武帝刘裕小字寄奴。③想当年两句：刘裕曾率军北伐，先后灭掉南燕和后秦，光复洛阳、长安等地。④元嘉三句：是说宋文帝不能继承父亲刘裕的功业，草率派兵北伐，想要像当年汉将霍去病战胜匈奴，封狼居胥山一样荡平北方，到头来只落得仓皇北望，后悔贸然北伐带来的惨败。⑤四十三年三句：辛弃疾于四十三年前南归，其时扬州地区正烽火弥漫。⑥佛狸祠：北魏太武帝拓跋焘击败南朝宋军后于长江北岸的瓜步山上所建行宫，当地百姓年年在祠下举行迎神赛会。⑦神鸦：庙里吃祭品的乌鸦。社鼓：祭祀的鼓声。

※赏析

上阕追忆孙权、刘裕二人事迹，表达出作者对既能守城抗敌、又能进取破房的君王的期盼。下阕引宋文帝仓促北伐而招致全败之事，提醒掌权者不可贪功冒进；通过写历史上佛狸祠的迎神赛会，表示了对江北各地沦陷已久，人民将安于异族统治的隐忧。最后得结论于欲图恢复大计，当重用老成练达之臣。

南乡子　登京口北固亭有怀

——辛弃疾

何处望神州？满眼风光北固楼。千古兴亡多少事，悠悠。不尽长江滚滚流。

年少万兜鍪①，坐断东南战未休②。天下英雄谁敌手？曹刘。生子当如孙仲谋。

※注释

①兜鍪（móu）：古代打仗时戴的头盔。此处指代将士。②坐断：占据。

※赏析

何处可以望到中原？站在北固楼上眺望，满眼是美好的风光，但是中原还是看不见。千古兴亡，往事悠悠，都随不尽的长江水，滚滚东流。

年轻的孙权成为三军统帅，他能够独霸东南，坚持抗战。天下的英雄有谁堪称是他的敌手，只有曹操和刘备而已，所以也就难怪曹操说："生子当如孙仲谋。"

卜算子

——石孝友

见也如何暮①，别也如何遽②。别也应难见也难，后会难凭据。去也如何去，住也如何住。住也应难去也难，此际难分付。

※注释

①暮：晚。②遽：仓促。

※赏析

上阕既恨相见之晚，又恨相别之匆促，更恨后会之无凭。下阕写离别时心情：留既不能，去又不忍，使人不知如何是好。

唐多令

——刘过

安远楼小集,侑觞歌板之姬,黄其姓者,乞词于龙洲道人,为赋此。同刘阜之、刘去非、石民瞻、周嘉仲、陈孟参、孟容,时八月五日也。

芦叶满汀洲,寒沙带浅流。二十年、重过南楼[1]。柳下系舟犹未稳,能几日、又中秋?

黄鹤断矶头[2],故人今在否?旧江山、浑是新愁。欲买桂花同载酒,终不似、少年游。

※注释
①南楼:在武昌黄鹤山上,唐宋时为文人骚客游赏胜地。②黄鹤断矶头:黄鹤山西北有黄鹤矶,临长江,故云。

※赏析
二十年光阴荏苒,作者故地重游,不禁感慨系之。时近中秋,放眼四望,只见芦叶落满汀洲,澄浅的河水从清冷的沙滩旁流走,形迹匆匆的作者系舟未稳便来到曾与朋友共度佳节的黄鹤矶头,深情问起:"故人今在否?"漂泊多年,交游自多零落,唯眼前江山依旧,当此情状,作者平添新愁。

何以遣愁?可邀二三知己,重新买花载酒,但作者知道,即便如此,也终于不能像少年时候一样满怀豪情地潇洒畅游了。

全词语言通俗清新,寄寓着作者含蓄而深沉的心理感受,在当时就深受人们欢迎。

点绛唇　丁未冬，过吴松作

——姜夔

燕雁无心，太湖西畔随云去。数峰清苦①，商略黄昏雨②。第四桥边③，拟共天随住④。今何许？凭阑怀古。残柳参差舞。

※注释
①清苦：形容山峰清寂荒凉。②商略：酝酿。③第四桥：指吴江城外甘泉桥。④天随：晚唐诗人陆龟蒙，号天随子。

※赏析
　　本篇为过吴松抒怀之作。南宋淳熙十四年冬天，姜夔往返于湖州与苏州两地，路过吴松（今江苏吴江市）时，写下了本词。

　　上片以景寓情，燕雁随云，数峰清苦，都是词人漂泊清苦生涯的写照。词人拟人写山，实则以数峰之清苦衬托出自己的万千愁苦。下片追思唐诗人陆龟蒙，感发怀古幽情，抒写知音难觅的惆怅寂寞。"第四桥边，拟共天随住"两句意思是：我真想在第四桥边，跟随天随子一起隐居。第四桥指的是吴江城外的甘泉桥，陆龟蒙曾隐居在此，故词人打算追随他定居在甘泉桥边。全词化实为虚，意在象外。

踏莎行

——姜夔

自沔东来。丁未元日，至金陵江上，感梦而作。

燕燕轻盈，莺莺娇软。分明又向华胥见①。夜长争得薄情知②？春初早被相思染。

别后书辞，别时针线。离魂暗逐郎行远。淮南皓月冷千山，冥冥归去无人管。

※ **注释**

①华胥:指梦境。《列子·黄帝》载,"黄帝书寝而梦,游于华胥氏之国"。②争得:怎得。薄情:薄情之人。

※ **赏析**

词为梦中怀人之作。夜梦所见,伊人如莺燕般轻盈娇软,向他倾诉着别离后的幽怨与思念。她在埋怨薄情郎怎能想象她因为惦念而忍受长夜无眠之苦,告诉他春未至而相思之情已浓。梦醒后,作者翻出了别后她写来的书信,摩挲着离别时她为自己缝制的衣衫;他因为伊人之精魂不远千里而来与自己梦中相会的痴情而感动,也为她于相会之后孤身而返的伶仃无依而心疼。

鹧鸪天

——姜 夔

己酉之秋,苕溪记所见。

京洛风流绝代人,因何风絮落溪津。笼鞋浅出鸦头袜①,知是凌波缥缈身。

红乍笑,绿长颦②,与谁同度可怜春?鸳鸯独宿何曾惯,化作西楼一缕云。

※ **注释**

①鸦头袜:古代女子穿的分出足趾的袜子。②颦:皱眉。

※ **赏析**

这首词是作者路过苕溪时因有感于所见而写下的。他看到了一位芳华绝代的歌妓,从相貌气质上看,她应该来自京师,但因何而流落到此荒僻渡头却不得而知。作者注意到她精巧的足部,轻盈的步态和姣好的容颜,也注意到她时时蹙起的黛眉和鲜露笑意的樱桃口。他继而想到,这样的女子要是在京师少不得总有情人相伴；他着实地为她眼下的零落孤独而感到心中不忍。他推测，女子定有着一段曲折的经历，至今依然生活在对往昔朝朝暮暮的回忆中，心思亦常常迷失在寄寓着她青春与情感的"西楼"侧畔。

念奴娇

——姜夔

余客武陵，湖北宪治在焉。古城野水，乔木参天。余与二三友，日荡舟其间，薄荷花而饮，意象幽闲，不类人境。秋水且涸，荷叶出地寻丈，因列坐其下，上不见日，清风徐来，绿云自动。间于疏处，窥见游人画船，亦一乐也。揭来吴兴，数得相羊荷花中，又夜泛西湖，光景奇绝，故以此句写之。

闹红一舸①，记来时、尝与鸳鸯为侣。三十六陂人未到②，水佩风裳无数。翠叶吹凉，玉容销酒③，更洒菰蒲雨④。嫣然摇动，冷香飞上诗句。

日暮，青盖亭亭⑤，情人不见，争忍凌波去？只恐舞衣寒易落，愁入西风南浦。高柳垂阴，老鱼吹浪，留我花间住。田田多少⑥，几回沙际归路。

※注释

①闹红：指在荷花间游赏嬉戏。舸（gě）：船。②三十六陂：极言水塘之多。③玉容销酒：形容荷色艳丽，如同美人饮酒后红晕上脸。④菰蒲：指杂乱的水生植物。⑤青盖：指荷叶。⑥田田：形容荷叶相连的样子。

※赏析

本篇为咏荷之词。上片写泛舟荷塘景色，以比喻和拟人手法描绘荷花、荷叶美艳绝伦。起篇即勾勒出一幅美好的画面：在那红火繁茂的荷花丛中荡舟，记得一路的鸳鸯成双成对伴着船儿戏水。放眼望三十六处的荷塘幽静无人，只见水佩风裳如无数美女。"嫣然摇动，冷香飞上诗句"点出写本词的原因，荷花嫣然含笑，轻轻摇动，散发着阵阵幽香，惹得我诗兴大发，写出了优美的诗句。下片写词人傍晚观赏荷花流连难舍，抒写对荷花深深爱惜之情，也暗寓自伤身世之意。前四句词人以凌波仙子比喻亭亭玉立的荷花，表达了对荷花的怜惜之情。后几句借景抒情，表达了对荷花深深的眷恋。全词咏物形神兼备，风格高雅清丽。

齐天乐

——姜夔

丙辰岁，与张功甫会饮张达可之堂，闻屋壁间蟋蟀有声。功甫约余同赋，以授歌者。功甫先成，辞甚美。予徘徊茉莉花间，仰见秋月，顿起幽思，寻亦得此。蟋蟀，中都呼为促织，善斗。好事者或以三二十万钱致一枚，镂象齿为楼观以仁之。

庾郎先自吟愁赋①，凄凄更闻私语②。露湿铜铺③，苔侵石井，都是曾听伊处。哀音似诉，正思妇无眠，起寻机杼。曲曲屏山，夜凉独自甚情绪？

西窗又吹暗雨。为谁频断续，相和砧杵④。候馆迎秋，离宫吊月，别有伤心无数。豳诗漫与⑤，笑篱落呼灯，世间儿女。写入琴丝⑥，一声声更苦。

※注释

①庾郎：庾信，南北朝时著名诗人，身为南人而因国家陷落羁留北国，诗多以哀愁凄怆为主。②私语：指蟋蟀鸣声。③铜铺：旧时门上兽面铜环的底座。④砧杵：捣衣石和棒，此指夜晚捣衣之声。⑤豳（bīn）诗：《诗经·豳风·七月》有，"七月在野，八月在宇，九月在户，十月蟋蟀入我床下"。⑥写入：作者自注："宣政间，有士大夫制《蟋蟀吟》。"

※赏析

秋蛩之鸣，本已凄切，在愁绪满怀的羁客听来，就更会感到凄怆难耐。但从冷露浸湿的铜铺后，长满苔藓的井台下，总是传来秋蛩的鸣声。鸣声传入无眠思妇耳中，则会使她起身织布排解离愁；幽幽画屏，夜风暗雨，捣衣之声，混合着断续蛩鸣，叩打着她的心扉。抑或是候馆征夫，抑或是离宫中的亡国君主，人间无数的伤心人听到蛩鸣，便会别有一番滋味生心头。作者正自感怀，耳边却传来天真烂漫的孩子提灯捉蟋蟀的欢声笑语……末二句归到秋蛩悲吟，照应序中"以授歌者"。

扬州慢

——姜夔

淳熙丙申至日，余过维扬，夜雪初霁，荠麦弥望。入其城，则四顾萧条，寒水自碧。暮色渐起，戍角悲吟，余怀怆然，感慨今昔。因自度此曲，千岩老人以为有黍离之悲也。

淮左名都①，竹西佳处②，解鞍少驻初程。过春风十里③，尽荠麦青青④。自胡马窥江去后，废池乔木⑤，犹厌言兵。渐黄昏，清角吹寒，都在空城。

杜郎俊赏⑥，算而今、重到须惊。纵豆蔻词工⑦，青楼梦好⑧，难赋深情。二十四桥仍在⑨，波心荡，冷月无声。念桥边红药⑩，年年知为谁生。

※**注释**

①淮左：扬州在宋代属淮南东路。古时以左指东，故云。②竹西佳处：竹西亭，扬州名胜。③春风十里：指代扬州街市，杜牧《赠别》中有，"春风十里扬州路，卷上珠帘总不如"。④荠（jì）：荠菜。⑤废池乔木：荒废的池苑和高大的树木。⑥杜郎：唐代诗人杜牧。俊赏：卓越的鉴赏力。⑦豆蔻：杜牧《赠别》诗中云："娉娉袅袅十三余，豆蔻梢头二月初。"⑧青楼：杜牧《遣怀》中有，"十年一觉扬州梦，赢得青楼薄幸名"。⑨二十四桥：杜牧《寄扬州韩绰判官》中有，"二十四桥明月夜，玉人何处教吹箫"。⑩红药：红芍药。

※**赏析**

本篇为战乱后过扬州抒怀之作。

上片写战乱后扬州荒芜破败的景色，以景寓情，抒写不堪回首的黍离之悲。扬州，位于淮河东部，是历史上令人神往的繁华"名都"，因此词人解鞍下马在此稍作停留。但此时的"春风十里扬州路"满目疮痍，只剩下荠菜野麦一片葱青。"胡马"蹂躏破坏的痕迹处处可见，满城都是"废池乔木"，此情此景让人"犹厌言兵"。"渐黄昏，清角吹寒，都在空城"，以景抒情，渲染了萧条的秋日气氛，渐近黄昏，凄清号角吹送寒意，弥漫了这座荒凉空城。荒凉的景象烘托出词人内心的忧愁和悲哀。

下片设想杜牧再来面对扬州荒城也会魂惊难赋深情，突出表现昔胜今衰的感伤。"二十四桥"以下结尾四句，以景抒慨，抒写词人哀时伤乱的悲怆凄楚。

全词景情交融，虚实并用，使得全词波澜起伏，余味不尽。此外，词作还善于化用前人词句入词，将杜牧的诗境，融入自己的词境，可谓匠心独运，别具一格，是众多悯时伤乱的宋词作品中的上乘之作。

长亭怨慢

——姜 夔

余颇喜自制曲，初率意为长短句，然后协以律，故前后阕多不同。桓大司马云："昔年种柳，依依汉南；今看摇落，凄怆江潭。树犹如此，人何以堪。"此语余深爱之。

渐吹尽、枝头香絮，是处人家，绿深门户。远浦萦回①，暮帆零乱，向何许？阅人多矣，谁得似、长亭树。树若有情时，不会得、青青如此。

日暮，望高城不见，只见乱山无数。韦郎去也，怎忘得、玉环分付②。第一是、早早归来，怕红萼③，无人为主。算空有并刀④，难剪离愁千缕。

※注释

①远浦：远处的江水。②韦郎两句：《云溪友义》载，唐代韦皋与侍女玉箫相恋，别时相约七年后再会，临别时赠玉指环为信物。至第八年，韦不至，玉箫绝食而死。③红萼：红花，此为女子自比。④并刀：并州所产的剪刀。

※赏析

作者由柳色依依可怜而起兴，柳下人家，江上远帆，勾起他的客怀离愁。愁绪又转为对杨柳的怨问：谁能如你一般饱看了人间别离？你若有情，便不会无动于衷的青翠如此！

黄昏时分，暮色苍茫，望不到恋人所在的城郭，唯见乱山无数。作者自念：我虽然离你而去，但又怎会忘记你的吩咐？我一定要早早归来，不让你无依无靠。

千丝万缕的柳条，好像都化作了作者心上的离愁，他觉得，就算是拿着世上最快的剪刀，也是剪不完剪不尽的了。

暗香

——姜夔

辛亥之冬，余载雪诣石湖。止既月，授简索句，且征新声。作此两曲。石湖把玩不已，使二妓肄习之。音节谐婉。乃名之曰《暗香》《疏影》。

旧时月色，算几番照我，梅边吹笛。唤起玉人，不管清寒与攀摘。何逊而今渐老①，都忘却、春风词笔。但怪得、竹外疏花，香冷入瑶席。

江国，正寂寂。叹寄与路遥，夜雪初积。翠尊易泣②，红萼无言耿相忆③。长记曾携手处，千树压、西湖寒碧。又片片、吹尽也，几时见得？

※注释

①何逊：南朝诗人，在扬州有《咏早梅》诗。此处为作者自喻。②翠尊：碧绿酒杯。③红萼：指红梅。耿相忆：心中挂怀，不能消解。

※赏析

  词以回忆昔日与情人月下梅边吹笛、折花的风流韵事起首，而后感叹如今老来落寞情怀，又怪梅香入席，空惹惆怅。词人欲折梅寄远以慰相思，但无奈路遥夜雪。感伤之下，更觉杯中绿酒，室外红梅也似在深情怀念伊人，思绪又回到与她携手西湖岸、踏雪观梅的快乐时光。曲终遥想梅花渐落，复叹重聚难期。

卷三 · 元曲

人月圆　卜居外家东园

——元好问

重冈已隔红尘断①，村落更年丰。移居要就，窗中远岫，舍后长松②。

十年种木，一年种谷③，都付儿童。老夫惟有，醒来明月，醉后清风。

※注释

①重冈：重叠的山峦。红尘：指繁华纷扰的人世。②移居三句：陶渊明《归去来兮辞》中有"云无心以出岫，鸟倦飞而知还。景翳翳以将入，抚孤松而盘桓"。③十年两句：《管子·权修》中有"一年之计，莫如树谷；十年之计，莫如树木"。

※赏析

重重山冈隔断了红尘俗世，时值丰年，又是新迁，在这宁静的乡村闲住，窗中见远山，舍后有长松，元好问也乐得个清闲自在，他说："十年种木，一年种谷，关于明天，还是让年轻人去开拓吧。老夫唯有，醒来明月，醉后清风。"看上去像是不想再问世事，打算在诗酒中了此余生了。然而仔细品味本篇，想想他所生活的时代，那亡国之初文人的无奈和无所适从的心情便轻轻地泛了出来。

喜春来　春宴

——元好问

春盘宜剪三生菜①，春燕斜簪七宝钗②。春风春酝透人怀③。春宴排，齐唱喜春来。

※**注释**

①春盘：即春卷。按古时的风俗，每年立春这一天，就将面粉制成薄饼，摊在盘中，加上精美蔬菜食用，故称春盘。②春燕：古代迎春时妇女们会将丝绸剪成燕形作为佩饰，以图吉利。③酽：酒。

※**赏析**

在古代，立春时要吃春卷、佩春燕儿，还要举行一些宴饮娱乐活动来迎接春天的到来，此曲描写的就是这喜庆欢快的迎春场面。

用薄饼卷了春蒿、黄韭、蓼芽几种时蔬，将红绸子剪成的春燕儿用簪子插在头上，节日的气氛就已经弥散在空气中了。和煦的春风，香醇的春酒，更让人感觉到心中有无限的畅快。在一片欢声笑语中，大家开始合唱起了《喜春来》。这首小令虽然简单，却自自然然，欢乐的气氛溢于纸外，让人有身临其境之感。

骤雨打新荷

——元好问

绿叶阴浓，遍池亭水阁，偏趁凉多①。海榴初绽②，娇艳喷红罗。乳燕雏莺弄语，有高柳鸣蝉相和。骤雨过，珍珠乱撒，打遍新荷。

人生有几，念良辰美景，一梦初过。穷通前定③，何用苦张罗。命友邀宾玩赏，对芳尊浅酌低歌④。且酩酊，任他两轮日月，来往如梭。

※**注释**

①偏趁凉多：意谓此处比别处更为清凉。②海榴：即石榴。③穷通：困厄与发达。④尊：酒杯。

※**赏析**

池亭水阁得到了高大柳树的荫庇，看上去清凉舒爽；石榴花刚刚开放，火红如锦，生意盎然。蝉儿在柳树上知了知了地叫着，好像在与那些叽叽喳喳的乳燕雏莺们相互唱和；一阵骤雨袭来，雨点打在刚出水面的荷叶上，宛如珍珠落盘，飞溅跳脱。对此良辰美景，作者不由得兴起日月如梭、人生几何的感慨，并认为人生的通达与否是命中注定的，不必去苦苦经营；只有在诗酒交游中终老，才是真正的快乐。

小桃红　采莲女

——杨　果

满城烟水月微茫，人倚兰舟唱①。常记相逢若耶上②，隔三湘，碧云望断空惆怅③。美人笑道：莲花相似，情短藕丝长。

※注释

①兰舟：小舟的美称。②若耶：若耶溪。它源出若耶山，相传西施曾在溪边浣纱。③望断：望尽。

※赏析

　　江城夜景，烟水冥迷，月色朦胧。听得江中有清歌传来，看到曼妙女子泛舟由隐约而清晰，作者之心不觉地被深深触动。他并非滥情之人，只是眼前的女子和她进入自己视野的方式像极了记忆中的恋人，恋人如今相隔千里，自己常常会空自眺望，思念，惆怅；异时异地，能见到与她如此相似的身形，他焉能无动于衷？

　　他显然是将自己的这些情思告诉了这位偶遇的女子，女子笑了，对他说：莲花相似，情短藕丝长。——我和她虽然相似，但只是相似，你对我的情短，对她的相思却是悠长的啊。小令借美人之口道出了作者对远方恋人的深深思念，耐人玩味，余韵悠长。

赏花时 [套数]（节选）

——杨果

秋水粼粼古岸苍，萧索疏篱傀短冈。山色日微茫，黄花绽也①，装点马蹄香。

[胜葫芦] 见一簇人家入屏帐②，竹篱折，补苔墙。破设设柴门上张着破网③。几间茅屋，一竿风斾④，摇曳挂长江。

[赚尾] 晚风林，萧萧响，一弄儿凄凉旅况⑤。见壁指一似桑榆侵着道旁⑥，草桥崩柱摧梁。唱道向、红蓼滩头⑦，见个黑足吕的渔翁鬓似霜⑧。靠着那驼腰拗桩⑨，瘿累垂脖项⑩，一钩香饵钓斜阳。

※注释

①黄花：菊花。②屏帐：此指画屏。谓人家如在画中。③破设设：残破的样子。④风斾（pèi）：指在风中飘扬的酒旗。⑤一弄儿：全部，全都是。⑥壁指：墙壁。⑦唱道：此曲固定嵌字。蓼（liǎo）：生在浅水的一种草。⑧黑足吕：乌黑。足吕是助词，无义。⑨驼腰拗（ǎo）桩：指弯曲盘结的老树桩。⑩瘿（yǐng）：颈瘤、俗称大脖子。

※赏析

作者于天涯苦旅之中目睹了多姿秋色，心中的感触也是颇多的。秋色的苍茫萧瑟触动了他游子的凄凉心情，而使马蹄染香的野菊，小山冈下坐落的人家等景物又让他感到了别样情致。傍晚时分，他正因见到萧萧风林、老桑古道和残破断桥而渐生忧愁，目光却又被随即映入眼帘的滩头红蓼、满江斜阳所吸引；还有那坐在水边、面色黝黑、两鬓已白的老翁，佝偻着背，坐靠在一株盘结弯曲的老树下，正在专心致志地钓鱼，作者之心又被一派盎然情趣所充满。情因景易、富有波澜是本篇的特点，真可以"山重水复疑无路，柳暗花明又一村"概括之。

干荷叶

——刘秉忠

干荷叶,色苍苍,老柄风摇荡。减了清香,越添黄。都因昨夜一场霜,寂寞在秋江上。

※赏析

此曲写荷花残败之时。当其盛开时节,清香四溢,旖旎多姿;而随着夏去秋来,花色褪去,荷叶枯萎,真是"减了清香,越添黄"。一场寒霜过后,便只剩些残枝败叶在江上飘荡。《干荷叶》原是以"干荷叶"起兴的民间小曲,常为人们用以寄寓人世炎凉之慨、时事兴衰之叹。

耍孩儿 庄家不识勾阑① [套数]

——杜仁杰

风调雨顺民安乐,都不似俺庄家快活。桑蚕五谷十分收,官司无甚差科②。当村许下还心愿,来到城中买些纸火③。正打街头过,见吊个花碌碌纸榜④,不似那答儿闹穰穰人多⑤。

[六煞]见一个人手撑着椽做的门,高声的叫"请、请",道:"迟来的满了无处停坐。"说道"前截儿院本《调风月》⑥,背后幺末敷演《刘耍和》⑦"。高声叫:"赶散易得⑧,难得的妆哈⑨!"

[五煞]要了二百钱放过咱,入得门上个木坡⑩。见层层叠叠团圞坐⑪。抬头觑是个钟楼模样⑫,往下觑却是人旋窝。见几个妇女向台儿上坐。又不是迎神赛社⑬,不住的擂鼓筛锣。

[四煞]一个女孩儿转了几遭,不多时引出一伙。中间里一个央人货⑭。裹着枚皂头巾顶门上插一管笔,满脸石灰更着些黑道儿抹⑮。知他待是如何过?浑身上下,则穿领花布直裰⑯。

〔三煞〕念了会诗共词,说了会赋与歌,无差错。唇天口地无高下,巧语花言记许多。临绝末[17],道了低头撮脚,爨罢将幺拨[18]。

〔二煞〕一个妆做张太公,他改做小二哥[19]。行行行说向城中过[20]。见个年少的妇女向帘儿下立,那老子用意铺谋待取做老婆。教小二哥相说合,但要的豆谷米麦,问甚布绢纱罗。

〔一煞〕教太公往前那不敢往后那[21],抬左脚不敢抬右脚。翻来覆去由他一个。太公心下实焦燥,把一个皮棒槌一下打做两半个[22]。我则道脑袋天灵破[23],则道兴词告状,划地大笑呵呵[24]。

〔尾声〕则被一胞尿爆的我没奈何[25]。刚捱刚忍更待看些儿个,枉被这驴颓笑杀我[26]。

※**注释**

①庄家:农户。勾阑:宋元时演出戏剧杂耍的场所。②官司:官府。差科:差役。③纸火:还愿用的香烛纸钱。④花碌碌:花花绿绿。纸榜:指演出的海报。⑤那答儿:那边。闹穰(rǎng)穰:人声嘈杂,乱哄哄的样子。⑥院本:金元时流行的一种戏剧演出形式,以调笑、歌舞为主。⑦幺末:即杂剧。刘耍和:金时著名艺人,其故事后被编为杂剧上演。⑧赶散:指没有固定演出场所的民间戏班子。⑨妆哈:正规的全场演出。⑩木坡:观众坐的梯形看台。⑪团圞(luán):环绕。⑫觑(qù):把眼睛眯成一条缝看。钟楼模样:指戏台。⑬迎神赛社:古时逢神诞或社日,按习俗要鼓乐迎神,祭祀祷告。⑭央人货:即殃人货,指害人精。⑮满脸句:形容黑白相间的脸谱。⑯直裰(duō):长袍。⑰临绝末:临结束的时候。⑱爨(cuàn):为宋杂剧、金院本的开场戏。拨:开始表演。⑲小二哥:指张太公的仆人。此角色应是前面所说的"央人货"改扮的。⑳行行行说:边走边说。㉑那:通"挪"。㉒皮棒槌:演出时所用的道具,又叫"磕瓜",用以增加声音效果。㉓则道:只道。此人不知那皮棒槌打作两半是演出需要,只道是演员用力过猛所致。㉔划(chǎn)地:平白无故地。㉕爆:胀。㉖驴颓:骂人

话。指张太公。

※**赏析**

此曲通过一个庄稼汉初次进勾阑看戏的所见所闻,记述了当时戏曲演出的情景。这位庄稼汉因为赶上了丰年而跑到城中买纸火还愿,恰巧碰到了戏班在招揽生意,于是便跑去观看演出;而我们通过他的眼睛看到的一切,纷纷变了样、走了形。

全曲紧扣"庄稼汉"的身份对这次演出进行描写:他把海报叫作"花花绿绿的纸榜",把看台叫作"木坡",把戏台叫钟楼,不懂得开场戏是怎么回事,不理解戏中的角色装扮……尽管如此,庄稼汉还是看得非常起劲,最后因为忍不住要撒尿而急急离去。

一半儿　题情

——王和卿

鸦翎般水鬓似刀裁[①],小颗颗芙蓉花额儿窄。待不梳妆怕娘左猜[②]。不免插金钗,一半儿蓬松一半儿歪。

※**注释**

[①]鸦翎:乌鸦尾部羽毛。此处形容头发黑。似刀裁:指两鬓用水或油匆匆一抹,贴在面颊上好像用刀裁的一般。[②]待:想要。左猜:猜疑。

※**赏析**

此曲是在描写一个思念恋人的少女。女为悦己者容,恋人远行在外,她自然也就无心打扮。你看她,急急地用水将鬓角一抹,鬓发贴在脸颊上,像刀裁的一样,很不自然;又将珠坠匆匆往头上一插,插低了挡住额头她也不管。"哎,这一切都是为了给娘看啊,是怕娘见我不上妆会东猜西猜!"她不无牢骚地说。这样的心情之下插上金钗,那云髻果真是免不了"一半儿蓬松一半儿歪"了。

拨不断　大鱼

——王和卿

胜神鳌①，夯风涛②，脊梁上轻负着蓬莱岛③。万里夕阳锦背高④，翻身犹恨东洋小。太公怎钓⑤？

※注释

①神鳌（áo）：传说中海里的大龟。②夯（hāng）：砸，撞击。③蓬莱岛：传说中海上三仙山之一。④锦背：指鱼脊。⑤太公：指姜太公。

※赏析

此曲描写了一只大鱼，说它比神鳌还大，脊背上驮着蓬莱岛，而且是"轻负着"，看来驼蓬莱岛对于它来说是小菜一碟。它遨游在东海之中，长达万里的脊背锦鳞在夕阳下闪闪发光，愈显高耸；翻个身，感觉东海还是太小，根本不够自己自由活动。读到这里，我们不禁为这条鱼的巨大而惊叹，也很容易联想起战国时楚人宋玉在给楚王讲曲高和寡这一道理时的自喻——"鲲鱼朝发昆仑之墟，暴鬐于碣石，暮宿于孟诸；夫尺泽之鲵，岂能与之量江海之大哉？"王和卿为当时的名士，但入元以后不仕，也许正是因为藐视当时的统治者，不愿与之合作。他以此鱼喻己，极言此鱼之大，又在结尾时不无调侃地问："太公怎钓？"其中寓意不难体会。

小桃红　江岸水灯

——盍西村

万家灯火闹春桥，十里光相照。舞凤翔鸾势绝妙。可怜宵①，波间涌出蓬莱岛②。香烟乱飘，笙歌喧闹，飞上玉楼腰③。

※注释

①可怜：可爱。②蓬莱岛：喻水面上出现的灯船。③玉楼：传说中天帝的居所。

※赏析

回首江岸，万家灯火交相辉映，绵延十里；人们挥龙舞凤，处处洋溢着欢歌笑语。放眼江上，但见粼粼江波之中偶尔涌出一座香烟缭绕、笙歌喧闹的"蓬莱岛"，那是飘荡起伏于江中的灯船，辉煌、绚烂、夺目。灯船上的灯火，江岸上的灯火连成一片，加上直冲云霄的歌声、笑声、乐曲声，其势之盛、其景之绝真是笔楮难穷。作者说："这是多么可爱的夜晚啊。"是的，这样的佳夜，又有谁能不为其所动呢？

潘妃曲

——商挺

戴月披星耽惊怕，久立纱窗下。等候他，蓦听得门外地皮儿踏①。只道是冤家②，原来风动荼蘼架③。

※注释
①蓦：猝然，忽然。②冤家：对所爱人的昵称。③荼蘼（mí）：花名，也作酴醾。

※赏析

此曲描摹的是一位少女于夜晚偷会情人时的心情。月儿正亮，星儿正明，这位少女久久地站在纱窗下，等待着心上人的出现。既然是偷会，她的心情自然是兴奋而又忐忑不安的，一点点的风吹草动都会让她的心提到嗓子眼儿。这不，她听到门外仿佛有什么东西擦地皮儿的声音，以为是恋人的脚步，她的每一根神经也绷到了最紧。然而仔细分辨，那原是风在摇动荼蘼架。

一半儿

——胡祗遹

败荷减翠菊添黄，梨叶翻红梧叶苍。绣被不禁昨夜凉。酿秋光,一半儿西风一半儿霜。

※赏析

若不是独处深闺,若不是昨夜怀思难眠,深觉绣被难挡阵阵秋凉,不知她今日看到残败的荷花,渐黄的秋菊,经霜变红的梨叶和苍老的梧桐会是什么样的心情。然而昨夜的秋凉将她侵扰,孤独与寂寞在她心头蔓延,她感到凄苦难耐、身心俱寒。所以如今她看到秋色百态却只能感到其中的萧瑟,所以她才会在触目惊心之余哀哀叹道:秋光的酿成,都只是在那西风与严霜催逼之下啊!

阳春曲　春景

——胡祗遹

几支红雪墙头杏[①],数点青山屋上屏。一春能得几晴明?三月景,宜醉不宜醒。

※注释

①红雪:指红色的杏花。

※赏析

"几支红雪墙头杏,数点青山屋上屏。"虽然作者只用了少许笔墨,然而那清新雅致、色彩明丽的春景已然跃入了我们的眼帘。这样美丽的春光,有谁会不心生爱怜、害怕它流走?然而三月的春光虽美,却从未改变过它来去匆匆的步伐。历代的文人骚客们,每逢春来,便挡不住心中那份留春不住的伤感,欧阳修的"日日花前常病酒,不辞镜里朱颜瘦";张先的"送春春去几时回?临晚镜,伤流景"。这样的伤感看来在作者这里还在继续着,他说:"一春能得几晴明?三月景,宜醉不宜醒。"

阳春曲　知几

——白朴

张良辞汉全身计①，范蠡归湖远害机②。乐山乐水总相宜。君细推，今古几人知。

※注释

①张良辞汉：张良是西汉开国元勋，但功成后便归隐山林。②范蠡归湖：范蠡辅佐越王勾践灭吴后便洁身远引，泛舟五湖。

※赏析

张良与范蠡都是以智慧和功成身退而著名的人物，他们虽然是开国元勋，却因为能够及时引退而避免了杀身之祸。张良的归隐山林，范蠡的泛舟五湖，又无形中与《论语》中所说"智者爱水，仁者乐山"相吻合。

作者主张放情山水间，终老林泉下，他循循善诱地劝君仔细推究，从古到今，懂得投入大自然的怀抱从而远离灾祸的有几人，一片警世之意自然流露。

庆东原

——白朴

忘忧草①，含笑花②，劝君闻早冠宜挂③。那里也能言陆贾④？那里也良谋子牙⑤？那里也豪气张华⑥？千古是非心，一夕渔樵话。

※注释

①忘忧草：即萱草。据说此草嫩苗可食，食后能使人忘记忧愁。②含笑花：又名含笑梅、香蕉花，生长于南方，花开时宛如含着盈盈笑意，故名。③冠宜挂："宜挂冠"的倒装，即辞官。④能言陆贾：陆贾是汉初的

思想家、政治家。早年随刘邦平定天下，口才极佳，常出使诸侯国。⑤良谋子牙：指姜子牙。⑥张华：范阳方城人，晋武帝时拜中书令，加散骑常侍，力主伐吴，一生多有建树。

※赏析

忘忧草、含笑花的起兴，带来的不仅是一份清香，更是一种恬淡从容的生活意境。它们仿佛在劝那些宦海中浮沉的人们：早些辞了官，离开那提心吊胆的生活吧。人生一世，有什么能比恬淡无忧的生活更可贵的呢？那能言善辩的陆贾，长于智谋的张良，豪气盖世的张华，如今都在哪里呢？千百年的是非功过，不过是渔父樵夫茶余饭后的谈资罢了。此曲是作者劝世之作，语淡而味浓，其间率性几问，引人深思。

庆东原

——白朴

暖日宜乘轿，春风宜试马。恰寒食有二百处秋千架。对人娇杏花，扑人飞柳花，迎人笑桃花。来往画船边，招飐青旗挂①。

※注释

①招飐（zhǎn）：通"招展"。青旗：即酒旗。

※赏析

春气煦暖的日子适宜乘轿，春风吹拂的天气则适合骑马闲游，寒食节前后，处处洋溢着女子嬉戏秋千的欢笑。

杏花娇媚可人，柳花丝丝扑面，桃花含笑迎宾。在这令人陶醉的春日里，游船来来往往，酒旗迎风飘荡。

天净沙 春

——白朴

春山暖日和风，阑干楼阁帘栊①。杨柳秋千院中。啼莺舞燕，小桥流水飞红②。

※注释
①帘栊（lóng）：带帘子的窗户。②飞红：落花。

※赏析
青翠的山峦，温暖的阳光，和煦的东风。精巧的栏杆楼阁，被风卷动的帘栊。杨柳环绕的庭院里，秋千轻摆，莺啼燕舞；小桥下流水潺潺，漂走了落花片片。

天净沙 秋

——白朴

孤村落日残霞，轻烟老树寒鸦。一点飞鸿影下①。青山绿水，白草红叶黄花。

※注释
①飞鸿：高飞的大雁。

※赏析
此曲题面为"秋"，实写秋日暮景。孤零零的村落，落日与残霞，袅袅炊烟，栖于老树的寒鸦,这些景物着意渲染秋日黄昏的萧索凄清。"一点飞鸿影下"为清冷的画面带来了活力，造成曲子抒发情感的转移。作者继而用青、绿、白、红、黄五种颜色，由远及近，由高到低，立体地描绘出多姿多彩、绚烂明丽的秋日景象，给人以不尽的遐想，使整个画面充满了诗意。

黑漆弩

——姚燧

吴子寿席上赋。丁亥中秋遐观堂对月,客有歌《黑漆弩》者,余嫌其与月不相涉,故改赋呈雪崖使君。

青冥风露乘鸾女①,似怪我白发如许。问姮娥不嫁空留②,好在朱颜千古③。笑停云老子人豪④,过信少陵诗语⑤。更何消斫桂婆娑,早已有吴刚挥斧⑥。

※注释

①青冥:青天。乘鸾女:仙女,指嫦娥。②姮(héng)娥:即月中仙女嫦娥。③朱颜:红润的面庞,指青春。④停云:陶渊明《停云》诗自序中有"停云,思亲友也。樽湛新醪,园列初荣,愿言不从,叹息弥襟"。⑤少陵诗语:杜甫《秋述》诗前小序中有"秋,杜子卧病。长安旅次,多雨生鱼,青苔及榻。常时车马之客,旧,雨来,今,雨不来"。以上两句是在笑前人误认为世间极少有不分贵贱的纯真友谊,暗示自己就有这样的朋友。⑥吴刚:传说他学仙有过,罚在月宫伐桂。

※赏析

此曲由辛弃疾《太常引·建康中秋为吕书潜赋》翻出,但其主题却与辛词的忧国伤时之思有所不同,表现的是作者的对月闲情。曲中戏言嫦娥身世,搬弄古人次序,更将辛词中"斫去桂婆娑,人道是、清光更多"的名句以反语唱出,句句诙谐,语语幽默,可说是一篇妙趣横生的游戏文字。

醉高歌 感怀

——姚燧

十年燕月歌声,几点吴霜鬓影。西风吹起鲈鱼兴①,已在桑榆暮景②。

※注释

①鲈鱼兴：晋人张翰在洛阳做官时，因见秋风起，乃思吴中菰菜、莼羹、鲈鱼脍，曰："人生贵得适志，何能羁宦数千里以要名爵乎？"遂命驾而归。

②桑榆暮景：原指日落时余光照在桑树和榆树顶梢时的景象，此喻年老。

※赏析

作者做了十几年京官，到了六十多岁却被派往江东任职，因而心情不是十分愉快。功名仕路对于人的束缚，他因在京时沉浸于潇洒风流的生活中而感觉并不是十分明显，此次远赴他乡，方才感到人之已老，贵在能够适志，功名虽好，但却是完成心愿的牵绊。他于是有了辞官引退之想，才有了"已在桑榆暮景"的顾影自怜。

凭阑人　寄征衣

——姚燧

欲寄君衣君不还，不寄君衣君又寒。寄与不寄间，妾身千万难①。

※注释

①妾身：古代女子自称。

※赏析

小令写一位思妇两难的境地：天气凉了，想要给边关丈夫寄去御寒的衣服吧，但又怕他身上温暖便淡忘了早思归计；不寄吧，又怕他挨冻受寒。寄与不寄之间，难倒了女主人公。

其实，征衣的寄与不寄，征人的还与不还，二者之间并没有直接联系。女子做此天真之想，都是因为情到痴处使然。

黑漆弩　村居遣兴

——刘敏中

长巾阔领深村住，不识我唤作伧父①。掩白沙翠竹柴门，听彻秋来夜雨。闲将得失思量，往事水流东去。便宜教画却凌烟②，甚是功名了处？

※注释

①伧（cāng）父：粗野、鄙贱之人。②便（pián）宜：轻易得到之意。画却凌烟：画像于凌烟阁之上。凌烟：凌烟阁。唐太宗曾命人在凌烟阁上画了长孙无忌、魏徵等二十四位开国功臣的画像，以示嘉奖。

※赏析

刘敏中因耿直被迫辞官，归乡隐居。他衣冠简朴，被视为"伧父"而不怪，白沙翠竹无心赏，只彻夜听秋雨。思量得失，作者怅然问道："即使轻易在凌烟阁上题名，难道就是毕生功名有成了吗？"这一问是全曲的曲眼，表现了作者对功名利禄的蔑视，隐含着对现实的不满。

金字经

——马致远

夜来西风里，九天雕鹗飞①。困煞中原一布衣。悲，故人知未知？登楼意②，恨无上天梯。

※注释

①九天：极言天空高远。雕鹗（è）：泛指鹰一类的猛禽。②登楼意：王粲投靠刘表，不得用，乃作《登楼赋》抒发去国怀乡之感。

※赏析

雕鹗借助风力可扶摇而上九天，而作者空怀抱负、长期沉抑下僚却始终未能得到送上青云的助力，心中焉能不百般困惑？人于困厄之时最思乡土故人的温暖，于学成待价之时最思展才伸志的康庄大道，但此二者作者皆不能得，故有此曲中对于悲恨的哀哀之诉。

金字经　樵隐

——马致远

担挑山头月，斧磨石上苔。且做樵夫隐去来①。柴！买臣安在哉②？空岩外，老了栋梁材。

※注释

①来：语助词。②买臣：即朱买臣。他出身贫寒，靠打柴卖薪度日，但酷爱读书。后来因为才学出众而得到汉武帝的赏识，出任为会稽郡太守。

※赏析

"担挑山头月，斧磨石上苔"，这种周而复始的平淡生活消磨掉了多少岁月，而同样做过樵夫的朱买臣却能得到脱颖而出的机会，在汉武帝面前谈经说史、评论古今，最终出任一方大员。身为栋梁之材，却空老死山林岩穴之间，不被赏识，不能施展，可见这"且做樵夫隐去来"中包含了几多叹息几多不甘。

四块玉　紫芝路

——马致远

雁北飞，人北望，抛闪煞明妃也汉君王①。小单于把盏呀剌剌唱②。青草畔有收酪牛③，黑河边有扇尾羊④。他只是思故乡。

※注释

①明妃：即王昭君。②呀剌剌（lā）：象声词。③收酪牛：奶牛。④黑河：在今呼和浩特市南，河畔有昭君墓。

※赏析

倾国倾城的昭君当年因为画工的丑化而遭到皇帝的冷遇，于宫廷之中埋没了许久，直到她自告奋勇远嫁匈奴才得以瞻见龙颜。她从此一去不返，留给了汉元帝许多的懊恼；她从此扎根于塞外草原，那无端抱得美人归的单于因而笑得合不拢嘴，快乐地哼起了小曲。草原青青，时光荏苒，不变的是成群乐得其所的牛羊，它们悠闲地吃草，悠闲地饮水；不变的还有昭君思念故乡的心，生前反映在她秋水盈盈的眼睛里，死后便和埋葬她的青冢一道，守望在面朝家乡的方向。

寿阳曲　远浦帆归

——马致远

夕阳下，酒斾闲[1]，两三航未曾着岸[2]。落花水香茅舍晚，断桥头卖鱼人散。

※注释

[1]酒斾：即酒幌子。[2]航：指代渔船。

※赏析

夕阳西下，酒旗闲挂，广阔的江面上有几点归帆悠游驶来。翩翩落花飘洒在盈盈流水之中，流水也飘出落花的芳香。天色渐晚，断桥桥头买卖河鲜的人群已经散去。这首小令描写的是江村晚景，语言清新婉转，写景俨然类画，生动写出了江南小渔村安闲恬静的景色与生活。

清江引　野兴

——马致远

西村日长人事少[1]，一个新蝉噪。恰待葵花开，又早蜂儿闹。高枕上梦随蝶去了[2]。

※注释

①日长：指长长的夏日。②梦随蝶：《庄子·齐物论》说庄周梦见自己化成蝴蝶，翩翩而飞，竟然忘记了自己是庄周。此处作者引来形容自己进入梦乡。

※赏析

闲居西村，长长的白天，很少的交际，一只新蝉在树上聒噪。葵花正在开放，蜜蜂也来喧闹。作者高枕而卧，梦魂随蝶飘去了。此曲写村野闲居之乐，生动谐趣，恬淡自然，可感作者洒脱闲适、超然世外的情怀。

四块玉　浔阳江

——马致远

送客时，秋江冷，商女琵琶断肠声①。可知道司马和愁听②。月又明，酒又酲③，客乍醒。

※注释

①商女：靠出卖色艺为生的妓女。②司马：《琵琶行》中有"座中泣下谁最多，江州司马青衫湿"。此处是作者自况。③酲（chéng）：即酒醉、病酒之意。

※赏析

浔阳江头夜，瑟瑟秋风寒。怀着依依惜别的深情与客对饮，听着令人肠断的琵琶曲。此情此景，让人很容易联想到白居易所写的《琵琶行》。一句"可知道司马和愁听"，扣合的又肯定是当年江州司马白居易"同是天涯沦落人"的悲慨。

月光重新明亮了起来，作者却陷入了借酒浇愁后更深重的愁苦之中。这时候，客人从酒醉中醒来，就要登船上路了……

拨不断

——马致远

立峰峦，脱簪冠，夕阳倒影松阴乱。太液澄虚月影宽①，海风汗漫云霞断②。醉眠时小童休唤。

※注释
①太液：池名，此借指天空清明辽阔的样子。②汗漫：漫无边际。

※赏析
　　置身于峰峦之上，解去了簪冠的束缚，在散乱的松荫里饮酒、看夕阳。待到长风吹走了云霞，清澄的天空中出现了饱满的明月，自己也已经酣醉，那便就地而眠，并且嘱咐小童不要唤起。隐者生活的悠闲惬意，隐者心境的空明自在，尽在此曲清新淡雅的几行语句当中。

蟾宫曲　叹世

——马致远

咸阳百二山河①，两字功名，几阵干戈。项废东吴②，刘兴西蜀③，梦说南柯。韩信功兀的般证果④？蒯通言那里是风魔⑤？成也萧何，败也萧何⑥，醉了由他。

※注释
①百二山河：极言山河之险固。②项废东吴：指项羽兵败。项羽起兵吴中，率八千子弟兵逐鹿天下。及至兵败乌江，吴中子弟已无一人生还。③刘兴西蜀：指刘邦以巴蜀之地为根基，逐步统一天下。④兀的：怎的。证果：结果。⑤蒯通：即蒯彻。他是韩信幕下谋士，曾劝韩信起兵反叛刘邦，自己统一天下。⑥成也萧何，败也萧何：指当初举荐韩信的是萧何，后来助吕后设计杀韩信的也是萧何。

※赏析

此曲通过列举一个个历史故事来表达作者对古往今来为功名奔波劳碌、争斗厮杀者的叹惋之情,对人情翻云覆雨,仕途险恶多灾的嘲弄之情,以及自己放任自适、不与世事的超脱情怀。

天净沙 秋思

——马致远

枯藤老树昏鸦①,小桥流水人家。古道西风瘦马②。夕阳西下,断肠人在天涯。

※注释

①昏鸦:黄昏归巢的乌鸦。②古道:古老的驿道。

※赏析

一边是"枯藤老树昏鸦"的凄凉景色,一边是"小桥流水人家"的温煦氛围,而当骑在瘦马上的游子从荒郊古道上憔悴而来,两般景物分别代表的眼下境况与思归情绪便已分明。境遇如此凄凉,归心更加强烈,夕阳西下时,游子肠断,独立天涯……

夜行船 秋思 [套数](节选)

——马致远

百岁光阴一梦蝶①,重回首往事堪嗟。今日春来,明朝花谢,急罚盏夜阑灯灭②。

[乔木查]想秦宫汉阙,都做了衰草牛羊野。不恁么渔樵没话说。纵荒坟横断碑,不辨龙蛇③。

[庆宣和]投至狐踪与兔穴④,多少豪杰。鼎足虽坚半腰里折⑤,魏耶?晋耶?

[落梅风]天教你富,莫太奢,没多时好天良夜。富家儿更做道你心似铁⑥,争辜负了锦堂风月⑦。

[风入松]眼前红日又西斜,疾似下坡车。不争镜里添白雪,上床与鞋履相别⑧。休笑巢鸠计拙⑨,葫芦提一向装呆⑩。

[拨不断]利名竭,是非绝。红尘不向门前惹,绿树偏宜屋角遮,青山正补墙头缺;更那堪竹篱茅舍。

[离亭宴煞]蛩吟罢一觉才宁贴⑪,鸡鸣时万事无休歇。何年是彻?看密匝匝蚁排兵,乱纷纷蜂酿蜜,急攘攘蝇争血。裴公绿野堂⑫,陶令白莲社⑬。爱秋来时那些:和露摘黄花,带霜烹紫蟹,煮酒烧红叶。想人生有限杯,浑几个重阳节?人问我顽童记者⑭:便北海探吾来⑮,道东篱醉了也!

※注释

①梦蝶:用庄周梦蝶典,喻时光荏苒恍如一梦。②罚盏:罚酒。夜阑:夜深。③龙蛇:指墓碑上的字迹。④狐踪与兔穴:指墓地已成为狐兔出没安家的地方。⑤鼎足:指三国时魏、蜀、吴三国鼎立。⑥更做道:即便是,即使是。⑦锦堂:泛指华丽的住宅。风月:清风明月。⑧上床句:喻死去,意谓鞋脱下来就再也穿不上了。⑨巢鸠计拙:相传斑鸠性拙,不善筑巢,常借鹊巢而居之。⑩葫芦提:糊涂。⑪蛩(qióng):蟋蟀。宁贴:安稳,舒适。⑫裴公:指唐代杰出政治家裴度,他晚年于洛阳府第中筑"绿野堂",退官隐居。⑬白莲社:晋代名僧慧远发起,曾邀陶渊明参加。⑭记者:记着。⑮北海:东汉末的北海太守孔融,生性好客,常常是宾客盈门。此处是作者自指所居之地。

※赏析

此曲是元代散曲的名篇,更是马致远散曲的代表作。起首感慨光阴如梭,人生如梦,往事堪叹。继而细数俗世沧桑:"秦宫汉阙"变成了"衰草牛羊野",豪杰墓上遍布了"狐踪与兔穴",三国鼎立半腰里折,如今的人们更忘了魏晋之际的纷杂往事。既然事业功名终是过眼烟云，作者劝人莫要吝惜钱财，辜负了本来不多的好天良夜。他再谈光阴似箭，人生无常，推崇难得糊涂、淡泊功名、远离是非的生活态度，冷眼看那"蚁排兵""蜂酿蜜""蝇争血"似的经营与纷争，极力赞颂归隐田园后"摘黄花""烹紫蟹""烧红叶"的悠然自得的生活。结尾叹喟人生有限、良辰无多，决意切断尘缘，杜门谢客，从此徜徉在酒乡梦境之中。

十二月过尧民歌　别情

——王实甫

自别后遥山隐隐，更那堪远水粼粼①。见杨柳飞绵滚滚②，对桃花醉脸醺醺。透内阁香风阵阵③，掩重门暮雨纷纷。

怕黄昏忽地又黄昏，不销魂怎地不销魂。新啼痕压旧啼痕，断肠人忆断肠人。今春，香肌瘦几分？搂带宽三寸④。

※注释
①粼（lín）粼：形容水流清澈的样子。②飞绵：即柳絮。③内阁：指闺房。④搂带：即腰带。

※赏析
　　自别后，常常顺着你走时的方向远望，群山隐隐，更有远水粼粼，让人不胜忧伤。春天来时，柳絮纷飞，桃花红艳如醉，然而不论是晴日香风阵阵的闺阁内，还是阴时暮雨纷纷的深院中，我总是孤孤单单。害怕黄昏到来，但它总来得如此快，不愿忧伤，但却不能自已地忧伤起来；旧泪不曾干，新泪又落下。
　　你在旅途中凄凉，我在守候中肠断，这春天来时，我的肌体瘦了几分，衣带宽了三寸。

唐诗·宋词·元曲